Zoe Ann

Schwungfeder

Deutsche Erstausgabe als Printbuch

Johann-Schneider-Str.25
63808 Haibach
www.facebook.com/zoetells

Umschlaggestaltung: Zoe Ann Tu

Lektorat: lektor-hoch-drei.de

Druck und Bindung: Siehe letzte Seite
ISBN-13: 978-1499659726
ISBN-10: 1499659725

Duden | Schwungfeder |

Schwungfeder, ***die***

Lautschrift:	[ˈʃvʊŋfeːdɐ]
Wortart:	Substantiv, feminin
Worttrennung:	Schwung | fe | der
Bedeutung:	(bei Vögeln) große, verhältnismäßig steife Feder des Flügels, durch die der zum Fliegen nötige Auftrieb erzeugt wird

(www.duden.de)

FEI YU [1]

Wichtige, lebensverändernde Ereignisse passieren oft in äußerst leisen und unscheinbaren Momenten ohne irgendwelche Vorwarnung. In jenem Jahr war ich gerade mit dem Studium fertig. Ich versuchte, in dieser Stadt, in der ich vier Jahre verbracht hatte, weiterhin zu bleiben und mir meinen Weg zu einem guten Job zu erkämpfen. An einem unspektakulären Spätsommerabend bummelte ich genauso unspektakulär auf einer Seitenstraße in French-Concession[2]. Meine Augenlider zuckten nicht nervös, ich hatte auch keinen Traum in der Nacht zuvor gehabt.

Die Stadt Shanghai kann ziemlich trügerisch sein, vor allem nachts, wenn alle Lichter anfangen zu strahlen. Die Lichtreflexe lassen alles glimmen und glitzern. Auch Dinge, die tagsüber sichtlich vom Staub bedeckt sind, leuchten nun in einem sanften, cremigen Schimmer. Die Insekten, die im Tageslicht nur um ein Haar der Fliegenklatsche entfliehen können, verwandelten sich nachts in hübsche

---

[1] Fei Yu, hier wurde ein chinesischer Vorname gemeint, fēi:飞, fliegen oder fliegend, yǔ:羽, Feder (Vögel).

[2] Ein alter Stadtteil Shanghais, der in der Kolonialzeit unter französischem Einfluss stand.

Glühwürmchen und flogen funkelnd hin und her.

Meine Mitbewohnerinnen Lin Li und Xiao Xia waren auch zwei solche Glühwürmchen. Tagsüber schliefen die beiden unerschütterlich in ihren jeweils zehn Quadratmeter großen Zimmern, und wenn der Abend kam, erwachten sie aus dem Ruhezustand und fingen an, vor dem Spiegel hochkonzentriert an ihren Gesichtern zu arbeiten. Grundierung, Puder, Eyeliner, falsche Wimpern, farbige Kontaktlinsen, sie ließen keine Partie des Gesichts unbearbeitet und kein Detail unbeachtet. Nach dem Schminken folgte gewöhnlich die Fashion-Show. Sie häuften alle Kleidungstücke auf das Bett und probierten sie Stück für Stück an. Die beiden hatten eine ähnliche Figur und konnten gegenseitig ihre Sachen austauschen. So zog sich die Show in die doppelte Länge. Täglich grüßt das Murmeltier, und die beiden waren letztendlich nie gelangweilt. Erst als sich der Arbeitsbeginn unweigerlich näherte, wurden sie gezwungen, die endgültige Wahl ihrer Bekleidung zu treffen. Danach verabschiedeten sie sich in tiefem Trennungsschmerz von dem Berg der abgewählten Kleidungsstücke, schlüpften in ihre elf Zentimeter hohen Killerschuhe, schnappten die Handtaschen mit LV Logo unklarer Herkunft und marschierten kurvig in die glänzende junge Nacht der Metropole.

Sie stolzierten auf der Straße, schwammen durch die fluoreszierenden Lichter und den dahinfließenden Strom der Autos, vergaßen dabei ihre zehn-Quadratmeter-Zimmer, die durchwühlten billigen Klamotten im Bett und auch ihre ferne und ungewisse Zukunft. Sie wurden wie die Stadt selbst von einer mysteriösen und fast teuflischen Strahlung umhüllt und fühlten sich in diesem Moment wie zwei Edelfrauen. Sie genossen die Pracht der Metropole wie zwei Ebenbürtige der stolzen Einheimischen.

Lin Li und Xiao Xia kamen beide aus fernen bäuerlichen Gegenden und suchten vergebens nach der angeblich goldenen Zukunft, die diese Stadt versprach. Eine der beiden arbeitete in einem KTV[3] als Bedienung, die andere war eine Bar-to-Bar Promotion-Dame für ein amerikanisches Rum-Label. Und ich ging jeden Tag ein bisschen spazieren, wenn sie mit ihrem Schminkakt anfingen.

Menschen, die noch nie in dieser Fernost-Metropole gewesen sind, können sich nur schwer vorstellen, wie maßlos sich die nächtlichen Beleuchtungen ausdehnen, vor allem auf den Fußgänger-Einkaufsstraßen und am Bund[4]. Nachts versammeln sich oft Touristen aus aller Welt in den Fußgängerzonen. Die riesigen LED-Leinwände, die vor den Eingängen der Kaufhäuser stehen oder an den unzähligen Wolkenkratzern hängen, präsentieren unaufhörlich Gesichter und Graphiken in Begleitung von lautstarker Musik mit unterschiedlichen Melodien. In diesem hochdosierten Konzentrat aus Lichtern und Sounds fühlen sich die Menschen wie gedopt. Sie lassen den stressigen Tag und die dazugehörigen Probleme zurück, alle lachen und blühen auf wie Junkies nach einer Spritze.

Ich allerdings spazierte lieber in der Altstadt, insbesondere in French-Concession.

Die alten Straßen verliefen kreuz und quer. Sie waren nicht sonderlich breit, dafür aber alle von großen Alleebäumen gesäumt. Die etwas bejahrten

---

[3] Eine Art Karaoke Bar.

[4] Bund: Uferpromenade von Shanghai, dort sieht man die Skyline von beiden Seiten des Flusses. Bund ist einer der wichtigsten Touristenattraktionen in Shanghai.

London-Platanen[5], die mit verkrusteter Rinde und voluminösen Riesenblättern kühl und gelassen die Straßen beschatteten, waren alle zwei Meter am Straßenrand zu sehen. Die Fußwege grenzten an hohe Hofmauern, hinter denen sich ab und an spitzförmige Dächer im Kolonialstil erhoben, die einen Hauch von Feudalismus und Exotik verkörperten, sodass die Fußgänger ein wenig Ehrfurcht verspürten. Hier gab es weder Touristen noch riesige LED-Leinwände, lediglich ein paar Boutiquen hier und da, die einen guten Geschmack für Design und Life-Style demonstrierten und die für die Fußgänger eine Augenweide waren.

Ich verlor mich in einer dieser Straßen, vergaß auch vorübergehend die ungewisse Zukunft und den Job, der noch nicht in Sichtweite war. Ich stellte mir vor, ich sei der wohlhabende Protagonist eines Romans, der seine Zeit nur mit den schönsten Dingen des Lebens zu vertreiben pflegte. Während ich mich in meine fiktive Rolle immer weiter vertiefte, fiel mir eine neu eröffnete Boutique für topaktuellen Schmuck plötzlich ins Auge, auf die ich dann direkt zulief. Da ich Industriedesign studiert hatte, ließ ich mir grundsätzlich keine Gelegenheit entgehen, Designerobjekte zu studieren.

Der Eingangsbereich des Ladens war nicht wirklich groß, die Tür sah aus wie eine ungewollte Öffnung in der Hauswand, einige kleinere Öffnungen, die mit Glasscheiben verschlossen waren, reihten sich an die Tür an. Hinter der jeweiligen Glasscheibe

---

[5] Diese Baumart stammt zwar von Northern Hemisphere, London, wurde allerdings in der Kolonialzeit von Franzosen zuerst nach Shanghai gebracht, daher sind sie überall in French-Concession zu sehen.

standen einige Schaukästen, in denen verschiedene Schmuckstücke in einzigartigem Design zu sehen waren.

Ich öffnete die Tür. Eigentlich wusste ich schon in dem Moment, als ich einen Fuß in den Laden setzte, dass ich nichts kaufen würde. Mein Blick war bereits über die Preisschilder im Schaufenster geflogen, ehe ich die Tür aufgemacht hatte. Sie waren natürlich teuer und gehörten nicht in den Warenkorb eines Normalverdienenden, schon gar nicht in den einer Jobsuchenden wie meinesgleichen. Aber als Designerin konnte ich meine Schaulust angesichts dieses futuristisch gestalteten Ladens einfach nicht mehr unterdrücken.

Ich ging in das Geschäft hinein und sah niemanden, außer einem jungen, an einem Holztisch sitzenden Mädchen, das vermutlich die Verkäuferin oder Ladenbesitzerin war.

Ich schaute mich ganz unauffällig um. Das Mädchen hob unwillig den Kopf aus dem Buch, das sie gerade las, als sie mein Eindringen in ihr Reich bemerkte. Eigentlich wäre es mir lieber gewesen, wenn sie ungestört weiter gelesen hätte. Dann hätte ich in aller Ruhe all die Artikel betrachten können, ohne mich beobachtet zu fühlen, anschließend wäre ich aus der Tür geschlichen, ohne ein schlechtes Gewissen wegen meiner fehlenden Kaufmotivation spüren zu müssen. Leider hob das Mädchen nicht nur ihren Kopf, sondern stand auch noch auf. Meine Stimmung war jäh dahin, weil ich mir nun ganz schnell ein paar Gegenargumente einfallen lassen musste, falls mich das Mädchen mit freundlichen oder auch aufdringlichen Kaufvorschlägen bombardieren würde.

Das Mädchen lief auf mich zu - mit einer Sonnenbrille in der Hand. „Ich brauche keine Sonnenbrille!", wollte ich fast losschreien. Allerdings hatte sie schon den Mund aufgemacht, ehe ich ein Wort verlieren konnte: „Ich bin dir nachgelaufen, nur einen Augenblick nachdem du draußen warst. Aber du warst schon im Taxi und nicht mehr zu stoppen. Ich habe ein paar Mal gerufen, aber vielleicht hast du es gar nicht gehört. Zum Glück waren keine Anderen im Laden. Ich habe die Brille für dich aufgehoben." Das Mädchen redete vor sich hin, als ob sie mich bereits kannte. Dann übergab sie mir die Sonnenbrille und fügte, ein Dankeschön erwartend, hinzu: „Dies muss eine sehr teure Brille sein - es wäre doch echt schade, wenn sie verloren ginge."

Ich schaute das Mädchen fragend an, ohne die Sonnenbrille anzunehmen. Sie bemerkte meine Fassungslosigkeit, starrte zurück und stellte mir eine rhetorische Frage: „Ja, diese Sonnenbrille hast du doch hier liegen lassen, oder?"

Ich hatte noch immer keinen Schimmer, wovon sie gerade redete. Sicher war nur, dass ich dieses Mädchen noch nie zuvor gesehen hatte. Das ist wohl irgendein betrügerisches Spielchen, dachte ich. Die heutigen Betrüger hierzulande waren ja ständig dabei, sich selbst zu übertreffen. Schließlich gab es jeden Tag Markteinführungen neu ausgereifter Betrug-Gigs, und ich war mir nicht sicher, ob das hier auch einer davon war.

Da ich wie versteinert stehen blieb, fing das Mädchen an, irritiert zu wirken, aber sie bohrte trotzdem tapfer weiter: „Kannst du dich nicht mehr daran erinnern?"

Langsam wirkte das Ganze ein wenig lächerlich auf mich. „Woran soll ich mich erinnern?", erwiderte ich. Das Mädchen schien es auch nicht mehr lustig zu finden und sagte ungeduldig: „Ja - an dich! Du hast doch erst heute Nachmittag bei uns eingekauft!"

„Ich? Aber heute bin ich zum ersten Mal hier in diesem Laden! Letzte Woche, als ich hier vorbei gelaufen bin, war euer Laden doch noch gar nicht eröffnet!“

„Wie - letzte Woche? Warst du vorhin nicht hier?“

„Vorhin? Wann vorhin?“

Während wir verzweifelt versuchten, unsere Verwirrung zu beseitigen, kam noch jemand zur Tür herein. Die Verkäuferin, die mir gegenüberstand und zur Tür schaute, verzog plötzlich das Gesicht. Ihre Mimik war so schrill, dass ich unwillkürlich meinen Kopf umdrehen musste, um die Person zu mustern, die eben hereinkam.

In der Tür stand ebenfalls ein Mädchen. Ihr Anblick ließ mich allerdings kurz frösteln, und es lief mir kalt über den Rücken. Dieses Mädchen rannte schnell zu der Verkäuferin und fragte: „Ich habe meine Sonnenbrille hier vergessen, als ich heute Nachmittag hier war. Hast du sie gesehen?“

Die Verkäuferin hatte die besagte Sonnenbrille immer noch in der Hand. Ihr starrer Blick pendelte eine Weile zwischen mir und dem neu hinzugekommenen Mädchen, während sie murmelte: „Ihr seht euch ja wirklich zum Verwechseln ähnlich! Seid ihr Zwillinge?“

Ich kam wieder zu mir und fing erst an zu begreifen, woher die Kälte kam, die mir den Rücken hinunterkroch. Als ich das unbekannte Mädchen weiter anstarrte, hatte ich das mulmige Gefühl, als würde ich mich jenseits meines Körpers selbst betrachten.

Unser Gesicht und unsere Figur sahen fast identisch aus. Nur beim genauen Betrachten konnte man den einen oder anderen winzigen Unterschied bemerken. Ähnlich wie ich hatte sie auch lange Haare, die im Gegensatz zu meinen mit feinen Strähnchen versehen waren und daher eleganter aussahen. Sie trug ebenfalls eine dunkle Jeans.

Unseren größten Unterschied zeigten lediglich unsere Oberbekleidungen. Außerdem trug sie High Heels, wodurch sie ein bisschen größer wirkte als ich, wobei eine solche Unstimmigkeit in einer kurzen Begegnung wie dieser leicht zu übersehen war.

In der Zwischenzeit hatte auch ich ihre Aufmerksamkeit auf mich gezogen. Sie schien nicht weniger erstaunt zu sein als die Verkäuferin, dann lachte sie mich aber an, um die seltsame Stille zu brechen, und sagte: „Wirklich sehr ähnlich." Wer der Empfänger dieses Satzes sein sollte, blieb allerdings unklar, und man merkte, dass sie sich bemühte, möglichst unbeeindruckt zu klingen.

Dann nahm sie die Brille, die ihr ausgehändigt wurde, lächelte mich und das verwirrte Mädchen nochmal an, bedankte sich, drehte sich um und ging zur Tür hinaus. Die Verkäuferin schaute mich fragend an und sagte: „Ihr kennt euch gar nicht? Ich habe wirklich gedacht, dass ihr Zwillinge seid."

Plötzlich hatte ich den leichten Verdacht, dass diese Begegnung kein Zufall war. Ich wandte mich von der Verkäuferin ab, die das Ereignis gar nicht fassen konnte, und ging ebenfalls aus dem Laden. Ich war überzeugt, dass all das nur ein schlechter Scherz sein musste. Obwohl ich den Trick darin noch nicht durchschauen konnte, lag mir die Vorstellung nicht fern, dass sich mein Double plötzlich umdrehte und die Maske vom Gesicht riss, hinter der sich Lin Li, Xiao Xia oder eine sonstige Bekannte verbarg. Sie würde sich dann bestimmt totlachen und darüber amüsieren, dass sie mich derart geschockt hatte.

Leider war diese amüsante Szene nur pure Fantasie meinerseits. Das Mädchen überquerte die Straße in Richtung eines wartenden Taxis. Es gab keinerlei Anzeichen dafür, dass sie eine Maske trug oder mit mir noch etwas vorhatte.

Ich stand da und schaute ihr nach. Sie schien

etwas bemerkt zu haben, denn sie drehte sich tatsächlich um und guckte auch zu mir rüber. Obwohl sie die hintere Tür des Taxis bereits geöffnet hatte, stieg sie nicht sofort ein, sondern blieb zögernd stehen, dann winkte sie mir mit einem Lächeln.

Ich konnte das Winken nicht wirklich deuten und wusste nicht genau, ob es „auf Wiedersehen" bedeutete oder ob es eher eine Einladung für weitere Gespräche war. Aber anstatt weiter zu grübeln, lief ich einfach schnell auf sie zu und blieb vor ihr stehen. Nun konnte ich sie in unmittelbarer Nähe anschauen. Das seltsame Gefühl, dass „ich" aus meinem Körper herausgerutscht war, kehrte zurück. Ich berührte unbewusst mein Gesicht, um meine Körperlichkeit zu überprüfen. Ihr schien es genauso zu gehen wie mir. „Zum ersten Mal passiert mir so was! Es ist schon ein bisschen beängstigend ..." Während sie das sagte, verließ ihr Blick keine Sekunde mein Gesicht.

Als ich sie zum zweiten Mal sprechen hörte, war ich ein wenig beruhigt. Ihre Stimme unterschied sich doch eindeutig von meiner. Ich habe eine ziemlich hohe und klangvolle Stimme, und ihre war etwas tiefer und sandig.

Ich nickte und erwiderte: „Ja, es ist schon ein bisschen seltsam."

Allmählich gewöhnten wir uns an unser fast identisches Gesicht und wirkten nicht mehr so angespannt. Sie meinte, dass es eine Art Vorbestimmung sein müsse, dass ausgerechnet wir zwei, unter den Abermillionen Menschen dieser Stadt, in so einem unscheinbaren Laden aufeinander gestoßen waren. Es sei ja fast wie ein Sechser im Lotto.

Sie fragte mich, wo ich hin wollte, ob sie mich irgendwohin mitnehmen könnte. Ich lehnte dankend ab. Allerdings meinte ich, wir können die Telefonnummern austauschen und in Kontakt bleiben. Sie stimmte mir sofort zu und wir notierten dann gegenseitig die Nummern. Zum Schluss stieg sie, nachdem der Fahrer sie gehetzt hatte, endlich in das wartende Taxi und verschwand in die Nacht.

Ich wanderte auf der Straße ziellos weiter, meine Gedanken blieben allerdings an diesem theatralischen Ereignis hängen. Ich hatte keine Ahnung, ob das Ganze etwas mehr zu bedeuten hatte als nur eine zufällige Begegnung. Sie hatte mir nicht einmal ihren richtigen Namen verraten. Sie sagte, sie hieße Jessica, aber vermutlich war es nur ein angenommener westlicher Name, den jeder in dieser Stadt wie ein Titel trug, der demonstrieren sollte, dass er den Anschluss an eine bessere Welt, nämlich die westliche, gefunden hatte. An ihrer Kleidung und den Accessoires merkte man aber, dass Jessica dies nicht nur längst getan hatte, sondern der westlichen Welt höchstwahrscheinlich bereits voraus war.

Warum soll aber jemand wie Jessica etwas mit mir zu tun haben wollen? Ich konnte kaum den Anschluss an die Stadt finden, in der ich lebte. Auf einmal kam mir mein Leben richtig armselig vor. Geboren in einer Kleinstadt der Provinz Zhe Jiang[6], drehte sich das zentrale Ziel meines Lebens immer um den Begriff „Anschlussfinden“, den Anschluss an alle, die schneller, besser und stärker als ich waren. Hochleistungs-Kindergarten, Hochleistungs-Grundschule, Hochleistungs-Gymnasium, Elite-Uni … Die Schritte wurden immer größer und schneller. Aber davon, wohin der nächste Schritt ginge und was es am Ende dieses Trips zu sehen gäbe, hatte ich nicht die leiseste Ahnung.

Ich schaute hilflos die Straße hinunter, die nur spärlich beleuchtet war, und merkte erst jetzt, dass

---

[6] Zhe Jiang, eine große Provinz in Süd-Ost China, südlich von Shanghai.

ich bereits zu meinem vorläufigen Zuhause, nämlich der WG mit Lin Li und Xiao Xia, zurückgelaufen war.

Die Wohnung, die wir zusammen gemietet hatten, befand sich im Rohbauzustand. Wir hatten sie wegen des ziemlich angenehmen Ambientes in diesem Wohn-Compound[7] genommen. Ich hatte die beiden Mädchen beim Besuch eines Immobilienmaklers kennengelernt. Für unser Budget gab es nur zwei Möglichkeiten. Wenn man eine Wohnung für sich haben wollte, musste man in diesen heruntergekommenen, dreckigen Wohnsiedlungen suchen, die die Einheimischen als „die alten Plattenbauten" bezeichneten. Wenn man aber Wert auf Atmosphäre legte und in einem besseren Compound wohnen wollte, war eine WG in einer Rohbauwohnung der einzige Ausweg.

Vor den sogenannten „Zuwanderern vom Land" trugen die meisten Einheimischen dieser Stadt ihre Nasen ganz hoch. Nachdem der Makler mir aber einige Wohnungen in „den alten Plattenbauten" gezeigt hatte, deren Kosten innerhalb meines Budgets lagen, empfand ich sogar Mitleid für die Einheimischen. Auch wenn die meisten dank der massiven Baumaßnahmen der Stadtregierung mittlerweile in besseren Wohnungen hausten, verrieten solche alten Plattenbauten die ungeschönte Wahrheit über die nicht sehr ferne Vergangenheit der stolzen Metropole.

Oft hatte ich mich mit dem Makler durch ein dunkles, enges Treppenhaus gequält, ständig über irgendwelche Gegenstände stolpernd, die ich auf

---

7 Wohncompounds sind abgeschlossenen Wohnsiedlungen, die aus stilähnlichen Wohngebäuden bestehen. Meistens haben Compounds jeweils eigene Namen und sind das wichtigste Wohnanlagenformat Chinas in moderner Zeit, auch in gesamt Asien sind sie sehr populär.

Grund ihres Aussehens und ihrer Gerüche als nichts anderes als Müll bezeichnen konnte. Die Fenster, die sich an beiden Seiten der Wände des meist sehr schmalen Durchgangs reihten, waren vom Fettdunst verschmiert und versteckten sich hinter verrosteten Metallgittern. Sie sahen eher aus wie schwarze Löcher, aus denen ab und an blasses Licht heraus schien, um das Ganze mit einer elenden Kontur zu skizzieren. Auch die Wohnungstüren, die sich nicht zu sehr von Holzbrettern unterscheiden ließen, waren mit kalten Gittern gesichert.

In den Wohnungen herrschte meistens ein noch deprimierenderes Bild. Die Küche war kein Arbeitsplatz für gute Köche, denn wer wohlgenährt ist, passte da nicht hinein. Auch das Badezimmer war nichts für jemanden, der alle seine Körperteile gleichzeitig nass machen möchte. Eine Einzimmerwohnung wie diese konnte leicht das gesamte Monatsgehalt eines Berufsanfängers kosten, außer sie lag ganz am Rande der Stadt. Was Lebenshaltungskosten anging, hatte diese Stadt auf jeden Fall bereits den Anschluss an die westliche Welt gefunden.

Ich war auch eine von den „Zuwanderern vom Land“ und war in einer Kleinstadt aufgewachsen. Allerdings hatte ich das Privileg, in unserem alten Familienhaus groß zu werden, das meine Mutter geerbt hatte. Ich hatte ein helles Zimmer mit großen Fenstern im Obergeschoss nur für mich. Zwar befanden sich keine wertvollen Gegenstände im Haus, dank meiner Mutter war es aber immer ein sicheres, sauberes und bequemes Zuhause für mich. Nun kam ich in diese Weltmetropole und musste mich in ein dreckiges Loch einquartieren. So hatte ich manchmal fast das Gefühl, mich zum Dumpingpreis verkauft zu haben, um gegen etwas zu tauschen, was sich am Ende sowieso als ein unerfüllbarer Traum entpuppen wird. Aber viel mehr Alternativen hatte ich da nicht. Ich musste irgendwie zusehen, dass ich genau in dieser Stadt meinen Weg fand. Denn eine sichere Zukunft, auf die man selbst in dieser am Meer liegenden Metropole selten stieß, war im Hinterland Chinas noch rarer.

Nach einigem Hin und Her mit den Maklern, nur einige Tage, bevor ich zwangsläufig aus dem Studentenwohnheim ausziehen musste, traf ich Lin Li und Xiao Xia beim Makler. Wir drei waren uns sofort über die Lösung einer 3er-WG einig. Obwohl ich zuvor eigentlich ziemlich froh war, mich von dem Studentenwohnheim und den WGs verabschieden zu dürfen, entschied ich mich nun aber doch lieber für eine einigermaßen saubere WG, anstatt für eine einsame Grube in einem so genannten alten Plattenbau.

Um uns eine WG in einem bürgerlichen Wohn-Compound zu leisten, war jede von uns bereit, einen Mietanteil zu bezahlen, der gar nicht so viel geringer war, als die gesamte Miete für eine eigene Wohnung im Altbau. Am Anfang der Besichtigung wurden wir alle von Euphorie überfallen, die allerdings nicht sehr lange andauerte. Denn als wir endlich in der Wohnung standen, wurde uns das große Gefälle zwischen den öffentlichen Bereichen da draußen und dem Zustand drinnen in dem Raum erst klar.

Das Compound-Gelände war sehr gut geplant. Großflächiges Grün, klare Teiche und kleine Holzbrücken bildeten eine wundervolle Gartenlandschaft. Bei gutem Wetter konnte man auf dem Gelände spazieren oder sich ausruhen und dabei den schönen Garten diskret genießen, fast wie auf einem eigenen Privatgrundstück. Ein Aufzug gab es in jedem Gebäude. Nur drei Wohnungen befanden sich auf dem jeweiligen Stockwerk. Es sah überall sauber aus und keiner verstaute Gegenstände im Gang, dessen Boden sogar mit Kunstmarmor-Platten gefliest war. Die Compound-Verwaltung schickte auch regelmäßig den Putzdienst, um die Gebäude außen und innen instand zu halten. Wenn alles derart in Schuss gewesen wäre, hätte man fast meinen können, dass wir nach westlichem Standard lebten.

Sobald wir in unsere Wohnung eintraten, wurde die Bedeutung des Wortes Rohbau unmissverständlich geklärt. Endlich kamen wir wieder vom siebten Himmel auf den Boden der Tatsachen herunter. Ein leerer Raum mit rauem Betonboden, im Badezimmer war außer einer einfachen Toilettenschüssel nichts installiert, nicht einmal ein Waschbecken. In der Küche schauten nur ein paar nackte Rohre aus den Wänden heraus.

Derartige Rohbauwohnungen in mittleren bis gehobenen Wohnanlagen gab es oft zu vermieten. Besitzer kamen meistens aus Wen Zhou[8], kauften die Wohnungen nur aus spekulativen Gründen und behielten sie für einen jederzeit möglichen Wiederverkauf. In dem Fall war eine Renovierung natürlich überflüssig. In der Zwischenzeit, falls ein guter Deal noch nicht in Sicht war, ließen sie die Wohnung an Leute wie uns vermieten, die weder in einer Altbauwohnung dieser Stadt wohnen wollten, noch sich eine bürgerliche Wohnung leisten konnten. Es war keine Seltenheit, dass solch eine Drei-Zimmer-Wohnung mit Stockbetten ausgestattet war, in der dann eine ganze Fußballmannschaft hausen konnte.

Im Vergleich zu diesen Menschen war unsere 3er-WG fast verschwenderisch. Aber wir wollten uns

---

[8] Eine Stadt der Provinz Zhe Jiang. Bekannt wegen der Vielzahl der dortigen privaten Unternehmer. Aus Wen Zhou stammen gigantische Mengen von Kapital, mit denen seit Jahren auf dem Immobilienmarkt Chinas spekuliert wird und die den Immobilienpreis in großen chinesischen Städten seit Jahren immens hochtreiben.

diesen Luxus gönnen. Lin Li und Xiao Xia hatten durch ihre Jobs oft Kontakt zu den wohlhabenden Schichten dieser Stadt und gewannen vielleicht langsam eine andere Vorstellung an Lebensqualität. Ich hatte zwar noch kein Einkommen, wollte mir aber die Hoffnung nichts nehmen lassen, dass es bald anders werden könnte. Ohne diese Hoffnung, welche vielleicht sogar nur eine Illusion war, hatte ich Angst, dass ich bald vergessen würde, wer ich bin, und dass ich eines Tages wirklich zu denen gehören würde, die lebenslang durch einen dunklen Tunnel zwischen den Stockbetten gingen, ohne auch nur einen Funken von Licht zu sehen.

Wir drei waren absolut ein Herz und eine Seele, was die WG anging. Denn wir wollten nichts anderes, als wirklich zu dieser Stadt gehören und so leben, wie die Einheimischen. Wenn nicht zu Hause, dann wenigstens da draußen. Vielleicht konnte man uns ja als eitel bezeichnen, aber wenn Würde eine Art Eitelkeit ist, dann entscheide ich mich ohne Zögern für die Eitelkeit.

Nachdem wir in diese Wohnung eingezogen waren, musste zunächst entschieden werden, wie wir die Wohnung unter uns aufteilen. Das Wohnzimmer war zwar etwas größer als die zwei anderen Zimmer, diente allerdings auch als Durchgang zwischen der Küche und den Schlafkammern. Als wir uns nach einer Weile nicht einigen konnten, entschloss ich mich, auf den Kompromiss einzugehen und das unbeliebte Durchgangszimmer zu nehmen. Die beiden waren zum Glück nicht ganz unfair und hatten meinen Mietanteil ein bisschen reduziert.

In den folgenden Tagen waren wir damit beschäftigt, Geld zusammenzukratzen und ein paar einfache Möbel und Geräte für die gemeinsame Nutzung zu kaufen, wie zum Beispiel ein Waschbecken für das Bad, ein Kochfeld für die Küche, einen Wasserboiler und einen Schrank. Ich besorgte mir noch ein Stück dunkelfarbigen Stoff, den ich als Sichtschutz in meinem Zimmer aufhängte, um halbwegs meine Privatsphäre zu schützen. Zusammen gingen wir zu einem kleinen Möbelgeschäft und schafften uns drei primitive Matratzen an. Sie wurden als Liegen auf den Boden gelegt.

Lin Li und Xiao Xia arbeiteten beide. Mit ihrem Einkommen konnten sie sich über Wasser halten. Ich würde allerdings in Schwierigkeit geraten, wenn ich nicht bald einen Job fände. Denn der Großteil meiner Ersparnisse, die ich während des Studiums durch Nebenjobs zur Seite gelegt hatte, war bereits durch Kaution, Miete und Einkäufe aufgebraucht worden. Aber egal was passieren würde - ich wollte in dieser Stadt bleiben, auch wenn ich dafür einen hohen Preis bezahlen müsste. Denn in dieser Weltstadt hatte man wenigstens die Illusion, dass man eines Tages zu den Besseren dieser Welt gehören würde.

Vergangenheit, Gegenwart und Zukunft waren in meinen Gedanken ineinander verflochten wie ein Knäuel, als ich in unserer WG wieder eintraf. Das war immer der Moment, in dem ich meinen Vorteil in dieser WG wahrnahm, nämlich, dass meine Mitbewohnerinnen beide nachts arbeiteten. Die ganze Wohnung gehörte nur mir für die ganze Nacht. Keiner störte mich.

In jener Frühsommernacht lag ich auf der steinharten Matratze, schaute in den schwarzen nächtlichen Himmel durch das Fenster, schwebte in belanglosen Gedanken.

JESSICA

Ich wurde in Shanghai geboren und hatte meine Kindheit hier verbracht. Als ich aber nach mehr als zehn Jahren wieder zurückkehrte, erschütterte alles, was ich sah, die Erinnerungen an meine Kindheit. Ich fühlte mich so, als würde ich in ein halbfertiges, postmodernes Gemälde katapultiert. Alles schien mir wegen der Disharmonie zwischen Neu und Alt, Reich und Arm, Schön und Hässlich extrem unrealistisch.

Diese Millionenmetropole expandierte ungebremst weiter und wurde immer größer, als hätte sie ständig überdosierte Wachstumshormone bekommen. Ich kaufte mir einen Stadtplan, starrte auf ein mir sehr fremdes Gelände, das nun ebenfalls zu dieser Stadt gehören sollte, und suchte verzweifelt nach dem Namen einer Straße.

Shane stützte seinen Kopf auf das Lenkrad und sagte ungeduldig: „Bist du nicht hier geboren?“

Ich erwiderte: „Ja, und? Diese Stadt wächst schneller als meine Haare, woher soll ich denn wissen, wie viele Straßen hier am Tag neu entstehen? Außerdem war ich über zehn Jahre weg. Eigentlich müsstest du dich hier doch besser auskennen als ich, immerhin lebst du ja schon seit fünf Jahren hier!“

Zum Schluss fanden wir den Straßennamen auf

dem Stadtplan inmitten eines Labyrinths am südwestlichen Stadtrand. Ich hielt die Straßenkarte hoch. Shane suchte mühsam den Weg durch die unzähligen PKWs und LKWs, die dröhnenden Hupen und die beißenden Abgase. Erst nach geraumer Zeit hielten wir in einer völlig heruntergekommenen Wohnsiedlung an.

Shane war, glaubte ich, einer der wenigen in dieser Stadt, den ich als Freund bezeichnete. Mit meinen Kindheitsfreunden und Mitschülern aus der Grundschule pflegte ich keinen Kontakt mehr. Selbst wenn ich jetzt irgendwo auf einen von ihnen stieße, würde ich ihn höchstwahrscheinlich nicht wiedererkennen. Seitdem ich vor einigen Monaten zurück ins Land gekommen war, versuchte ich einen eigenen Freundeskreis zu bilden. In solch einer Stadt brauchte man einfach so einen „Kreis“ um sich, ansonsten wurde man schnell von dem Ozean aus Menschen, Autos und Konsumgütern eingeschüchtert und fing an, um die eigene Bedeutungslosigkeit und Einsamkeit zu trauern.

Wenn man allerdings die Definition von „Freund“ nicht zu eng sah, würde es einem hier auch nicht an Freunden fehlen. Es war nicht schwer, an einem beliebigen Wochenende in einer beliebigen Bar Mädchen und Typen zu treffen, die eine ähnliche Leidenschaft für exzessives Feiern teilten. Mit einigen davon konnte man sich immer schnell „anfreunden“, und so wurde die Gruppe, die sich gemeinsam die Welt schöner trinken wollte, jedes Wochenende größer.

Unabhängig von Alter und Nationalität führte der überwiegende Teil einer solchen Gruppe ein infantiles Leben, vor allem an jedem Wochenende. Unter der Woche wurde jeder von alltäglichen Pflichten gejagt, und die Partys danach wurden zum ultimativen Lebensziel. Die meisten dieser Partygänger waren die so genannten Expats, also Ausländer, die sich mit ihren unterschiedlichen Vorhaben langfristig oder vorübergehend in der Stadt aufhielten. Aber natürlich tauchten oftmals auch Einheimische auf der Bühne auf, die sich aus unterschiedlichen Interessen den Expats annähern wollten.

Außer um sich zu betrinken, verbrachten diese Menschen ihre gemeinsame Zeit oft damit, sich über unbefriedigende Situationen aller Art zu beschweren, die mit dieser Stadt und diesem Land in Verbindung standen. Keiner von ihnen wollte jedoch die Metropole verlassen.

Schon sehr bald entdeckte auch ich die Versuchung dieser Stadt. Hier wurden alle Wünsche und das Verlangen nach Dekadenz stets erfüllt und gestillt - waren sie auch noch so absurd. Wein, Weib und Gesang, die Angebote waren so vielfältig, die Qualität so erstklassig und die Kosten so zivil - es wäre ja fast eine Sünde, nicht alles ausprobiert zu haben. So verwandelten sich alle in Minderjährige und saugten neugierig und gierig die Sinnlichkeit aus dem Leben. Besonders freizügig waren die, die einst strenggläubig waren und in ihrer Heimat in einen moralischen Käfig gesperrt wurden. Hier entdeckten sie auf einmal ein Paradies jenseits von Religion und Ethik und konnten die Ausbruchsversuche ihrer niederen Instinkte gar nicht mehr bändigen.

Ich hatte Shane an irgendeinem Wochenende beim Koma-Saufen kennen gelernt. Der Grund, dass ich mit ihm Freundschaft schloss, war einfach: Er war einer der wenigen meiner Wochenendbekanntschaften, mit denen man sich auch im nüchternen Zustand unterhalten konnte.

Obwohl ich mich auch stets bemüht hatte, mit meinen Landsleuten Kontakt zu knüpfen, gelang es mir nicht oft. Zwischen uns lagen zwei völlig unterschiedliche Welten und über zehn Jahre

Auslandserfahrung. Ich hatte den Entwicklungsprozess der Kultur, der in dem letzten Jahrzehnt in diesem Land stattgefunden hatte, schlichtweg aus den Augen verloren. Zu meinem Entsetzen musste ich sogar feststellen, dass Japan und Korea dieses Land während meiner Abwesenheit erfolgreich kulturell kolonisiert hatten. Nichts interessierte die jungen Menschen hier mehr, als japanische oder koreanische Stars aus Seifenopern. Ich kannte dagegen kaum einen chinesischen Popstar, sei er vom Festland, aus Hongkong oder Taiwan - von seinen japanischen oder koreanischen Kollegen ganz zu schweigen.

Wenn die Unterhaltung über koreanische Liebesschnulzen erlahmte, verlagerten meine Landsleute das Gesprächsthema auf den Immobilienmarkt. Noch nie zuvor hatte ich woanders auf diesem Planeten Menschen gesehen, die solch eine fieberhafte Manie für das Handeln mit Immobilien besaßen. Wenn sich die großen Immobilienunternehmen dieses Landes zusammenschlössen, bekämen sie es möglicherweise hin, dieses Geschäft zu einer Religion zu verherrlichen, die Milliarden von Anhängern anzöge und damit Jesus Christus und Shakyamuni überträfe. Es schien für viele das wichtigste Lebensziel zu sein, irgendwann eine Eigentumswohnung zu besitzen. Ich musste ihnen auch Recht geben. In der neuzeitlichen chinesischen Geschichte hatte es noch nie Güter gegeben, deren Preise über zwanzig Jahre so ununterbrochen und hartnäckig mit hohem Tempo nach oben geschossen waren wie Immobilien.

Für die Wenigen, die bereits am Anfang des Wirtschaftsaufschwungs die Chance ergriffen und alles auf Wohnungen gesetzt hatten, bedeutete das natürlich ein enormer Zuwachs an Vermögen. Aber für die, die auf dem sozialistischen Wohlfahrtsschiff verschlafen und den Sprung auf den ersten Zug der Privatisierung nicht geschafft hatten, wurde der

Traum von einer Eigentumswohnung immer unerreichbarer, denn das Rennen zwischen Erwerbssteigerung und der Entwicklung der Immobilienpreise war von Anfang an ein hoffnungsloses Spiel gewesen, das zwischen einer Schnecke und einem Rennpferd stattfand.

Der verzweifelte Versuch der Einheimischen, um jeden Preis auf diesen Hochgeschwindigkeitszug der Wirtschaftsentwicklung des Landes aufzuspringen, war für mich zwar nachvollziehbar, kam mir aber dennoch sehr naiv vor. Denn selbst, wenn man sich halbwegs in einen der Waggons hineingequetscht hatte, bekam man trotzdem keine Garantie für ein sorgenfreies Mitfahren, von der Tatsache ganz zu schweigen, dass die meisten Fahrgäste ohnehin mit der Hälfte ihres Körpers in der letzten Waggontür nach draußen hingen. Wenn man die Eigentumswohnungen, also das Heiligtum jener, die sich untröstlich nach Wohlstand sehnten, als Beispiel nahm, wusste man bereits, was für ein unfaires Geschäft die Normalsterblichen mit dem Staat abschlossen. Erstens bringen die sogenannten Eigentumswohnungen nur siebzig Jahre Nutzungsrecht mit sich, was einer Art Pacht entspricht, und wenn man Pech hatte, war die Wohnung noch nicht einmal abgezahlt, wenn der Vertrag auslief, und zweitens konnte man nicht glauben, dass ein solches Gebäude überhaupt siebzig Jahre lang unbeschadet stehen würde. Zumindest, wenn man die wundersam kurze Bauzeit all der prächtigen Hochhäuser betrachtete und den Zustand einiger jüngst gebauten Exemplare genau prüfte.

Aber viele Menschen in China opferten freiwillig die gesamten Ersparnisse dreier Generationen, um sich eine Betonkiste zu besorgen, die sie danach lebenslang auf dem Rücken tragen mussten. Da wird man doch zur Schildkröte! Aber gibt es tatsächlich Menschen, die zu einem Panzerwesen degenerieren möchten, das nicht einmal ein Säugetier ist?

Andererseits wäre mein Leben nicht genauso verlaufen, wenn es nicht komplett auf den Kopf gestellt worden wäre, als ich zehn war?

Ich stelle mir oft diese Frage: Wie würde mein Leben aussehen, wenn all das nie passiert wäre, was in meinem zehnten Lebensjahr passiert war? Aber diese Frage war zu abstrakt, als dass ich eine Antwort darauf finden konnte. Denn das Leben ist wie eine Münze, egal wie sie landet, man kann immer nur eine Seite sehen.

Wobei - was auch immer die Kehrseite dieser Münze zeigen würde, ich konnte mich über mein derzeitiges Leben nicht wirklich beklagen, jedenfalls schien es für die anderen so. Ich musste nicht jeden Morgen wie die Mehrheit der Bewohner dieser Stadt in die überlaufene U-Bahn stürmen, um zur Arbeit zu fahren, oder mir jeden Monat Sorgen machen, ob die Ratenzahlungen für die Wohnung und das Auto noch pünktlich getilgt werden konnten. Die einzige Sorge, die ich hatte, war, wie ich mich nach jeder Party sicher nach Hause schleppen konnte.

Shane parkte das Auto ein und wir stiegen aus. Verwirrt fragte ich: „In dieser schäbigen Gegend soll euer zukünftiges Studio sein?"

Er schaute sich eine Weile um, ohne meine Frage zu beantworten, und eilte dann zu einem Bungalow, der wie eine stillgelegte Fabrik aussah. Ich lief Shane misstrauisch nach.

Bei dem Wohnhaus handelte es sich um einen Betonbau. Die Fenster hatten noch die altmodischen Metallrahmen, in denen nicht viele Scheiben übrig geblieben waren. Der Zustand im Hausinneren war allerdings deutlich besser, als ich erwartet hatte. Auf dem Betonboden lagen noch Stoffreste und Produktionsmüll. Vermutlich hatte der Inhaber oder der letzte Mieter hier eine Textilfabrik betrieben. Die

Wände waren verputzt und ziemlich gut in Schuss. Von den fehlenden Scheiben abgesehen waren die Fenster alle dicht verschließbar. Die Nutzfläche betrug cirka sechshundert Quadratmeter. Das Wichtigste war aber, dass die Deckenhöhe über vier Meter betrug, wodurch man den Raum zu einer Maisonette-Wohnung umbauen konnte.

Shane sah zufrieden aus. Er nickte mir zu und gab verspätet die lakonische Antwort: „Das hier ist es."

Shane war einmal Bühnendesigner gewesen. Allerdings hatte er diesen Beruf ausgeübt, als er noch in London lebte. Warum er vor fünf Jahren plötzlich alles stehen und liegen ließ, und in ein völlig fremdes Land zog, wusste niemand so genau. Er kam ursprünglich aus Irland und eventuell hatte er nicht das beste Verhältnis zu den Briten. Jedenfalls schien es in London nicht viel zu geben, was ihm besonders am Herzen lag. Erst nachdem er in dieser Stadt angekommen war, fing er an zu sprießen und zu gedeihen, wie ein Keimling, der gerade den Winter überlebt hatte.

Am Anfang hatte er für ein einheimisches Innenarchitektenbüro gearbeitet. Viele private Designbüros im Land stellten gerne Europäer oder Amerikaner ein, sofern sie sich das leisten konnten. Zuerst dachte ich, dass die Ausländer wegen ihres international tauglichen Geschmacks und ihrer Kreativität begehrt waren, denn Kreativität war noch nie die Stärke der Chinesen gewesen. Später erfuhr ich von Shane, dass die westlichen Designer in einheimischen Designbüros eigentlich gar nicht viel zu verlieren hatten. Die Verantwortlichen aller Projekte waren meist Chinesen. Die Ausländer wurden oft nur gebraucht, wenn die Vertriebsleute gerade versuchten, ein Projekt an Land zu ziehen. Ein westliches Gesicht diente in solchen Fällen als Aushängeschild der Firma, das den internationalen Standard repräsentierte und somit für bessere Karten während der Verhandlungen sorgte. Nicht mehr und nicht weniger. Was in dem Schädel hinter der Westler-Fassade vorging, interessierte niemanden wirklich.

Sobald ein Vertrag abgeschlossen worden war, unterschied sich Shanes Arbeit nicht mehr viel von der eines einheimischen Praktikanten. Das bedeutete, mit Hilfe verschiedener Software, Zeichnungen nach Kundenwunsch zu erstellen. Die Skizze, der Grundriss, der Aufriss und das Rendering. Für jede Zeichnung gab es das passende Computerprogramm, als ob die Aufgaben eines Designers einzig darin lägen, die Bedienung von Designprogrammen zu lernen und diese dann zu testen.

In Sachen Bauplanerstellung konnte Shane mit den Absolventen der einheimischen Designschulen gar nicht mithalten. Die Praktikanten waren vielleicht nicht sonderlich kreativ, dafür aber Meister der digitalen technischen Zeichnung. Wenn man ihnen sagte, man benötige eine sechs Meter hohe Stützsäule, waren alle Zeichnungen inklusive des Renderings in ein paar Minuten fertig. Danach verlangte man, dass die Rechtecksäule jetzt in eine Rundsäule geändert werden müsse, und nach einer Tasse Kaffee hielt man die überarbeitete Zeichnung in den Händen. Die Praktikanten stellten keine Fragen, wie zum Beispiel, wo man diese Säule denn hinstellen wolle in einem Raum, in dem die Decke nur fünf Meter hoch war. Das taten sie nicht, weil sie glaubten, dass man diese Säule eigentlich auf den Boden legen wollte, aus welchem Grund auch immer.

Shane war da ganz anders. Bevor er mit dem Zeichnen überhaupt anfing, stellte er schon viel zu viele Fragen. Muss es eine Rechtecksäule sein? Soll sie wirklich so breit sein, dass man die an der Wand hängenden Bilder hinter der Säule gar nicht mehr sieht? Kann man die Stützen auch in einer anderen Form gestalten als in der einer Säule? Die Praktikanten hatten dem Vorgesetzten bereits alle erwünschten Zeichnungen präsentiert, ehe er mit seinen Fragen fertig war.

So hatte sich Shane nach einer Weile endlich mit dem Nutzen seines Gesichtes und der Belanglosigkeit seines Wissens abgefunden. Er fing an, sich seines Gehaltes mit ruhigem Gewissen zu erfreuen, das zehnmal höher war, als das eines einheimischen Praktikanten, ohne aber wie dieser, jeden Tag dafür Überstunden machen zu müssen. Seine Firma war nicht die einzige in der Art. Es gab immer mehr private Firmen, die bereit waren, für ein Gesicht ein sehr hohes Gehalt zu bezahlen. Aber die eigentlichen Leistungen ließen sie von den Praktikanten erbringen, die stets mit dem Existenzminimum auskommen mussten.

Ich lernte Shane an einem Wochenende kennen, kurz nachdem ich in diese Stadt gekommen war. Eines Samstagmorgens kurz vor fünf Uhr kam ich mit ein paar Bekannten aus einem Club am Bund. Der Horizont war bereits durch einen leicht orangenfarbenen Lichtschimmer gefärbt. Ich war gerade dabei, ein Taxi für die Heimfahrt anzuhalten, als mich jemand plötzlich von hinten festhielt. Für einige Sekunden war ich vor Schock fast gelähmt und überlegte, wie ich mit meinen Stöckelschuhen schnell genug wegrennen konnte. Aber kurz darauf wurde mir klar, dass die Person keine wirkliche Gefahr darstellte. Denn der große schlanke Mann, mit heller Haarpracht und dunklem Trenchcoat, hatte zwar meine Handtasche festgehalten, zeigte an der aber kein besonderes Interesse. Er war nur jemand, der aus eigener Kraft nicht mehr aufrecht stehen konnte und eine externe Stütze brauchte. Ich empfand tiefes Mitgefühl für ihn, denn ich befand mich auch nicht selten in diesem Zustand.

Er versuchte, sich zu konzentrieren und fragte mich mit einem schüchternen Lächeln und einem Hauch von Londoner Akzent, ob ich ihm vielleicht ein bisschen Geld geben könne. Ich blickte in sein Gesicht, das, wenn er nicht so betrunken gewesen wäre, eigentlich ziemlich attraktiv war und konnte die Briten nur bewundern: Selbst einen Überfall in aller Herrgottsfrühe absolvierten sie mit gutem Benehmen. Ich fragte, wie viel er haben wolle. Er sagte, nur genug für eine Taxifahrt.

Dann fing er an, mich voll zu schwatzen. Vorher habe er seinen Geldbeutel und sein Handy noch in der Hand gehabt, und beides sei auf einmal verschwunden gewesen, nachdem er aus dem Club gekommen war. Sein einziger Wunsch sei, nach Hause zu fahren und sich ins Bett zu werfen, aber er habe keinen einzigen Cent.

Verblüfft fragte ich ihn, ob die Bettel-Gangs inzwischen auch westliche Mitglieder anheuerten. Aber er schmunzelte nur kommentarlos vor sich hin. Dann wollte ich wissen, wo er hinwolle. Auf meine Frage hin bemühte er sich, den Namen einer Straße korrekt auszusprechen, in dem er diesen ein paarmal in unterschiedlichen Lautstärken und mit verschiedenen Betonungen wiederholte. Ich konnte ihn zu seinem Glück sofort verstehen, denn ich kannte die Straße, welche zufällig nur eine Kreuzung von meiner Wohnung entfernt lag.

So sagte ich zu ihm: „Wenn du dir diese Geschichte nicht ausgedacht hast, dann bringe ich dich nach Hause. Ich wohne in der Nähe.“ Entweder er hatte dies nicht gleich begriffen, oder er war gerade mit seinen Gedanken woanders, denn er antwortete nicht. Sein Blick schwankte genauso instabil wie sein Körper. Ich machte die hintere Tür des Taxis auf, das neben mir angehalten hatte, zerrte meine Tasche aus seiner Hand und setzte mich in den Wagen. Er schaute mich unentschlossen an und machte keine Anstalten, eine Entscheidung zu treffen.

„Now or never", schrie ich ihn an, „Last call for today!"

Noch ehe ich die Türe vor ihm zuschlagen konnte, war er auf einmal blitzschnell im Taxi.

Sobald er an Bord war, fing er an zu schlafen. Ich musterte seine hellbraunen Haare und sein unrasiertes, knochiges Gesicht und hatte dabei nicht die geringste Ahnung, ob die Geschichte über seinen Geldbeutel und das Handy erfunden war.

Als das Taxi wieder anhielt, waren wir in der von ihm genannten Straße angekommen. Mit aller Kraft versuchte ich, ihn wach zu rütteln. Gleichzeitig entschloss ich mich, uns direkt zum Polizeipräsidium chauffieren zu lassen, falls er auf andere Gedanken käme. Dann aber öffnete er die Augen, schaute wie ein fröhliches Kind durch die Fensterscheibe und schrie völlig aufgelöst: „Ich bin daheim!"

Beim Aussteigen kämpfte er eine Weile schwer mit seinem Gleichgewicht, um den Körper unfallfrei auf seinen Beinen zu halten. Als er sich endlich weit genug vom Taxi entfernt hatte, dass ich die Türe wieder zuschlagen konnte, stoppte er diese mit einer ausgestreckten Hand und stellte sich plötzlich vor: „Ich bin Shane, und du?"

„Ich heiße Jessica", sagte ich schnell und ließ den Fahrer unverzüglich weiterfahren.

Im Taxi schaute ich steif geradeaus. Denn ich hatte Angst, dass, wenn ich mich noch einmal umdrehte, ich ihn nie wieder loswürde.

Eine Woche später traf ich ihn erneut in einem Café in der Nähe meiner Wohnung. Er hatte mich auch sofort wiedererkannt. Offensichtlich war er an jenem Morgen nicht betrunken genug gewesen, um alles zu vergessen.

So fingen wir an, uns zu unterhalten. Irgendwann gingen wir auch ab und an gemeinsam etwas essen oder trinken, und schließlich wurden wir Freunde.

Shane stand immer noch in der ehemaligen Fabrikhalle und begutachtete jedes Detail, als hätte er bereits angefangen, den Umbau des Studios in seinem Kopf zu planen. Der Anblick seines von Hoffnungen und Visionen erfüllten Gesichts machte mich allerdings ein wenig traurig. Jeder in dieser Stadt träumte von etwas. Auch wenn es in dem Traum um etwas so Banales wie um eine Eigentumswohnung oder ein Auto geht. Nur ich hatte nie einen Lebenstraum. Seit meinem zehnten Lebensjahr hatte ich irgendwie die Fähigkeit verloren, von etwas zu träumen. Denn seit jenem Jahr hatte ich auch die Fähigkeit verloren, die Tage von den Nächten und die Realität von den Träumen zu unterscheiden.

Aber es konnte mich nicht daran hindern, die Träume der anderen leidenschaftlich mit zu erleben. Als ich erfuhr, dass Shane, Matt und ihre Kumpels vorhatten, ein kleines Filmstudio aufzubauen, wollte ich sofort mit ins Boot. Die Sache an sich hatte keine wirkliche Bedeutung für mich, aber ich investierte Geld und Energie, nur um eine Vorstellung davon zu bekommen, wie es sich anfühlte, wenn man einem Traum nachhing.

Um zu zeigen, dass ich mindestens genauso begeistert war wie Shane, jaulte ich ihm zu: „Ja gut, lass uns doch Nägel mit Köpfen machen. Morgen können wir gleich zum Vermieter gehen und den Vertrag unterzeichnen.“ Dann ging ich aus der Halle und lief Richtung Auto, denn mein zur Schau gestellter Enthusiasmus war selbst für mich ein wenig übertrieben. „Was ist das für ein Schrottplatz!“, schimpfte ich heimlich, als ich unser Auto sah, das heute Morgen frisch aus der Waschstraße gekommen, aber jetzt schon wieder völlig mit Staub bedeckt war. Keinesfalls ließ Shane sich seine Laune jedoch wegen einer dreckigen Karosserie verderben. Er war aufgeregt und zugleich geistig abwesend, scheinbar von seiner Euphorie angesichts des zukünftigen Studios überwältigt.

Mir war es unbegreiflich, wie ein Ausländer wie Shane es schaffte, eine leer stehende, alte Fabrikhalle in so einer abgelegenen Gegend zu finden. Shane erzählte mir, dass er sie übers Internet gefunden habe. War ja auch klar. Was wäre die Welt ohne Internet. Die Firmen würden in Konkurs gehen, die Beschäftigten würden berufsunfähig werden, und die Jugendlichen würden sich wegen der unerträglichen Langeweile das Leben nehmen. Aber dank des Internets kamen einige Expats dieser Stadt endlich einem ihrer Träume näher.

Auf dem Rückweg saß ich am Steuer. Shane schwang sich singend auf den Beifahrersitz. Er hatte schon eine Idee, wo wir alle heute Abend feierlich auf das Ereignis anstoßen könnten. Der Schwerpunkt lag natürlich nicht auf „wo", sondern eher auf „womit".

Nachdem ich Shane nach Hause gefahren hatte, fiel mir etwas ein. Ich wollte noch einen mit einer amerikanischen Flagge verzierten Herrenohrstecker besorgen. Als ich vor einer Woche mit Matt an einem Schmuckladen vorbeigegangen war, hatte ihm dieser Ohrstecker recht gut gefallen. Da wir uns heute Abend sehen würden, konnte ich ihn doch damit überraschen. Der Spitzförmige, den er die ganze Zeit trug, wollte nicht so recht zu ihm passen.

Als ich mit dem gekauften Schmuckstück nach Hause kam, stellte ich fest, dass ich meine Sonnenbrille in der kleinen Boutique vergessen hatte. Zum Glück lag der Laden auf dem Weg zu dem Lokal, in dem ich mich später mit meinen Kumpels treffen würde. Ich könnte auf dem Hinweg meine Brille abholen, falls sie noch dort war. Es war meine Lieblingssonnenbrille, die ich zu meinem achtzehnten Geburtstag bekommen hatte. Diese Brille war eine Sonderanfertigung eines Schweizer Optikers. Die Fassung war aus Wasserbüffelhorn. Am Ende des jeweiligen Brillenbügels war ein echter Aquamarinstein eingesetzt, da Aquamarin angeblich mein Glücksstein ist. Plötzlich hatte ich große Angst, diese Sonnenbrille nicht zurück zu bekommen.

Nach einigem Nachdenken beruhigte ich mich jedoch ein bisschen. Denn hierzulande kennt jeder nur die massentauglichen Luxusmodehäuser, wie zum Beispiel PRADA oder GUCCI, oder wie sie auch immer heißen. Eine französische Luxusmodemarke ging mir jedoch am meisten auf die Nerven. Jedes Lebewesen hier hatte mindestens eine Tasche mit diesem Markenzeichen und die Plagiate paradierten friedlich neben den Originalen. Dieses kackbraune, Omas Tapete ähnelnde Muster, war inzwischen an jeder Ecke zu sehen, teilweise sogar als Mülltonnenverkleidung.

Meine Sonnenbrille fiel nicht in diese Kategorie. Sie trug keines der bekannten Logos, nur auf der Innenseite eines Brillenbügels war der Name des Juweliers, der die Fassung handgefertigt hatte, dezent eingraviert. Auf dem anderen Bügel standen meine eigenen Initialen. Von allen Produkten aller Schmuckläden dieser Stadt war meine Brille wahrscheinlich das unauffälligste Accessoire.

Als ich wieder in der Boutique stand, wurde meine Theorie bestätigt. Zu meiner Erleichterung entdeckte ich sofort die Verkäuferin, die meine Brille noch in der Hand hielt. Unverzüglich ging ich auf sie zu, aber in diesem Moment erblickte ich etwas, was mein Herz fast zum Stillstand gebracht hätte.

Ich sah ein anderes Ich mir gegenüber stehen.

Das neben der Verkäuferin stehende Mädchen

hatte ein Gesicht, das meinem unglaublich ähnlich war. Sie hatte ebenso langes Haar und ihre Figur zeigte auch keinen wesentlichen Unterschied zu meiner. Es kam mir vor, als ob sich vor meinen Augen die Szene eines schlechten Horrorfilms abspielte, in der sich die Seele vor dem Tod vom Körper trennte. Ich wandte meinen Blick schnell von ihr ab und flüchtete aus dem Laden. Ich konnte nicht zügig genug zurück zum Taxi laufen, das zu meinem Glück noch auf mich wartete.

Bevor ich die Tür des Taxis öffnete, drehte ich mich noch einmal um, denn die Versuchung war zu groß, um ihr zu widerstehen. Das Mädchen war mir aus dem Laden gefolgt. Sie stand nun vor dem Eingang und schaute mir nach, als ob sie sich die Echtheit meiner Existenz noch einmal bestätigen wollte. Aus einem unerklärlichen Grund winkte ich ihr zu. Vielleicht wollte ich mich nur höflich von ihr verabschieden, um dieser ungewöhnlichen, fast ein bisschen gruseligen Begegnung ein freundliches Ende zu bereiten. Sie schien mich allerdings falsch verstanden zu haben und lief direkt auf mich zu.

Ich nutzte diesen Moment, um sie mir noch einmal genauer anzusehen. Sie sah aus wie eine Studentin, vielleicht ein oder zwei Jahre jünger als ich, ziemlich einfach angezogen, hatte aber trotzdem etwas Originelles an sich. Ich wusste nicht, was sie wollte, als sie aber unmittelbar vor mir stand, fühlte ich mich bereits nicht mehr so angespannt. Im Gegenteil, ich verspürte sogar ein wenig Verbundenheit mit ihr. Sie lächelte mich freundlich an. Ich ging in der Zwischenzeit meine Kindheitserinnerungen einmal rasch durch, fand aber keine Indizien für eine eventuell unbekannte Zwillingsschwester.

Wir starrten uns gegenseitig unverhohlen an. Dann unterbrach ich die Stille, weil ich mich wegen des schon fast unhöflichen Benehmens verteidigen wollte: „Zum ersten Mal im Leben sehe ich jemanden, der mir so ähnlich sieht. Es ist ein kleines bisschen furchterregend.“

Sie nickte zustimmend und sagte: „Ja, es ist schon ein bisschen seltsam.“

Ich wusste nicht mehr, was ich noch sagen konnte. Ich überlegte, wie ein Chinese diese Art der Begegnung beschreiben würde. „Schicksalhaft“, dachte ich laut.

Auf dem Weg zu dem Lokal konnte ich irgendwie nicht aufhören, an ihren Namen zu denken. Obwohl mein Chinesisch nur dem Grundschulniveau entsprach, waren die Zeichen „Fei Yu“, die ich nun in meinem Handy gespeichert hatte, für mich nicht sonderlich schwierig zu entziffern. Eine im Wind fliegende Feder, wie die zwei Zeichen bereits aussagten. Es hörte sich für mich irgendwie sehr einsam und verloren an.

Das „Velvet“ war unser Stammlokal. Als Lounge hatte es nicht wirklich etwas Besonderes zu bieten. Der Gag war aber, dass der Besitzer gleichzeitig ein italienisches Edelrestaurant direkt über der Lounge im Obergeschoss führte. Hinter einer der Theken hatte man einen Steinpizzaofen eingebaut. So konnte man sich zwischendurch eine leckere Pizza bestellen und etwas Solides im Magen haben, was die Phase zwischen „high“ und „stockbesoffen“ künstlich verlängerte.

Ich hatte Shane, Matt und die anderen sofort gesehen, als ich die Lounge betrat. Sie hatten einen Tisch neben der Theke besetzt, auf der zahlreiche Gläser in verschiedenen Formen standen, die mit unterschiedlichen, farbigen Flüssigkeiten gefüllt waren. Rasch ging ich zu ihnen und rief schon nach der Bedienung, bevor ich überhaupt richtig saß. Shane fragte mich, warum ich so aufgeregt sei. Ich bestellte mir schnell einen Mojito und konnte das

Bedürfnis kaum unterdrücken, allen von meiner vorherigen Begegnung zu berichten. Als ich aber mit der Erzählung anfangen wollte, verging mir auf einmal die Lust. Ganz nüchtern betrachtet, gab es nicht wirklich viel zu erzählen. Ich hatte ein Mädchen getroffen, das mir sehr ähnlich sah. Mehr nicht. Die Sache würde, sobald ich sie erzählte, offensichtlich an Dramatik verlieren. So fand ich es plötzlich selbst ein bisschen albern, dass ich so aufgeregt war.

Trotzdem berichtete ich kurz von meiner Begegnung. Alle meinten, das sei eine spannende Geschichte, allerdings blieb keiner an dem Thema hängen. Wie ich schon vorher geahnt hatte, erweckte die Existenz meines Ebenbildes keine große Neugierde. Vielmehr waren alle von unserer heutigen Besichtigung der alten Fabrikanlage begeistert. Das Zukunftsbild des Filmstudios verwandelte sich unter der Wirkung des Alkohols schnell in ein riesiges, knallbuntes, nur für uns sichtbares Werbeposter.

Alkohol ist etwas, was man überhaupt nicht braucht, das aber gleichzeitig wiederum lebensnotwendig ist. Viele sagen, Musik sei die Sprache der Welt. Meiner Meinung nach ist es eher der Alkohol. Man braucht Menschen aus unterschiedlichsten Ländern und Kulturen, die sich gegenseitig höchst fremd und suspekt erscheinen, nur ein Glas in die Hand zu drücken und sie blühen auf wie die Maikäfer und fühlen sich miteinander so verbunden, als wären sie wahre Freunde, die gemeinsam durch Leben und Tod gehen. Und dabei muss man nicht einmal lernen, Noten zu lesen.

Ganz ehrlich - ich habe noch nie eine Spirituose entdeckt, die mir wirklich schmeckt, jedenfalls nicht, wenn ich noch ausreichend nüchtern bin, um etwas zu schmecken. Aber den wahren Alkoholgenuss empfindet man auch nicht mittels der Zunge, sondern eher über die Neuronen. Welches Betäubungsmittel findet man sonst noch auf dieser Welt, das so leicht zugänglich ist und so wunderbar – sowohl für den Körper, als auch für die Seele – wirkt?

Es existieren nur sehr wenige richtige Kenner der jeweiligen alkoholischen Produkte, sei es nun Wein, Whisky, Brandy oder Likör. Für die Mehrheit ist Qualität oder Geschmack sowieso nur abhängig davon, wie viel sie vorher bereits getrunken hat.

Viele Expats in dieser Stadt scheinen jedenfalls besonders schmerzempfindlich zu sein und brauchen dieses Wundermittel daher besonders häufig. Unter was man leidet und wo es wirklich weh tut, weiß keiner genau, wichtig ist aber, dass man sich bei der Einnahme dieses Mittels glücklich fühlt.

Während des Alkoholkonsums durchläuft jeder Trinkende meist denselben Zyklus. Angefangen mit einer angenehmen Leichtsinnigkeit, stellt sich schnell die Euphorie ein, welche dann durch geistige Verwirrung ablöst und letztlich in Bewusstlosigkeit gipfelt. Erst wenn man durch Erbrechen, gepaart mit Kopfschmerzen die Wiederauferstehung erlebt, endet diese Entwicklungskurve, beziehungsweise man bereitet sich schon wieder auf den nächsten Zyklus vor.

Die wöchentliche Wiederholung dieses künstlich erzeugten Gefühlswandels gehört in jeder Großstadt dieser Welt zu den lebenserhaltenden Maßnahmen junger Leute, zu denen ich auch gehörte. Obwohl ich jedes Mal eine abgrundtiefe Abneigung zu Alkohol und all seinen Verwandten verspürte, wenn ich in der Post-Rausch Phase mit einem Kater aufwachte, wurde die schmerzhafte Erinnerung immer sehr schnell verwischt und war spätestens am nächsten Freitag spurlos verschwunden. So ist es eben mit Medikamenten. Man muss auch die Nebenwirkung tapfer in Kauf nehmen.

Das Stadtleben ist gleichzeitig überbordend und

leer. Wie soll das Leben weitergehen, ohne die kurze, aber exzessive wöchentliche Feier im Rausch? Für die Single-Expats dieser Weltmetropole ist Clubbing fast zum einzigen Inhalt des Freizeitlebens geworden. „Expats" war jedoch ein Begriff, den ich erst nach meiner Rückkehr in meine Heimat richtig verstehen gelernt hatte. Ich hatte zuvor zwar in einigen Ländern dieser Welt gelebt, wo ich zweifellos die Ausländerin war, hatte aber noch nie Kontakt zu einer Gesellschaftsgruppe gehabt, die sich stolz „Expats" nennt. In anderen Ländern strengte ich mich als Ausländer an, so unauffällig zu leben wie die Einheimischen, um mich eines Tages dort zuhause fühlen zu können. Aber in dem Land, in dem ich geboren bin, wurde ich plötzlich selbst zur Ausländerin.

Die sogenannte Expat-Community in dieser Stadt ist eine eigenartige Gesellschaft. Weder können noch wollen diese Leute so leben wie die Einheimischen. Egal wie lange sie bereits hier leben, sie sonnen sich immer wieder gerne im Glanz ihres Expatstatus. In ihrer Heimat gehören die meisten der Community zum absoluten Durchschnitt. Aber hierzulande gelten sie auf einmal als Elite. Vor allem Männern, die in ihrer Heimat selten ein Gespräch mit hübschen Mädchen führen können, ohne dabei zu erröten, wird in diesem Land auf einmal die unermessliche Bewunderung vieler junger, williger Frauen zuteil. Zusätzlich werden sie von den einheimischen Männern beneidet. Anfänglich sind sie durch die drastische Steigerung ihres Marktwerts verunsichert, gewöhnen sich jedoch schnell daran oder fangen gar an, es richtig zu genießen. Kurz danach glauben sie alle tatsächlich, dass eine magische Verwandlung in ihnen stattgefunden habe, welche sie von einem Frosch über Nacht zu einem wahrhaftigen Prinzen macht.

Als weiblicher Expat hat man nicht so viel Glück in Sachen Liebe. Die westlichen Männer sind von den Chinesinnen total überfordert, und die weiblichen Europäerinnen fühlen sich von den chinesischen Jungs nicht wirklich angezogen. Denn egal ob es um die physikalischen Merkmale eines Mannes oder um die Eigenständigkeit seines Charakters geht, die Jungs wirkten hier eher wie Buben als Männer. Daher nehmen viele weibliche Expats notgedrungen auch an dem Kampf um die limitierten Ressourcen teil, inmitten offensiv vorgehender, einheimischer Frauentruppen. Das gibt natürlich der Selbstverliebtheit der frisch gekürten Frosch-Prinzen den letzten Schub.

Matt ist auch ein Expat. Allerdings war mir gleich nach dem ersten Blick sofort klar, dass er kein verwandelter, sondern ein wahrhaftiger Prinz ist. Er kommt aus den USA, hat aber italienische, französische und schwedische Vorfahren. Diese kompliziert klingende Herkunft ist jedoch stimmig, denn er verkörpert und vereint die südländische Sinnlichkeit und die nordische Eleganz geradezu perfekt. Ich glaubte, dass egal wo er sich aufhält, die Frauen ihm zu Füßen liegen.

Ich konnte nicht begreifen, dass ein Prinz wie er nicht ständig mit zahlreichen Begleiterinnen in der Öffentlichkeit protzte, wie es sich hier viele der „Frösche" erlaubten. In Wirklichkeit war er wenig gesellig und wirkte oftmals unterkühlt. Anderseits war dies aber auch nachvollziehbar, denn Frauen hätten an seiner Situation höchstwahrscheinlich nicht viel geändert, an weiblichen Fans dürfte es ihm nie gefehlt haben. Daher war es für mich noch schwerer zu verstehen, was ein besonnener Mensch wie er in einer Stadt voll spätrömischer Dekadenz wie dieser seit bereits sieben Jahren zu suchen hatte.

Ich war hin und weg, als ich ihn zum ersten Mal

sah, kurz nachdem ich in diese Stadt zurückgekommen war. Ein Freund lud mich auf seine Geburtstagsfeier ein. „Freund" ist hier ein gebräuchlicher und daher auch nichtssagender Begriff. Damit kann man Leute meinen, die mit einem durch dick und dünn gehen, oder aber auch die, die man nur einmal gesehen hat und deren Gesicht man sich kaum merken kann.

Obwohl ich mit dem Geburtstagskind nicht viel zu tun hatte, war ich im Nachhinein doch sehr froh, dass ich auf seine Party gegangen war. Es gab sogar eine Live-Band und Matt war der Gitarrist. Ich wusste, ich war nicht die einzige Frau des Abends, die diesen Mann nicht mehr aus den Augen lassen konnte.

Glücklicherweise war ich mit Shane zusammen hingegangen, und er schien Matt ziemlich gut zu kennen. Die beiden hatten während der Spielpause ein paar Sätze gewechselt und währenddessen stellte Shane mich Matt vor. Danach verschwand Shane schnell mit einigen seiner Bewunderinnen und ließ uns für das weitere Gespräch alleine zurück. Für mich war das vielleicht die bemerkenswerteste Wohltat, die Shane mir je gegönnt hatte, und für die er jede Belohnung verdient hätte. Allerdings verwandelte sich die Freude meinerseits sehr bald in Verlegenheit. Denn Matt zeigte kein besonderes Interesse an einer vertieften Kommunikation, und unser Gespräch blieb auf Small-Talk-Niveau, bei dem ich mich planlos mit sinnentleerten Worthülsen abquälte. Irgendwann wurde es mir zu niveaulos, und ich verzog mich kurz vor dem nächsten Gig mit einer Ausrede.

Als ich später Matt wieder auf der Bühne sah, stieg in mir eine Wut hoch, für die ich nicht einmal einen nennbaren Grund finden konnte. Es war so, als ob ich zuschauen musste, wie mir die gefangene

Beute wieder abhandenkam. Auf einmal kollabierte mein Selbstvertrauen, und ich verließ enttäuscht ziemlich früh die Party.

Am nächsten Mittag bekam ich einen Anruf. Am anderen Ende der Leitung stellte sich jemand vor: „Hi, ich bin Matt, der Gitarrist von gestern. Erinnerst du dich noch?"

Ja, natürlich erinnere ich mich, hörte ich meinen inneren Schrei. Er erklärte zu meiner Verblüffung, dass er Shane nach meiner Nummer gefragt und diese von ihm bekommen hatte. Dann fügte er hinzu, dass er hoffe, es würde mir nichts ausmachen. „Natürlich nicht!", hätte ich fast laut gesagt, aber ich kniff mich fest, um meine Aufregung zu unterdrücken und still zu bleiben.

Dann fragte er mich, warum ich gestern so früh gegangen sei und ob ich die Party langweilig gefunden habe.

„Ja, ein wenig gelangweilt war ich schon. Denn der einzige Mann, der ein bisschen Neugierde in mir geweckt hat, hatte ja keine Zeit, sich mit mir zu unterhalten", flirtete ich ungehemmt.

Er kicherte am anderen Ende der Leitung und entschuldigte sich wiederholt. Schließlich fragte er mich, ob wir abends irgendwo zusammen etwas trinken wollten.

Ich hatte natürlich nichts dagegen. Den ganzen Nachmittag triumphierte ich in meiner Glückseligkeit und betrachtete seinen Anruf als Siegeszug.

Das war der Anfang unserer mal innigen, mal distanzierten Beziehung.

Das fröhliche Brüllen meiner Kumpels riss mich gedanklich wieder ins Hier und Jetzt. Ich warf einen flüchtigen Blick auf Matt durch die flackernde Flamme der Kerzen, die auf unseren Tischen zwischen den zahlreichen Flaschen und Gläsern standen. Er fing meinen Blick mit seinem auf, als wäre es ein reiner Zufall.

Mir fiel auf einmal der Ohrstecker ein, den ich für ihn gekauft hatte. Dann tauschte ich den Platz und setzte mich zu ihm. Kaum landete ich neben ihm auf dem Sofa, hatte er seine Arme bereits fest um meine Taille gedrückt. So war es schon immer gewesen. Wenn ich nicht zu ihm gegangen wäre, hätte er mir niemals das Gefühl gegeben, dass ich in seinem Hoheitsgebiet willkommen sei. Aber sobald ich das Zeichen meinerseits gab, reagierte er so, als ob er die ganze Nacht darauf gewartet hätte. Es war wieder dieses Tauziehspielchen, das gerade zu einem Dauerzustand zwischen uns wurde, und wir spielten es stets als zwei verwandte Seelen, die die Nähe des anderen aber nicht lange ertragen konnten.

Eigentlich war ich dieses Theaters müde. Aber ich hatte keine Ahnung, wie ich es beenden beziehungsweise ändern konnte. Denn ich wusste, dass Matt mir nicht absichtlich etwas vormachte, genauso wenig wie ich ihm. Das Problem war nur, wir schienen beide einen unbeschreiblichen Komplex zu haben, der uns vor der gegenseitigen Offenbarung bewahrte, aber gleichzeitig am Loslassen hinderte. Es war eine Beziehung, die ich mit großer Vorsicht genießen musste, in der ich ständig mit Angst kämpfte, der Angst, alles zu zerstören, indem ich ihm eine Nuance zu nahe trat, oder alles zu verlieren, indem ich mich eine Nuance zu viel zurückhielt.

Ich holte den Ohrstecker aus meiner Tasche und hielt ihn vor sein Gesicht. Das Sterlingsilber und die kleinen Diamanten spiegelten das Licht der Kerzen in einem sanften Schimmer wider. Er schien sehr überrascht zu sein, brauchte aber nicht lange, um zu verstehen. „WOW", sagte er und dann hielte er nicht den Ohrstecker, sondern mein Gesicht in seinen Händen und küsste mich zärtlich. Trotz meiner geschlossenen Augen konnte ich die schöne Form seiner Lippen wahrnehmen. Keine Ahnung wie lange wir geknutscht hatten, aber für mich war es jedenfalls nicht lange genug gewesen. Erst als Shane und die anderen in ihrer Trunkenheit wieder einmal laut wurden und unbedingt das nächste Lokal aufsuchen wollten, waren wir beide wieder ansprechbar.

Wie immer wusste ich nicht mehr, wie ich in dieser Nacht nach Hause gekommen war. Ich konnte mich nur noch erinnern, dass rasende Kopfschmerzen mich am nächsten Nachmittag aufweckten. Ich lag allein in meinem Bett, vor mir schwamm ein Gesicht, das wie meines aussah, aber wiederum nicht meins war.

FEI YU

Anfang Oktober war der Job endlich in trockenen Tüchern.

Eigentlich hatte ich bereits vor dem Studienabschluss Angebote von einigen örtlichen Firmen bekommen. Nur - ich wollte mich auch nicht gleich an den Nächstbesten verkaufen. Es war nicht so, dass ich mich für etwas Besonderes hielt, aber ich hatte nun mal eine Vorstellung davon, wo es hingehen sollte. Oft macht einem so ein klares, kompromissloses Bild das Leben nicht einfach. Aber wer es einfach haben will im Leben, muss oft Minderwertiges in Kauf nehmen.

Ich würde diese Vorstellung nicht Traum oder Vision nennen. Denn die zwei Wörter gehören in diesem Land nur in das Tagebuch eines Grundschülers. Im Prinzip braucht das Land keine Träumer oder Visionäre. Man muss nur etwas schnell nachahmen können, sei es eine Markentasche oder ein Geschäftsmodell. Wir hatten bei einem anhaltenden zweistelligen Wachstum schließlich nicht die nötige Zeit, selbst im Labor zu sitzen und herum zu experimentieren.

Industriedesigner wie ich sind ausgebildete professionelle Kopiermaschinen. Bereits im ersten Studienjahr lernten wir, ein beliebiges Objekt mit

Hilfe von Software eins zu eins in eine 3D-Zeichnung zurückzuführen. Das bezeichnete man als Modellwiederherstellung. Wer für den ursprünglichen Entwurf zuständig war und wie der Urheber auf die Idee kam, war unerheblich.

Es gibt unzählige produzierende Fabriken in unserem Land, deren Produkte irgendwann unter einem bekannten oder unbekannten ausländischen Namen weltweit verkauft werden. OEM[9]-Geschäft nennt man das. In diesem Sektor braucht man viele Leute wie mich, nicht um etwas zu entwerfen, sondern um die Ideen des Auftragsgebers, der irgendwo in Europa oder den USA sitzt, schnell zu konkretisieren und auf Papier zu bringen. Es handelt sich also quasi um das Diktieren einer Sache mit visuellen Mitteln.

Eine Karriere als organisches Diktiergerät zu machen, ist leider sehr schwierig und bei einer Fabrik in der Provinz kaum vorstellbar. Deshalb wollte ich in eine Metropole gehen. Dort konnten dieselben Geräte vielleicht einen viel besseren Preis erzielen. Was noch wichtiger war, man hatte dort die Chance, in einer nach westlichem Standard und Management geführten Firma zu arbeiten, um dann zu sehen, wie man von einem Gerät zu einem Schöpfer evolvierte.

Meine Vorstellung war zwar klar, aber der Weg, der zu meinem Ziel führte, war vernebelt. Immerhin suchen derzeit hier im Lande, dank der neuen Bildungspolitik, jährlich mehrere Millionen Uni-Absolventen nach Jobs. Seitdem das kommunistische China zu einem kapitalistischen Staat mutiert war, wurden alle Bildungsorgane zum wirtschaftlichen Erfolg kaltblütig herausgefordert. Nun hatte jeder

---

[9] OEM: Bezeichnung für Hersteller, deren Erzeugnisse als Baugruppen oder Komponenten in Produkte anderer Hersteller eingebaut und unter der Marke des anderen Herstellers vermarktet werden.

nicht nur die Chance, an einer Uni zu studieren, sondern auch die Gelegenheit, eine Uni zu gründen, sofern er ausreichend viel Geld besaß. Selbst die staatlichen Universitäten versuchten, ihre Studentenzahlen ohne zusätzliche Kosten zu verdoppeln. Ressourceneffizienz hieß das.

Mittlerweile waren die Urkunden der unzähligen Privatuniversitäten nicht viel mehr wert als ein Stück Schmierpapier. Die Uni, an der ich studiert hatte, gehörte zwar zu den Ranglistenführern bezüglich Kunst und Gestaltung, allerdings schien ein Kunststudium in diesem Land eher der letzte Ausweg für diejenigen zu sein, die sonst nicht einmal fähig waren, ein Stück Schmierpapier zu ergattern.

Meine Mutter war für eine ziemlich lange Zeit sehr unglücklich mit meiner Studienwahl. In der Schule war ich immer eine der Besten gewesen und hatte mein Abitur an einem Hochleistungs-Gymnasium gemacht. Es wäre kein großes Problem für mich gewesen, die Aufnahmeprüfungen der besten Unis Chinas zu bestehen. Aber ich wollte unbedingt Gestaltung an einer Kunstuniversität studieren und ignorierte die dringlichen Warnungen und skeptischen Fragen von allen Seiten.

Ganz ehrlich – ich hatte auch nicht den Ehrgeiz, ein einsamer Künstler zu werden, der erst nach seinem Tod von anderen verstanden wurde. Zwar war ich künstlerisch veranlagt, besaß aber dennoch genug gesunden Menschenverstand, um zu begreifen, dass mir die Anerkennung nach meinem Tod nicht viel nutzen würde. Es war mir klar, dass ich oft zu pragmatisch handelte und daher aus mir nie ein richtig guter Künstler werden konnte. Als eine der am weitesten entwickelten Spezies wollte ich jedoch einfach meine menschliche Existenz rechtfertigen und meine Überlegenheit gegenüber Primaten durch die schöpferische Arbeit demonstrieren.

Dazu kam noch, dass ich es müde war, immer nur die gehorsame Schülerin und Tochter zu sein. Diese rebellische Energie hatte ich gebraucht, um mich wieder lebendig zu fühlen.

Seit ich geboren wurde, hatte sich eigentlich niemand dafür interessiert, wer ich wirklich war. Viel wichtiger für alle war jedoch, wer ich sein sollte. In diesem Land waren Kinder oft kein Resultat der Liebe. Für die Unaufgeklärten waren sie die erfolgreiche Umsetzung der Theorie der Geschlechtskunde, für die Aufgeklärten dienten sie als Verlängerungsspiel zweier gescheiterten Leben. Dank der Ein-Kind-Politik konnte dieses Spiel nicht wiederholt werden, umso größer war natürlich der Druck für die jeweiligen einsamen Teilnehmer.

Das, was unsere Eltern von ihren Eltern, unsere Lehrer von ihren Lehrern gelernt hatten, gaben sie treuherzig an uns weiter. Für all die kleinen und großen Dinge im Leben schrieben die Lehrer und Eltern uns die Normen vor, auch wenn sie sich untereinander öfters nicht einigen konnten. Ein Kind, das sich gegen diese Normen wehrte, nannte man Enttäuschung. Für meine Mutter war ich eine Zeit lang eine ziemlich große Enttäuschung gewesen.

Meine Mutter wäre sicherlich viel zufriedener gewesen, hätte ich etwas wie Business Management oder Finanzwesen studiert. Einer der beliebtesten Studiengänge war Bankwesen, da konnte man nach dem Studium direkt am Schalter bei den Filialen anfangen. Ein idealer Job für jemanden, der zählen kann und jeden Tag mit Geld zu tun haben will.

Wie schnell kommt man an Geld? - Das war wohl der einzige Maßstab für den Erfolg. Ich wusste nicht mehr, wann Geld so allmächtig geworden war. In meiner Kindheit schien es noch ganz anders gewesen zu sein. In der Grundschule mussten wir oft Aufsätze darüber schreiben, was wir später machen wollten.

Viele künftige Bauern, Arbeiter, Ladenverkäufer und Lastwagenfahrer hatten gute Noten bekommen. Wenn ein Schüler heute beim Schreiben Bauer als seinen zukünftigen Beruf aussuchen würde, wäre er glatt zum Scheitern verurteilt, egal wie gut er den Aufsatz geschrieben hätte.

Als ich trotz alledem doch meinen eigenen Weg gegangen war, drohte mir meine Mutter, die Beziehung zu mir abzubrechen. Wahrgemacht wurde diese Drohung jedoch nicht, denn erstens hatte sie keinen Ersatzspieler und zweitens hatte ich in jeder freien Minute gearbeitet und konnte so mein Studium fast vollständig selbst finanzieren.

Die Beziehung zu meiner Mutter konnte ich nur durch einen erstklassigen Arbeitsvertrag wieder verbessern, und den hatte ich nun endlich.

Nach vier harten Jahren meines Studiums war ich nun Autodesignerin eines Automobil-Joint-Ventures. Ein Joint-Venture zwischen dem größten chinesischen Automobilhersteller und dem größten Autokonzern Deutschlands.

Meine Leidenschaft für Autos entdeckte ich schon in meiner frühen Kindheit. Als alle anderen Mädchen zärtlich mit ihren hübschen Puppen spielten, kämpfte ich fieberhaft mit den Jungs um ihre Spielzeugautos. Später als die Mädchen anfingen, sich für Modezeitschriften zu begeistern, hatte ich all mein Taschengeld für Automagazine ausgegeben.

Bereits im Studium wählte ich oft das Auto als Motiv für meine Arbeiten. In einigen Designwettbewerben hatte ich sogar mit dem Automotive-Thema Preise gewonnen.

Autos haben mich deshalb immer so fasziniert, weil man sie mit Geschwindigkeit und Mobilität verbindet. Das Gefühl, schnell wegkommen zu können, und das Gefühl der Freiheit hatten für mich etwas gemeinsam. Ich hatte damals noch nie selbst ein Auto gefahren. Aber die Vorstellung, mich jeden Tag unter schönen Autos bewegen zu können, war für mich fast genau so aufregend wie das Fahren selbst.

Das Firmengelände meines neuen Arbeitgebers lag ziemlich weit außerhalb des Stadtzentrums. Um keine lange Anfahrt in Kauf nehmen zu müssen, zog ich in eine Wohnung in der Nähe der Firma, die nicht nur eine anständige Größe hatte, sondern die auch noch weniger kostete als mein WG-Zimmer in der Innenstadt. Auch war die Peripherie eher ruhig und nicht mit Menschen überfüllt.

Bei meinem Umzug wurden Lin Li und Xiao Xia ein bisschen sentimental. Nicht, weil wir mittlerweile beste Freundinnen geworden waren, vielmehr glaubte ich, dass sie Probleme hatten, auf die Schnelle einen passenden Untermieter zu finden, um die von mir hinterlassene Mietlücke zu füllen. Des Weiteren vermutete ich auch, dass mein plötzliches Aufsteigen auf der sozialen Leiter - von einer Arbeitslosen zu derjenigen unter uns, die am meisten verdiente - für sie ziemlich schwer zu verkraften war.

Meine Mutter rief bereits an meinem ersten Arbeitstag freiwillig bei mir an. Sie hatte mich auch wieder offiziell als ihre Tochter begrüßt. Ich konnte den Stolz in ihrer Stimme nicht überhören, und erst dann fiel mir ein Stein vom Herzen.

Ich wurde für den Bereich Karosserie im Design Center angestellt. Nach der Anmeldung waren die ersten Arbeitstage für die Neulinge mit Firmenbesichtigungen ausgefüllt, dabei wurden wir von den Kollegen der Personalabteilung begleitet. Das Firmengelände war riesig und bestand aus etlichen großen Werkstätten und zahlreichen Bürogebäuden. Ich habe einige Wochen allein dafür gebraucht, um die für mich relevanten Namen, Gesichter und Büro- und Gebäudenummern zuordnen zu können.

Nachdem ich mich mit den Kollegen im Design Center langsam vertraut gemacht hatte, fiel mir auf, dass ich zu den wenigen Bachelor-Absolventen gehörte. Die meisten Designer hier hatten ein Masterstudium hinter sich, viele sogar in Europa oder den USA. Diese Erkenntnis war zwar auf einer Seite schmeichelhaft, auf der anderen aber auch sehr furchterregend.

Glücklicherweise wohnte ich nun unweit der Firma und fern der Stadt. Ich brauchte wenig Zeit für den Arbeitsweg und ein Unterhaltungsprogramm nach Feierabend war kaum vorhanden. So hatte ich viel Zeit für meine Weiterbildung und konnte auf diesem Weg Deutsch lernen.

Bereits beim Vorstellungsgespräch war mir klar geworden, dass man bei einem Weltunternehmen parallel zu seinem eigentlichen Gebiet noch viele zusätzliche Qualifikationen, wie zum Beispiel Fremdsprachen, benötigt. Auch für Designer war Englisch ein Muss, Deutsch war noch besser. Denn außer mit den firmeninternen deutschen Kollegen mussten wir noch mit dem Mutterkonzern korrespondieren, sowohl schriftlich als auch mündlich. Zwar hatten die leitenden deutschen Angestellten meistens eigene Assistenten, die alle wichtigen Dokumente übersetzten und ihre Chefs auf jedes Meeting begleiteten, die Assistenten besaßen aber keine Fachkenntnisse in Sachen Design. So verliefen die Meetings oft wie eine schlechte Mischung aus Sprachkurs und Anfängerseminar für Gestaltung.

Mein Englisch war zwar nicht schlecht, aber bei einem Unternehmen mit tiefen deutschen Wurzeln war die deutsche Sprache als Teil der Firmenkultur natürlich unverzichtbar. Deshalb kaufte ich viele DVDs und Lehrbücher und fing mit der ernsthaften Absicht an, Deutsch zu lernen. Einen Sprachkurs besuchen wollte ich allerdings nicht. Denn erstens wurden solche Kurse meist nur in der Stadt angeboten, und ich müsste dann viel Zeit für die Fahrt investieren. Zweitens löste so eine Gruppenlernaktion bei mir oft Denkblockaden aus, was auf meine Schul- und Studienzeit zurückzuführen war.

Als ich auf das Gymnasium gekommen war, war Englisch anfangs eines meiner schwächsten Fächer gewesen. Um eine bessere Leistung bei den Abitur- und Uni-Aufnahmeprüfungen zu erzwingen, hatte mich mein Englischlehrer zu verschiedenen Intensivkursen geschickt. Leider wurde dabei außer meiner Unlust zum Lernen nicht viel intensiviert. Irgendwann schwänzte ich alle Kurse und kaufte mir reichlich Raubkopien von Hollywood-Filmen im Originalton. Nach einem Jahr, in dem ich mich jeden Tag nach der Schule in mein Zimmer eingesperrt und heimlich die Filme angeschaut hatte, verbesserten sich, neben meiner Kenntnis der amerikanischen Filmindustrie, auch meine Noten in Englisch auf geradezu magische Weise.

Meine Mutter war meinem Lehrer unendlich dankbar gewesen - und ich dem Desktop PC, den meine Mutter für Lernzwecke gekauft hatte, auf dem ich jedoch die Filme abspielte. Ich wusste, dass sie mich als Tochter abgeschrieben hätte, wenn sie die Wahrheit erfahren hätte.

Jetzt wollte ich eigentlich das alte Rezept erneut anwenden. Aber einige Grundkenntnisse wären nicht schlecht, um die deutsche Aussprache überhaupt von der des Holländischen, Schwedischen oder sogar Russischen unterscheiden zu können. Deshalb kaufte ich zunächst anstatt Spielfilmen nur Lern-CDs und versuchte, mir die Sprache ein wenig selbst beizubringen.

Seit ich mit dem Lernen angefangen hatte, war meine Freizeit ziemlich gut ausgefüllt. Leider hatte aber meine Mutter eine ganz andere Vorstellung meines Berufslebens. Für sie war das Kapitel meiner Selbstentwicklung bereits abgeschlossen und sie wollte mich darum unverzüglich in die nächste Runde schicken.

„Lebensaufgabe“ [10] hieß diese Runde und damit war gemeint, einen Partner zu suchen, und sich für das Verlängerungsspiel des eigenen Lebens vorzubereiten. Bei jedem Telefonat wiederholte sie dieses Wort im Minutentakt, bis bei mir fast traumatische Symptome auftraten.

Die Erinnerung daran, dass meine Mutter mir in meiner Pubertät streng verboten hatte, mich mit männlichen Mitschülern anzufreunden, war noch recht frisch. Einmal hatte ich einen Klassenkameraden heimlich mit nach Hause genommen, als sie bei der Arbeit war, weil er unbedingt meine Filmsammlung anschauen wollte. Unglücklicherweise kam Mutter an dem Tag viel früher nach Hause als sonst und hatte uns in meinem Zimmer erwischt. Sie war ausgebrochen wie ein Vulkan und ich hatte für diese Schande richtig büßen müssen. Die zwei Hauptfiguren dieses unglaublichen Skandals, nämlich der Junge und ich, hatten in Wahrheit nicht einmal Händchen gehalten. Er war so auf meine Filme fokussiert gewesen, dass er mich keines Blickes gewürdigt hatte.

Aber nicht nur meine Mutter, auch die ganze Schule befand sich in ständigem Ausnahmezustand. Sobald ein Mädchen und ein Junge Anstalten machten, sich einander zu nähern, wurden beide zu unzähligen Einzelgesprächen geladen, bei denen manchmal auch die Eltern dabei waren. Die Gespräche dauerten so lange, bis mindestens einer der Anwesenden einen Nervenzusammenbruch erlitt.

---

[10] Hierfür gibt es eine feste Redewendung auf Chinesisch, die wörtlich „das größte Ereignis des Lebens“ heißt und gerne von den älteren Menschen verwendet wird.

So fiel mir nach meinem Abi auf, dass ich nur sehr wenige Jungs aus meiner Klasse mit Namen kannte. Der Grund dafür war aber auch, dass ich in einer Eliteschule war. In manchen „schlechteren“ Schulen waren einige meine Altersgenossinnen jedoch bereits in der Lage, Abtreibungen selbst fachgerecht durchzuführen.

Nachdem wir endlich als Volljährige an die Uni kamen, verliebten sich auf einmal alle, die seit langem unter Hormonüberschuss gelitten hatten, und im Grunde eher einen Sex-Therapeuten brauchten, als einen Partner.

Aber meine Mutter behütete mich weiterhin resolut vor der Männerwelt. Sie war der Meinung, das sei alles nur Zeitverschwendung, wenn ein Paar später sowieso aufgrund der Jobsuche auseinandergehen würde. Ihre Sorge war aber eigentlich überflüssig. Meine Aufnahmefähigkeit während des Studiums, sowohl zeitlich als auch nervlich, war vollständig durch Vorlesungen, Arbeiten und Design-Wettbewerbe beschlagnahmt, sodass für andere Sachen nichts mehr übrig blieb. So vergingen vier Jahre wie im Flug und die Anzahl männlicher Namen in meinem Adressbuch war nicht angestiegen.

Und nun, kaum durfte ich ungehemmt mit Männern reden, sollte ich sofort den Partner fürs Leben finden. Das war doch genauso fruchtlos wie der Versuch, eine Rakete mit einer Steinschleuder ins All zu schießen.

Meine Eltern galten als zwei erfolgreiche Beispiele einer solchen „Lebensaufgabe“, wie auch viele andere ihrer Generation. Alle hatten sich vermutlich nur deshalb gepaart, weil sich die Qualität des Eisprungs des Weibchens mit den Jahren verschlechterte. Etwas später gab es dann die Sozialreform. Auf einmal wurden Fenster in die Mauern des verschlossenen Landes geschlagen und man konnte nach draußen schauen. Das war der Anfang vieler Veränderungen, die in China und in den Menschen stattfanden. Viele Ehen gingen über Nacht kaputt, und die Betroffenen wunderten sich, wie kurz die Haltbarkeit der Früchte solcher „Lebensaufgaben“ war.

Mein Vater hatte sich auch von meiner Mutter scheiden lassen. Zu dieser Zeit war ich noch ein ganz kleiner Spross auf dieser Welt. Kurz darauf zog er angeblich nach Shen Zhen[11] und irgendwann danach hörten wir nichts mehr von ihm. Wenn ich nach ihm fragte, antwortete meine Mutter jedes Mal mit feindseligem Blick und vorwurfsvollem Ton: „Woher soll ich denn wissen, wo er ist?“ Als ob ich seine Komplizin wäre.

Dass mein Vater nicht einmal versuchte, mich zu kontaktieren, hatte ich ihm eine Zeit lang richtig übel genommen. Letzten Endes war ich doch sein eigen Fleisch und Blut. Erst später, sehr viel später, habe ich begriffen, dass manchmal ein Mensch so sehr von seiner eigenen Vergangenheit angewidert sein kann, dass er sogar bereit ist, ALLES aus seinem früheren Leben zu streichen, nur um der Vergangenheit zu entkommen. Als ich das verstanden hatte, habe ich meinen Vater nicht mehr so sehr gehasst.

Die Tatsache, dass meine Mutter ihr Glück nicht bei der Ausführung ihrer „Lebensaufgabe“ fand, hinderte sie nicht im Geringsten daran, sich mit vollem Enthusiasmus um meine zu kümmern.

Kurz vor dem Neujahrsfest rief sie mich an und gab mir die Anweisung, während der Feiertage zu ihr nach Hause zu fahren. In ihrer fast zitternden Stimme versteckte sich eine Art heimliche Aufregung,

---

[11] Shen Zhen war die erste Sonderwirtschaftszone Chinas für ausländische Investitionen, ist eine benachbarte Stadt zu Hongkong.

die mir fast ein wenig Angst machte. Jedes Mal, wenn sie gut meinend heimlich etwas für mich plante, was ich im Nachhinein nur als böse Überraschung bezeichnen konnte, hatte sie diese Stimme.

Ich wurde in einer Kleinstadt Südost-Chinas geboren, in der meine Mutter immer noch lebte. Nach einer vierstündigen Busfahrt bekam ich meine Heimatstadt nach langer Zeit endlich wieder zu Gesicht. In den letzten zwei Studienjahren war ich nur selten von Shanghai nach Hause gefahren. Erstens musste ich während der Semesterferien viel arbeiten und man findet in Shanghai natürlich viel leichter Jobs als in meiner Heimat. Zweitens hatte diese kleine Stadt, in der ich groß geworden bin, außer hochschießenden Fabrikgebäuden nichts anderes zu bieten.

Der Bus fuhr in die Stadt hinein und wurde langsamer. Ich drückte mein Gesicht fest an die Fensterscheibe und schaute nach draußen. Die Straßen waren überdimensional breit und sahen deshalb leer und einsam aus. An beiden Seiten der Straßen waren Bäume gepflanzt, die offensichtlich unlängst den Zuchtgarten verlassen hatten. Die zierlichen Baumstämme standen neben ihren Stützpfählen und sahen auf Grund der großen Abstände zueinander noch ungesünder und hässlicher aus, als sie es tatsächlich waren. Das Ganze wirkte sehr künstlich, als hätte man ein endloses Plakat mit Bildern von kleinen Bäumen inmitten der Betonwüste aufgestellt.

Hinter den Bäumen befanden sich mal hohe, mal niedrige Mauern, die ein Meer von Fabriken aller möglicher Branchen vor unerwünschten Blicken beschützten. Man konnte jedoch die Dächer und die oberen Stockwerke der Gebäude sehen, die im meist einheitlichen grauen Farbton vor den vorbeifahrenden Autos salutierten. Es war Feierabend. Überall waren viele Menschen zu sehen, die sich in Zweier-

oder Dreiergruppen herumtrieben oder vor den Verkaufsständen irgendwelcher Straßenhändler standen. Ich sah kein einziges vertrautes Gesicht und hatte nicht das Gefühl, dass ich zu Hause war. Im Gegenteil, ich wusste, dass ich hier eine Wildfremde war, die noch weniger zu dieser Stadt gehörte, als diese Wanderarbeiter.

Mit meinem ganzen Gepäck, das aus großen und kleinen Taschen und Einkaufstüten bestand, stieg ich aus dem Bus und bog in die kleine alte Gasse, in der unser altes Haus stand. Im Gegensatz zu den großen Straßen da draußen hatte sich in dieser Gasse nicht viel geändert, alles war noch beim Alten. Ich blieb am Anfang des Wegs am Bordstein stehen, wo ich in der Ferne unser schwarzes Tonziegeldach sehen konnte, das seine besten Jahre schon längst hinter sich hatte. Aus dem Holzfenster des Obergeschosses strahlte Licht. Das war das Schlafzimmer meiner Mutter. Auf einmal fing mein Herz an schneller zu schlagen, und ich fühlte mich ein wenig unschlüssig, so, als wäre ich wieder in meine Schulzeit zurückgekehrt. Damals hatte ich den Heimweg genauso zögerlich angetreten, wenn die Prüfungsergebnisse mal nicht so zufriedenstellend ausgefallen waren.

Irgendwann stand ich doch unausweichlich vor unserer Haustür. Die Tür wurde geöffnet, noch ehe ich geklopft hatte. Meine Mutter stand mir gegenüber. Wie immer taxierte sie mich so, als könne sie durch meine Haut sehen. Dann sagte sie mit einem Lächeln: „Dass du auch mal nach Hause kommst …“

Ich stellte mein Gepäck ab und wollte gerade die Geschenke für meine Mutter auspacken, als sie mir den Befehl erteilte, alles stehen zu lassen und mich schnell frisch zu machen. Wir würden angeblich Gäste erwarten.

Ich hatte kein gutes Gefühl. Das Schmunzeln meiner Mutter bestätigte meine böse Vorahnung: Sie hatte eine Überraschung für mich. Plötzlich hatte ich die Befürchtung, dass dieser Abend nicht glücklich zu Ende gehen würde.

Nachdem ich mich geduscht und umgezogen hatte, ging ich in die Küche und wollte meiner Mutter helfen. Sie schickte mich aber sofort wieder ins Wohnzimmer und sagte zu mir: „Setz dich brav hin! Ich brauche dich nicht in der Küche, nicht dass du nachher nach Fett stinkst.“

Ich saß ahnungslos auf dem Sofa und schaute zu, wie meine Mutter ein Gericht nach dem anderen auf den Esstisch stellte. Irgendwie war es mir auch egal, wer kommen würde, solange es nicht mein ehemaliger Geschichtslehrer war. Er war der einzige Lehrer in meiner gesamten Schulzeit, der uns einen Hausbesuch gemacht hatte, um meiner Mutter zu berichten, wie wenig Zeit ich investiert hätte, das Geburtsdatum von Dschingis Khan auswendig zu lernen.

Während ich versuchte, das Gesicht meines ehemaligen Geschichtslehrers aus meinem Kopf zu vertreiben, klopfte draußen jemand an die Tür. Meine Mutter rannte aus der Küche zur Tür und öffnete sie aufgeregt. Zwei Männer standen davor, die gleichermaßen robust und rustikal aussahen. Der Ältere war vermutlich meiner Mutter ein paar Jahre voraus und hatte in beiden Händen mehrere vollgestopfte Einkaufstüten. Er begrüßte meine Mutter in einem vertrauten Dialekt. Der Jüngere neben ihm stand nur mit leerem Blick unbeteiligt da. Als ich dieses Bild sah, wurde mir alles auf einmal klar, und ich fing an zu schwitzen.

Meine Mutter nahm sie mit strahlendem Lächeln in Empfang und schaute gleichzeitig erwartungsvoll zu mir. In diesem Moment wollte ich eigentlich nach meinem Gepäck greifen und diese geplante Vorführung einer schlechten Komödie auf der Stelle verlassen, bevor der Bühnenvorhang richtig aufgezogen würde. Meine Mutter beherrschte nämlich die Kunst, mich jedes Mal aus ihrer Nähe zu vertreiben, wenn ich doch gerade versuchte, ihr eine Freude zu machen. Leider war es bereits zu spät und es fuhr kein Bus mehr aus dieser kleinen Ortschaft zurück nach Shanghai. Draußen war es dunkel und kalt, und ich würde nicht mal ein Taxi finden. Ich blieb also aus Mangel an Alternativen sitzen.

Nachdem meine Mutter die zwei Männer an den Esstisch geführt hatte, fing sie an, vor sich hinzulamentieren, dass ich schlechte Manieren hätte und nicht wisse, wie man Gäste richtig begrüßte. Ich beschäftigte mich dagegen schweigend mit meinem Handy, als wollte ich ihre Vorwürfe bestätigen.

In Wahrheit arbeitete ich an einer Strategie, wie ich den Abend mit den zwei fremden Menschen und meiner mir inzwischen genauso fremd erscheinenden Mutter friedlich verbringen konnte. Eigentlich war meine Mutter auch eine gebildete Frau. Ich fragte mich aber, wie sie es immer wieder schaffte, solch unappetitliche Seifenopern zu inszenieren.

Sie müsste doch längst aus eigener Erfahrung gelernt haben, dass künstlich herbeigeführte Paarungsversuche in einer zivilisierten Gesellschaft kaum Erfolgschancen hatten. Aber sie, wie auch viele andere in diesem Land, schien einfach nicht fähig zu sein, aus der Geschichte zu lernen. Ich war ja gar nicht das erste Opfer solcher von Eltern arrangierten „Dates“. Viele meiner Kommilitonen hatten das bereits während des Studiums oft erlebt.

Meine Mutter zog mich vom Sofa hoch und schaffte mich irgendwie zum Tisch. Währenddessen versuchte sie, meine angebliche Schüchternheit für die peinliche Situation verantwortlich zu machen. Hinter einem mit Zorn gefüllten Blick gab ich ihr meine nicht ausgesprochene Antwort: „Nein, ich bin nicht schüchtern, ich schäme mich nur für dich.“

Nachdem Mutter mich dem Vater-Sohn-Duo vorgestellt hatte, fing sie sofort an, feurig mit dem Vater zu plaudern, als wäre dies ihr Date. Ich versuchte die ganze Zeit alle drei, die mir gegenüber saßen, zu ignorieren, was bei dieser Entfernung leider kaum möglich war, und hatte dabei kein bisschen Appetit. Im Gegensatz zu mir schaufelte der junge Mann völlig unbeeindruckt Essen in sich hinein, was mir den Eindruck vermittelte, dass er solche Szenen schon öfters erlebt hatte. Sein immer zufriedenerer Gesichtsausdruck zeigte offenkundig, dass er diesen Besuch nicht umsonst machen wollte, jedenfalls nicht, was einen leeren Bauch betraf.

Meine Mutter besaß unglaubliche Überzeugungskraft, vor allem, wenn sie von Dingen sprach, von denen sie keine Ahnung hatte. So leidenschaftlich und lebhaft beschrieb sie meinen Job, dass man meinen könnte, sie erzählte gerade von sich selbst. In Wahrheit konnte sie aber kaum einen SUV von einem Minivan unterscheiden. Als Gegenleistung erzählte der Mann von seiner Fabrik, einem Familienbetrieb. Gleichzeitig klagte er über seine Gesundheitsprobleme mit der Anspielung, dass sein Sohn bald die Führung übernehmen würde. Was er genau produzierte, konnte ich jedoch erfolgreich überhören. Soweit ich aber wusste, stellten die meisten Privatunternehmen dieser Gegend irgendwelchen Kleinkram her, mit dem man die Ein-Dollar-Läden der ganzen Welt füllte.

Es wurde richtig lang und qualvoll für mich, denn ich konnte weder so viel essen wie der Sohn, noch so viel reden wie meine Mutter. Ich war zu Hause und gleichzeitig fehl am Platz. Ein paar Mal wollte ich fast aufstehen und gehen, aber mit ihrem drohenden Blick fesselte mich meine Mutter fest an den Stuhl. Als wir das Essen endlich hinter uns gebracht hatten, fing der Vater an, den Inhalt seiner ganzen Einkaufstüten auf den Tisch zu leeren. Das „Kennen-Lernen-Geschenk“ nannte man das hier. Mutter stand auf und bedankte sich bei ihm, und ich konnte dann endlich nach ihr aufstehen. Ohne dem Haufen auch nur die geringste Aufmerksamkeit zu schenken, den der Mann gerade auf dem Tisch errichtete, fing ich an, die Teller und Schüsseln aufzuräumen.

Mutter kritisierte wieder meine schlechten Manieren. Glücklicherweise besaßen die zwei Männer doch so viel Sensibilität, dass sie nicht lange gezögert hatten, um nach mir auch aufzustehen und sich zu verabschieden. Wieder mit einem Lächeln schaute Mutter in der offenen Tür stehend den beiden nach. Ein kalter Windstoß rauschte herein, ich zuckte zusammen und ahnte, dass der Abend noch lange nicht vorbei war.

Erst nach einer guten Minute machte Mutter die Tür wieder zu und setzte sich zu mir auf das Sofa. Ich wusste, was nun auf mich zukommen würde und entschied mich, die Initiative zu ergreifen, bevor sie anfangen würde. „Ich finde den alten Mann nicht schlecht. Meine Zustimmung hast du schon mal, wenn du ihn zu deinem Mann machen möchtest“, sagte ich zynisch.

Ich bekam einen Klatsch auf die Schulter. „Erzähl keinen Blödsinn! Sag mir doch wie du den Jungen findest. Außerdem ist sein Vater ja auch nicht alt. Er ist gerade mal Anfang Fünfzig, so wie ich. Wieso nennst du ihn denn ‚den alten Mann‘?“

Eigentlich wollte ich lachen, aber ich hatte einen bitteren Nachgeschmack im Mund, und das Lachen verwandelte sich allmählich in einen verkrampften Gesichtsausdruck und ein dumpfes Stöhnen. Ich wollte diesen Tag nicht in einer feindlichen Stimmung beenden, schließlich war so ein Besuch wegen der Entfernung auch nicht jeden Tag möglich. Aber sie hatte es wieder einmal fertiggebracht, mit ihrem wohlgemeinten, jedoch geschmacklosen Arrangement, sich als nicht ernst zu nehmende Person darzustellen.

Meine leidende Mimik übersah meine Mutter, weil sie sich schon ein Bild der vielversprechenden Zukunft des Familienbetriebs und des Wohlstands ausmalte. Um das sinnentleerte Gespräch schnell zu beenden, wollte ich sie fast anlügen, dass ich bereits einen Freund hätte. Aber auch dann würde meine Mutter mich nicht in Ruhe lassen. Sie würde sicherlich so lange weiterbohren, bis ich den Stammbaum der Familie und alle persönliche Informationen meines fiktiven Freundes ausführlich offengelegt hätte. Danach würde sie möglicherweise sowieso mit irgendeinem, nach ihrer Sicht unwiderlegbarem Argument, das Todesurteil dieser Beziehung verkünden. Denn die Wahrscheinlichkeit, dass ich einen Freund ausmalen könnte, der ihrer Vorstellung entsprach, war sehr klein.

Ich war müde und schwieg deshalb. Diese Stille wirkte aber wie schweigende Zustimmung auf meine Mutter und motivierte sie, weiter zu erzählen. Ich konnte mich irgendwie nicht mehr auf ihre Worte konzentrieren und gleichzeitig verfremdete ich in meiner Fantasie ihr Gesicht mit lauter imaginären Mosaiken, als wollte ich das Gesicht vom restlichen Bild entfernen.

Was hatte meine Mutter über die Jahre von einer gebildeten und kultivierten Frau zu einer kleinbürgerlichen Heiratsvermittlerin verwandelt? War es das Leben selbst gewesen? Auf einmal erinnerte ich mich wieder an die Zeit, als ich noch ganz klein war und

Mutter mir mit sanfter Stimme die Tang-Gedichte[12] beibrachte. Die sich hübsch reimenden Sätze waren wie ein Lied von ihren zarten Lippen geflogen und hatten meine Ohren gestreichelt. Nebenbei hatte sie eine hellgelbe Jacke für mich gehäkelt, die feine durchbrochene Muster und wie Diamanten funkelnde Glasknöpfe besaß. Mein Vater hatte mit seinem täglichen Kännchen Tee und seiner Zeitung neben uns gesessen, ab und zu seinen Blick erhoben und uns zugelächelt, wobei ich mir nun nicht mehr so sicher war, ob ich mir sein Lächeln nur eingebildet hatte. Manchmal glaubte ich sogar, dass all meine Erinnerungen an ihn nur eine einzige Einbildung waren.

„Wieso sagst du nichts?“ Der laute Ruf meiner Mutter zog mich wieder in die Gegenwart.

„Ich ..., überlege es mir“, sagte ich in Panik. Nachdem ich diese nachgebende Antwort geliefert hatte, wurde mir plötzlich sehr schlecht. Ich machte die Augen zu und rieb meine Augenlider mit übertriebenen Bewegungen. Meine Mutter, die immer noch energisch neben mir daherredete, zeigte endlich Gnade: „Ja gut, dann geh mal schnell ins Bett. Du müsstest schon sehr müde sein. Wir reden morgen nochmal darüber.“

Morgen? Geht es noch weiter mit diesem Thema?

In meinem Jugendbett lag ich wach bis spät in die Nacht. Die Angst vor der Fortsetzung der Farce hielt mich vom Einschlafen ab. Manchmal wusste ich

---

[12] Die Tang-Dynastie war eine Kulturhochburg des alten Chinas. Aus der Zeit stammen sehr viele bekannte chinesische Dichter. Eine große Sammlung von Gedichten aus dieser Zeit wurde weiter gegeben und im modernen China als populäres Lehrmaterial für die chinesische Sprache verwendet.

einfach nicht mehr, wie ich Mutter glücklich machen sollte, ohne mich vollkommen gegen mich selbst zu wenden.

Mein Vater hatte uns verlassen, als ich gerade eingeschult worden war. Seitdem hatte meine Mutter mich allein groß gezogen. Seit jener Zeit konnte ich mich nicht entsinnen, dass sie jemals wirklich glücklich war. Ich hatte mich dazu verpflichtet gefühlt, das Leben für sie zurechtzubiegen. Aber es war mir trotz aller Bemühungen nicht gelungen, sie zufrieden zu stellen. Nicht nur hatte sie kein eigenes Leben, sondern weigerte sich auch noch konsequent, eines zu beginnen. Sie hatte mein Leben zu ihrem gemacht. Aber wie würde ein Mensch jemals glücklich sein können, wenn er das Leben eines anderen lebt?

Meine Mutter war früher eine richtige Schönheit gewesen. Geschickt war sie auch. Einmal zerriss meine Hose während des Spielens - sie hatte dann einen kleinen Schmetterling auf die kaputte Stelle gestickt und eine Blume auf die gegenüberliegende Seite. Man merkte gar nicht mehr, dass es eine geflickte Hose war. Das Tischbrett unseres alten Holztisches sah mit der Zeit stark abgenutzt aus. Sie schaffte es aber, aus Altkleidern eine Patch-Work-Tischdecke zu nähen, die wie ein Kunstwerk aussah und die Gäste immer wieder begeisterte. Wir besaßen nie viel Geld, aber meine kluge und fähige Mutter hatte das Leben immer so apart gestaltet, dass ich mich nie arm fühlte.

So eine gute Mutter, so eine gute Frau. Warum wollte aber mein Vater unbedingt weg? Ich fand keine Antwort und niemand wollte es mir erklären. Ich konnte mich nicht erinnern, bei meinen Eltern den üblichen Ehekrieg vor der Scheidung erlebt zu haben. Mein Vater war einfach weggegangen und komplett aus unserem Leben verschwunden. In meiner Pubertät hatte ich oft, immer wenn meine Mutter nicht zu Hause war, nach Familienfotos gesucht, in der Hoffnung, die verblasste Erinnerung an meinen Vater wieder aufzufrischen. Zu meiner Verwunderung konnte ich auch nach noch so sorgfältiger Suche kein einziges Bild im Haus finden, auf dem mein Vater zu sehen war. Auch sonst nichts, was seine Spur enthielt. Es war so, als hätte es ihn in diesem Haus nie gegeben.

Nachdem mein Vater weg war, hatten viele Leute anfangs versucht, Mutter mit dem einen oder anderen Mann zusammenzubringen. Sogar die Großmutter, die damals noch gelebt hatte, sagte oft zu mir, dass ich bald einen neuen Vater haben würde. Zu jener Zeit hatte ich jeden Tag furchtbare Angst, so, als würde die Welt bald untergehen. Es vergingen Tage und Monate, aber meine Mutter schien sich nicht im Geringsten mit dem Gedanken anfreunden zu können, einen anderen Mann in unser Leben zu lassen. Zum Schluss machte sie nicht einmal mehr die Tür auf, als die Ehestifter vor unserem Haus standen.

Als ich nun zurückblickte, wusste ich nicht mehr, ob ich meiner Mutter dankbar sein sollte, dass sie nie wieder geheiratet hatte. Sie war jedenfalls nicht mehr dieselbe Frau. Niemand und nichts schienen ihr noch gut genug zu sein. Als ich noch in der Schule war, war meine angeblich nicht zufriedenstellende Schulleistung das einzige Gesprächsthema in unserem Haus, obwohl ich eigentlich eine der Jahrgangsbesten war. Später als ich zur Uni ging, war von „der falschen Wahl des Studiengangs“ die Rede. Nun hatte ich endlich einen vorzeigbaren Job, aber sie hatte wieder einen neuen Oberbegriff gefunden. Mit dieser „Lebensaufgabe“ würde sie wohl so lange an meinen Nerven sägen, bis ich eines Tages geheiratet hatte. Und danach? Sie würde mir sicherlich jeden Tag predigen, was für eine miserable Ehe ich führte. In jeder meiner neuen Lebensphasen konnte sie ihren

Frust wiederfinden. Aber warum tat sie das? War es ihr größtes Vergnügen, ständig die eigene Wunde aufzukratzen?

Wer weiß. Vielleicht ist der Schmerz manchmal doch süßer, als die vollständige Abkehr vom Leben.

JESSICA

Schlechte Luft, unsauberes Wasser, zu viele Menschen ... Aber wie die meisten Expats dieser Stadt entschied ich mich trotzdem, weiter in Shanghai zu bleiben, nachdem wir uns über all die dunklen Seiten dieser monströsen Metropole aufgeregt hatten.

Der Wunsch, nach Europa, vor allem nach Deutschland zurückzukehren, war bei mir nicht sonderlich stark. Deutschland ist meiner Meinung nach ein idealer Rückzugsort für den Ruhestand, wie viele andere europäische Länder auch. Überschaubare Städte, gewöhnlicher Alltag und freundliche, aber auch ein wenig distanzierte Menschen. Das Leben ist so geordnet und überraschungsfrei, dass es fast langweilig ist. Auch in Sachen Unterhaltung scheinen die Menschen weniger einfallsreich zu sein. Alles in allem hat man dort einen adrenalinarmen Lebensstil, der sich wie eine lauwarme Dusche anfühlt. Nicht unbedingt stimulierend, aber sicherlich zweckdienlich.

Aber die Deutschen verlassen nur ungern ihre Heimat. Die meisten wohnen ein Leben lang an ihrem Geburtsort oder in dessen Nähe. Es ist aber auch nichts Falsches daran. Heimatgebundenheit ist oftmals ein Zeichen des zufriedenen Lebens. Nur diejenigen, die zuhause nichts mehr zu verlieren haben, haben keine Angst, wegzuziehen. In China sucht zum Beispiel derzeit etwa ein Fünftel der Bevölkerung an einem weit von ihrer Heimat entfernten Ort nach einem besseren Leben. Hunderte Millionen Menschen vom Land waren in die Küstenstädte gestürmt und drängten dort die Stadteinwohner wiederum ins Ausland.

Ich allerdings, wie auch viele anderen Expats, fand das Metropolleben eigentlich ziemlich erträglich, solange man nicht jeden Morgen von anderen in den U-Bahn-Waggon geschoben wird und jeden Abend in eine Betonschachtel zurückkehren muss. Das Wichtigste ist, dass man außer Geld hier zum Leben nicht viel braucht, denn alles andere ist nicht schwierig mit Geld zu erwerben. Während die Menschen in vielen Ländern zur Kirche oder in den Tempel gehen, um ihre seelische Krise zu überwinden, muss man hier nur nach dem nächsten Geldautomaten suchen. In einer vom Geld regierten Welt, wird das Leben zu einem bloßen chemischen Prozess der Organismen reduziert, und an so eine unkomplizierte Lebensform kann man sich natürlich schnell gewöhnen.

Eigentlich wusste ich nicht einmal, warum ich damals diese Stadt überhaupt verlassen musste. Das war zu lange her und ich konnte mich nicht an vieles erinnern. Alles, was ich noch wusste, war, dass ein großer Mann mit westlichem Gesicht mir die Hand gereicht und mich in den Flieger mitgenommen hatte. Als ich wieder aus dem Flugzeug ausstieg, war ich bereits achttausend Kilometer von zu Hause entfernt. Den „Ausländer" nannte ich ihn damals. Aber wo waren meine Eltern und was war überhaupt passiert?

Alles, was davor geschehen war und danach geschah, war für mich kristallklar. Nur dieser kurze Lebensabschnitt blieb wie ein Mosaiksteinchen im

Gedächtnis hängen. Die Erinnerung wurde plötzlich weggerissen, als wäre ich mysteriös gestorben, und dann am wunderschönen Bodensee auf einmal wiedergeboren worden.

Ich hatte eine sehr tiefe Bindung zu meinem Adoptivvater – „dem Ausländer" – den ich anfangs nach chinesischem Gebrauch „Onkel" genannt hatte. Etwas später sagte ich einfach Hannes zu ihm, denn er hieß Johannes. Er war ein Deutscher mit französischen Wurzeln und Teilhaber einer Schweizer Privatbank. Ich erinnere mich noch gut daran, wie ich hin und weg war, als er zum ersten Mal vor mir stand. Er war der erste Westler, den ich so nah betrachten konnte. Als ich meine Hand in seine legte, wusste ich, dass Gott mir einen Ritter geschickt hatte, um mich zu retten.

Hannes schien nie verheiratet gewesen zu sein. Aber an hübschen Freundinnen fehlte es ihm nicht, ein Paar Kinder hatte er auch, Renée und Philippe, die jeweils aus unterschiedlichen Beziehungen stammten. Renée war einige Jahre jünger als ich und lebte mit ihrer Mutter in Paris, ich hatte sie nur ein paarmal gesehen. Philippe lebte mit uns und war zwei Jahre älter als ich. Anfangs schien er sich durch mein plötzliches Erscheinen bedroht zu fühlen. Es dauerte aber nicht sehr lang, bis er anfing, die Rolle des großen Bruders richtig zu genießen. Danach spielte er fast täglich den Aufpasser und mischte sich ständig in meine Sachen ein, bis er eines Tages von zuhause wegzog. Ich hatte seinen Bruderkomplex eine Weile dulden müssen, denn körperlich war er mir zweifellos überlegen, und verbal beschossen wir uns in zwei verschiedenen Sprachen, von denen eine der jeweils andere nicht verstand.

Zum Glück verwöhnte Hannes mich sehr und nahm mich immer in Schutz, wenn Philippe und ich wieder mal eine Meinungsverschiedenheit hatten.

Philippe war teilweise so gekränkt, dass er den Verdacht nicht mehr los wurde, er sei das eigentliche Adoptivkind.

An den Wochenenden machte Hannes oft kleine Ausflüge mit uns. Im Winter fuhren wir in die Schweiz oder nach Frankreich zum Skifahren. Am Anfang war es die pure Quälerei für mich. Denn im Gegensatz zu Philippe, der sich ständig als Profi zur Schau stellte, hatte ich Schnee in solchen Massen zuvor, wenn überhaupt, nur im Fernsehen gesehen. Er amüsierte sich immer köstlich, während ich ständig im Schnee kroch, um nach meinen Skiern zu suchen, die sich von den Stiefeln gelöst hatten. Als ich aber nach vielen, vielen Übungsstunden endlich in Fahrt kam, nahm Philippes Begeisterung für unsere Skiwochenenden sichtlich ab.

Im Sommer ging Hannes gern mit uns in seinem kleinen Segelboot auf dem Bodensee segeln. Ich konnte nicht schwimmen und versteckte mich meistens in der Kajüte. Obwohl ich eine Rettungsweste trug, hatte ich dennoch große Angst, von Philippe hinterhältig aus dem Boot geschubst zu werden. Hannes brachte mich immer wieder hoch an Deck und verband, um mich zu beruhigen, meine Taille mit einem Seil an seinen Oberschenkel. Währenddessen saß Philippe meist am anderen Ende des Decks, starrte mich streitsüchtig an und ertränkte mich in seiner Fantasie.

Manchmal nahm Hannes uns auch mit zu seinem Ferienhaus am Comer See. Das Beste an dem Haus war eine riesige Küche mit einem eingebauten Pizzaofen. Jeden Abend veranstaltete er ein kulinarisches Fest mit uns. Philippe und ich durften den Belag für die Pizzen oder die Sauce für die Pasta selbst zubereiten, vorausgesetzt, wir aßen auch alles auf. Kreativität war zwar angesagt, irgendwann wurde unser Magen aber doch zu unflexibel für diese wilden

Kompositionen. Nachdem wir zwei uns ein paar Mal fast erbrechen mussten, lernten wir schließlich, vorsichtiger und konventioneller mit Lebensmitteln und Gewürzen umzugehen.

Von Philippes ständigen dummen Kommentaren abgesehen, war es eigentlich eine wunderschöne Zeit, dennoch konnte ich das Leben zuvor nicht wirklich vergessen und musste oft an die zwei Menschen denken, die ich Mam und Dad genannt hatte. Sie war Mittelschullehrerin und er war Regierungsbeamter gewesen.

Mein Dad war stets sehr beschäftigt und selbst an Wochenenden selten zu Hause. Wenn er aber mal nach Hause kam, stellte er seine Aktentasche immer sofort ab und eilte zu mir, um mit mir zu spielen. Er trug mich gerne auf seinen Schultern und meine Beine baumelten auf seiner Brust. Später ging ich zur Schule und wollte nicht mehr getragen werden. Er schnappte mich aber trotz meines Protests mit seinen großen Händen und warf mich immer wieder auf die Schultern. Oft brachte er mir kleine Geschenke mit. Daher war es ein wichtiger Teil meines Tagesablaufs, abends auf meinen Dad zu warten. Leider war ich meistens enttäuscht, denn er kam nur selten nach Hause, bevor ich ins Bett ging.

Dad wirkte oft sehr streng, selbst wenn er mit meiner Mam zusammen war. Nur wenn er mit mir spielte, war er so unbeschwert wie ein Kind. Trotzdem war meine Beziehung zu Mam viel inniger, denn sie war ja auch jeden Tag für mich da. Sie legte großen Wert darauf, mich jeden Abend festlich zu bekochen. Ab und an aßen wir auch auswärts und gingen anschließend ins Kino. Mit Mam hatte ich immer sehr viel zu besprechen. Sie war anders als die Lehrer in meiner Schule und nicht davon besessen, meine Hausaugaben zu kontrollieren. Außerdem bestand sie auch nicht darauf, dass sie immer die richtigen Antworten auf alle Fragen hatte.

Es war ein äußerst friedliches und sicheres Leben gewesen, und ich konnte mich an nichts Auffälliges erinnern. Mir fehlte einfach die Vorstellung, wie ein solches Leben auf einmal zu Ende gehen konnte. Aber Mam und Dad waren dennoch ohne Vorwarnung aus meinem Leben verschwunden, als wäre alles nur ein Traum gewesen.

Ich versuchte, auch wenn es eigentlich fruchtlos war, in meinen Gedanken immer und immer wieder in diese Zeit zurückzukehren. Denn ich gab die Hoffnung nicht auf, dass ich eines Tages doch ganz zufällig auf ein vergessenes Detail stoßen würde, das sich unter meiner Hirnrinde versteckt hatte und mir wichtige Indizien liefern konnte. Leider wurde ich jedes Mal enttäuscht und die Lücke blieb unentdeckt dort in meinem Gedächtnis, wo sie immer war.

Ich hatte Hannes oft darauf angesprochen und ihm diese ungeklärte Frage gestellt. Die immer gleiche Version seiner Antwort lautete, meine Eltern seien wegen akuter Krankheit gestorben und er sei ein Freund meines Vaters. Bezüglich der Krankheit blieb er allerdings immer unklar. Selbst für ein Kind hörte sich das unglaubwürdig an. Wenn ich dann aber nicht los ließ, wurde er, anders als sonst, immer sehr ungeduldig und versuchte, mich mit irgendwelchen Ausreden zu vertreiben.

Die Zeit verging schnell und ließ sich von nichts aus dem Gleichgewicht bringen. Langsam lernte ich, Abstand zu meiner Vergangenheit zu halten, und die gar nicht so üble Gegenwart zu genießen.

Im ersten Jahr konnte ich nicht zur Schule gehen. Deutschlands Schulsystem hat nicht viel mit dem chinesischen gemein. Außerdem konnte ich die Sprache nicht. Auch die anfängliche Kommunikation mit Hannes basierte nur auf meinem Grundschulenglisch und ein paar einfachen chinesischen Worten, die er während seiner Geschäftsreise in China gelernt hatte.

Einige Zeit später stellte Hannes eine deutsche Tutorin für mich ein, die auch Chinesisch konnte. Sie kam jeden Tag und blieb ein bis zwei Stunden, um mir Deutsch beizubringen. Es war ein junges Mädchen, vermutlich eine Studentin, und sah selbst noch fast aus wie ein Kind. Natascha hieß sie. Ihr langes braunes Haar und ihr Baby-Gesicht voller Sommersprossen hatten mich irgendwie fasziniert, sodass ich Hannes´ Tutoren-Idee nur deshalb halbwegs akzeptierte.

Natascha war der chinesischen Sprache unglaublich mächtig und konnte mir alles in meiner Muttersprache erklären. Leider hatte ich anfangs wenig Lust auf ihren Unterricht. Zwar hatte ich nichts Persönliches gegen sie, aber mein angeborenes antiautoritäres Blut machte mich nicht gerade zur besten Schülerin. Um meine Abneigung unmissverständlich auszudrücken, trug ich im Unterricht immer die riesige Sonnenbrille, die ich von Hannes gestohlen hatte.

Natascha versuchte anfangs unermüdlich, mit ihrem engelsgleichen Lächeln, mein Herz für sie zu gewinnen. Leider hatte ich nicht vor, mich widerstandslos zu ergeben. Eines Tages klappte sie ihr Lehrbuch plötzlich zu und ging weg. Als ich gerade wegen meines endgültigen Siegs jubeln wollte, kam sie mit Philippe wieder und lud mich zu einem gemeinsamen Wortspiel ein. Als ich ihren Vorschlag störrisch ablehnte, fing sie an, vor meinen Augen fieberhaft mit Philippe zu spielen. Währenddessen tauschten sie noch ständig irgendwelche Albernheiten aus und kicherten dabei unbändig. Zwischendurch warfen sie auch mal einen flüchtigen Blick auf mich, der mir sehr suspekt vorkam. Ich wüsste nur zu gerne, über was sie sich gerade unterhielten.

Nachdem ich sie aus meinem Zimmer vertrieben

hatte, zogen sie in Philippes Reich um und amüsierten sich dort weiter. Ihr Lachen war trotz meiner geschlossenen Tür schwer zu überhören.

In den folgenden Tagen wiederholte Natascha ihr Spielchen. Wenn sie mit mir nicht weiterkam, ging sie einfach zu Philippe. Irgendeine Art, sich zu beschäftigen, fanden die beiden immer. Auch wenn ich ihre Raffinesse komplett durchschaute, fiel es mir sehr schwer, das Lachen von ihr und Philippe zu ignorieren. Zum Schluss kam ich zu keiner besseren Lösung, als sie und ihren Unterricht, wieder ernst zu nehmen. Schließlich hatte das Deutschlernen ja auch Vorteile, wie zum Beispiel, mich gegen Philippes verbale Attacken verteidigen zu können.

Eigentlich war Natascha gar keine schlechte Lehrerin. Wenn ich ihr mal richtig zuhörte, gefiel mir ihr Unterricht sogar ganz gut. Sie erzählte mir vieles über die Menschen in Deutschland und deutsche Historie, sprach auch von den Orten, die sie während ihrer Reisen in China besucht hatte. Andererseits stellte sie mir aber auch unheimlich viele Fragen über mein Leben, die mit der Zeit immer komplizierter und persönlicher wurden. Nicht nur meine Deutschkenntnisse und Sprachfähigkeit wurden ständig herausgefordert, sondern ich wurde auch immer wieder ermutigt, in mir selbst zu forschen. Irgendwie war sie in dieser Zeit wichtig für mich, denn durch sie hatte sich das fremde neue Leben in diesem fremden Land langsam normalisiert.

Etwa ein Jahr später konnte ich endlich zur Schule gehen. Im Vergleich zu dem sehr übersichtlichen Schulsystem Chinas war in Deutschland alles eher kompliziert und verwirrend. Hannes versuchte mir immer und immer wieder zu erklären, worin der Unterschied zwischen Hauptschule, Realschule, Gesamtschule und Gymnasium bestand und welche Folgen eine Entscheidung über die Art der Schule mit sich bringen würde. Viel schlauer geworden war ich im Nachhinein dennoch nicht. Schließlich musste er natürlich die Entscheidung für mich treffen.

Nach einigen Tests konnte ich an dem gleichen Gymnasium anfangen, in das Philippe auch ging. Ich konnte noch nicht sehr gut Deutsch und wurde daher ein Klasse tiefer eingestuft, als es meinem Alter eigentlich entsprach. Ganz ehrlich war es mir aber auch ziemlich egal, solange ich nicht mit Philippe in einem Klassenzimmer sitzen musste.

Eine Zeit lang fühlte ich mich sehr unglücklich in der Schule. Erstens war es immer noch sehr anstrengend, die Lehrer beim Unterricht zu verstehen. Zweitens gab es außer mir überhaupt keinen anderen Asiaten in meinem Jahrgang. Unter den komischen Blicken meiner Mitschüler hatte ich oft das Gefühl, dass ich eigentlich von einem anderen Planeten kam. „Ente süßsauer“ und „Drei Chinesen mit dem Kontrabass“ war so ziemlich alles, was ein damaliger deutscher Durchschnittsschüler über China wusste. Einige, die sich scheinbar mit fremden Kulturen besser auskannten, stellten mir manchmal auch die Frage, ob ich schon mal Hund gegessen hätte.

Die meiste Zeit tat ich in der Schule so, als hätte ich nichts verstanden, egal, was die anderen zu mir sagten. Teilweise hatte ich auch wirklich Schwierigkeiten, ihnen zu folgen, denn sie hatten alle, anders als Natascha, diesen ziemlich unverständlichen Dialekt.

Ich vermisste meine alten Freunde in der Heimat sehr. Aber mein Leben wurde einfach so von heute auf morgen auf den Kopf gestellt, dass ich nicht einmal die Zeit gehabt hatte, um mich von ihnen zu verabschieden. Was würden sie von mir halten? Würden sie ab und zu an mich denken? An einige Freunde hatte ich Briefe geschrieben, leider kam nie eine Antwort. Wer weiß, vielleicht waren die Briefe auch nie angekommen.

In dieser Zeit kämpfte ich jeden Morgen mit der Angst, in die Schule gehen zu müssen. Nachdem ich aber in der Schule angekommen war, beschäftigte mich einzig und allein der Gedanke, ob die Lehrer die Unterrichtsstunden pünktlich beenden würden. Jeden Tag hatte ich das fürchterliche Gefühl, dass diese grauenvolle Zeit nie zu Ende ging, bis ich eines Tages auf einmal Licht am Horizont sah.

Es war Faschingszeit. Jeder in der Schule war wegen der bevorstehenden Faschingsparty total aufgeregt, außer mir. Ich wusste nicht einmal genau, was eine Faschingsparty wirklich bedeutete. Die einzigen Hinweise, die ich hatte, erhielt ich durch die eifrigen Diskussionsrunden meiner Mitschüler bezüglich der Vorbereitungen. Die Idee, sich als Hexe oder Spinne zu präsentieren schien mir ziemlich bizarr, abgesehen davon, dass einige von uns dafür nicht einmal ein Kostüm brauchen würden. Noch schlimmer war die Tradition, dass jeder Schüler etwas vorführen musste. Es bildeten sich bereits einige Wochen vorher viele Gruppen, die für ein Theaterstück oder eine Tanzaufführung probten. Mich hatte allerdings niemand gefragt. Für einen Soloauftritt fehlte mir leider jegliche Inspiration, denn ich spielte weder ein Instrument, noch übte ich eine Sportart aus, womit ich vielleicht eine etwaig vorzeigbare Leistung hätte erbringen können. Heimlich machte ich sogar meinen Eltern den Vorwurf, dass sie mich früher nicht zu Klavier- oder Ballettstunden gezwungen hatten, wie es bei den städtischen Eltern Chinas so üblich war.

Hannes war zu dieser Zeit selten zuhause, und Philippe war eigentlich der einzige Mensch, den ich fragen konnte. Er grüßte mich jeden Tag in der Schule mit einem spöttischen Lächeln, so, als würde er sehnsüchtig darauf warten, dass ich ihn um einen

Ratschlag bat, sodass er sich endlich einmal richtig über mich lustig machen konnte. Diesen Gefallen wollte ich ihm natürlich nicht tun.

Eine konkrete Idee hatte ich aber bis zum letzten Tag nicht. Als Philippe bereits längst in seiner Ritterrüstung im Veranstaltungssaal der Schule stand, lag ich immer noch planlos in meinem Bett. Ich fing fast an zu weinen, aber dann wurde ich plötzlich trotzig und ich schluckte die Tränen hinunter. Ich fragte mich, warum ich das tun musste, was die anderen taten. Im Grunde war ich selbst doch die beste Verkleidung. Eine Chinesin! Das wäre garantiert die Sensation der ganzen Schule.

Ich durchsuchte meinen Kleiderschrank und fand ein Kleidungsstück, das ich noch nie getragen hatte. Es war ein hübsches Qi Pao[13] mit sehr feiner Stickerei. Meine Eltern hatten es mir zu meinem zehnten Geburtstag geschenkt. Eins der wenigen Sachen, die ich mit nach Deutschland geschleppt hatte. Damals war es noch zu groß für mich, nun lag es aber hauteng an meinem Körper und etwas zu kurz war es auch schon. Aber ich hatte es jedenfalls unbeschädigt angezogen und fühlte mich gar nicht so schlecht darin.

So ging ich ganz ungeschminkt in diesem Qi Pao zu der Faschingsparty. Als ich den Saal betrat, spürte ich bereits die Blicke aus allen Richtungen, die wie ein unsichtbares Netz auf mich fielen. Ich wurde sehr nervös und meine Beine wurden steif. Auf einmal bereute ich, dass ich mich nicht bemüht hatte, ein passendes Faschingskostüm zu organisieren. Obwohl jeder andere etwas Verrücktes anhatte, war ich trotz meines vergleichsweise unauffälligen Outfits doch die einzige Attraktion im Saal. Auch wenn ich mich

[13] Qi Pao ist das traditionelle chinesische Kleid für Frauen.

inzwischen bereits mehr oder weniger an das ungehemmte Stieren meiner Mitschüler gewöhnt hatte, wirkten diese Blicke in einer überfüllten Halle dennoch sehr erdrückend. Eine gewisse Feindseligkeit und Ausgrenzung empfand ich immer, selbst wenn mich viele gerade lächelnd ansahen.

Ich schleppte mich ziemlich ziellos langsam nach vorne, denn ich wusste eigentlich gar nicht, zu wem ich gehen sollte. Aus den Augenwinkeln sah ich Philippe in einer Gruppe Jungs der höheren Klassen stehen, die anscheinend etwas mit Vergnügen kommentierten, während sie mich durch die Lücken zwischen den vielen sich bewegenden Körpern erspähten. Ich mied den direkten Blickkontakt mit Philippe, damit er nicht die Chance hatte, irgendwelche dummen Sprüche von sich zu geben. Vorsichtig schaute ich mich nach meinen Klassenkameraden um, in der Hoffnung, dass sie mich aus meiner Einsamkeit holen würden. Wir waren zwar auch nicht die dicksten Freunde, sie waren aber immerhin diejenigen, die ich in dieser Schule am besten kannte.

Einige Mädchen aus meiner Klasse standen unweit von mir und diskutierten gerade etwas. Dass ich sie trotz Verkleidungen und Schminke sofort erkannte, lag an Stefanie. Wo auch immer sie sich aufhielt, man konnte sie einfach schwer übersehen. Sie war eine große Brünette und hatte eine für unser Alter etwas zu weibliche Figur. Unter den Mädchen unseres Jahrgangs galt sie als jemand, den wir heute vielleicht als „Opinion Leader“ bezeichnen würden. Wenn es damals schon Facebook oder Twitter gegeben hätte, wäre sie sicherlich auch einer dieser self-made Superstars des sozialen Netzwerks gewesen, die Tausende von Cyber-Anhänger haben. Jeden Moment ihres Lebens, ob beim Essen oder auf der Toilette, hätte sie dann mit der Handykamera dokumentiert und die Fotos ins Netz gepostet. Hin und wieder hätte sie vielleicht auch einen Skandal ausgelöst, wenn zum Beispiel irgendeiner ihrer Exfreunde aus Eifersucht Intimbilder über das Netz verbreitet hätte. Schade, dass es damals lange nicht so viele Möglichkeiten für solche Selbstdarsteller gab, sodass ihr Einflussbereich nie wirklich über unsere Schule hinauswachsen konnte.

Seit ich in diese Schule gekommen war, hatte sie mehrmals versucht, meist ganz nebenbei, mit mir ins Gespräch zu kommen. Mein Bauchgefühl sagte mir, dass sie nur meine Nähe gesucht hatte, um mich schnell als eine ihrer neuen Anhängerinnen zu werben. Da ich aber ein sehr schlechter Teamplayer bin, zeigte ich keine besondere Begeisterung für ihre Rekrutierungsversuche. Nach einer Weile gab sie es endlich auf. Seither hatte ich aber ständig das Gefühl, dass ich bereits auf ihrer schwarzen Liste der Unkooperativen stand.

Eigentlich verspürte ich auch jetzt wenig Neigung, mich ungebeten ihrer Fangruppe anzuschließen. Aber im Alleingang wirkte ich unter diesen halluzinierenden Massen, wie ein nicht überlebensfähiger Fremdkörper, der alle anderen nur ständig den Weg versperrte. Die Mädchen, die jetzt nur noch einen Schritt von mir entfernt standen, waren der letzte Strohhalm, nach dem ich greifen könnte, bevor ich versank.

Ehe ich aber die Kraft gesammelt hatte, sie alle zu begrüßen, drehte sich Stefanie plötzlich zu mir um und berührte den Ärmel meines Qi Paos, als wüsste sie schon die ganze Zeit, dass ich hinter ihr stand. Ich wartete angespannt auf eine ihrer Provokationen. Gegen meine Erwartung sagte sie aber: „Dein Kleid ist wunderschön!“ Dieses Mal klang sie erstaunlich herzlich und echt, sodass es mich fast berührte. Alle anderen Mädchen nickten zustimmend, sogar einige Jungs, die neben uns standen.

Ich wurde rot und ertrank fast in ihrer Schmeichelei. Auf einmal kreisten mich alle ein und stellten mir neugierig Fragen über mein Kleid und über viele andere Dinge, sowie auch über mich selbst. Ich gab mein Bestes, ihre Fragen zu beantworten. Für einige war es sicherlich sehr merkwürdig, dass ich plötzlich fließend Deutsch sprechen konnte.

Bereits nach kurzer Zeit waren wir alle Feuer und Flamme für diese neue entdeckte Freundschaft. Als ich langsam anfing, mich wohl zu fühlen, kündigte unser Schulleiter an, dass die Aufführungen bald beginnen würden. Seine Worte wirkten wie ein kalter Guss auf mein gerade leicht aufgeblasenes Ego. Denn ich wusste, wie viel Mühe meine Mitschüler für die Vorbereitung der Auftritte auf sich genommen hatten und wie unvorbereitet ich war. Nur einen Spitzpinsel und ein bisschen Farbe hatte ich dabei, die ich mir notgedrungen auf dem Weg besorgt hatte. Ich hatte einige Zeit Kalligraphie von meiner Mutter gelernt. Mam konnte es sehr gut und praktizierte gleichzeitig auch die traditionelle chinesische Tuschemalerei. Anfangs malte ich ihr manchmal nur aus Langeweile nach, später wurde es zu einer wichtigen gemeinsamen Freizeitbeschäftigung. Nach ein paar Jahren gelang es mir sogar, einige Preise bei diversen Wettbewerben in der Stadt zu gewinnen. Das Malen mit Tusche war eines der wenigen Dinge, die ich gut konnte.

Eigentlich war die Idee, Kalligraphie auf der Faschingsparty zu präsentieren, ziemlich unangebracht. Denn erstens verstand außer mir hier keiner Chinesisch, zweitens konnte ich weder den richtigen Pinsel noch das dafür geeignete Papier finden und drittens, was mit Abstand das Wichtigste war, würde meine Performance, im Vergleich zu dem szenischen Fechten, das Philippe und seine Kumpels bereits bei den Proben perfektioniert hatte, einfach zu unsportlich wirken und bestimmt von ihm als Kindergarten-aktivität belächelt werden.

Während sich alle auf die Bühne konzentrierten und die einfallsreichen Shows der anderen halb neidisch, halb kritisch begutachteten, schweiften meine Gedanken ständig in die Vorstellung ab, wie peinlich mein späterer Auftritt werden würde. Als ich irgendwann endlich dran war, fiel mir nur noch ein altes chinesisches Gedicht ein. Mit ein paar Blumen als Randverzierung schrieb ich dieses Gedicht im Stil der chinesischen Kalligraphie fahrig auf, um diese qualvolle Aufgabe schnell hinter mich zu bringen. Weil weder der Pinsel, noch das Papier wirklich authentisch waren und ich nicht den gewünschten Effekt erzeugen konnte, fühlte ich mich noch gedemütigter. Ich hatte mir bereits vorgenommen, sofort aus dieser Halle zu verschwinden, sobald ich die letzte Blüte vollendet hatte. Kaum hatte ich aber meinen Pinsel auf den Tisch gelegt, überraschten mich meine Mitschüler mit lautem Applaus.

Zwei Mädchen aus meiner Klasse schrien mit fast übertriebener Begeisterung: „Guck mal, wie cool! Jedes Zeichen ist wie ein Bild!" Kalligraphie oder chinesische Tuschemalerei, nichts schien sie mehr zu interessieren, als diese exotischen Zeichen an sich. Was machte ich mir noch Sorgen um den Effekt meines Kunstwerks? Ich hätte auch ein Stück chinesisches Zeitungspapier mitbringen können und sie wären ebenso beeindruckt gewesen.

Einige fragten mich, was die Zeilen bedeuteten. Ehrlich gesagt konnte ich die Gedichte nicht einmal auf Chinesisch sinngemäß erklären. Aber ich ließ meine Fantasie spielen und erfand eine möglichst kitschige Geschichte, die perfekt zu ihrer Vorstellung über Asien passen könnte. Danach fing ich an, jedes einzelne Zeichen ohne Zusammenhang zu entziffern, anstatt den Inhalt weiter zu erläutern. Denn ich hatte schnell verstanden, dass sie sich viel mehr für das Aussehen der Zeichen interessierten, als für irgendwelche alten chinesischen Gedichte. Wenn sie ein Zeichen schön fanden, wollten sie wissen, was es zu bedeuten hatte. Wenn ihnen die Bedeutung dann ebenfalls gefiel, baten sie mich, das Zeichen auf ein anderes Papier zu schreiben, um es als Vorlage für eine Tätowierung oder zur Dekoration ihrer Zimmer zu verwenden. Zwei Jungs deuteten sogar auf die abstrakten Blüten, die als Verzierung dienten, und fragten: „Die sind ja hübsch, was bedeuten denn diese Zeichen?"

„Blumen", antwortete ich trocken.

Als die Party sich dann dem Ende zuneigte, hockten immer noch welche da, um die Zeichen zu studieren. Einige Schüler aus den höheren Klassen scheuten sich nicht, mir gegenüber irgendwelche Sonderwünsche zu äußern, wie zum Beispiel, ihre Namen in Chinesisch zu übersetzen.

Nach dieser Party war meine Popularität in der Schule spürbar gestiegen und das Einzige, was ich dafür hatte tun müssen, war, ein paar chinesische Zeichen zu schreiben, die ich in der Grundschule gelernt hatte. Auf einmal kannten mich fast alle und ich wurde oft in der Schule gegrüßt. Stefanie liebte es, mit mir herumzuhängen. Sie hatte mich sogar ein paarmal zu ihr nach Hause eingeladen, um gemeinsam mit mir Hausaufgaben zu machen.

Bis dahin mochte ich Stefanie eigentlich nicht besonders und war nur mit ihr befreundet, um nicht wieder allein zu sein. Europäische Mädchen reifen ohnehin sehr früh, Stefanie war aber die Kurvigste von allen. Neben mir wirkte sie fast wie meine Babysitterin und nicht meine Freundin. Erst etwas später stellte ich fest, dass sie lange nicht so bedrohlich war, wie sie aussah. Sie kam, wie die meisten dieser Schule, aus einer wohlhabenden Familie. Ihr

Vater war Geschäftsführer eines großen Konzerns. Sie hatte zwei ältere Brüder, die beide in den USA studierten. Sie selbst blieb der Lebensphilosophie ihrer Mutter treu und interessierte sich, außer für einen zukünftigen reichen Ehemann, der sie gut versorgen würde, kaum für etwas anderes. Das Hauptgesprächsthema, mit dem sie ihre Anhängerinnen unterhielt, waren Jungs, oder besser gesagt Männer. Ihrer Meinung nach war es für ein Mädchen nie zu früh, sich mit der Männerwelt auseinanderzusetzen und sie beherrschte bereits die Kunst perfekt, die Jungs in der Schule mit einem Blick oder einer bestimmten Körperhaltung um den Verstand zu bringen. Das war wahrscheinlich auch der Grund, warum so viele Mädchen ihr hinterherliefen.

Aber wenn man Stefanie besser kannte, wusste man, dass sie eigentlich ziemlich einfach gestrickt war und mit anderen Dingen im Leben lange nicht so berechnend umging wie mit Männern. Und ein Kind wie ich, dem plötzlich alles im Leben genommen worden war, lehnte erst einmal keine Freundschaft kategorisch ab. So kamen Stefanie und ich uns immer näher und wurden in den Augen der anderen die besten Freundinnen.

Während Stefanie und ich immer mehr Zeit miteinander verbrachten, merkte ich langsam, dass ihre Begeisterung für chinesische Kleidung oder chinesische Schriftzeichen nur ein Vorwand dafür war, ihr eigentliches Interesse an Philippe zu verhüllen. Nachdem sie mich anfangs ein paarmal zu sich eingeladen hatte, ließ sie sich später immer wieder irgendwelche Ausreden einfallen, um zu uns kommen zu können. Oft hielt sie sogar so lange bei mir zu Hause durch, bis Hannes sie zum Abendessen einlud, damit sie die Gelegenheit hatte, am Esstisch mit Philippe zu flirten. Zu meinem Entsetzen war Philippe jedes Mal äußerst freundlich zu ihr. Auch wenn sie meistens mit sinnlosem Tratsch das Essen verdarb, hörte Philippe fast immer mit einem schmeichelnden Lächeln zu und verschonte sie mit seinen gemeinen Sprüchen. Beim Abschied umarmten und küssten sie sich gegenseitig mit voller Lautstärke die Wangen, als würden sie eine Trennung nicht überstehen.

Wenn Philippe seine Show nicht immer ein wenig zu perfekt durchgezogen hätte, hätte ich fast wirklich geglaubt, dass zwischen ihm und Stefanie etwas lief. Aber wie immer wollte er mich eigentlich nur ärgern. Es war allerdings seltsam, dass ich darüber irgendwie erleichtert war, nachdem ich ihn durchschaut hatte. Eigentlich müsste ich doch froh sein, wenn er in Stefanies heimtückische Falle fiele und sie ihn zu ihrem emotionalen Spielzeug zähmte.

Die Zeit verging. Mein Leben ging langsam wieder seinen gewohnten Gang, so gewöhnlich, als wäre es nie anders gewesen. Ich hatte fast die Tatsache vergessen, dass ich einmal auf der anderen Seite dieses Planeten geboren worden war und dort ein anderes Leben geführt hatte.

Die Jahre gingen so schnell vorüber, wie ein einziger Augenblick. Kurz nach meinem sechzehnten Geburtstag bekam ich einen deutschen Personalausweis, auf dem ein vertrauter und gleichzeitig fremder Name stand: Jessica Wang. Jessica war der Name, den Hannes für mein neues Leben in Deutschland ausgesucht hatte. Seiner Meinung nach war mein chinesischer Vorname für die Deutschen phonetisch unaussprechbar. Er hatte sich große Mühe gemacht und endlich einen westlichen Namen gefunden, dessen Aussprache meinem chinesischen Vornamen ähnlich war. Meinen Familiennamen solle ich allerdings unbedingt behalten, meinte er.

Beim wiederholten Lesen meines fusionierten neuen Namens hatte ich ständig das Gefühl, als ob das Ganze nur ein Traum war. Nach und nach bekam ich viele andere Dokumente, die an meine neue Identität gekoppelt waren, wie zum Beispiel eine Bankkarte, eine Sozialversicherungsnummer oder einen Führerschein. Jedes Mal hatte ich dabei die gleichen Zweifel, bis eines Tages mein Geldbeutel mit allen möglichen Karten gefüllt war, auf denen ausnahmslos der gleiche Name stand. Erst dann fing ich an, mich langsam mit der Realität anzufreunden, in der ich Jessica Wang hieß.

Das neue Leben war im Grunde genommen gar nicht so übel, von den immer wiederkehrenden Träumen abgesehen, die eigentlich fast jede Nacht auftauchten, seit ich aus meinem früheren Leben gerissen worden war. Es war eine Parallelwelt, von der ich nicht wegsehen konnte. Denn sie war da, erst recht, wenn ich meine Augen schloss. In dieser Welt sah ich Gesichter von Menschen, die mir augenblicklich sehr vertraut schienen, an die ich mich nach dem Aufwachen aber nicht wieder erinnern konnte.

Wenn man gleichzeitig in zwei Welten lebt und nicht unterscheiden kann, welche die echte ist, hört man eines Tages auf, an seinem eigenen Leben teilzunehmen. So wurde ich allmählich mein eigener Zuschauer und wartete jeden Tag auf die Fortsetzung der einzelnen Vorführungen, die in den beiden Welten stattfanden.

FEI YU

Nachdem sich das erste von meiner Mutter arrangierte Date als lächerlicher Fehlschuss entpuppt hatte, entschloss sie sich für weitere Versuche. Sie durchforschte ihr Adressbuch und fischte alles heraus, was ihr für die „Mission Schwiegersohn" behilflich sein konnte. Als ihr irgendwann auffiel, dass ich nach verschiedenen Ausreden immer seltener zu ihr nach Hause fuhr, entschied sie sich, ihr Netzwerk über ihre kleine Provinzstadt hinaus zu flechten und ihre Netze in der Metropole Shanghai auszuwerfen.

Eigentlich blieb mir nichts anderes übrig, als mir schnell einen Ehemann anzuschaffen, bevor die Sache außer Kontrolle geraten und desaströs für mich enden würde. Leider ging es mit der Suche nach der besseren Hälfte nicht so leicht, wie mit den Prüfungen in der Schule. Es gab keinen Intensivkurs dafür und auch die Disziplin, die ich bei langen Lernphasen an den Tag legte, half mir hier nicht weiter. Außerdem fehlte mir die Motivation. Nach all den Jahren hatte ich gerade die Hauptrolle für meine eigene Show bekommen und nun musste ich einen Schwiegersohn für meine Mutter finden. Durfte ich in der Endlosschleife dieses Marionettentheaters nicht einmal eine Pause machen?

Aber in diesem Land fand gerade ein beispielloser Krieg auf dem Heiratsmarkt statt und jeder, der nicht daran teilnahm, würde ein Verlierer sein. Während es bei der Ehe in der Zeit meiner Eltern noch darum ging, nicht allein und einsam altern zu müssen, drehte es sich nun nur noch um Reichtum. Die Heirat war das wichtigste Mittel zum Zweck, zu einer Eigentumswohnung, einem Auto oder der Altersvorsorge. Frauen, die es nicht schafften, in jungen Jahren einen vermögenden Gemahl zu finden, hatten ihr Leben verspielt. Denn die jungen Schönheiten wuchsen schnell nach und die Anzahl der reichen Männer war schließlich immer sehr begrenzt. So breitete sich die Schönheitsindustrie, mit deren Hilfe sich jede Frau, die in der ersten Kampfrunde versagt hatte, durch eine Ganzkörpersanierung eine zweite Chance verdienen konnte, wie Unkraut aus.

Der Kampf zwischen den Männern war aber nicht weniger brutal. Wem es nicht gelang, in einem angemessenen Alter genug Geld zu verdienen, um die Schönen anzulächeln, musste sich später mit dem Angebotsüberschuss begnügen. Die Männer hatten allerdings den Vorteil, dass ihre Kampfzeit beinahe unbegrenzt war. Auch ein Mann in hohem Alter bekam die Chance, eine blutjunge Frau zu ehelichen, wenn er nur die nötigen finanziellen Mittel hatte.

Jeder in diesem Land suchte nach dem besten Deal für sein eigenes Leben oder aber für das seines Nachwuchses. Meine Mutter ist eine derjenigen, die ihre eigenen Runden bereits längst verloren hatte und ihr Comeback nun im Leben der nächsten Generation suchte. Aber auch ein perfekt kalkulierter Deal ist nur das Resultat des augenblicklichen Marktverhältnisses. Der Markt änderte sich schnell, und viele Deals entblößen sich im Nachhinein schnell als ein Verlustgeschäft für beide Seiten. In meinem eigenen Freundes- und Verwandtenkreis kannte ich viele, die vor ihrem dreißigsten Lebensjahr bereits mindestens eine gescheiterte Ehe hinter sich hatten. Inzwischen kostete Heirat oder Scheidung bei vielen auch nicht mehr Überwindung als das Organisieren einer Geburtstagsparty.

Ich allerdings hatte in meinem Leben noch nicht einmal einen Gedanken an eine Geburtstagsfeier verschwendet, von einer Hochzeit ganz zu schweigen. Das erste Mal, dass ich einen dieser geheimnisvollen Zettel von einem Jungen bekommen hatte, war kurz vor meinem Abitur gewesen. Was auf dem Zettel geschrieben stand, hatte ich längst vergessen. Ich wusste nur noch, dass mein Herz wie verrückt geschlagen hatte, nicht weil der Junge bei mir irgendeinen Eindruck hinterlassen hatte, sondern aus furchtbarer Angst. Denn wenn dies in der damaligen Zeit aufgeflogen wäre und mein Lehrer es im Abschlusszeugnis erwähnt hätte, wäre mein Leben komplett ruiniert gewesen.

Die flüchtigen Erfahrungen, die ich mit meinem Vater, dem Klassenkameraden, der damals bei mir DVDs schaute und dem Jungen, der einen Liebesbrief in meiner Schultasche versteckte, gemacht hatte, waren bisher alles gewesen, was ich aus der Männerwelt kannte. Und die hatte mir bisher mehr Finsternis als Sonnenschein geschenkt. Die Vorstellung, ein wenig aufregendes Leben durch einen anderen Menschen versüßen zu können, hielt ich für eine Illusion.

Meine Mutter sah es natürlich ein bisschen anders. Aber ich hatte zum ersten Mal in meinem Leben den Mut, konsequent gegen ihren Willen zu arbeiten. Ich hatte schon längst aufgegeben, mit ihr zu reden und sie zu etwas zu überreden. Schweigen und Ignorieren waren alles, was ich noch tat, was aber in ihrer Gegenwart gar nicht so einfach war.

Wenn sie mich in Ruhe ließ, war mein Singleleben

eigentlich ziemlich erträglich. Einen Deutschtest der Anfängerstufe hatte ich bereits bestanden und ich überlegte auch, ob ich nicht doch einen richtigen Kurs besuchen sollte. Denn ab einem gewissen Niveau wurde es anstrengend und ineffizient, diese schwierige Sprache selbst zu lernen.

Als ich noch darüber nachdachte, bekam das Team, in dem ich in der Firma arbeitete, ein neues Mitglied. Er hieß Tobias, war Praktikant aus Deutschland und saß mir schräg gegenüber. An seinem ersten Arbeitstag konnte ich aus lauter Neugier einfach nicht mehr aufhören, ihn aus den Augenwinkeln zu beobachten.

Er hatte das kantige Gesicht, welches für Nordländer ziemlich typisch war. Seine feinen, dunkelblonden Locken und die graugrünen Augen verliehen ihm jedoch eine sanfte, melancholische Note. Das Grün seiner Iris war allerdings so hell, dass man ständig an Katzenaugen denken musste – manchmal wurde mir fast unheimlich. Aber eigentlich war Tobias sehr freundlich und grüßte jeden, der ihm gerade über den Weg lief, egal ob er ihn kannte oder nicht, an was Chinesen nicht wirklich gewöhnt sind. Ich redete nicht sehr viel mit ihm, denn zwei meiner Teamkollegen konnten sehr gut Deutsch und Tobias wandte sich oft an sie, wenn er etwas brauchte. Außerdem hatte er einen sehr starken deutschen Akzent, wenn er Englisch sprach, was seine Zuhörer oft verunsicherte. Manchmal musste ich mich während eines Gesprächs mit den Fingernägeln zwicken, um nicht in Lachen auszubrechen.

Eines Tages, als ich gerade allein in der Kantine beim Mittagsessen saß, kam Tobias plötzlich zu mir an den Tisch und setzte sich mir gegenüber. Er grüßte mich und fragte, was „Guten Appetit" auf Chinesisch heiße. Ich antwortete, Appetit sei nicht das Problem, denn Essen ist der ultimative Genuss im Leben eines Chinesen. Selbst bei mangelndem Appetit ist Geschmack im Gaumen unverzichtbar. Wir essen nicht nur des leeren Magens wegen, sondern vielmehr wegen unserer wählerischen Geschmacksknospen. Daher sage man in China „Esst nur langsam!“ vor dem Essen. Denn nur, wenn man langsam isst, hat die Zunge Zeit, das Essen und dessen Geschmack zu goutieren.

Tobias lachte laut, als er meine Erklärung hörte, und antwortete mit seiner trockenen deutschen Logik: „Es ist gut langsam zu essen, es ist gesund.“

Mit diesem Gespräch lernten wir uns streng genommen offiziell kennen. Er studierte Maschinenbau mit Schwerpunkt Maschinendynamik in Deutschland und hatte mit Design eigentlich nicht viel zu tun. Weil aber Karosseriedesign ein Thema war, über das er in seiner Diplomarbeit schrieb, war er zu uns in die Karosserie-Abteilung des Design-Centers geschickt worden. Er erzählte mir, dass er zwei Semester gewartet habe, bis er die Chance bekommen hatte, als Praktikant bei diesem Konzern anzufangen und nach China zu kommen. Er meinte, er wisse nicht genau, seit wann der Begriff „China“ auf einmal ein wichtiger Pluspunkt im Lebenslauf geworden war. Er sagte noch, dass er schnellstens Chinesisch lernen wolle. Aber Chinesisch sei sehr schwierig für ihn. Als ich ihm erzählte, dass ich gerade versuchte, Deutsch zu lernen, war er natürlich wahnsinnig begeistert. Sofort schlug er vor, dass wir uns gegenseitig die Sprachen beibringen sollten. Da wir im gleichen Team arbeiteten, hätten wir sicherlich viel Gelegenheit und Zeit, uns sprachlich auszutauschen.

Ich fand, dies war ein Versuch wert. Tobias war mir, im Vergleich zum Besuch eines Sprachkurses, viel sympathischer. Ich war daher sofort damit einverstanden. Für den Anfang wollten wir uns wöchentlich zwei bis drei Mal nach der Arbeit treffen und zusammen lernen.

Anfangs machte ich mir wenig Mühe mit der Vorbereitung des Lehrmaterials. Lieber ließ ich mir immer spontan etwas einfallen und scheute keine Diskussion über Gott und die Welt. Anders als ich hatte sich Tobias jedes Mal sorgfältig und systematisch vorbereitet und zeigte sich, meinem weniger ernsteren Auftritt gegenüber, unzufrieden. Er verlangte von mir, dass ich ein richtiges Lehrbuch besorgte und einen Lehrplan erstellte, so wie er es tat. Denn er meinte, ohne System und planmäßiges Vorgehen nicht richtig lernen zu können.

So wurde aus diesem Austauschprogramm, an dem ich mehr oder weniger aus Spaß teilgenommen hatte, richtige Arbeit. Wir mussten ohnehin viele Überstunden in der Firma leisten. Und die wenige Freizeit, die ich hatte, verbrachte ich jetzt fast nur mit der Vorbereitung des Lehrmaterials und der Sprachtests. Denn Tobias war ein sehr anspruchsvoller Student und ein gleichermaßen strenger Lehrer, der mir keine Verschnaufpause ließ.

Langsam verlor ich die Geduld. Denn ich hatte nicht nur ein Zeitproblem, auch den Ort unseres Lernens empfand ich als höchst unangenehm. Tobias wohnte, wie ich auch, in der Nähe der Firma. In dieser total abgelegenen Gegend fand man kaum ein Café oder Lokal, in dem man es auf Dauer aushalten konnte. Unsere Lernstunden verbrachten wir überwiegend in einer kleinen KFC-Filiale. Jedes Mal bestellten wir uns etwas zu Trinken und saßen stundenlang in einer Ecke, bis die Bedienungen uns mit ihren Blicken zerhackten.

Irgendwann wurde mir das Ganze zu viel und bei einer unserer KFC-Sitzungen beklagte ich mich endlich: „Entweder ändern wir unsere Lernmethode und suchen uns einen anderen Treffpunkt oder wir lassen es bleiben.“

Mein Streik kam für Tobias scheinbar unerwartet, denn er schaute mich zunächst eine Weile nur sprachlos an. Nachdem ich ihm aber mit bitterer Miene verständlich gemacht hatte, dass ich es damit sehr ernst meinte, fragte er mich verwirrt, was eigentlich los sei. Nichts sei los, sagte ich. Dann erklärte ich ihm, dass ich erstens nicht jeder Zeile eines Lehrbuchs akkurat folgen wolle, um eine Sprache zu lernen. Und zweitens hätte ich auch keine Lust, die Sitzplätze bei KFC weiterhin wie Parkbänke zu beanspruchen. Denn meiner Meinung nach sei die Sprache zum Zweck der Kommunikation entstanden und nicht, weil ein Schimpanse das Geschrei eines anderen imitieren wolle. Und selbst wenn, müssten doch auch die Schimpansen wenigstens die Möglichkeit erhalten, im eigenen Revier herumzualbern.

Meine Erklärung hatte Tobias sichtlich verunsichert, so, als wäre es unmöglich für ihn, zwei nicht in die gleiche Kategorie passende Probleme anhand deutscher Logik auf einmal lösen zu können. Ich befürchtete, dass er mich vielleicht sogar noch hinsichtlich der Tatsache korrigieren würde, dass die Schimpansen die Sprache sowieso nicht erfunden hätten. Während er mich und meine Worte schweigend analysierte, blieb mein Blick an seiner graugrünen Iris hängen und ich sah darin das kleine, aber kristallklare Spiegelbild eines zickigen Mädchens. „Warum schaffst du es nicht einfach, lieb und nett zu sein, wie du es gerne hättest, vor allem Männern gegenüber?“, fragte ich mich im Geheimen.

Nach diesem Vorfall verblasste unsere kaum richtig etablierte Freundschaft wieder schnell. Die Lernstunden wurden auf Grund mangelnder Lösungen für meine Probleme vorerst aufgehoben. Tobias und ich wurden wieder zu Arbeitskollegen, die nicht viel miteinander redeten, ganz wie am Anfang. Keiner aber wusste genau warum, nicht einmal ich selbst.

Dann kam der Freitagnachmittag vor den Mai-Feiertagen. Meine Kollegen packten ihre Sachen frühzeitig zusammen und warteten mit großer Vorfreude auf den Feierabend. Ich war die einzige, die noch unschlüssig schien, denn ich wusste nicht genau, ob ich zu meiner Mutter fahren sollte. Während ich noch hin- und hergerissen war, erschien auf meinem Handy eine SMS. Ich las Tobias‘ Namen und mein Herz fing auf einmal an zu pochen, so wie damals, als ich den Zettel des Jungen in meiner Schultasche entdeckt hatte. Ich fand es seltsam, dass er mir eine SMS geschickt hatte, obwohl sein Arbeitsplatz doch nur ein paar Schritte von meinem entfernt war.

Ich hob meinen Kopf und suchte nach ihm – vergebens, denn sein Tisch war bereits sauber aufgeräumt und der Arbeitsplatz leer. Wie es aussah, hatte er schon Feierabend gemacht. Ich war die ganze Zeit gedanklich so mit meiner Mutter beschäftigt gewesen, dass ich es gar nicht gemerkt hatte, als er das Büro verließ.

Es war nur eine kurze SMS, in der er fragte, ob ich heute Abend schon etwas vorhätte, oder ob wir in der Stadt etwas zusammen essen könnten. Obwohl diese SMS in einem gewöhnlichen und sehr entspannten Ton verfasst war, erstaunte es mich dennoch. Nicht einmal während unseres Sprachkurses hatte er mich mit einer derartigen Einladung beehrt.

Warum wollte er plötzlich mit mir essen gehen? Hätte er mich nicht einfach direkt fragen können? Ich saß vor meinem Computer, arbeitete halbherzig an einer Bilddatei und grübelte über den Grund der unerwarteten Einladung nach. Nacheinander verließen meine Kollegen das Büro und ich saß irgendwann ganz allein da. Dann fuhr auch ich meinen Computer endlich herunter und hatte das Zimmer schon verlassen, während das System noch versuchte, mit der lauten Windows-Hymne seinen Abmeldevorgang langsam abzuschließen. Diese bekannte Melodie klang in diesem Moment besonders nervtötend und zwang mich aus einem unersichtlichen Grund zu einer leichtfertigen Entscheidung. Noch auf dem Weg zu meiner Wohnung schrieb ich an Tobias zurück und nahm seine Einladung an. Ehrlich gesagt hatte er nicht nur meine Neugier geweckt, sondern mich auch vor einem Wochenende bei meiner Mutter gerettet.

Nachdem ich mich schnell umgezogen hatte, lief ich zügig zu der Bushaltestelle, an der Tobias bereits auf mich wartete. Etwa ein Mal pro Stunde fuhr ein Bus von hier in die Stadt und am Wochenende war er immer besonders voll. Westler wie Tobias waren eine Seltenheit in einem solchen Transportmittel, daher wurden wir bereits an der Haltstelle ungehemmt begafft, bis der Bus kam. Auch an Bord war er die einzige Attraktion und wurde von allen Seiten sorgfältig begutachtet. Ich, völlig unschuldig, blieb von den beurteilenden Blicken ebenfalls nicht verschont. Während der gesamten Fahrt stand ich in dieser überfüllten Metallkiste wie eine verklemmte Statue und wechselte kein Wort mit Tobias, um nicht noch mehr Aufmerksamkeit auf uns zu lenken. Endlich kam der Bus nach einer quälenden Stunde in der Stadt an und wir konnten aussteigen.

Völlig anonym traten wir auf den Gehweg neben einer breiten Straße zwischen den Hochhäusern, als wären wir endlich auf unserem eigenen Planeten gelandet. Kein einziger Fußgänger schenkte uns auch nur eine Sekunde seiner Aufmerksamkeit, nur die Autos flitzten jaulend an uns vorbei und holten uns mit der Wochenendlaune der Metropole ins Leben zurück.

Es war bereits dunkel, die Lichter gingen eins nach dem anderen an und blinzelten zwischen den

Häusern, wie Sterne am Himmel. Wir wurden beide sichtlich entspannter. Ich fragte Tobias, ob er schon wüsste, wo wir hingingen. Er schlug ein Si Chuan[14] Restaurant vor, das er sehr gut fand. Ich hatte natürlich nichts dagegen.

Das Wetter war schön, am Horizont lag ein leuchtendes und großflächiges Abendrot. Die Luft fühlte sich ein wenig feucht an und die Temperatur war perfekt. Wir entschieden uns, zu Fuß zu gehen, und Tobias führte mich. Er schien einen sehr guten Orientierungssinn zu haben und kannte das verflochtene Straßennetz der Innenstadt noch viel besser als ich.

Neugierig fragte ich ihn, wie er sich in so kurzer Zeit in dieser Stadt derart gut auskennen konnte. Er antwortete mit spürbarem Stolz: „Ich fahre jedes Wochenende mit der Linie 11 durch die Stadt und habe viele Ecken entdeckt, die nicht im Reiseführer stehen.“ Dann fragte er mich, ob ich wüsste, was die Linie 11 wäre. Ich verdrehte meine Augen und erwiderte: „Ein bisschen Fantasie habe ich schon. Außerdem, was Metaphern angeht, sind die Chinesen doch die Meister.“ Er lachte kurz, fragte dann aber: „Echt?“, und fing an, nachdenklich zu werden. Wenn er lachte, sammelten sich feine Fältchen entlang seiner Nase, was süß aussah. Das war das erste Mal, seit ich Tobias kannte, dass mir das Wort „süß“ in Verbindung mit ihm in den Sinn kam. Ansonsten war er für mich eher ein eigenartiger Mensch.

Tobias war überhaupt der erste Europäer, beziehungsweise Deutscher, mit dem ich auch privat etwas zu tun hatte. Wir hatten bis jetzt zwar nicht sehr viel Zeit miteinander verbracht, jedoch bestätigte er bereits alle Klischees, die mir über die Deutschen zu

---

[14] Eine sehr angesagte Küche Chinas, bekannt für ihre sehr scharfen Gewürze.

Ohren gekommen waren. Anders als die Chinesen legte er eine nicht zu seinem Alter passende Naivität an den Tag, die manchmal sehr anstrengend auf uns wirken konnte. Außerdem nahm er auch jedes Wort bitterernst und verstand anscheinend gar nicht, dass Chinesen in der Lage sind, Smalltalk rhetorisch und emotional auf so ein hohes Niveau zu bringen, dass dies sich gar nicht mehr danach anhört. Das machte ihm oft zu schaffen, auch in gerade diesem Moment. Er kaute an seinen Fingernägeln und beschäftigte sich sicher mit meiner Bemerkung über die Metapher, die ich völlig spontan aus dem Bauch heraus geäußert hatte. Ich schaute fast genüsslich dabei zu, wie mein beiläufiger Kommentar ihm ernsthaftes Kopfzerbrechen bereitete.

Etwa zwanzig Minuten schlenderte ich Tobias hinterher, bevor wir endlich vor dem besagten Si Chuan Restaurant standen, dessen kleiner und unscheinbarer Eingang unserer langen Reise fast nicht würdig schien. Innen sah es auch nicht vielversprechender aus, viele Holztische und Holzstühle in grober Verarbeitung reihten sich aneinander, die die ohnehin wenig geräumige Stube noch enger wirken ließen. Es herrschte ein künstlich erzeugtes, bäuerliches Flair, was seit geraumer Zeit der Trend war und besonders bei den Westlern gut ankam, die glaubten, dieses ländliche Ambiente hätte etwas mit Authentizität zu tun.

Nachdem wir Platz genommen hatten, bat Tobias mich, die Bestellung zu übernehmen. Ich schüttelte den Kopf und lehnte es ab. Denn außer in der Kantine hatte ich noch nie mit einem Europäer zusammen gegessen und hatte keine Ahnung, ob ihre Mägen die Gerichte der Si Chuan Küche vertrugen, die für ihre unvergleichliche Schärfe bekannt ist.

„Es ist doch politisch höchst unkorrekt, die Messlatte nicht nach dem Niveau des Schwächeren zu richten, insbesondere für einen feinen Herrn aus Deutschland wie dich, oder?", stichelte ich. Endlich hatte ich die Gelegenheit, mich zu revanchieren. Denn seine ständige Kritik über die rücksichtslose Wettbewerbsmentalität der Chinesen ging mir schon längst auf die Nerven.

Er schien sich aber überhaupt nicht angegriffen zu fühlen und lachte unbeschwert. Dann stimmte er mir zu und fing an, die Bestellung aufzugeben[15]. Dies dauerte eine Weile, denn er versuchte, nicht nur alle Gerichte aus der Speisekarte herauszufischen, die er bereits kannte, sondern bestand auch darauf, diese korrekt auszusprechen. Als er endlich mit der Bestellung fertig war, fühlte ich mich unheimlich erleichtert. Denn zwischendurch hatte ich das Gefühl gehabt, dass die Geduld der Bedienung sehr bald ein Ende haben würde.

Während wir mit unseren Getränken auf das bestellte Essen warteten, stieß Tobias mit mir an und bedankte sich dafür, dass ich mitgekommen war. Ohne darauf höflich zu reagieren, fragte ich frech: „Ist das ein Date?" Gleichzeitig amüsierte mich die Ironie, dass ich meine Mutter guten Gewissens damit trösten könne, dass ich wegen eines Dates nicht erst zu ihr fahren müsse.

Auf meine Frage hin verschluckte sich Tobias an seinem Bier und fing an zu husten. Schlagfertigkeit war wirklich nicht seine Stärke. Ich ergötzte mich weiter an seiner panischen Reaktion und dachte insgeheim, eigentlich müsste ich doch ihm danken, dass er mir die perfekte Ausrede meiner Mutter gegenüber geliefert hatte.

Nachdem er sich wieder beruhigt hatte, hielt

---

15 In China bestellt nicht jeder für sich selbst. Man bestellt zusammen verschiedene Gerichte und alle bedienen sich, wie sie es wünschen.

Tobias für eine Weile inne, wie ein Redner, der sich nicht mehr an seinen Text erinnern konnte. Erst als ich ihn mit meinen Blicken bedrängte, sagte er, dass er zuerst eine Frage an mich hätte. Seine ernste Miene ließ erahnen, dass es wirklich um eine Herzensangelegenheit seinerseits gehen müsse.

Ich hielt den Atem an und wartete gespannt auf die Frage. Er nahm einen Schluck Bier, welchen er sehr langsam die Kehle hinabfließen ließ. Erst dann wollte er wissen, ob er etwas Falsches getan hätte. Nun verschlug es mir wiederum die Sprache. Ich hatte den Eindruck gehabt, er würde jetzt mit einer Liebeserklärung herausrücken, aber seine Frage hörte sich eher nach einer Anschuldigung an.

Ich antwortete mit weit offenen Augen und einer Gegenfrage: „Was soll das heißen?“ Dann wartete ich eine Weile, um zu sehen, worauf er eigentlich hinaus wollte.

Er blickte ein paar Sekunden in meine Augen, vielleicht um einzuschätzen, ob mein Erstaunen vorgetäuscht war, und fuhr vorsichtig fort. Angeblich machte es ihm Kopfzerbrechen, dass ich gegen die Art der Lernstunden protestiert hatte. Es sei ihm klar, dass er etwas Falsches getan hätte. Er wusste nur nicht genau was. Des Weiteren sagte er, dass er zum ersten Mal in China sei. Falls er etwas Blödes angestellt habe, solle ich ihm verzeihen, denn es handele sich bestimmt um ein Missverständnis, und so weiter und so fort. Er wiederholte mehrmals seine Entschuldigung in ernsthaftem Ton, sodass ich mich verpflichtet fühlte, seinen Worten ebenfalls die gleiche Ernsthaftigkeit beizumessen. „Ich möchte dir auf jeden Fall verzeihen“, sagte ich, „wenn ich nur wüsste, wofür.“

Er kaufte mir diese Antwort nicht ab. Ausführlich sprach er davon, dass er an einem Intensivkurs für chinesische Kultur teilgenommen habe, bevor er nach China aufbrach. Dort habe er gelernt, dass die chinesische Ausdrucksweise sehr indirekt sei. Die Chinesen sagten angeblich nie, was sie wirklich dachten und fühlten.

Zum ersten Mal erfuhr ich, dass man die Kultur eines Landes durch einen Intensivkurs kennenlernen konnte. Das passte wieder einmal perfekt zum Bild des steifen Deutschen. „Das ist doch wunderbar. Wo kann ich so einen Kurs buchen? Ich gehe gleich einmal die gesamte Weltkultur durch." Nach meiner sarkastischen Bemerkung schien Tobias eine Weile ziemlich verunsichert zu sein. Wahrscheinlich fragte er sich insgeheim, was ich damit gemeint hatte. Dann fing sein Gesicht wieder an zu strahlen: „Ja, ich weiß, das sind alles nur Klischees. Aber aus der Luft gegriffen ist das Ganze auch nicht."

Er musterte mich noch eine Weile und bat mich, ihm zu versprechen, dass ich auch wirklich nicht sauer auf ihn sei. Seine Mimik sprach Bände und ich hatte für einen Moment tatsächlich den Verdacht, dass er etwas Schlechtes getan hatte. Aber ich konnte mich beim besten Willen an nichts erinnern, was aus meiner Sicht nennenswert gewesen wäre.

Um dieses Thema schnell zu beenden, versicherte ich ihm, dass er mich in keiner Weise verärgert hätte. Ich wollte wissen, weshalb er auf diese Idee gekommen sei.

Inzwischen brachte die Bedienung bereits die ersten Gerichte, was Tobias genug Zeit gab, um an seiner Antwort zu arbeiten. Er betrachtete vergnügt die Speisen, als wolle er meine Frage ignorieren. Als ich aber gerade anfangen wollte zu essen, sagte er plötzlich, dass er sich oft frage, wie er meine Beschwerde bezüglich der Art, miteinander zu lernen und des Treffpunkts interpretieren solle.

„Was gibt es da zu interpretieren? Soll ich versuchen, meine Probleme noch einmal auf Deutsch auszudrücken? Dann wird es aber erst recht unverständlich.“ Sagte ich mit wenig Geduld, denn die sowohl optisch als auch aromatisch sehr appetitanregenden Gerichte machten mich gerade wirklich hungrig.

„Nein, sinngemäß habe ich deine Probleme schon verstanden. Es hat mich nur verwirrt, warum du es auf einmal so empfunden hast. Es lief doch schon eine Weile so und du hattest nie etwas gesagt. Bei dem Intensivkurs für interkulturelles Management wurde mir erzählt, dass die Chinesen …“ Er würde mich wohl nicht essen lassen, bevor wir das Thema ausdiskutiert hätten. Aber ich war nicht wirklich in Stimmung, eine Diskussion über unsere Kulturunterschiede zu führen und empfand es als lästig, dass er zu naiv war, dies zu erkennen. Hastig unterbrach ich ihn: „Ich habe dir damals meine Probleme geschildert, da gibt es nicht viel zu interpretieren. Dass ich anfangs nichts gesagt habe … Hey, die Welt entwickelt sich. Wie genau und in welche Richtung, dafür gibt es keinen Vertrag, okay? Man ändert eben mit der Zeit seine Ansichten und seine Meinung.“

Eigentlich wollte er mit dieser Diskussion fortfahren, bemerkte aber nun endlich meine Ungeduld und verwandelte seine unausgesprochenen Worte in ein nicht sehr überzeugendes „Okay“.

Ein wenig hatte ich ein schlechtes Gewissen, dass ich aus Hunger fast unhöflich wurde, und fügte mit einem langsameren Tempo hinzu: „Wenn du mal Zeit hast, bring mir doch bei, was du bei dem Intensivkurs über Chinesen gelernt hast, damit ich auch weiß, wie ich mich als eine richtige Chinesin einem Deutschen gegenüber zu benehmen habe, um künftige Missverständnisse zu vermeiden. Sonst mache ich wieder eine nur auf die Situation und den Moment bezogene Aussage und schon zerbrechen die anderen sich den Kopf. Schließlich lebe ich ja auch nicht in einer so geordneten Welt wie die Deutschen, dass ich sogar einen Kinobesuch ein Jahr im Voraus planen muss."

„Ein Jahr im Voraus? Wo gibt es denn so was?", staunte Tobias. Ich sah sein völlig unschuldiges Gesicht und es tat mir plötzlich ein bisschen leid, dass ich es an diesem Abend nicht schaffte, ein wenig netter zu ihm zu sein. Er stellte sich zwar manchmal an, als komme er von einem anderen Planeten, aber ansonsten war Tobias in Ordnung.

„Das habe ich auch bei einem Intensivkurs über fremde Kulturen gelernt", brach ich als eine Art Wiedergutmachung in Lachen aus. Wieder einmal erwischte ich mich dabei, wie ich meine eigene Unsicherheit hinter spöttischen Bemerkungen versteckte. Das entwickelte sich gerade zu einem Dilemma in meinem Leben: Ich hatte ohnehin keine richtigen Freunde, aber jeden, der sich mir aus irgendeinem Grund näherte, schreckte ich durch meine Intoleranz ab. Eigentlich war mir klar, dass Intoleranz einem anderen gegenüber, der Unzufriedenheit sich selbst gegenüber gleicht. Ich wusste nur nicht, was ich daran ändern konnte. Das Gefühl, rundum mit sich selbst im Reinen zu sein, hatte ich bereits seit dem Tag nicht mehr empfunden, als mein Vater von meiner Mutter, aber auch von mir weggegangen war.

Scheinbar verübelte mir Tobias meine Gefühlskälte ihm gegenüber nicht im Geringsten und stimmte in mein Lachen mit ein. Im Gegenteil, er sah sogar aus, als wäre ihm dieses Mal endlich ein großer Stein vom Herzen gefallen. Ich sagte in einem möglichst sanften Ton zu ihm: „Komm, lass uns doch anfangen."

Beim Essen war seine verbesserte Laune deutlich zu spüren, und damit er nicht gleich wieder zu redselig würde, schaufelte ich fleißig Speisen auf seinen Teller. Dann konzentrierte ich mich schweigend auf die vorzüglichen Gerichte, aus denen ein leicht scharfes Aroma hervorstieg. Es war nicht zu leugnen, dass Tobias bei der Bestellung eine gute Wahl getroffen hatte.

Nachdem er seinen Hunger scheinbar vorerst gestillt hatte, bemerkte er: „Du bist keine typische Chinesin." Das Wort „typisch" ging mir wieder richtig auf die Nerven und ich erwiderte mit vollem Mund: „Ah ja? Willst du mir wieder erzählen, wie die typischen Chinesen so sind?" Dann stopfte ich wieder Essen in meinen Mund und zeigte keinerlei Interesse mehr an einer erweiterten Diskussion bezüglich dieses Themas.

Enttäuscht von meiner Reaktion, kaute er eine Weile wortlos auf seinem Essen herum und erwiderte dann: „Jedenfalls bist du anders als die Chinesen, die ich kenne, zum Beispiel die chinesischen Kollegen aus unserem Büro."

Für eine Sekunde hob ich den Blick bis zu seiner Nasenspitze, an der einige große Schweißtropfen hingen, bevor ich meinem Essen wieder die volle Aufmerksamkeit widmete.

„Siehst du, ein anderer Chinese hätte mich schon längst eifrig gefragt, warum ich so denke und wo die Unterschiede sind." Er fühlte sich fast verletzt, ergänzte aber sehr vorsichtig: „Ich meine natürlich die Chinesen, die ich sonst kenne. Sie wollen doch immer wissen, wie die anderen über sie denken, oder? Aber das scheint dich ja gar nicht zu interessieren!"

„Doch, doch, es interessiert mich brennend!" Das sagte ich zwar in einem offensichtlich höhnischen Ton, es war aber die Wahrheit. In meinem ganzen Leben habe ich mich für nichts anderes interessiert, als dafür, wie die anderen, vor allem wie meine Mutter, mich sehen. Für die wirkte ich vielleicht selbstbewusst, nur wusste ich, dass sie sich täuschten. Aber ich hatte über die Jahre eine gewisse

Strategie gegen meine eigene Feigheit entwickelt und verbarg meine Orientierungslosigkeit hinter scheinbarer Zielstrebigkeit. Man muss ja nur stur weiterlaufen, auch wenn man längst weiß, dass man gerade auf der falschen Route ist. Das muss Tobias, der mich erst seit einigen Monaten kannte, aber nicht wissen, dachte ich.

Es herrschte ein unglaublicher Lärm im Restaurant. Die Bedienungen liefen ständig hektisch, mit vollen oder leeren Tellern in den Händen, hin und her und an uns vorbei. Die Gäste, die an den Nachbartischen saßen, unterhielten sich laut und hemmungslos. Tobias bemerkte mein Desinteresse an unserem Gesprächsthema über die Chinesen im Allgemeinen und fokussierte sich endlich auf das Essen. Nach jedem Bissen musste er ein paar Mal Luft holen und auf seiner Stirn bildeten sich immer mehr Schweißtröpfchen. Ich sah ihn voller Mitleid an und fragte, warum er ausgerechnet in einem Si Chuan Restaurant essen wollte, wenn er doch gar keine Schärfe vertrage. Die Gerichte, die er bestellt hatte, konnte man in der Si Chuan Küche eigentlich nur als sehr mild bezeichnen.

Mit offensichtlich verletztem Stolz antwortete er: „Wer sagt, dass ich keine Schärfe vertrage? Ich mache schon große Vorschritte im Vergleich zum Anfang! Man gewöhnt sich langsam daran."

„Man sollte aber das Essen genießen können und sich nicht daran gewöhnen müssen. Wir hätten ja auch in ein anderes Lokal gehen können", schüttelte ich den Kopf.

„Ach nein. Wenn man sich an die Si Chuan Küche gewöhnt hat, wird man richtig süchtig. So verhält es sich mit allen guten Dingen. Je anspruchsvoller am Anfang, desto intensiver wird das Erlebnis im Nachhinein." Er wischte sich mit einem genüsslichen Lächeln den Schweiß von der Stirn.

„Da ist was Wahres dran“, nickte ich und stimmte ihm zum ersten Mal an diesem Abend aus vollem Herzen zu.

Langsam neigte sich das Abendessen dem Ende zu. Ich war satt und zufrieden, Tobias bestellte noch ein Bier, um das kulinarische Erlebnis abzurunden. Auf einmal waren wir beide wieder still. Mir war es nach wie vor unklar, ob der Abend eigentlich ein Date war. Tobias war erst der zweite Mann, mit dem ich alleine zum Essen gegangen war. Der erste war ein älterer Student aus der Uni gewesen. An den Namen konnte ich mich nicht mehr erinnern, ich wusste nur noch, dass er ein prominenter Vorzeigestudent gewesen war, den fast jeder an der Uni gekannt hatte. Unter dem Vorwand, mich für eine Studentenorganisation zu werben, die er selbst leitete, lud er mich eines Tages plötzlich zum Essen ein. Später verabredeten wir uns noch ein paar Mal, meistens auf dem Campus. Vielleicht waren wir auch einmal gemeinsam ins Kino gegangen. Prägende Ereignisse waren das allerdings nicht gewesen, denn ich war weder seiner Organisation beigetreten, noch seine Freundin geworden.

Während ich auf meine ersten „Dates“ zurückblickte, hatte Tobias sein letztes Bier ausgetrunken und sagte zusammenfassend: „Ich bin froh, dass wir heute alle Unklarheiten aus dem Weg geräumt haben!“

Durch die Fenster sah ich draußen auf dem Gehweg ständig junge Menschen, die in kleinen oder großen Gruppen vorbei gingen, darunter viele Westler. Vermutlich waren sie gerade auf dem Weg zu dem einen oder anderen Club. Seitdem in dieser Stadt immer mehr Menschen aus dem Westen lebten, gab es auch immer mehr Partys. Das Wort „Party“, das die meisten Chinesen früher nur aus dem Englischlehrbuch kannten, prangte nun regelmäßig in den

Anzeigenteilen der Stadtillustrierten.

Das war der Charme dieser Metropole. Alle waren Reisende in dieser Stadt ohne tiefe Verwurzelung, und jeder schätzte eine gute Party. Die Trennlinie zwischen Einheimischen und Fremden verschwamm nach und nach. Denn viele der sogenannten Einheimischen waren vor nicht sehr langer Zeit selbst Fremde gewesen. In einer Stadt wie Shanghai, so wie vielleicht auch in New York, Tokio oder London, fühlte man sich meistens weder zuhause noch fremd. Man nannte sich hier einfach Kosmopolit, ein Begriff, der mit einem Provinzmädchen wie mir eigentlich gar nichts zu tun hatte.

Aber genau aus diesem Grund hatte mich diese Stadt so angezogen. Denn hier wurden Traditionen und Sitten in Frage gestellt, auch die alten ethischen Prinzipien galten hier nicht immer als Grundsätze des sozialen Verhaltens. Jeder war im gleichen Maße der dämonischen Freiheit ausgeliefert. Sie war dämonisch, aber es war Freiheit.

Während ich mein Kinn in die Hand stützte und meine Gedanken sich bei der Betrachtung der Menschen da draußen verloren, hatte Tobias die Rechnung bereits beglichen. Vor Unternehmenslust strotzend schlug er mit der Faust leicht auf den Tisch und sagte: „Komm, lass uns was trinken gehen."

„Trinken? Aber du hast doch gerade dein letztes Bier ausgetrunken!" Ich wusste zwar, was er mit „trinken gehen" meinte, wollte aber trotzdem mein Misstrauen gegenüber der westlichen Barkultur geäußert haben: „Außerdem trinke ich keinen Alkohol. Soll ich etwa vor einem Glas Cola mit dir in einer Bar hocken?" Und dann kostete dieser Viertelliter Cola auch noch so viel wie eine ganze Kiste im Supermarkt, fügte ich in Gedanken hinzu.

Er warf einen Blick auf seine Uhr und versuchte, mich zu motivieren: „Heute ist doch Freitag und es ist noch so früh. Komm doch mit. Was du trinkst, ist doch unwichtig!“

„Ach ja? Wenn das unwichtig ist, für was geht man dann in eine Bar?“, fragte ich.

„Haha. Um Leute kennenzulernen natürlich! Für was denn sonst? Du lustiges Mädchen!“ Nun klang Tobias auf einmal wie ein erfahrener Insider, der seine soziale Kompetenz sicher nicht erst durch Intensivkurse aufbauen musste. Ich war nicht wirklich von der Aussicht auf Barbekanntschaften angetan, ließ mich jedoch schnell überreden. Denn ich hatte Angst, er würde wieder mit dem Thema unseres Kulturunterschieds anfangen, wenn ich nein sagte.

Meinen ersten und auch letzten Barbesuch hatte ich während meines Studentenlebens absolviert. Ich hatte ein Projekt übernommen und die Inneneinrichtung einer kleinen Cocktailbar gestaltet. Zur Eröffnung war ich vom Barbesitzer eingeladen worden, der mir alle Drinks spendieren wollte. Dennoch verbrachte ich den ganzen Abend auf einem unbequemen Barhocker und trank Cola mit Eis. Danach hatte ich noch einige Tage gebraucht, um den hässlichen Anblick des betrunkenen Haufens zu vergessen.

Tobias zog mich aus dem Restaurant und wir bummelten auf dem Gehweg zwischen Bars und Boutiquen. Es war bereits kurz nach zehn Uhr, aber die Stadt schien erst jetzt richtig aufzuwachen. In der warmen und feuchten Luft lauerte überall gefährliche Partystimmung. Für mich war es sehr ungewohnt, zu dieser Uhrzeit mit männlicher Begleitung zu bummeln. Aber das Gefühl war gut und passte perfekt zu einer Spätfrühlingsfreitagnacht in dieser Stadt.

Ich war noch nie verliebt gewesen, träumte auch nicht ständig davon, verliebt zu sein, wie viele andere in meinem Alter. Aber in jener Nacht fand ich es fast erstrebenswert, einen Lover zu haben, jemanden, mit dem ich jeden Tag händchenhaltend durch die nächtliche Stadt wandern konnte.

Tobias hingegen schien mit ganz anderen Gedanken beschäftig zu sein. Er dachte wahrscheinlich gerade darüber nach, welche Bar wir besuchen sollten. Genau in diesem Moment klingelte sein Handy. Er hatte eine SMS bekommen. Das blaue Licht des Displays strahlte aus der Dunkelheit in sein Gesicht und ich erkannte sofort das Funkeln in seinen Augen. Das war der Blick eines Ertrinkenden, dem plötzlich ein Rettungsring zugeworfen wurde.

Mit vollem Enthusiasmus verkündete er: „Also, du magst ja keine Bars. Ein Freund schmeißt eine Hausparty. Lass uns doch dahin gehen!“ Noch ehe ich antworten konnte, hatte er ein Taxi gestoppt.

Wir stiegen ein und stürzten uns in den betriebsamen Wochenendverkehr. Erst nach etwa einer halben Stunde kamen wir an einem der teureren Wohnkomplexe an und blieben vor einem Neubau stehen, der etwa zwanzig Stockwerke in die Höhe ragte. Kaum war ich ausgestiegen, hörte ich auch schon laute Musik, die von ganz oben aus irgendeinem Balkon heraus wummerte. Tobias zog mich schnell in den Aufzug und drückte den Knopf für das oberste Geschoss. Mit jeder Etage, die wir nach oben fuhren, stieg auch seine Laune. Sein Körper zitterte vor lauter Aufregung wie eine angezündete Feuerwerksrakete und schien aus dem Aufzug herausschießen zu wollen.

Als sich die Aufzugstür endlich wieder öffnete, landeten wir unmittelbar in einer großen Ansammlung von Leuten, die den Gang dicht an dicht besetzt hatten. Ein Glas in der Hand, eine Zigarette im Mund, unterhielten sie sich wie gedopt mit voller Begeisterung in verschiedenen Sprachen, oder ließen ihre Körper für sie sprechen. Wir suchten mühsam unseren Weg in die Wohnung, wo die eigentliche

Party stattfinden sollte. Durch die Diele traten wir in ein großes Wohnzimmer, wo sich ein ähnliches Bild bot wie draußen auf dem Flur.

Ein Durchschnittschinese würde den Sinn einer solchen Massenveranstaltung vielleicht nie wirklich verstehen. Aber für jemanden, der sonst nur im Büro oder im Auto saß, waren derartige Stehpartys wahrscheinlich die einzige Gelegenheit, den Kreislauf ein bisschen anzuregen. Und wenn man nicht jeden Tag ein paarmal, Körper an Körper, in die U-Bahn-Züge hineingeschoben werden musste, wirkte der hautnahe Kontakt mit anderen vielleicht sogar psychologisch aufbauend.

Eventuell sahen die Leute hier auch genau deshalb alle so aufgepäppelt und glücklich aus. Sie hielten verschiedene Drinks in der Hand und drehten ihre Körper im Rhythmus der Musik leicht hin und her. Ich dagegen war von der Lautstärke und den vielen fremden Gesichtern überfordert, sodass mich auf einmal eine Müdigkeit überfiel. Aber Partys wie diese hatten sicherlich auch ihren Reiz, dachte ich, warum machen denn sonst so viele Leute hier freiwillig Überstunden, nach einer so langen Woche?

Tobias führte mich zu einer fülligen Blondine und stellte sie mir als Gastgeberin vor. Die beiden schienen miteinander gut befreundet zu sein, denn sie vertieften sich sofort in ein Gespräch auf Deutsch und ließen sich von nichts mehr ablenken. Ich stand überflüssig neben den beiden herum und beäugte hilflos den Raum.

Auf der anderen Seite des Wohnzimmers entdeckte ich eine große Glastür, welche zum Balkon führte. Ich klinkte mich aus dem Gespräch, welches auch ohne mich bereits bestens verlief, aus und ging zur Tür. Überrascht fand ich draußen keinen Balkon, sondern eine riesige Dachterrasse vor. Diese war natürlich auch gut frequentiert, aber die Musik donnerte nicht so stark wie in der Wohnung und die Luft fühlte sich bedeutend besser an. Ich fand eine ruhige Ecke und fühlte mich endlich halbwegs angekommen.

Es war wahrer Luxus, auf einer Dachterrasse im vierundzwanzigsten Stockwerk zu stehen und die nächtliche Skyline dieser Stadt zu betrachten. Ein Gebäude in dieser Höhe sticht aus dem Meer von Hochhäuern in dieser Stadt nicht wirklich heraus, dennoch reichte die Höhe des Stockwerks für einen Blick in die Ferne, sogar bis zum Bund, aus. Die ganze Stadt war mit verspielten Beleuchtungen illuminiert, um die Maifeiertage willkommen zu heißen. Ein undefinierbares, leichtes Gedröhne drängte sich aus dem Hintergrund und vibrierte in der Luft. Es war kein Wind, sondern der gedämpfte Lärm einer Metropole, der hier in der Höhe ankam.

Ich lehnte mich an das Terrassengeländer und schaute nach unten. In der Dunkelheit war die Entfernung zum Boden schwer abzuschätzen. Ich fing an, im Kopf zu rechnen, wie lange man flöge, wenn man von hier hinunterspränge.

Während ich in meiner Langeweile die hypothetische Flugzeit bis zu drei Stellen nach dem Komma berechnete, klopfte mir plötzlich jemand auf die Schulter. Ich drehte mich um und sah einen schlanken, dunkelblonden Mann mit einem Dreitagebart hinter mir. Er wirkte ein wenig aufgewühlt und fragte mich laut, warum ich nicht geantwortet habe, obwohl er mich angeblich mehrmals gerufen hätte. Ehe ich reagieren konnte, fuhr er im gleichen Atemzug fort: „Ich dachte schon, dass du nicht mehr kommst.“ Dann wollte er mir eines der beiden Gläser überreichen, die er in seinen Händen hielt. Ich fragte, was das war.

„Das ist doch ein Mojito, dein Lieblingsdrink!“ Der Satz nahm einen dramatischen Tonfall an, als könne der Mann nicht glauben, dass ich so eine idiotische Frage stellte.

„Mein Lieblingsdrink?“ Bis jetzt hatte ich gar nicht gewusst, dass ich einen Lieblingsdrink hatte.

„Ja, Ich habe sie eben in der Küche gemacht. Die Minzblätter habe ich im Kühlschrank gefunden und die haben gerade für zwei Mojitos gelangt.“ Er kicherte selbstzufrieden, als hätte er eine heldenhafte Tat vollbracht.

Ich dachte, dass er wahrscheinlich ziemlich betrunken war. Aber ich wollte nicht unhöflich sein und antwortete immer noch freundlich: „Danke, aber ich trinke keinen Alkohol.“

Er war augenblicklich wie versteinert und starrte mich einige Sekunden lang ungläubig an. Als ich aber seinen fragenden Blick nur mit Schweigen erwiderte, brach er in lautes Gelächter aus „Du trinkst keinen Alkohol? Dann bist du wohl wirklich besoffen!“

Jetzt wurde es mir wirklich zu viel, also drehte ich mich um, und er verschwand aus meinem Sichtfeld. Er gab leider nicht auf und legte sogar seine Hand auf meine Schulter. Als ich ihn gerade mit einer ernsthaften Warnung vertreiben wollte, fragt er besorgt: „Jessica, was ist los mit dir?“

Jessica? Sofort wurde mir klar, dass er mich mit jemandem anderen verwechselt hatte. Obwohl mir der Name bekannt vorkam, konnte ich ihn nicht gleich einordnen. „Ich heiße nicht Jessica“, antwortete ich abwesend, während alle meine Gehirnzellen sich gleichzeitig anstrengten, in einem Meer von Informationen nach dem Namen Jessica zu suchen.

Er reagierte mit einem übertrieben verwunderten Ausdruck auf seinem Gesicht und ging einen großen Schritt zurück. Dann beäugte er mich eine Weile misstrauisch, vielleicht um festzustellen, ob es sich nicht doch um einen Scherz handelte oder ob ich vielleicht zu viel getrunken hatte. Als er aber erkennen musste, dass weder das eine noch das andere der Fall war, war er gänzlich konsterniert.

„Nein, das ist doch nicht möglich!" Immer wieder murmelte er diesen Satz mit einem Hauch von Entsetzen, als hätte er einen Geist gesehen.

Lächelnd versicherte ich ihm noch einmal, dass ich weder Jessica hieße, noch ihn selbst kenne.

„Oh, es tut mir leid. Aber du siehst einer Freundin von mir wirklich sehr ähnlich." Er schien sein Erstaunen nicht wirklich überwinden zu können und blieb immer noch verblüfft vor mir stehen. „Ähnlich ist vielleicht auch das falsche Wort. Eigentlich siehst du exakt so aus wie sie." Er schüttelte ständig den Kopf und taxierte mich ungehemmt, von den Fußnägeln bis zu den Haarspitzen.

Mir wurde das allmählich sehr unangenehm, und ich wandte meinen Blick immer wieder von ihm ab, in der Hoffnung, dass Tobias irgendwann auftauchen würde. Der Mann schien meine Unruhe endlich wahrgenommen zu haben und streckte eine Hand aus: „Oh, sorry, ich habe mich ja gar nicht vorgestellt. Ich heiße Shane."

Aus Höflichkeit nahm ich seine Hand und stellte mich ebenfalls vor. Vielleicht war das ein Fehler gewesen, denn nun fühlte er sich scheinbar berechtigt, mit mir weiter zu plaudern. Er fing an, ausführlich von sich zu erzählen, gleichzeitig beobachtete er heimlich meinen Gesichtsausdruck. Vermutlich war er sich noch immer nicht ganz sicher, ob das Ganze nicht doch nur eine perfekte Show seiner Freundin war. Ich tat so, als fiele mir das nicht auf und hörte halbherzig zu. Ab und an sagte ich auch etwas, beantwortete aber überwiegend nur seine Fragen.

Während er sich hoch begeistert mit mir unterhielt, vernachlässigte er seine Drinks nicht im Geringsten. Nachdem er ein Glas leer getrunken hatte, nippte er fleißig an dem anderen, das er mir vorher hatte überreichen wollen. Irgendwann hatten wir alle Informationen ausgetauscht, die man mit einem Fremden austauschen konnte und das Gespräch wurde ein wenig zäh.

Als sein zweites Glas auch beinahe leer war, sagte er endlich mit dem Brustton der Überzeugung: „Jetzt glaube ich wirklich, dass du nicht Jessica bist. Du sprichst ganz anders als sie. Sie hat ein wenig diesen deutschen Akzent, wenn sie Englisch redet. Außerdem hast du auch eine ganz andere Stimme. Ihr solltet euch vielleicht mal kennenlernen. Sie heißt Jessica“, fügte er warmherzig hinzu und erwähnte diesen Namen noch einmal.

Der Klang echote in meinem Hinterkopf, wie ein leiser Ruf aus der Ferne. Da war doch was gewesen. Bevor es dieser Funke der Erinnerung aber geschafft hatte, zu einer richtigen Flamme zu werden und mein Gedächtnis ein wenig zu erhellen, stand Tobias auf einmal vor uns, wie vom Himmel gefallen. Er hatte scheinbar sofort gemerkt, dass ich mit leeren Händen da stand und Shane zwei Gläser hielt. Wie ein richtiger Gentleman fragte er mich, ob er mir etwas zu trinken holen dürfte. Shane versuchte sich unverzüglich zu verteidigen: „Ich habe sie schon gefragt, aber sie wollte nichts.“ Lachend schüttelte ich den Kopf und widersprach ihm mit temperamentvollem Ton, der in meinen Ohren ungewohnt klang: „Ich habe nur gesagt, dass ich keinen Alkohol trinke. Von nichts war nicht die Rede.“

Dann ließ ich Shane fassungslos stehen und sagte zu Tobias: „Ich gehe selbst was holen.“

In der Küche lagen überall leere Flaschen und benutzte Einweg-Plastikbecher. Zwei Jungs versuchten gerade mit einem Lappen, seltsame, farbige Flüssigkeiten vom Boden zu entfernen, die sie vermutlich vorher verschüttet hatten. Das war meiner Ansicht nach nicht wirklich nötig, denn der Küchenboden war bereits mit allen möglichen glitschigen Substanzen beschmiert, sodass ein paar zusätzliche Tropfen eigentlich gar nichts mehr ausmachten. Die Gastgeberin tat mir allerdings irgendwie leid. Andererseits gehörte eine Putzfrau aber auch zu den „Standardhaushaltsartikeln“ eines Westlers in dieser Stadt, was vielleicht auch der Grund war, warum so viele der Westler sich nicht scheuten, ständig Hauspartys zu geben.

Ich schnappte mir einen der letzten unbenutzten Plastikbecher vom Tisch und füllte ihn mit ein bisschen Wasser aus dem Wasserspender. Wenigstens war der Tank noch voll. Nachdem ich einen Schluck genommen hatte, ging ich aus der Küche. Das Wohnzimmer schien aus allen Nähten zu platzen und die Luft war trotz der offenen Türen sehr stickig. Ich kehrte so schnell wie möglich wieder auf die Terrasse zurück.

Tobias und Shane hatten sich scheinbar während meiner Abwesenheit bestens unterhalten. Shane sah mich kommen und drehte sich enthusiastisch zu mir um: „Ich habe gehört, dass du Designerin bist. Da sind wir ja im selben Business!“

Ohne, dass ich ihm antworten konnte, fuhr er fort und erzählte uns, wie er von London nach China gekommen war.

Kurze Zeit später sprang er plötzlich zu einem ganz anderen Thema und fing an, mit Tobias über Shanghai zu diskutieren. Im jeweils anderen fanden die beiden einen willigen Gesprächspartner und die Stimmung steigerte sich von Minute zu Minute. Mal lästerten sie, mal äußerten sie übertriebene Bewunderung, aber beide nickten ständig, als hätten sie dem anderen aus der Seele gesprochen. Die Drinks von Shane wechselten ständig die Farbe, Tobias aber blieb hartnäckig beim Bier.

Ab und zu spürte man einen Windhauch und die

Luft wurde kühler. Aber die dampfende Hitze, die aus den Körpern der um mich stehenden Menschen strahlte, brachte mich zum Schwitzen. Einige machten alberne Bewegungen und ihre Körper schwankten leicht berauscht zur Musik. Ich stand mit überdosierter Nüchternheit inmitten dieser fröhlichen Leute und bekam von allen Seiten mit, wie sie äußerst tiefsinnig über die banalsten Dinge redeten. Es war herrlich.

Mit der Zeit wurden viele müde und machten es sich einfach auf dem Boden bequem, denn die wenigen Sitzmöbel des Hauses waren bereits längst besetzt. Ich fand einen Platz neben der Terrassentür und setzte mich ebenfalls, mit dem Rücken zur Wand, hin. In der Ferne sah ich die wunderschöne, leuchtende Silhouette einer modernen Metropole, hier neben mir feierten Menschen aller Hautfarben und im Wohnzimmer pochte Hip Hop Musik aus einem iPad. Auf einmal wurde meine Wahrnehmung stark verzerrt und ich wusste nicht mehr, wo ich eigentlich war. New York, London, Hongkong oder Tokio? Auch ohne Alkohol fühlte ich mich allmählich betrunken und meine Lider wurden irgendwann sehr schwer.

Als ich meine Augen wieder öffnete, sah ich direkt in die Morgenwolken am Horizont, die wie ein riesiger, rosafarbener Wasserfleck durch den Himmel sickerten. Der Tag brach an. Ich streckte meinen verkrampften Nacken und als ich meinen Kopf zur Seite drehte, sah ich Tobias, der neben mir ebenfalls gegen die Wand gelehnt saß. Er hatte eine leere Bierflasche in der Hand, befand sich aber noch in der Tiefschlafphase.

Vorsichtig stand ich auf, um meinen steifen Körper zu lockern. Einige Leute waren immer noch wach und unterhielten sich leise. Es war keine Musik mehr zu hören. Ich schaute durch die Glastür in die bereits ziemlich leere Wohnung. Einige übrig gebliebenen Gäste lagen kreuz und quer auf dem Sofa. Keine Spur von Shane. Die leeren Becher und Flaschen waren inzwischen von der Küche ins Wohnzimmer eingedrungen und hatten teilweise sogar die Fensterbänke erreicht.

Mein Blick wanderte wieder zurück zu Tobias und dabei überlegte ich, ob ich ihn aufwecken sollte. Der Wattebausch am Horizont wurde immer größer und aus dem sanften Rosa wurde ein goldenes Rot. Diese weiche, rötliche Goldfarbe floss Tobias' Gesicht entlang und seine kantigen Wangen und die knochige Nase wurden, wie mit einem Weichzeichner, verfeinert. Ich wollte dieses fast rührende Bild nicht zerstören und entschied mich, ihn weiterschlafen zu lassen.

Dann holte ich mein Handy aus der Tasche. 5:10 a.m., neun Anrufe in Abwesenheit. Plötzlich war ich hellwach und es fiel mir ein, dass ich vergessen hatte, meine Mutter anzurufen. Sie wartete vielleicht noch darauf, dass ich zu ihr fuhr. Aber neun Anrufe? Der letzte war erst vor einer Stunde gekommen. Es tat mir leid, dass meine Mutter sich wieder Sorgen um mich machen musste, gleichzeitig fragte ich mich aber, ob sie jemals verstehen würde, dass sie nicht in Vollzeit an meinem Leben teilnehmen konnte. Aufgeregt wollte ich sie beinahe zurückrufen, dann wurde mir aber klar, dass es sie nur noch mehr beunruhigen würde, wenn ich mich um diese Uhrzeit bei ihr meldete.

Ich hob meinen Kopf und sah wieder das friedliche Gesicht von Tobias. Was würde meine Mutter sagen, wenn ich ihr erzählte, dass ich heute Morgen neben einem Mann aufgewacht war? Dieser Gedanke war so lustig, dass ich mir das Lachen nicht mehr verkneifen konnte.

Durch mein lautes Gelächter geweckt, machte

Tobias die Augen auf. Er sah mich eine Weile verwirrt an und fing dann auch an zu kichern: „Oh Gott! Habe ich auch hier auf der Terrasse geschlafen?“

„Steh auf. Wir können jetzt mit dem ersten Bus nach Hause fahren“, hetzte ich.

„Ah, wunderbar. So haben wir doch viel Geld fürs Taxi gespart!“ Während der Arbeit war er morgens selten so gut gelaunt.

Im Gegensatz zu dem Bus, den wir am Abend zuvor genommen hatten, war der erste Bus, der am Samstagmorgen stadtauswärts fuhr, komplett leer. Die einzigen Fahrgäste – Tobias und ich – saßen schweigend nebeneinander und waren übermüdet. Tobias kämpfte schwer mit seinen ständig zufallenden Augenlidern und ich mit meinen lästigen Kopfschmerzen.

Nach einer Weile, als ich gerade den Verdacht hatte, dass Tobias wieder tief eingeschlafen war, machte er seine Augen auf einmal weit auf und sagte: „Der Ire von gestern, Shane heißt er, glaube ich, hat mir erzählt, dass er dich fast für eine seiner Freundinnen gehalten hätte, weil du ihr angeblich unglaublich ähnlich siehst.“

Fast? Nicht nur fast, dachte ich. Sie heißt … ja, Jessica. Plötzlich verlinkte mein langsam erwachender Verstand diesen Namen mit einem Gesicht, das gestochen scharf war. Ein Gesicht, das ich vor einem guten halben Jahr in einem kleinen Schmuckladen zufällig gesehen hatte. Ein Gesicht, das meinem gleich war. Ohne die Begegnung mit Shane hätte ich es fast vergessen, oder verdrängt. Denn es war eigentlich schwer zu glauben, dass es so jemanden wirklich gab. Aber Shane hatte es bestätigt. Jessica, sie existierte tatsächlich.

Es war bereits taghell. Die ersten Sonnenstrahlen holten uns schnell ein und drängten sich durch die Fensterscheiben in den Bus. Die drückende Hitze der Sonne strömte durch all meine Poren in mein Blut, ich aber bekam auf einmal Gänsehaut.

JESSICA

Zu meinem achtzehnten Geburtstag schenkte mir Hannes sein weißes SL 500 AMG Hardtop Cabrio. Er wusste, dass ich Autos liebte. Ich war eine leidenschaftliche Fahrerin, die vielleicht sogar die meisten Männer in den Schatten stellte.

Hannes hatte viele schöne Autos in seiner Garage, die ich bereits alle schon einmal getestet hatte. Allerdings hatte ich nie damit gerechnet, eines davon zu besitzen. Dieses weiße Auto war unwiderstehlich schön und passte vor allem gut zu mir. Als Frau stand ich nicht wirklich auf das „Road Feeling" und ließ mich eher von dem unvergleichlichen Fahrkomfort eines Mercedes beeindrucken.

Ich schrie ganz laut, als Hannes mir den Autoschlüssel überreichte. Selten war ich so glücklich gewesen, seit ich nach Deutschland gekommen war. Es war nicht nur des schönen Autos wegen, viel mehr hatte ich das Gefühl, dass das Leben von nun an einfacher werden würde. Ein schnelles Auto und eine Straße, was braucht man mehr für sein Glück?

Bereits am nächsten Tag fuhr ich los. Als ich später den Motor wieder abstellte, war ich bereits mehrere hundert Kilometer von Zuhause entfernt. So war aus einem Tagesausflug ein richtiger Road Trip geworden. Ich fuhr und fuhr, immer weiter, den ganzen Sommer durch, bis zur Côte d'Azur.

Auf manch ruhigen Strecken, wo keine anderen Autos zu sehen waren, beschleunigte ich oft bis zur Ekstase. Das Auto flitzte völlig unbeeindruckt an den Bergen, den Wäldern und allen anderen sichtbaren Objekten vorbei, sodass diese sich in wenigen Sekunden in unscharfe Flecken im Rückspiegel verwandelten. Es war überwältigend und furchterregend zugleich, wie unbeständig alles da draußen war. Wenn ich aber das Dach schloss, herrschte im Auto eine geräuschlose Ruhe, in der ich mich sofort wieder sicher fühlte. Der Kontrast zwischen extremer Geschwindigkeit und sicherem Fahrgefühl befreite mich endlich von der unheimlichen Angst, die mich seit Jahren verfolgt hatte: Die Angst vor der Vergänglichkeit. Ich entdeckte plötzlich das Unsterbliche im Vergänglichen.

Eigentlich wäre es mir am liebsten gewesen, wenn das Leben so weiter gehen könnte, ohne es mit einem Anfang oder einem Ende definieren zu müssen. Aber irgendwann war der Sommer selbst im Süden allmählich vorbei.

Im Oktober war ich wieder zu Hause und die Langeweile kehrte erneut zurück. Meine Abi-Note war schlecht, und ich hatte noch von keiner Uni eine Antwort bekommen. Während die meisten meiner Schulfreunde wegen des Studiums weggezogen waren, drehte ich jeden Tag Däumchen. Sogar Stefanie fing in Italien ein Kunstgeschichtsstudium an. War ja auch klar, dass Kunstgeschichte für die künftige Ehefrau eines reichen Mannes zwangsläufig zur Berufsausbildung gehörte.

Eigentlich fand ich es gar nicht so schlecht, meinen Bildungsweg einfach so abzuschließen. Ich wusste nicht, was ich an einer Universität Sinnvolles machen sollte, wenn schon das Abi ein großes

Problem für mich gewesen war. Aber Hannes war sehr besorgt und schmiedete den Plan, mich auf eine Privatuni zu schicken.

Eines Tages rief er mich zu sich in seine Bibliothek und wollte mit mir reden. Er saß steif und mit ausdruckslosem Gesicht in dem Barcelona-Sessel, als ich das Zimmer betrat. Ich wusste sofort, dass es ernst wurde. Eine so verkrampfte Miene hatte ich noch nie bei Hannes gesehen, jedenfalls nicht in unserem Haus.

Er sah mich kommen, rührte sich aber nicht von der Stelle. Nachdem er mich eine Weile schweigend betrachtet hatte, wurden seine Gesichtszüge ein wenig weicher. Dann verkrampfte sich seine Mimik wieder, als wolle er sich keine emotionalen Ausbrüche erlauben. Ich blieb neben der Tür vor seiner Bücherwand stehen und grüßte ihn. Er grüßte mich nicht zurück, drehte jedoch im Gegenzug den Kopf zur Seite und schaute durchs Fenster nach draußen. Ich wollte nicht fragen, was los war. Denn eine dumme Frage konnte in einem solchen Moment genau das Zündfeuer sein, welches die Bombe hochgehen ließ.

Ich ahnte zwar, dass es etwas mit dem Studium zu tun haben musste, und wusste, dass Hannes von meiner Schulleistung ziemlich enttäuscht war, hatte aber die Situation nicht so ernst eingeschätzt. Es war ja kein Geheimnis, dass ich in der Schule nicht zu den Besten gehört hatte, und er hatte noch nie deswegen so ein Gesicht gemacht.

Nach einer Weile, als ich die Stille nicht mehr ertragen konnte und gerade zu sprechen anfangen wollte, drehte Hannes sich wieder zu mir und sagte befehlend: „Setz dich doch."

Ich folgte und setzte mich in den anderen Sessel ihm gegenüber. Er seufzte tief und sagte: „Eigentlich wünschte ich, dass ich nie mit dir über so etwas reden muss. Leider liegt die Entscheidung nicht in meiner Hand.“ Irgendwie gefiel mir der letzte Satz nicht. Da war etwas Schicksalhaftes in diesem Satz, das mir Angst bereitete. Denn ich spürte sofort das gewisse Etwas in der Luft, das ich nur zu gut kannte, etwas, was herzzerreißend war.

Hannes strich mit seinen Fingern durch die Haare und fuhr fort: „Du bist jetzt volljährig und von nun an sollst du dein Leben in die eigenen Hände nehmen. Bevor du es aber tust, muss ich dir etwas erklären.“ Ich hörte ihm zu, aber meine Ohren fingen an zu rauschen. Ich hatte das Gefühl, dass mich gerade etwas aus der Vergangenheit einholte.

Er erzählte mir, dass mein leiblicher Vater, der damals seltsamerweise aus meinem Leben verschwunden war, mir ein Vermögen hinterlassen hatte. Es sei in Form eines Family Trusts, Hannes und seiner Bank zur Verwaltung überlassen worden. Von nun an werde er einen Teil des jährlichen Ertrags als Lebensunterhaltskosten regelmäßig an mich überweisen. Es stünde mir frei zur Verfügung. Aber der Trustfonds an sich bliebe für mich eingefroren. Denn mein Vater habe im Vertrag eine Ausschüttungssperre festgelegt. Demnach dürfte der Trust erst vollständig an mich übertragen werden, nachdem ich ein Studium bei einer renommierten Universität absolviert und einen anständigen Job angenommen hätte. Hannes erklärte mir ausführlich die Vertragsklauseln und verlor nach wie vor kein Wort darüber, was mit meinen Eltern passiert war.

Ich hörte die ganze Zeit reglos zu. Als er endlich fertig war, fragte er mich, ob ich verstanden habe, was er mir sagen wolle. Ehrlich gesagt war ich mir selbst nicht sicher, ob ich alles begriffen hatte. Mein Kopf fühlte sich wie ein dunkles Loch an, war aber gleichzeitig am Platzen. Obwohl jedes einzelne Wort mächtig auf mein Trommelfell gehämmert hatte, ergaben sie zusammen kein bisschen Sinn.

Eigentlich war ich gerade dabei, das Kapitel meiner leiblichen Eltern langsam abzuschließen, und nun tauchte diese Trustfondsgeschichte plötzlich auf. Wie es aussah, war es auch keine Neuigkeit, sondern nur ein Teil der von Hannes verschwiegenen Vergangenheit meines Lebens. Aber war das auch das Einzige, was er verschwiegen hatte? Wie viel wusste er wirklich von meinen Eltern? Warum erzählte er mir nicht die Wahrheit? Hatte Hannes, der einzige Mensch auf dieser Welt, der mich liebte, in all diesen Jahren alles für mich getan, nur um einen Vertrag zu erfüllen? Wenn ja, dann machte das Leben doch wirklich keinen Sinn mehr.

Ich sah ihn an und mein Blick war so kalt, dass ich selbst zu zittern anfing. Wort für Wort sagte ich: „Warum hoffe ich, dass ich dich gar nicht verstanden habe?"

Er stand auf, wollte vielleicht näher kommen, setzte sich aber gleich darauf wieder und sagte leise: „Es tut mir leid, Jessie. Aber das war der letzte Wille deines Vaters. Ich habe kein Recht, dir den Trust jetzt auszuzahlen."

„Glaubst du wirklich, dass ich mir gerade Sorgen um den Trust mache?" Ich drückte meine Hände fest an meine Brust, damit mich die stechenden Schmerzen dort nicht zum Stöhnen zwingen würden.

Ich atmete ein paar Mal tief durch, bevor ich fortfuhr: „Dieser Trust geht mir am Arsch vorbei! Ganz ehrlich, wenn du mir es nicht erzählt hättest, hätte ich auch niemals davon erfahren. Das hättest du dir wirklich sparen können!"

Hannes schaute mich sprachlos an. Noch nie hatte ich in diesem Tonfall mit ihm gesprochen. Aber meine Wut war ich noch lange nicht los, auch wenn ich gar nicht wusste, an wen ich diese eigentlich richten sollte.

„Weißt du, du bist vielleicht der Geschäftspartner meines Vaters. Aber ich brauche keinen Geschäftspartner. Wenn du nur meines Vaters wegen für mich da bist, dann brauche ich dich nicht!“ Mein Herz weinte wie verrückt, es kam aber keine einzige Träne aus meinen Augen.

Hannes war wie vom Blitz getroffen, er öffnete seinen Mund, aber es kam nichts heraus. Eine Weile blieb er so verspannt sitzen, dann sank er auf einmal tief in den Sessel und murmelte leise: „Warum sagst du so was? Warum sagst du so was?“ Sein Blick ging irgendwo ins Leere, als hätte er gerade mit jemandem anderen gesprochen.

Es tat mir richtig weh, als ich Hannes so sah. Ich wusste, dass ich unfair war. Denn er war im Grunde nur die Zielscheibe meines unkontrollierbaren Zornes, der sich über die Jahre gegenüber meinen Eltern aufgestaut hatte. Selbst wenn er mich nur aus geschäftlichen Gründen aufgenommen hatte, war er der beste Geschäftspartner, den man sich nur wünschen konnte. Auch mein leiblicher Vater hätte nicht viel mehr für mich tun können.

Ich versuchte, sein Gesicht nicht anzuschauen, dennoch konnte ich seine Enttäuschung deutlich spüren. Als ich gerade mit mir selbst verhandelte, ob ich mich für meine gemeinen Worte entschuldigen sollte, stand er plötzlich auf und sagte laut: „Du hast Recht. Du brauchst mich nicht. Weißt du, was du brauchst? Du brauchst jemanden, der dir ins Gesicht sagt, was für eine Verschwendung dein Leben ist, wo du jeden Tag so vor dich hinvegetierst.“

Das war definitiv das erste Mal, dass er oder irgendjemand anders, mich mit einer solchen Bösartigkeit erniedrigte. Ich war so perplex, dass ich auf einmal vergaß, um was es hier eigentlich ging. Ich fühlte nur noch Scham. Seine Worte klangen zwar hart, entsprachen aber leider der Wahrheit. Es war nur so, dass mir bisher noch niemand diese Wahrheit so unmissverständlich ins Gesicht gesagt hatte. Ja, ich hatte mein Leben seit Jahren so gelebt, als wäre es bereits längst vorbei, dafür war das Wort „hinvegetieren“ eine sehr humane Untertreibung. Aber was konnte ich schon ändern? Schließlich hatte ich Gott nicht darum gebeten, jeden Morgen den Tag erneut begrüßen zu dürfen.

Ob Hannes, meinen Eltern oder dieser Welt gegenüber - mein Wutausbruch war so schnell wieder verflogen, wie er gekommen war, und hinterließ ein emotionales Loch, das ich wie immer sofort mit Gleichgültigkeit stopfte. So stand ich auf und wollte dieses unerfreuliche Gespräch schnell beenden.

Aber er schien mit mir noch lange nicht fertig zu sein und gab mir ein Zeichen, mich wieder hinzusetzen. „Bist du überhaupt in der Lage, selbstständig zu leben, wenn eines Tages niemand mehr für dich da ist? Wenn du der Meinung bist, dass ich dich nicht wie meine eigene Tochter behandelt habe, dann fangen wir gleich heute damit an.“ Den letzten Satz sagte er in so einem emotionslosen Ton, als rede er gerade wirklich mit einem Geschäftspartner. Dann ging er zu seinem Schreibtisch, holte ein großes, vollgestopftes Kuvert aus einer Schublade und kam auf mich zu.

„Hier sind einige Kataloge von Unis, die ich ausgesucht habe. Wir besprechen das Thema in zwei Wochen wieder. Bis dahin solltest du zumindest einen groben Plan haben.“ Dann drückte er mir das Kuvert in die Hand.

Plan? Wenn ich etwas nicht hatte, dann war es ein Plan. Aber ich sagte nichts und wollte mich so schnell wie möglich aus der Bibliothek verziehen. Als ich gerade die Tür aufmachte, hörte ich ihn wieder sagen: „Morgen bekommst du das Geld, so wie wir es ausgemacht haben, und du bist ab sofort für deine

Ausgaben selbst verantwortlich." Er machte eine kurze Pause und fügte ein bisschen leiser hinzu: „Natürlich darfst du weiterhin zu Hause wohnen."

Der Ausdruck „zu Hause" wirkte wieder heftig auf meine fast heruntergekühlte Emotionslage und meine Nase juckte auf einmal. Ein letztes Mal drehte ich mich um und sah Hannes kurz an, bevor ich die Tür hinter mir schloss. Der Mann, der einmal ein richtiger Schönling gewesen war, hatte inzwischen eine ganze Menge Salz im Haar. Sein faltiges Gesicht verzerrte sich vor Besorgnis.

„Es tut mir leid ", entschuldigte ich mich in meinem Gedanken.

Am nächsten Tag landete tatsächlich eine beachtliche Summe auf meinem Bankkonto. Ich hatte meinen Kontostand online abgefragt, nur um zu sehen, ob ich mir diese absurde Geschichte nicht doch nur selbst ausgedacht hatte. Aber das Geld war da. Und wenn dies nur ein Teil des jährlichen Ertrages war, dürfte es sich bei dem gesamten Fonds um ein sehr großes Vermögen handeln.

Leider hatte ich genau so wenig Sinn für Zahlen, wie für Geld. Das bisherige monatliche Taschengeld von Hannes hatte für mich völlig ausgereicht. Im Gegensatz zu den anderen Mädchen in unserem Bekanntenkreis – Stammkundinnen von Beauty-Salons und Luxusboutiquen – waren meine Lebensunterhaltskosten eher überschaubar. Eine Wii und ein paar Flaschen Alkohol in meinem Schrank waren so ziemlich alles, was ich außer Essen zum Leben brauchte. Insofern würde das Geld keine wesentliche Änderung der Lebensqualität mit sich bringen.

Andererseits war dieses Trustfondskonto nicht ganz bedeutungslos für mich. Denn nach all diesen Jahren tauchte nun doch wenigstens eine Spur auf, die eventuell zu meinen Eltern führte. Ich war zwar nicht wirklich gut in der Schule gewesen, schaffte es aber dennoch, Eins und Eins zusammen zu zählen. Die Aussage von Hannes, dass meine Eltern plötzlich gestorben seien, erschien unter diesen Umständen extrem unglaubwürdig. Meine Mutter war Mittelschullehrerin und mein Vater Beamter, in einem kargen, kommunistischen Land, das es damals gerade geschafft hatte, sich von der Planwirtschaft zu befreien. Ohne eine spektakuläre Geschichte hinter den Kulissen war es sicherlich nicht möglich gewesen, dass meine Eltern ein solches Vermögen besaßen. Dennoch hatten sie das Trustfondskonto bei einer Schweizer Bank eingerichtet und ihre Tochter einem Schweizer Banker anvertraut, als hätten sie bereits viel früher hellseherisch von ihrer akuten Krankheit gewusst.

Die Geschichte des Trusts brachte erneut Unruhe in mein Leben und ich fing wieder einmal an, meine Erinnerungen zu durchwühlen, beziehungsweise die hoffnungslose Suche nach den verlorenen Details fortzusetzen. Ich malte mir alle möglichen Szenarien aus, manchmal glaubte ich sogar, dass meine Eltern noch am Leben sein könnten.

Als ich in meinem Gedankensumpf Tag für Tag tiefer versank und fast darin erstickte, kam Philippe plötzlich nach Hause.

Vor guten zwei Jahren war er nach London gezogen und hatte dort ein Studium begonnen. Seither kam er nur selten nach Hause. Zu jener Zeit war Stefanie regelrecht verzweifelt gewesen. Denn trotz aller Bemühungen war ihr es bis dahin nicht gelungen, einen Durchbruch in der Beziehung zu Philippe zu erzielen. Die Tatsache, dass Philippe nach London gegangen war, hatte ihr die letzte Illusion genommen. Im Gegensatz zu Stefanie war ich allerdings sehr froh, dass der einzige Mensch, der sich ständig unerklärlicherweise in mein Leben eingemischt hatte, nun endlich verschwunden war. Ich musste mir aber auch eingestehen, dass meine Freude nicht lange währte. Ziemlich bald überkam mich eine unerträgliche Einsamkeit. Ich fühlte mich so allein, dass ich sogar anfing, ihn zu vermissen. Zum Glück entdeckte ich bald die magische Wirkung von Alkohol, sonst hätte ich diese miserable Zeit vielleicht gar nicht überstanden.

Trotz der Abwesenheit von Philippe blieb Stefanie mir bis zum letzten Schultag treu. Vielleicht hatte sie auch eine Person gebraucht, um mit ihr zusammen der guten alten Zeit nachzutrauern. Sie hing fast täglich mit mir herum, und wir zogen oft zusammen durch die Partyszene. Dennoch konnte ich die unerträgliche Leere nicht füllen und mein Leben fühlte sich wie ein unvollständiges Mosaikbild an, in dem einige wichtige Teilchen fehlten.

Anders als ich, schien Stefanie ihre Schmerzen sehr schnell überwunden zu haben und setzte sich konsequent ein neues Ziel, welches der Sohn einer befreundeten Familie war, der in Zürich studierte und nur sechzig Kilometer Luftlinie von ihr entfernt lebte. Scheinbar hatte sie aus der Vergangenheit gelernt und wollte keinesfalls mehr Zeit für die Jungs aus der Schule verschwenden, deren Zukunft noch nicht geschrieben war. Jedenfalls sähe die Beziehung mit ihrem neuen Freund sehr vielversprechend aus, meinte sie.

Eines Tages brachte Stefanie diesen Kerl sogar mit zu mir, und sagte, dass ich die erste der ganzen Schule wäre, der sie ihren neuen Freund vorstelle. Ja, wenn das kein Beweis für wahre Freundschaft war, dachte ich. Gleichzeitig verspürte ich aber dieses Gefühl in der Magengegend, dass sie eigentlich nur einen Kurier brauchte, der die frohe Botschaft an Philippe überbringen würde. Glaubte sie wirklich, dass sie Philippe eifersüchtig machen konnte? Insgeheim zweifelte ich sehr an ihrer Wahrnehmungsfähigkeit.

Ihr neuer Freund war zwei, drei Jahre älter als Philippe. Aber meiner Meinung nach spielten die zwei nicht in derselben Liga. Der Kerl verströmte eine Art vorgetäuschter Selbstsicherheit, die aber, meiner Meinung nach, eher auf eine Schwäche hinwies. Man merkte jedoch, dass er Stefanie auf Händen trug, jedenfalls dem Anschein nach. Sein Blick, der mir jedoch ziemlich leer vorkam, folgte ihr auf Schritt und Tritt, und der Typ vermittelte nicht unbedingt den Eindruck, immer geistig anwesend zu sein.

Stefanie hatte ihn mit Vor- und Nachnamen vorgestellt, welche ich aber sofort wieder vergaß. Noch einmal nachzufragen erschien mir aber zu unhöflich. So war ich eine Weile in Gedanken ziemlich damit beschäftigt, wie ich ihn ansprechen sollte. Während Stefanie ihn ständig „Schatz" nannte, kamen mir immer mehr lustige Spitznamen in den Sinn, die ich ihm nur zu gerne verpasst hätte.

Er sprach nicht viel und strengte sich an, einen seriösen Eindruck zu hinterlassen. Aber irgendwie fiel es mir schwer, diesen Mann ernst zu nehmen. Er lachte nicht, als Stefanie und ich über den einen oder anderen Mitschüler lästerten, und blieb diplomatisch, als ich versuchte, ihn mit Themen wie Drogen oder Alkohol zu erschrecken. Nach meiner Menschenkenntnis verbarg sich hinter solch ständiger Selbstbeherrschung meist eine ziemlich fragwürdige Persönlichkeit.

So kam mir plötzlich eine gute Idee. Ich schlug Stefanie vor, auf ihre neue Liebe anzustoßen. Dann holte ich ein leeres Cocktailglas aus der Bar, tippte leicht daran und zwinkerte Stefanie kurz zu. In solchen Situationen hatte sie meist ein unglaubliches Auffassungsvermögen. Sie verstand mich sofort und flüsterte ihrem Freund etwas ins Ohr.

Bevor sie zu Ende geredet hatte, schüttelte er

bereits den Kopf. Aber sie schaute ihn mit ihren Rehaugen hilfesuchend an, bis er nachgab und sie dann wiederholt fragte: „Bist du dir sicher?“ Sie nickte mit einem Lächeln und sagte zu ihm: „Ach bitte, nur heute das eine Mal!“

Wie zu erwarten, stand er widerwillig vom Sofa auf und ging nach draußen. Kaum war er aus der Haustür getreten und in seinem Auto verschwunden, bekamen Stefanie und ich einen hysterischen Lachanfall.

Zwanzig Minuten später kehrte der gute Mann mit einer Einkaufstüte zurück. Stefanie eilte zu ihm und stellte den Inhalt der Tüte auf den Tisch. Zwei Flaschen Grey Goose Wodka und eine Flasche Dry Vermouth. Nach ein paar Minuten waren drei Wodka Martini servierfertig.

Als ich eines der drei Gläser vor ihn stellte, starrte er uns fassungslos an, als könne er sich nicht entscheiden, ob er sich uns anschließen oder den Rücken kehren sollte. Wie ein erfahrenes Partyluder warf ich ihm einen provokativen, schrägen Blick zu und flüsterte ihm ins Ohr: „Hey, lass dir die feinen Tropfen doch nicht entgehen. Sie werden dir helfen, dich ein bisschen zu entspannen.“ Mit einem imaginären Grinsen schloss ich diesen Satz ab.

Ich konnte mich nicht mehr erinnern, wann ich mit dem Trinken angefangen hatte. Vielleicht war ich fünfzehn, vielleicht auch etwas älter gewesen, jedenfalls tranken viele meiner Altersgenossen auf einmal Bier oder diese lächerlichen Alkopops. Leider hatte ich mich weder mit dem einen, noch mit dem anderen anfreunden können. So war ich eine Zeit lang immer die Einzige gewesen, die sich auf den Partys mit Softdrinks begnügt hatte.

Aus Trotz hatte ich einmal nach einer angebrochenen Weinflasche gegriffen, die zum Kochen auf dem Küchentisch gestanden war. Geschmeckt hatte mir der Wein nicht besonders, aber der leichte Schwindel danach gefiel mir gut. Das Gefühl, dass mein Körper und somit auch mein eigenes Dasein ein wenig leichter geworden waren, war sensationell gewesen. So begann für mich eine Einbahnstraße in die Welt des Rausches und es gab kein Zurück. Nach einem Tag war die Flasche leer gewesen und ich fing heimlich an, Hannes' gesamte Wein- und Spirituosensammlung zu durchforsten, in der Hoffnung, die beste Kombination aus erträglichem Geschmack und maximaler Berauschtheit zu finden.

Bedauerlicherweise merkte er es sehr schnell, was ich wohl wieder Philippe zu verdanken hatte. Seither war sein Spirituosenkeller, für den er den einzigen Schlüssel hatte, stets abgeschlossen. Sogar die Weine zum Kochen ließ er in einem verschließbaren Weinschrank aufbewahren. In der Zeit setzte ich meinen Erfindungsreichtum hauptsächlich dazu ein, um Ersatzkanäle für Spirituosen zu finden. Mein asiatisches Gesicht und meine kindliche Figur verrieten mich bei jedem Alkoholkonsum. Stefanie konnte zwar oftmals als Volljährige in die Clubs durchrutschen, aber mich konnte sie dann nicht mehr hineinschmuggeln. Ab und an versuchten wir auch unser Glück bei einigen Uni- und FH-Partys, aber eine zufriedenstellende Lösung war dies dennoch nicht.

Nun hatte Stefanies gehorsamer Verehrer uns eine andere Tür geöffnet, vielleicht war es auch nur ein Fenster, aber ich war zuversichtlich und empfand auf einmal Sympathie für ihn. Nach ein paar Gläsern sagte ich zu diesem fein gekleideten, sich makellos benehmenden Mann: „Hey, wie auch immer du heißt, wir sollen öfters was zusammen machen!"

Der Verlauf des restlichen Tages fiel irgendwo in den toten Winkel zwischen meiner Wahrnehmung und meinem Gedächtnis. Alles, was ich später wusste, war, dass Hannes Stefanies Eltern angerufen hatte, nachdem ich einen ganzen Tag in der Tiefschlafphase verbracht hatte. Diesen armen Kerl, dessen Namen ich mir nicht einmal hatte merken können, sahen ich und Stefanie nie wieder. Zu meinem Glück war Stefanie nicht wirklich sauer auf mich, denn so wichtig war er für sie anscheinend auch nicht gewesen.

Hannes hielt sich aus der Freundschaft zwischen mir und Stefanie raus. Sie war vielleicht nicht die beste Freundin, die man sich wünschen konnte, aber ein Engel war ich ebenfalls nicht.

Bei Hannes ließ dieser Vorfall jedoch alle Alarmglocken läuten. Zu meinem Entsetzen ließ er zwei Wochen später eine ältere Dame bei uns einziehen, die angeblich als Haushälterin bei uns arbeitete. Aber ich wusste, dass er sie nur eingestellt hatte, um mich täglich unter die Lupe nehmen zu lassen. Denn ob Koch, Gärtner, Putzfrau oder frühere Zimmermädchen, noch niemand hatte bei uns im Haus gewohnt. Hannes schätzte seine Privatsphäre normalerweise sehr und solch eine Ausnahme machte er nur während eines Ausnahmezustands. Da Philippe nicht mehr zu Hause wohnte, musste nun diese alte Frau auf mich aufpassen.

Aber auf was außer sich selbst konnte die alte Nanny schon aufpassen? Schließlich war ich jünger, schneller und klüger als sie. Jeden Tag ließ ich mir neue Tricks einfallen, die sie nicht durchschauen konnte. Nach einiger Zeit wurde mir dieses Spielchen aber trotzdem langweilig und ich vermisste Phillipe umso mehr. Denn der Kampf gegen Philippe war zwar viel schwieriger, aber auch anspruchsvoller und aufregender, sodass immer eine gewisse Spannung zwischen uns zu spüren war.

Auch wenn ich es gar nicht zugeben wollte, wartete ich jedes Mal sehnsüchtig auf die nächsten

Ferien, und hoffte, dass Philippe bald nach Hause kommen würde. Aber er kehrte immer seltener zurück, und wenn er mal da war, benahm er sich wieder, wie früher auch, wie ein Patriarch, der mir ständig auf die Nerven ging.

Nun war er aber auf einmal da, obwohl es weder Ferien noch Feiertage gab. Als er plötzlich vor mir stand, wie immer strahlend und frech, saß ich gerade in meinem Wohnzimmer und leistete wieder mal meinen Beitrag zur Einschaltquote der Nachmittagsshows. Wenn es wie früher in unserem Leben wäre, hätte er bestimmt sofort zu mir gesagt: „Ach, machst du wieder eine Hirnentleerung und bereitest dich auf ein Hirnfasten vor?“ Und ich hätte dann darauf geantwortet: „So verkalkt, wie dein Schädel ist, muss ich dir das auch dringend empfehlen.“

Aber dieses Mal hatte er nur kurz gegrinst und mich dann fest umarmt.

Ich hasste es zu sagen, aber er sah richtig gut aus. Seine Haut war dunkel gebräunt und die blonden Haare, die von der Sonne gebleicht waren, hatten dadurch einen noch helleren Ton angenommen. Seine blauen Augen leuchteten wie immer mit einem Hauch von Nonchalance, was ihn umso unwiderstehlicher machte.

Er entschuldigte sich bei mir, dass er es nicht geschafft hatte, zu meinem achtzehnten Geburtstag nach Hause zu kommen, und erzählte mir, dass er während eines Workshops einer deutschen Firma ein paar Tage hier bleiben würde.

Dass Philippe sich tatsächlich bei mir entschuldigte, war für mich schwer zu begreifen. Große Fortschritte hatte er gemacht, dachte ich.

Nachdem er sich erfrischt hatte, kam er wieder zu mir, mit einem rechteckigen, schwarzen Lammlederetui in der Hand, auf dem die feine Goldprägung meiner Initialen zusehen war. Er gab mir das Etui und sagte lächelnd: „Das ist für dich. Ein verspätetes Geburtstagsgeschenk, sozusagen."

Ich nahm das Geschenk entgegen, wurde aber gleichzeitig ein wenig vorsichtig. Denn Philippe hatte immer ein Händchen für Überraschungen, die einem, nicht immer im positiven Sinne, die Sprache verschlugen.

„Mach doch mal auf!", wollte er mich ermutigen, als er mich so zögernd sah. Sein Gesichtsausdruck war herzlich und sein Ton war warm, und ich glaubte an das Gute in ihm.

Eine dezent designte und dennoch elegant wirkende Sonnenbrille lag unaufdringlich in der Schachtel. Die erstklassige Verarbeitung fiel mir sofort auf, als ich sie in der Hand hielt. Die Brillenfassung war aus erlesenem Wasserbüffelhorn. Am Ende des jeweiligen Brillenbügels war ein Aquamarinstein eingesetzt. Auf der Innenseite der Bügel befanden sich meine Initialen und eine feine Signatur, vermutlich die des Juweliers.

Ein schönes, handgefertigtes Einzelstück war es. Aber an Sonnenbrillen fehlte es mir nicht und mir war nicht klar, warum er sich solche Mühe damit gegeben hatte.

Während ich überlegte, was er mit der Brille sagen wollte, erzählte er mir, dass er ein Foto von mir gestohlen habe, damit der Juwelier die Fassung in der passenden Form für mich auswählen konnte.

„Ein Foto? Welches Foto?" Ich war geschockt. Ich konnte mich überhaupt nicht erinnern, in der jüngeren Vergangenheit fotografiert worden zu sein. Es gab nur Passbilder von mir. Ich ließ es grundsätzlich nicht zu, dass meine nicht sonderlich kooperative Haltung gegenüber dieser Welt auch noch dokumentiert würde. Und wenn so ein Foto existierte, wäre es eine Katastrophe, dass es in Philippes Hände geraten war.

„Ich zeige es dir später. Es ist in meiner Brieftasche. Sorry ..." Philippe war ein bisschen verunsichert, etwas, was mir bei ihm auch neu war.

Er hatte mein Foto gestohlen und trug dieses auch noch jeden Tag bei sich in seiner Brieftasche? Ich wollte ihn nur zu gern deswegen richtig zur Sau machen, konnte es aber irgendwie nicht. Im Gegenteil, meine Augen wurden feucht und mir schnürte es den Hals zu. Ich wandte meinen Blick nach unten, damit er meine erröteten Augen nicht sehen konnte, und entdeckte in diesem Moment noch ein kleines Kärtchen in dem Brillenetui.

Ich hob das Kärtchen schnell hoch und las die schwungvolle Handschrift von Philippe: „Du musst deine Tränen nicht immer unterdrücken. Mit mir kannst du auch weinen." Das war alles und darunter stand nicht einmal seine Unterschrift.

Mit mir? Meinte er eigentlich sich selbst oder die Brille? Oder war das wieder einer dieser doppeldeutigen Anspielungen, die er immer so gern machte? Dieses Mal wurde ich richtig wütend, als hätte man mich eben entblößt und nackt vor ihn gestellt.

Am liebsten hätte ich die Karte zerrissen, die Brille zertreten und dann die Trümmer über ihn gestreut, ihn fragend, für wen er sich hielte und warum er glaubte, dass er sich so etwas erlauben könnte.

„Du kennst mich doch gar nicht!", brüllte ich in meinem Gedanken bereits los. Aber ich war auf einmal so geschwächt, dass ich kein Wort sagen konnte. In meinen Augen kreiselten die ersten Tränentropfen – ich hatte seit Ewigkeiten nicht mehr geweint. Ich setzte rasch die Sonnenbrille auf, ging ins Badezimmer und tat so, als wolle ich sie nur im Spiegel betrachten. Hinter dem sicheren Versteck der dunklen Brillengläser schloss ich die Augen und zerquetschte die Tränen in tausend winzige Tröpfchen, ehe sie hinunter fallen konnten, dann blinzelte ich mit schimmernden Wimpern und kam mit einem Lächeln aus dem Bad. „Dankeschön!", sagte ich hinter der Brille zu Philippe.

In den folgenden Tagen herrschte ein komischer Frieden zwischen uns, und es gab keine gegenseitigen verbalen Attacken mehr. Philippe weckte mich jeden Morgen hartnäckig auf, um mit mir zusammen zu frühstücken, bevor er los musste. Nachmittags kam er immer früh genug nach Hause, sodass wir noch Zeit hatten, um gemeinsam einen Kaffee zu trinken.

Er erzählte mir sehr viel von seinem Leben in London. Ich war meistens ruhig und hörte zu. Noch nie war eine Woche für mich so schnell vergangen, und Philippe musste wieder gehen. Am Tag vor seiner Abreise war ich sehr unruhig, abends wollte ich unbedingt mit ihm etwas trinken gehen. Anfangs lehnte er es strikt ab, nachdem ich ihm aber damit gedroht hatte, dass ich dann allein ausgehen würde, kapitulierte er schließlich.

Als wir uns an einem Tisch in seiner früheren Lieblingskneipe gegenüber saßen, wurde ich von einem seltenen Glücksgefühl erfüllt. Erwachsen zu sein ist gar nicht schlecht, dachte ich. Ich ignorierte Philippes Warnung und bestellte einen Cocktail nach dem anderen. Irgendwie war Philippe an diesem Abend sehr verständnisvoll und trank sogar ein paar dieser teils knallbunten Alkoholmischungen mit, die ich für ihn bestellt hatte.

Nach und nach spürte ich, wie sich die Poren meiner Haut langsam durch die Hitze meines eigenen Körpers öffneten und ich fühlte mich leicht wie eine Katze. Philippe verlor ebenfalls langsam die Fähigkeit, klar zu denken, und es fehlte deutlich der Zusammenhang zwischen seinen Sätzen. Irgendwann fingen wir an, über die früheren Zeiten zu plaudern, die Zeit, die wir zusammen mit Hannes verbracht hatten. Ich wusste gar nicht, dass diese Zeit bei ihm so schöne Erinnerungen hinterlassen hatte. Von unseren verbalen Schlachten und den phasenweisen „kalten Kriegen“ zwischen uns fehlte in seinen Memoiren jegliche Spur.

Wir lachten und tranken, und zuweilen schwiegen wir auch. Wieder einmal wusste ich nicht mehr genau, wie der Abend zu Ende ging.

Am nächsten Morgen weckten mich unerträgliche Kopfschmerzen. Als ich meine Augen öffnete und Philippe neben mir sah, der noch im tiefen Schlaf auf dem Bauch lag, verschluckte ich vor lauter Schreck fast meine eigene Zunge.

Wir lagen Kopf an Kopf nebeneinander in meinem Bett und ich blickte direkt in sein Gesicht, so nah wie noch nie. Seine lockigen Haare hingen durchwühlt in seine Stirn. Er hatte einen Arm fest um meine Taille gelegt, so fest, dass ich mich kaum bewegen konnte.

Wir hatten noch dieselben Kleider an, in denen wir gestern Abend weggegangen waren. Ich blieb eine Weile in meiner erstarrten Stellung liegen, um Philippe nicht aufzuwecken. Langsam wurde dies aber unerträglich, denn meine Kopfschmerzen wurden immer stärker und in meinem Ausgehkleid fühlte ich mich wie gefesselt. Vorsichtig versuchte ich mich, von seinem Arm zu befreien und hatte gleichzeitig Angst, dass er genau in diesem Moment aufwachen könnte.

Als es mir fast gelungen war, unmerklich aus seinem Arm herauszukriechen, öffnete Philippe ohne Vorwarnung die Augen, als wäre er die ganze Zeit schon wach gewesen. Er sah seinen Arm, der noch halbwegs um mich lag, und zog diesen panisch zurück. Ich drehte mich sofort auf die andere Seite und versuchte meinen Körper zu strecken, damit das Blut wieder in die abgeschnürten Körperpartien zurückfließen konnte, gleichzeitig aber auch, um Peinlichkeiten zu vermeiden. Aufstehen und seine warme Nähe verlassen, wollte ich irgendwie nicht.

Philippe blieb ebenfalls liegen, und ich konnte spüren, wie er auf meinen Rücken starrte. Vielleicht überlegte er in diesem Moment auch, so wie ich, was er sagen sollte. Nach einigen quälenden Minuten fragte er endlich: „Weißt du noch, wie wir nach Hause gekommen sind?“

Ich schüttelte den Kopf und sagte: „Will ich nicht wissen. Und du?“ Dann drehte ich meinen Kopf wieder zu ihm und sah ihn an, denn es war mir langsam zu albern, ihm die ganze Zeit meine Rückenansicht zu präsentieren.

Philippe stützte seinen Oberkörper auf einen Ellenbogen, legte den Kopf in die Hand, und schaute mir von oben in die Augen. Er wirkte, als ob er etwas sagen wolle, schluckte es aber hinunter. Dann sah er mich einfach still an, bis mein gerade reanimierter Körper wieder steif wurde. Seine Haut strahlte eine leicht alkoholisierte Hitze ab und wirkte, gemischt mit dem Duft seines Eau de Cologne, wie ein eigenartiges Rauschmittel auf mich. Mein Kopf gab mir den Befehl, sofort aufzustehen und wegzurennen, aber mein Körper weigerte sich konsequent, mich diesem Rausch zu entziehen.

Wieder ein paar stille Minuten vergingen, bis er endlich leise seufzte, gefolgt von dem Satz: „Zum Glück war ich gestern auch ziemlich betrunken.“ Dann setzte er sich auf und sprang aus dem Bett, ohne zu erklären, was er damit gemeint hatte. Eigentlich hätte ich erleichtert sein müssen, denn ich konnte meinen verkrampften Körper und meine Nerven wieder entspannen. Aber die Luft um mich wurde auf einmal kalt, und es war auch eine leichte Enttäuschung zurückgeblieben, die noch frostiger war. „Ich brauche eine richtig heiße Dusche“, flüsterte ich mir selbst zu.

Ehe ich aber aufstehen konnte, sah ich, wie Philippe, der bereits Richtung Tür gegangen war, sich plötzlich umdrehte und wieder ins Bett fiel. Wie ein Riesenvogel packte er mich so fest unter seine Flügel, dass ich mich kaum noch bewegen konnte. Alles passierte viel zu schnell und ich hatte überhaupt keine Zeit, zu reagieren.

Wie benommen nahm ich nur noch mein trommelndes Herz wahr. Er riss mir das Kleid vom Leib und fing an, mich zu küssen. Ich fühlte mich wie ein Watteknäuel und hatte nicht im Geringsten die Kraft, Widerstand zu leisten. Aber ich wollte es vielleicht auch gar nicht, denn es war ein schönes Gefühl, so in seinen Armen zu liegen. Er drückte seine Lippen fest auf meine. Sein Gewicht, seine Körpertemperatur und seine feuchte Haut attackierten alle meine Sinne, und mein Kopf war außer Betrieb gesetzt.

Meine Haut fühlte sich so straff an, als ob mein von Adrenalin und Glückshormonen überquellender Körper explodieren wollte. Ich spürte das starke Verlangen nach ihm, welches mich beinahe aggressiv machte und was ich unverzüglich stillen musste. Ich krallte mich in seinen Rücken und schnitt mit den Fingernägeln tief in sein Fleisch. Die Schmerzen schienen ihn zu motivieren, und er biss sich ein paar Mal in meiner Schulter fest. Mit einer Hand hielt er meinen Kopf und zog fest an meinen Haarwurzeln, bis meine Kopfhaut taub wurde, und mit der anderen versuchte er hektisch, sich seines Hemds zu entledigen.

Wir waren wie zwei tollwütige Leoparden, die sich gegenseitig mit Pranken und Zähnen attackierten und während der Kampfpause wiederum vorsichtig die Wunden des anderen leckten.

Es war ein lang andauernder Kampf, der gar kein Ende finden wollte, bis wir beide irgendwann völlig erschöpft in den Armen des anderen lagen.

Ich legte meinen Kopf auf seine Schulter, und er fuhr mit seinen Fingern immer wieder zärtlich über meine Wirbelsäule. Wir waren beide sehr still, sein müder aber glücklicher Blick kletterte an die Decke. Ich schaute ihn an und wollte so gerne wissen, an was er in diesem Moment gerade dachte. Ihm eine Frage stellen wollte ich aber nicht, denn diese stille Glückseligkeit war so ein zartes Gefühl, dass selbst das leiseste Geräusch ihre Vollkommenheit zerstört hätte.

So lagen wir beide eine Weile da, bis unser Puls sich langsam wieder normalisiert hatte. Ich merkte, wie mein Blut allmählich wieder ins Gehirn zurückkehrte, und fing auf einmal an, zu zittern. Alles schien mir plötzlich extrem irreal zu sein, als wäre ich wieder in diesem Traum gefangen, aus dem ich nie aufwachen würde. Das befriedigende und glückliche Gefühl, das ich eben noch hatte, verwandelte sich in krankhafte Furcht. Irgendwie hatte ich kein Vertrauen in dieses Glück. Schließlich wusste niemand, ob alles nur eine einzige Illusion war. Wenn ja, und wenn ich zwischen einem schönen und einem schlechten Traum wählen könnte, würde ich mich für letzteren entscheiden. Denn wenn man aus einem Alptraum aufwacht, findet man die wahre Welt sicherlich viel schöner. Wenn man aber einmal so schön geträumt hatte, dann gibt es oft keinen Weg mehr zurück in die Realität.

Die stechenden Schmerzen irgendwo in meinem Brustkorb meldeten sich und ich wusste, dass es an der Zeit war, diesem wundervollen Traum ein klares Ende zu bereiten. Dies wollte ich aus eigenem Antrieb tun, anstatt unsanft von jemandem geweckt zu werden.

Mit aller Kraft, die ich sammeln konnte, stand ich schnell auf und stürzte ins Badzimmer. Nachdem ich die Tür vorsichtig von innen verschlossen hatte, fiel ich wie eine zerplatzte Seifenblase in die Badewanne. Ich drehte den Wasserhahn bis zum Anschlag auf und ließ warmes Wasser über meine Knie fließen. Erst dann hörte das Zittern langsam auf.

Nach einer Weile klopfte Philippe an die Tür und fragte besorgt, ob alles in Ordnung sei. Ich antwortete in einem fast gemeinen, kalten Ton: „Ja. Ich bin nur ein bisschen müde, werde wohl ein langes Bad nehmen, du musst nicht auf mich warten." Mir war eigentlich bewusst, dass in einigen Stunden der Flieger startete, mit dem Philippe wieder zurück nach London musste.

Es war zunächst totenstill, dann hörte ich Philippe am Türgriff drehen. Schließlich gab er auf und es war nichts mehr zu hören.

Erst als die Badewanne fast voll war, ging Philippe, dem dumpfen Klang seiner Schritte zufolge, aus meinem Schlafzimmer. Ich wusste nicht, wie er sich gefühlt haben musste, als ich vom Bett aufgesprungen war. Aber ich versuchte, nicht weiter daran zu denken. In diesem Moment konnte ich nicht einmal auf meine eigenen Gefühle Rücksicht nehmen.

Als Philippe wiederkam, um sich zu verabschieden, lag ich immer noch in der Badewanne. Das Wasser war längst kalt geworden und meine Haut schrumpelig, aber ich lag reglos da, als brauchte ich die tragende Kraft des Wassers, um mich zu entlasten. Um ihm aber wenigstens ein Lebenszeichen zu geben, rief ich laut durch die Tür: „Sorry, ich kann dich nicht mehr zum Flughafen bringen. Mach's gut!"

Nachdem Philippe weg war, spielte ich das Geschehen wie einen Film wieder und wieder in meinem Kopf ab, bis Philippes Mimik, sein Geruch und sein Atmen, wie eine Art Chiffre in meinem Hinterkopf gespeichert wurden. Erst dann fühlte ich mich wieder ansprechbar.

Spätestens nachdem ich meinen Körper mit dem dicken, weichen Frotteetuch abgetrocknet und mir ein Glas Sekt eingeschenkt hatte, war ich wieder in Bestform. Weder traurig noch glücklich war ich, als wäre an diesem Tag gar nichts passiert.

Eine Woche später schrieb Philippe mir eine E-Mail, in der nur ein Satz stand: „Es tut mir echt leid." Mit nur einem Wort schrieb ich sofort zurück: „Wieso?" Seither hatten weder er noch ich je wieder irgendetwas erwähnt, das mit diesem Morgen in Verbindung stand.

In der nachfolgenden Zeit kam Hannes oft ungewöhnlich früh nach Hause und aß auch immer mit mir zu Abend. Er brachte immer mehr Prospekte der Universitäten mit, sodass ich bald eine große Sammlung von Katalogen besaß, die aus aller Welt stammten. Ich entnahm die Seiten mit den Landes- und Stadtinformationen der jeweiligen Uni und heftete sie zusammen.

Eines einsamen Nachmittags blätterte ich aus lauter Langweile diese selbsteditierte Reisebroschüre durch und bekam dabei plötzlich unstillbares Fernweh. Eine beliebige Stadt aus diesem Heft erkor ich zu meinem ersten Ziel und ich buchte sofort das Flugticket im Internet.

Es war ein warmer und sonniger Tag im Herbst, außer mir war niemand zuhause. Ich packte nur die nötigsten Dinge ein und machte mich auf den Weg. Einen kurzen Brief hatte ich noch auf Hannes' Schreibtisch gelegt, in dem ich lediglich sagte, dass ich die Welt ein bisschen bereisen wolle und er sich keine Sorgen um mich machen müsse.

Als das Taxi mich zum Flughafen gebracht hatte, war mir selbst noch unklar, was ich in der Ferne suchen wollte. Aber vielleicht ging ich auch nur weg, um endlich wieder nach Hause zu finden.

FEI YU

Wieder ein Freitag im Mai. Ich lag gerade auf dem Sofa und kämpfte in der kühlen Abendluft mit meiner Müdigkeit, als mein Handy plötzlich klingelte. Es musste meine Mutter sein, glaubte ich. Nachdem sie mich am letzten Freitag nachts neunmal angerufen und trotzdem nicht erreicht hatte, schrieb sie mir eine tägliche Meldepflicht vor. Wenn das Telefon bei ihr einmal nicht pünktlich klingelte, meldete sie sich sofort bei mir.

Im Halbschlaf nahm ich das Handy in die Hand und drückte auf die Bestätigungstaste, ohne überhaupt auf das Display zu sehen.

Nach meinem Hallo kam aber eine unbekannte, leise Stimme, wie bei einem Ferngespräch, die sich noch schlapper anhörte als meine: „Hi, ich bin's, Jessica. Erinnerst du dich noch?"

Schlagartig war ich hellwach und stotterte vor Überraschung: „Jessica ... hi ... ja, ich ... ja ..." Natürlich erinnere ich mich an dich, dachte ich. Erst vor einer Woche hat mich noch jemand für dich gehalten.

„Ein Freund von mir hat mir erzählt, dass er letzte Woche auf einer Party ein Mädchen getroffen habe, das mir täuschend ähnlich sähe. Ich habe dann gleich an dich gedacht", berichtete sie von meiner

Begegnung mit dem Engländer.

„Ach ja, stimmt, da habe ich jemanden getroffen, er heißt ..." Ich versuchte, mich noch an den Namen zu entsinnen.

„Shane heißt er, richtig?", sagte sie, ehe der Name mir einfiel.

„Ja, richtig!", bestätigte ich.

Danach war eine Weile Funkstille, als wüssten wir beide nicht mehr, was wir sagen sollten. Erst als ich den Verdacht schöpfte, dass die Leitung unterbrochen wäre, sagte sie wieder: „Er hat gesagt, dass wir uns unbedingt mal treffen sollten. Ich habe dann erwähnt, dass wir uns bereits einmal begegnet sind. Wobei - wenn du Lust hast, könnten wir uns doch wirklich noch einmal treffen und was zusammen machen, oder?"

Ich stimmte ihr zu, hatte aber nicht erwartet, dass sie gleich mit einem Terminvorschlag alles festzunageln versuchte: „Wie wär's heute oder morgen Abend?"

Eigentlich war es nicht schwer, mir eine Ausrede einfallen zu lassen, um ihren Vorschlag für eine solch kurzfristige Verabredung abzulehnen. Aber dann sollte ich wenigstens einen Gegenvorschlag machen, damit ich nicht zu unhöflich auf sie wirken würde. Außerdem hatte ich nicht viele Freunde in dieser Stadt, und eine Doppelgängerin kennenzulernen, passierte einem schließlich auch nicht jeden Tag.

„Hm ... können wir uns vielleicht auch tagsüber treffen?" Eine Party wie vor einer Woche brauchte ich eine Weile nicht mehr.

An ihrem Schweigen merkte ich, dass es ihr nicht leicht fiel, sich mit meiner Idee anzufreunden. Nach ein paar Sekunden war sie aber doch damit einverstanden und schlug den morgigen Nachmittag vor. Dieses Mal hatte ich auch nichts mehr dagegen einzuwenden und verabredete mich mit ihr.

Nachdem ich das Telefon aufgelegt hatte, fing ich an, mich zu wundern, warum sie mich auf einmal so dringend sehen wollte. Seit unserer ersten Begegnung schien die Sache für uns beide bereits längst in Vergessenheit geraten zu sein. Wenn ich nicht kürzlich Shane getroffen hätte, hätten wir vielleicht auch nie mehr voneinander gehört.

Ich kam zu keiner vernünftigen Erklärung, und mein Handy klingelte schon wieder ungeduldig. Dieses Mal war es wirklich meine Mutter. Sie teilte mir mit, dass sie nächste Woche ein paar Tage frei nehmen und am Sonntag zu mir fahren würde. Seit dem Vorfall von letzter Woche hatte sie wohl die Notwendigkeit erkannt, die Kontrolle über mein Leben wieder zurückzugewinnen.

Diese Nacht schlief ich ziemlich unruhig und hatte viele komische Träume.

Am Samstag war das Wetter wunderschön, und die Luft fühlte sich bereits ein bisschen zu warm an. Wir hatten einen Park in der Stadtmitte als Treffpunkt gewählt. Obwohl die Idee von mir kam, schien der Ort selbst für mich wenig geeignet für ein freundschaftliches Beisammensein zu sein. Denn inzwischen rühmten sich viele Parks dieser Stadt, vor allem an Wochenenden, als Heiratsmärkte im wahrsten Sinne. Allerdings fand man dort selten junge Leute, sondern nur hoch motivierte Eltern, die eine perfekte Liaison für ihre Kinder knüpfen wollten. Auf den Gehwegen, den Parkbänken und den Wiesen sammelten sich die älteren Damen und Herren mit ihren Leidensgenossen und verhandelten fiebrig untereinander. Die meisten hielten einen DIN A4 Zettel in der Hand, auf dem ein Foto und ein Lebenslauf ihrer Sprösslinge prangten. Also quasi eine Art offline Partnerbörse mit bizarrer Stellvertretung.

Es war schon seltsam, dass ich einen solchen Ort

vorgeschlagen hatte. Aber andererseits, wo hätten wir uns tagsüber in dieser Stadt denn sonst treffen können? Soll ich etwa mit einer Tasse Cappuccino in einem dieser sich wie Pilze vermehrenden Starbucks posieren? Oder in einem der vielen Luxuseinkaufszentren Window-Shopping machen? Weder mein Geldbeutel noch mein Geschmack waren für derartige Aktivitäten geeignet.

Als ich endlich vor dem Parkeingang stand und auf sie wartete, fühlte ich mich wieder ein wenig entspannter. Außer den Teilnehmern der Kontaktbörse waren noch viele anderen Menschen zu sehen, die mit ihren Familien oder Freuden spazieren gingen.

Einige Minuten später sah ich Jessica aus einem Taxi steigen. Sie hatte mich auch gleich gesehen und lief lächelnd auf mich zu. Auch wenn wir uns schon einmal begegnet waren und auch wenn sie eine Sonnenbrille trug, hörte ich doch wieder diesen schrillen Schrei in meinem Kopf. Ich wunderte mich gar nicht, dass Shane mich auf der Party für sie gehalten hatte.

„Hi, lange nicht gesehen!", sagte sie und bemühte sich sichtlich, gefasst zu bleiben.

„Ja. Aber eigentlich kann man auch sagen, dass wir uns jeden Tag gesehen haben", erwiderte ich. Sie lachte und wirkte ein bisschen lockerer.

Schulter an Schulter gingen wir in den Park wie ein Zwillingspaar. Dank ihrer Sonnenbrille fielen wir aber nicht so auf, wie ich es mir vorgestellt hatte.

Der Park war einer der größten dieser Stadt, dennoch war er zu klein für so viele Menschen. Wir liefen fast bis zum hinteren Ausgang, bis wir endlich eine relativ abgelegene, ruhige Ecke fanden. Ein älteres Paar saß auf der einzigen Bank vor einem winzigen Teich und betrachtete mit einer misstrauischen Geste die verrückte Welt um sich herum.

Als sie Jessica und mich kommen sahen, standen

sie auf und verließen diese kleine Oase. Ich hatte ein wenig ein schlechtes Gewissen, dass wir die beiden aus ihrer Ruhe vertrieben hatten, und folgte ihnen noch eine Weile mit meinem Blick, bis sie in den Massen untertauchten und aus meinem Sichtfeld verschwanden.

Jessica hatte sich bereits auf die Bank gesetzt, und der Platz schien ihr bestens zu gefallen, denn hier konnte man mit einer angenehmen Entfernung den ganzen Park ungestört beobachten und gleichzeitig ein diskretes Gespräch miteinander führen.

Ein paar Kinder rannten hin und her auf der Wiese und versuchten, ihre Papierdrachen steigen zu lassen. Die meisten Drachen kämpften sich zwar zunächst schwankend in die Höhe, stürzten jedoch schnell wieder ab. Aber die Kinder hoben die gefallenen Drachen jedes Mal auf und machten unermüdlich neue Versuche. Einige Drachen schafften es schließlich auch, nach ganz oben zu fliegen, und man sah irgendwann nur noch kleine schwarze Punkte am Himmel.

Das grelle Sonnenlicht stach in meine Augen und tat fast schon weh. Jessica rückte ihre Sonnenbrille zurecht und sagte: „Kinder sind so rührend." Mit diesem Satz war sie wie ausgewechselt, und in ihrer Stimme war nichts mehr von der leichten Überheblichkeit oder Gleichgültigkeit zu hören, die sie sonst immer gehabt hatte.

„Ja, das sind sie", nickte ich. In diesem Augenblick verspürte ich plötzlich eine unerklärbare Verbundenheit zu Jessica, die ich selten bei anderen Menschen empfand, von einem Fremden ganz zu schweigen.

Es wurde ein langer Nachmittag, wir saßen auf der Parkbank und hatten viel miteinander geredet. Nachdem Jessica mir einiges aus ihrer Kindheit erzählt hatte, hatte mich auch ein seltener Erzähldrang überfallen. Ich überschüttete sie mit all meinen Kindheitserinnerungen, auch mit den komplizierten Gefühlen meinem Vater gegenüber und mit dem Problem mit meiner Mutter. Eigentlich war es ein wenig befremdlich, mit jemandem ein solch persönliches Gespräch zu führen, den ich kaum kannte und den ich vielleicht auch nie gut kennen würde. Aber vielleicht genau deswegen hatte ich mich so schnell geöffnet. Denn wenn man einem Fremden gegenübersteht, dessen soziales Umfeld sich mit dem eigenen kaum überschneidet, fühlt man sich emotional und moralisch weniger belastet.

Es tat mir gut, jemanden zu haben, mit dem ich meine Vergangenheit in einer ungeschminkten Version teilen konnte. Sich einmal vollständig zu entblößen, wenn auch nur einem einzigen Zuhörer gegenüber, wirkte wie eine wundersame Therapie.

Ich hatte in meinem ganzen Leben noch nie so viel geredet wie an diesem einen Nachmittag, und die Stunden vergingen wie Minuten. Es wurde langsam dunkel, und die Menschen im Park wurden immer weniger, aber Jessica hörte immer noch mitfühlend zu, bis ich mein letztes Wort losgeworden war. Als ich irgendwann erschöpft ins Schweigen verfiel, nahm ich meinen Hunger und Durst wahr. Es war bereits Zeit fürs Abendessen. Gleichzeitig befürchtete ich, dass Jessica sich verpflichtet fühlen würde, mir ihren moralischen Beistand zu zeigen und mich mit irgendwelchen freundlichen aber leeren Worten überfuhr. Es war doch gar nicht meine Absicht, in ihr nach Mitleid zu suchen. Ich wollte einfach nur mal so richtig über mich selbst sprechen.

Aber Jessica war ein sehr kluges Mädchen und blieb eine Weile schweigend neben mir sitzen, ohne überflüssige Kommentare. Dann stand sie als Erste auf und sagte zu mir: „Komm, lass uns gehen."

Sie habe noch eine Verabredung mit Freunden

zum Essen und fragte, ob ich mitgehen wolle. Ich lehnte die Einladung dankend ab. Ein geselliger Abend mit Jessica und ihren Freunden war eine nette Idee, aber irgendwie glaubte ich nicht, dass ich zu dieser Welt gehörte, in der sie sich bewegte.

Wir nahmen nicht den hinteren Ausgang, der nur einige Schritte entfernt war, sondern gingen wieder Schulter an Schulter durch den Park zum Haupteingang, denn dort konnte man leichter Taxis finden.

Vor dem Parkeingang warteten bereits einige dieser neongrünlackierten Taxis auf die Gäste. Bevor Jessica in eines davon einstieg, stieß sie mich mit dem Arm an und sagte: „Das war wirklich sehr schön, wir sollten uns öfters treffen. Wir hören voneinander."

Dann fuhr sie mit dem Wagen weg und hinterließ ein leeres Gefühl in mir, das mit der Intensität des vergangenen Nachmittags in krassem Kontrast stand. Ein kühles Lüftchen zog über die Straße, und ich fing fast an zu zittern.

Als ich wieder in meine Wohnung kam, war es draußen bereits stockdunkel. Ich hatte immer noch nichts gegessen, aber der Hunger war irgendwie auch vorüber. Wie ausgepumpt fiel ich ins Sofa und lehnte mich zurück. Für eine Weile sah ich mich in meiner bescheidenen Wohnung um, um nach ein bisschen Wochenendstimmung zu suchen, gleichzeitig stellte ich mir vor, wie Jessica mit ihren Freunden bis spät in die Nacht feierte wie viele andere auch, die die glänzende Seite dieser Stadt repräsentieren. Allmählich kehrte wieder die Vernunft zurück, und ich verspürte ein wenig Reue in mir, dass ich Jessica mein komplettes Leben vorgetragen hatte. Wenn ich es mir genau überlegte, hatte es vielleicht sogar ziemlich unhöflich auf sie gewirkt, in dem ich ihr den ganzen Nachmittag die Dinge aufgedrängt hatte, die in ihrer Welt völlig irrelevant waren. Ich konnte nur noch hoffen, dass sie nun in ihrer Partystimmung meine peinliche Selbstdarstellung bereits wieder vergessen hatte.

In einer Mischung aus Langeweile und emotionaler Haltlosigkeit fing ich an, zwischen meinem Laptop und dem Bücherregal hin- und herzuwandern, um nach einer Ablenkung zu suchen. Einen Fernseher hatte ich aus Prinzip nie angeschafft.

Es hatte eine Weile gedauert, bis ich mich halbherzig für das Deutschlehrbuch entschieden hatte. Die Aufgaben, die Tobias mir bei der letzten Lernstunde vorgelegt hatte, waren noch gar nicht erledigt.

Nachdem Tobias und ich letztes Wochenende die Themen Lernstunden und chinesische Mentalität ausdiskutiert hatten, war Tobias sehr erleichtert gewesen. Unser Sprachaustausch wurde wiederbelebt und der Standort in seine Wohnung verlegt. Streng genommen war sie nicht „seine" Wohnung, sondern eine WG mit einem anderen deutschen Praktikanten. Dennoch war die Veränderung im Vergleich zu der KFC-Filiale für meinen Gemütszustand ein richtiger Aufstieg.

Auch für das Lernen hatte Tobias sich einiges einfallen lassen. Er beharrte zwar noch immer auf einem richtigen Lehrbuch, zwischendurch machte er aber auch mal einen schlechten Witz auf Deutsch oder las mir etwas aus deutschen Zeitschriften vor. Dazu tischte er noch sämtliche Köstlichkeiten aus Deutschland auf, hauptsächlich Süßwaren, von denen mein Gaumen leider nicht wirklich angetan war. Das hatte Tobias wieder mindestens zwei Tage lang gekränkt, denn er konnte nicht glauben, dass es auf dieser Welt eine Spezies gab, die nicht verrückt nach Süßigkeiten war. Nach ein paar Diskussionen über die Unwiderstehlichkeit der Süßigkeiten machte ich ihm einen Vorschlag, in den einheimischen Supermärkten bei den Knabberartikeln nachzusehen. Nachdem er es gemacht hatte, verstand er endlich, dass die massenhaften, geräucherten Hühnerfüße und Entenhälse in Plastikverpackungen, die reihenweise auf Regalen strotzten, kein Hundefutter waren und die ungeschälten Sonnenblumenkerne auch nicht für die Vögel gedacht waren. Als er dann darüber lästerte, erwiderte ich: „Kulturunterschied hin oder her, das Essen ist doch der wichtigste Bestandteil der Kultur, oder? Wie es aussieht, hast du noch einiges nachzuholen, was chinesische Kultur angeht!"

Tobias war vielleicht kein China-Experte, ein guter Lehrer war er aber allemal. Daher wollte ich mindestens versuchen, ein guter Student zu sein. So kämpfte ich schwer mit meinem inneren Schweinehund und schlug das Lehrbuch und mein Notizbuch auf.

Wirklich gelernt hatte ich allerdings nicht, denn bevor alles, was in dem Lehrbuch stand, einen Sinn für mich machte, war ich bereits auf dem Sofa eingeschlafen.

Am nächsten Morgen wachte ich sehr früh auf und versuchte ein paarmal, meine Mutter anzurufen, um zu fragen, wann sie ankommen würde und ob ich sie am Busbahnhof abholen sollte. Leider war sie nicht zu erreichen. Vermutlich war sie bereits auf dem Weg zu mir, obwohl es mir ein bisschen ungewöhnlich schien, dass sie sich vor ihrer Abreise weder gestern Nacht noch heute Morgen bei mir gemeldet hatte. Aber es konnte auch sein, dass sie noch auf dem Markt etwas einkaufte.

Ein Handy hatte Mutter nicht, weil sie keines wollte. Ihre Begründung dafür war, dass, wenn sie nicht zuhause zu erreichen war, war sie unterwegs und hatte gerade etwas zu tun, und wenn sie was zu tun hatte, wollte sie nicht angerufen werden. Klang eigentlich logisch, sie konnte nur den anderen nicht mit der gleichen Logik verzeihen, die einmal unterwegs waren und nicht ans Handy gehen konnten, wie zum Beispiel mir. Ehrlich gesagt wusste ich aber auch, dass sie gar kein Handy brauchte. Wer würde sie schon ständig anrufen und ihr etwas berichten - außer mir?

Ich legte das Telefon auf, machte mich frisch und ging los zum Joggen. Morgenstund hat Gold im Mund, und die Morgenstunde im Mai insbesondere. Auf den Gehwegen waren Straßenverkäufer, die die duftende Jian Bing oder dampfende Bao Zi[16] auf Anfrage frisch zubereiteten. Der Straßenverkauf war zwar ein willkommenes Geschäftsmodell bei den Einheimischen, vor allem den Normalverdienenden, ihn gab es aber in dieser Stadt immer seltener. Denn von den hygienischen Bedingungen abgesehen, waren solche Verkaufsstände im Vergleich zu den immer mehr werdenden luxuriösen Restaurants, Cafés und Bars für eine moderne Stadt wie diese auch optisch eher weniger präsentabel. Deshalb versuchte die Stadtverwaltung mit allen Mitteln, die Straßenhändler aus der Stadt zu vertreiben. Aber hier im Randgebiet konnten sie mit ihren kleinen Geschäften vorübergehend noch überleben.

Es war noch sehr früh, auf den Straßen war jedoch bereits höllisch viel los. Viele Frühaufsteher bummelten bereits mit gut gefüllten, großen und kleinen Tüten vom Markt auf dem Weg nach Hause. Ich kam von der Hauptstraße ab und joggte in Richtung unseres Firmengeländes, wo es am Wochenende eher ruhig war. Einen Sonntagmorgen wie diesen genoss ich normalerweise sehr, aber heute war

---

[16] Jian Bing ist ein chinesischer Pfannkuchen, sehr flach, und wird meistens mit eingewickelten Eiern, Würsten und Gemüse gegessen, etwa wie ein Wrap. Bao Zi ist ein mit Fleisch oder Gemüse gefülltes Dampfbrot. Die Chinesen essen zum Frühstück gerne warm und würzig.

ich irgendwie geistig abwesend. In einer Kurve stolperte ich über einen emporragenden, defekten Bordstein und stauchte mein Fußgelenk. Frustriert unterbrach ich meinen Morgensport und ging humpelnd wieder nach Hause.

Meine Unruhe war vielleicht auch gar nicht unbegründet. Ob der Besuch von meiner Mutter ein fröhliches Familientreffen würde, wusste ich nicht so genau. Ungeachtet ihrer sonstigen Vorhaben mit mir hatte ich schon mal das Problem, ihr meine Beziehung zu Tobias zu erklären, denn bisher hatte ich ihr noch nichts von dem Sprachaustausch erzählt. Die Idee, dass ich mich mit einem jungen männlichen Single jeden zweiten Tag nach der Arbeit in seiner Wohnung traf, nur um Deutsch zu lernen, war für sie sicherlich nicht nachvollziehbar.

Meine Mutter besaß ein seltsames Talent, sich die Welt nach ihrer Vorstellung auszumalen. Wenn sie sich einmal etwas einbildete, gab es für die anderen wenige Chancen, ihr das Gegenteil zu beweisen. Egal wie viele Fakten ihr präsentiert wurden, zum Schluss fand sie immer etwas, was zu der Schlussfolgerung führte, die sie haben wollte.

Wenn sie einmal den Verdacht geschöpft hätte, dass zwischen mir und Tobias etwas liefe, dann hätte es durchaus sein können, dass sie eines Tages im Büro unseres Vorgesetzten stehen und einen vollständigen Background-Check über Tobias einholen würde. Vielleicht würde sie sogar einen Schritt weitergehen und direkt vor Tobias stehen, um sich nach seiner Familie zu erkundigen. Zu seiner eigenen Sicherheit sollte ich vielleicht eine Ausrede finden und die Sprachstunden für eine Woche aussetzen.

Als ich wieder zu Hause war, rief ich als Erstes wieder meine Mutter an. Aber sie war immer noch nicht da. Ein wenig beunruhigt fing ich an, mir das

Frühstück zu machen. Zwischendurch versuchte ich immer wieder, sie zu erreichen, aber nichts passierte am anderen Ende der Leitung.

So vergingen etwa zwei Stunden, bis ich mir endlich sicher war, dass meine Mutter bereits mit dem ersten Bus zu mir gefahren war, um mir vielleicht wieder eine Überraschung zu bereiten. Es war mir unverständlich, dass ihr Kontrollanruf gestern Abend nicht wie gewohnt gekommen war.

Ich schaute auf die Uhr und berechnete die Zeit, wann meine Mutter ankommen würde. Dann entschloss ich mich, zum Fernbusbahnhof zu fahren, um sie abzuholen. Bevor ich meine Wohnung verließ, klebte ich noch einen Zettel an meine Tür mit der Nachricht, dass sie mich anrufen solle, falls sie vor mir da sein sollte. Neben meinem Gebäude war eine Telefonzelle.

Als ich bei dem Busbahnhof ankam, war der erste Bus aus meiner Heimatstadt gerade ins Terminal gefahren. Ich eilte zum Bus und wartete neben der Tür in einer Mischung aus Hoffnung und Furcht auf meine Mutter. Aber als zuletzt selbst der Fahrer den Bus verließ, hatte ich meine Mutter immer noch nicht gesehen.

Ich war ein bisschen verwirrt. Aber andererseits fuhr jede Stunde ein Bus von ihrer Stadt zu meiner, sie könnte ja auch in dem nächsten Bus sein.

Es war nicht schwer, die eine Stunde in der Nähe des Busbahnhofs zu verbringen. Auf allen Straßen reihen sich verschiedene Geschäfte und Kaufhäuser, von denen jedes einzelne versuchte, sich mit der lautesten Musik hervorzuheben. Ich mischte mich in die Menschenmasse und machte ein bisschen Window-Shopping, bis der zweite Bus ankam.

Aber auch in diesem Bus war meine Mutter nicht.

Nachdem auch der dritte Bus seine Endstation erreicht hatte und ich alle Läden in dieser Gegend bereits kannte, fand ich immer noch keine Spur von meiner Mutter. Angerufen hatte sie auch nicht. Ein ungutes Gefühl wuchs in mir von Minute zu Minute. Ihre Festnetznummer hatte ich unzählige Male gewählt, aber die Leitung war einfach tot.

Die Welt meiner Mutter war sehr klein und überschaubar. Wenn sie nicht bei der Arbeit oder beim Einkaufen war, blieb sie immer zuhause. Mir fiel einfach nicht ein, wo sie sonst noch sein könnte. Es war bereits früher Nachmittag und es wurde richtig heiß. Das eine Fußgelenk tat weh, und ich war schweißgebadet, gleichzeitig strengte ich mich an, um in meinem Kopf nach Namen zu suchen, bei denen ich vielleicht anrufen und nach meiner Mutter fragen könnte.

Außer ihren Kollegen hatte Mutter sehr wenige Freunde oder Bekannte. Mit den Nachbarn pflegte sie auch keine enge Beziehungen. Die einzige Telefonnummer, die ich noch kannte, war die ihrer Firma. Aber es war Sonntag, und ich war wenig überrascht, als ich niemanden unter dieser Nummer erreichen konnte.

Die Erde drehte sich weiter um die Sonne, und ich geriet langsam in Panik. Denn es war noch nie passiert, dass meine Mutter für eine so lange Zeit in meinem Leben unerreichbar blieb.

Ich versuchte, meine Gedanken noch einmal zu sortieren, und entschloss mich, zu meiner Mutter zu fahren. Denn irgendeine Stimme sagte mir, dass ich nicht mehr einfach so tatenlos weiter warten konnte.

Hastig kaufte ich mir ein Busticket und rief danach Tobias an. Eine verträumte Stimme sickerte langsam durch die Leitung. Ein Zeichen, dass er gestern Nacht wieder einmal exzessiv gefeiert hatte. Ich bat ihn, einen kurzfristigen Urlaubsantrag für mich einzureichen, weil ich dringend zu meiner Mutter fahren musste. Er wurde auf einmal wach und fragte mich besorgt, was los sei. Ich erklärte ihm, dass meine Mutter bereits seit knapp achtundvierzig Stunden nichts mehr von sich hatte hören lassen.

Nach ein paar stillen Sekunden fing er an zu lachen und sagte leichtherzig: „Hey, jetzt mach dich doch nicht lächerlich. Achtundvierzig Stunden? Deine Mutter ist doch weder minderjährig noch achtzig, oder? Sie hat ja auch ein eigenes Leben, oder?"

„Nein, das hat sie nicht. Lass uns später darüber reden." Ich wollte nicht mehr ins Detail gehen und würgte das Telefonat so schnell wie möglich ab.

Es war der letzte Bus an dem Tag, der mich zu meiner Mutter bringen konnte, und ich war der letzte Fahrgast, auf den der Fahrer ungeduldig wartete. Nachdem ich endlich in den Bus gestiegen war, warf mir der Fahrer einen kalten Blick zu und trat sofort auf das Gaspedal. Erst dann fiel mir ein, dass ich außer einer Handtasche nichts dabei hatte.

Während der Fahrt versuchte ich hartnäckig weiter das Festnetz meiner Mutter anzurufen, in der Hoffnung, dass sie plötzlich ans Telefon kommt, um mir Entwarnung zu geben. „Es könnte ja auch sein, dass die Leitung defekt ist", tröstete ich mich selbst. Außerdem hatte ich mir fest vorgenommen, meiner Mutter sofort ein Handy zu besorgen, welches sie jeden Tag um den Hals hängen sollte, wie Kinder ihre Hausschlüssel. Diese lustige Vorstellung brachte mir doch ein Lächeln ins Gesicht und beruhigte ein wenig meine strapazierten Nerven.

Die Fahrt war zäher denn je. Als der Bus endlich ans Ziel kam, sprang ich als erste aus dem Bus. In der Abenddämmerung eilte ich zu der vertrauten alten Gasse und blieb wie immer am Anfang des Wegs stehen. Aus den Fenstern unseres alten Familienhauses kam aber kein Lichtschimmer.

Mein Herz zog sich zusammen. In einer bösen Vorahnung lief ich schnell zu unserem Haus und schloss hektisch die Tür auf. Dahinter war es totenstill und pechschwarz, keine Essensgerüche kamen aus der Küche. Ich machte das Licht an und ging nach oben in Mutters Schlafzimmer. Mutter war nicht da. Das Bett war nicht gemacht und die Bettwäsche lag unförmig herum. Es war nicht ihre Art, das Schlafzimmer in diesem Zustand zu verlassen.

Ich rief ein paarmal nach meiner Mutter, obwohl es mir ziemlich klar schien, dass niemand zu Hause war. Wie erwartet kam auch nichts zurück.

Ich schaute mich schnell in ihrem Zimmer um und suchte nach einem möglichen Hinweis, wo sie sein könnte. Aber es war nichts zu finden. Dann fiel ich in den alten Holzstuhl, der vor Mutters altem Schminktisch stand, und fing fast an zu weinen. Selten hatte ich solche Angst um meine Mutter, selten hoffte ich so sehr, dass sie sofort vor meinen Augen erschiene.

Ich musste etwas unternehmen, dachte ich, wusste nur nicht, was. Als ich gerade verzweifelt in einer Schublade nach ihrem Adressbuch suchte, klopfte unten jemand an die Tür. Große Schritte trugen mich schnell die Treppe hinunter und ich machte die Tür ruckartig auf. Anders als ich erwartet hatte, stand das Paar von nebenan statt meiner Mutter vor der Tür. Ehe ich etwas sagen konnte, schrie die Frau aufgeregt, als sie mich sah: „Du bist ja endlich gekommen! Deine Mutter wurde ins Krankenhaus eingeliefert.“

Von dem, was sie danach noch gesagt hatte, verstand ich nicht mehr viel. Ich fühlte nur, wie mein ganzes Blut in meinen Kopf geströmt war und die Stimme der Frau zu einer Art sinnlosem Summen in meinen Ohren wurde.

Ohne den beiden zu antworten, rannte ich zur Tür hinaus und lief Richtung Hauptstraße. Dort wollte ich weiter Richtung Zentrum laufen, bis ich vielleicht ein Taxi finden würde. Das Nachbarpaar lief mir hinterher und rief: „Warte doch! Du weißt doch noch nicht, in welchem Krankenhaus sie ist!" Erst dann kam ich wieder langsam zu Verstand und blieb stehen.

Die Zwei holten mich ein und hielten ein vorbeifahrendes Taxi an. Als ich noch nach der Adresse fragen wollte, schob der Mann mich ins Taxi und sagte zu mir: „Komm, wir fahren mit dir zusammen hin."

Im Taxi erzählte mir das Paar, dass meine Mutter gestern Nacht vor ihrer Haustür nach Hilfe gerufen habe. Kurz nachdem sie ihre Haustür geöffnet hatten, fiel meine Mutter bewusstlos auf den Boden. Dann haben sie die Ambulanz angerufen und meine Mutter ins Krankenhaus gebracht. Die Diagnose sei schwerer Hirnschlag und eine OP wäre dringend nötig. Leider wussten sie nicht, wie sie mich erreichen sollten. Weil niemand die Einwilligung für die OP unterschreiben wollte, wurde meine Mutter vorab nur konservativ behandelt.

Diese Einwilligung hatte für das Krankenhaus eine wichtige Bedeutung, jedenfalls eine wichtigere als das Leben eines Patienten, wie es aussah. Im Falle einer teil- oder gar nicht versicherten Person wusste das Krankenhaus dann, an wen sie die Rechnung schicken sollte, erklärte mir das Paar. Dass ohne diese Einwilligung keine OP durchgeführt wurde, auch wenn diese eine lebensrettende Maßnahme war, klang natürlich äußerst einleuchtend.

Nachdem sie mir die Situation geschildert hatten, fing die Frau an, jedoch mit spürbaren Gewissensbissen, sich und ihren Mann zu rechtfertigen, warum sie nicht für meine Mutter unterschreiben wollten. Ich nickte schweigend und gab ihr das Zeichen, dass ich volles Verständnis dafür hatte.

Ich hatte in der Tat keinen Grund, dieses Paar

dafür zu beschuldigen, auch wenn die beste Zeit für die OP höchstwahrscheinlich wegen ihres Zögerns bereits versäumt worden war. Denn ehrlich gesagt wäre ich an ihrer Stelle genauso vorsichtig gewesen. Es war keine Seltenheit in diesem Land, dass jemand, der zum Beispiel einem gestürzten Senior warmherzig zum Aufstehen geholfen hatte, am Ende als Täter angezeigt wurde. Die Verleumdung kam meistens von demjenigen, dem man geholfen hatte, oder von dessen Angehörigen, um an eine Entschädigung zu gelangen. In diesem Sinne war ich unseren Nachbarn bereits unendlich dankbar, dass sie die Ambulanz gerufen und meine Mutter rechtzeitig ins Krankenhaus gebracht hatten.

Der Taxifahrer fuhr uns, während ich ihn ständig hetzte, schnell zum Krankenhaus. Ich holte einige Geldscheine aus meiner Tasche und drückte sie ihm in die Hand. Ohne auf das Wechselgeld zu warten, hastete ich in die Intensivstation und wollte bei der Rezeption meine Mutter ausfindig machen.

Die kühle Empfangsdame schaute eine Weile in den Computer, dann hob sie den Telefonhörer mit einer eleganten Handbewegung und rief jemanden an. Während ich sie wie eine Verrückte vor der vielleicht schusssicheren Fensterscheibe anstarrte, hörte ich sie, durch das kleine Loch in der Glasscheibe, etwas in den Hörer flüstern. Sie strahlte eine Ruhe und Gelassenheit aus, so als würde sie nicht in einer Intensivstation sitzen, sondern gerade in ihrem eigenen Garten meditieren.

Nachdem das Telefonat beendet war, sagte sie unbeeindruckt zu mir, dass ich warten solle, dann senkte sie wieder ihren Kopf und schaute konzentriert nach unten. Vermutlich las sie gerade eine Modezeitschrift oder einen hochspannenden Krimi. Als ich noch etwas fragen wollte und an das Fenster klopfte, antwortete sie mit einem entnervten Blick und dem Wort „Warten“. Danach gab sie keinen Ton mehr von sich.

Das Nachbarpaar stand wenigstens noch neben mir und zeigte ihre schweigende Solidarität. Irgendwann kam eine Krankenschwester zu mir und fragte, wer ich sei. Als ich den Namen meiner Mutter nannte und erzählte, dass ich ihre Tochter sei, fragte sie laut und vorwurfsvoll: „Warum sind Sie erst jetzt gekommen?“

Ich konnte mich nur mehrmals entschuldigen, eine Erklärung hatte ich nicht. Sie teilte mir mit, dass meine Mutter im Koma liege und dass das Krankenhaus bereits zweimal wegen des kritischen Patientenzustandes die Verwandten informieren wollte. Sie wussten nur nicht, wer die Kontaktperson sei.

Ich ignorierte ihre Frage und forderte eine sofortige Operation, auch wenn ich eigentlich keine Ahnung hatte, ob dies jetzt noch die richtige Maßnahme war. Die Krankenschwester nickte kurz und gab mir ein Zeichen, ihr zu folgen.

Auf der nächsten Etage traf ich die Ärzte und den Chirurgen der Nachtschicht. Sie versuchten mir noch die Risiken der OP zu erläutern, während ich nur schnell die Einwilligungserklärung unterschreiben wollte. Denn trotz der vielen unverständlichen Fachbegriffe hatte ich eines verstanden, dass ohne OP meine Mutter definitiv nicht überleben würde.

Nachdem ich alle nötigen Dokumente unterzeichnet hatte, rannte ich wieder aus dem Krankenhaus, um nach einem Geldautomaten zu suchen, den ich zum Glück sofort um die Ecke gefunden hatte. Ohne Anzahlung für die geschätzten Kosten würde die OP gar nicht stattfinden.

Ich steckte meine Karte in die Maschine. Vor lauter Aufregung fingen meine Finger an zu verkrampfen. Was mich noch zusätzlich nervös machte, war mein Kontostand. Ich wusste eigentlich gar nicht genau, wie viel Geld ich noch auf dem Konto hatte. Zum Leben war mein Gehalt immer ausreichend gewesen, eine Übersicht über meine Finanzen hatte ich allerdings nicht. Aber zum Glück reichte das Geld noch, und ich hob alles ab, was noch auf meinem Konto war.

Nachdem ich die angeforderte Summe eingezahlt hatte, kam eine andere Krankenschwester zu mir und kündigte an: „Sie haben Glück! Der Chefneurochirurg hat heute Nachtschicht und er wird die OP übernehmen.“ Ich nickte zwar, wartete aber mit irritiertem Blick auf ihre weitere Erklärung, denn ganz genau wusste ich nicht, was sie mit „Glück“ gemeint hatte und was mir passiert wäre, wenn ich keines gehabt hätte. Aber sie verließ mich mit einem pfiffigen Lächeln und ging Richtung OP-Saal, ohne noch ein weiteres Wort zu verlieren.

Meine Nachbarn erklärten mir später, dass ein Chefchirurg ohne ordentliches Schmiergeld das Chirurgenmesser normalerweise nicht persönlich in die Hand nehmen würde. Heute Nacht war er vermutlich zufällig allein im Dienst und musste wohl seine Arbeit auch einmal ohne zusätzliche Versüßung erledigen.

Allerdings war ich nach dieser Aufklärung noch verunsicherter und wusste nicht genau, ob das wirklich ein Glück für meine Mutter war. Denn in der Nachtschicht und mit wenig Aussicht auf eine finanzielle Belohnung hatte der Chefchirurg wahrscheinlich nicht gerade die beste Laune.

Vor der OP wollte ich meine Mutter unbedingt noch einmal sehen. Solange ihr Herz schlug, war sie immer noch am Leben. Ob es vielleicht das letzte Mal sein würde, dass ich sie lebend sähe, wusste keiner so richtig.

Aber mein Wunsch wurde leider nicht erfüllt, denn es war zu spät und sie war bereits im OP-Saal.

Ein Besuch sei nicht mehr gestattet, sagte mir eine Krankenschwester in einem unmissverständlichen Ton.

Erst als die Tür des OP-Saals langsam geschlossen wurde, nahm ich wahr, dass das Nachbarpaar immer noch wartete. Eigentlich wollte ich mich herzlich bei den beiden bedanken, aber mein Verstand kämpfte gerade gegen die Verzweiflung an, sodass mir kein einziges vernünftiges Wort einfiel. Ich bat sie lediglich nach Hause zu gehen, denn es war bereits sehr spät.

Als die beiden weg waren, saß ich ganz alleine in dem leeren Durchgang vor dem OP-Saal. Endlich spürte ich das Verlangen, einmal richtig zu weinen. Aber nicht einmal die Kraft dazu hatte ich. Inzwischen verkrampfte sich auch mein Magen, und mir wurde richtig übel. Der Hass meinem Vater gegenüber, der sich im Laufe der Jahre abgekühlt hatte, wurde plötzlich wieder entfacht. Es passierte höchst selten, dass ich mich so einsam und verlassen fühlte. Ganz alleine musste ich dem unberechenbaren Schicksal unausweichlich in die Augen schauen und erfahren, wie verwundbar das Leben eigentlich war.

Nur zu gerne würde ich für meine Mutter beten. Leider hatte ich keinen Gott, an den ich mein Gebet richten konnte. Seit mein Vater uns vor vielen Jahren verlassen hatte, als ich noch ganz klein war, gingen ich und Gott bereits getrennte Wege. Nicht zuletzt lernten wir auch in der Schule, dass Gott nur eine sehr unzuverlässige Wunschvorstellung der Orientierungslosen sei. Stattdessen sollte man lieber fest an die Partei glauben, hieß es damals. Aber irgendwann hatte die Partei erkannt, dass auch sie nur aus Menschen bestand und dass sie nicht für alle sorgen konnte. Seither waren die meisten eher auf sich selbst angewiesen.

Als Einzelkämpferin hatte ich eigentlich fast alles

gemeistert, bis ich soeben begriffen hatte, dass ich mich manchmal auch für das Leben eines anderen verantworten musste, wie zum Beispiel für das Leben meiner Mutter, die doch lebenslang fromm an das System geglaubt und nicht geahnt hatte, dass die Partei schließlich nicht besser zu erreichen war als Gott, wenn man sie mal brauchte.

Meine Mutter arbeitete für eine private Firma und hatte nur eine betriebliche Versicherung wie alle, die noch nicht in das neue staatliche Versicherungssystem integriert worden waren. Eine derartige Versicherung war leider alles andere als sicher. Die Zahlungsfähigkeit hing stark von der Wirtschaftsleistung der Firma ab. Geriet die Firma in Cash-Flow-Probleme, bekamen die Versicherten ihr Geld nicht mehr erstattet. Und auch wenn das nicht der Fall war, mussten die Versicherten im Krankenfall doch in Vorleistung gehen und dazu noch mit einer hohen Selbstbeteiligung rechnen.

Selbst wenn das Geld da war, war es ja nur das Mittel, mit dem man zwar gewisse Maßnahmen gewähren, aber nicht unbedingt das Ergebnis sichern konnte. Wer allerdings für das Ergebnis zuständig war, davon hatte ich keine Ahnung. Ein verzweifelter Pragmatiker konnte zwar auch in Not kurzfristig nach einem verfügbaren Gott suchen, durfte sich aber nicht allzu viel Hoffnung machen.

Als ich mich in meinem Gedankenchaos langsam verlor, vibrierte mich mein Handy wieder in die Realität zurück. Es war ein Anruf von Tobias. Ein leichtes Wärmegefühl strömte plötzlich in mein Herz. Es gab doch noch jemanden, der zu dieser Uhrzeit noch an mich dachte.

Ich nahm den Anruf an, obwohl mein Gemütszustand gerade dagegen sprach. Er fragte mich, ob mit mir alles okay sei. Ich sagte, nichts sei okay und ich müsse wohl noch ein paar Tage bleiben.

Tobias schien überrascht zu sein und fragte sehr besorgt, was passiert war. Ich schüttelte schweigend meinen Kopf, als glaubte ich, dass er es sehen konnte. Erst nach einer Weile antwortete ich: „Meine Mutter wird gerade operiert. Ich möchte jetzt nicht darüber reden. Danke für deinen Anruf, aber lass uns ein anderes Mal telefonieren." Danach gab ich keinen Ton mehr von mir, bis Tobias „Tschüss" sagte und das Telefon auflegte.

Dann bereute ich es aber gleich, dass ich Tobias, den einzigen Menschen, der sich für mein Wohlergehen interessierte, so schnell abgewiesen hatte. Fast neurotisch drückte ich das durch das Gespräch leicht erhitzte Handy fest in der Hand, als wollte ich die Restwärme komplett in meinen Körper absorbieren.

Obwohl es bereits Mitte Mai war, war es nachts in einem leeren Krankenhaus doch sehr kühl. Ich trug noch die Bluse, in der ich heute Mittag meine Wohnung verlassen hatte. Mit verschränkten Armen versuchte ich mich selbst zu drücken, dennoch hörte das Zittern nicht auf.

Wie eine Demenzkranke saß ich reglos auf dem harten Plastikstuhl und mein Körper schlief langsam ein. Das letzte Bewusstsein, das ich noch hatte, entfloh der sterblichen Hülle und schwebte in dem menschenleeren Flur hin und her, stieß überall auf harte Gegenstände und versuchte vergeblich, eine warme und weiche Umgebung zu finden.

Ich zwang dieses winzige Bewusstsein wach zu bleiben, aber es sank trotz meiner Bemühung langsam auf dem Boden, bis auch der letzte Funke von der Dunkelheit verschlungen wurde.

So verging eine ungewisse Zeit, zwischen einigen Jahrhunderten und ein paar Minuten, bis ich am Ende dieses Zeittunnels plötzlich Licht sah. Aber es war gar kein Licht, sondern der schrille Klang zusammenstoßender Metallgegenstände und der Lärm laufender

Menschen.

Ich öffnete die Augen. Die Tür des Operationssaals ging endlich wieder auf und einige Ärzte und Krankenschwestern liefen zügig heraus. Ein schmächtiger Arzt blieb vor mir stehen, an einem seiner Ohren hing noch der Mundschutz. Er fragte mich, ob ich eine Verwandte der operierten Person sei, wartete aber nicht auf meine Antwort und fuhr direkt fort: „Sie hat Glück. Die OP war im Großen und Ganzen erfolgreich." Dann klopfte er mir einmal auf die Schulter und wandte sich wieder von mir ab, bevor ich überhaupt in der Lage war, meine unbeschreibliche Dankbarkeit auszudrücken. Erst nachdem er am anderen Ende des Flurs verschwand, fing ich an zu raten, was „im Großen und Ganzen" in diesem Fall wohl bedeuten konnte.

Ein Krankenbett, das von unterschiedlichen Infusionsbeuteln und Schläuchen umgeben war, wurde langsam aus der Tür des OP-Saals herausgeschoben. Unter der weißen Baumwolldecke konnte man die Form eines Körpers sehen, der aber nicht das geringste Lebenszeichen von sich gab.

Ich war furchtbar aufgeregt, als das Bett an mir vorbei geschoben wurde. Der Kopf meiner Mutter war bis zu den Augenbrauen komplett mit weißem Verband eingewickelt. Ihr Gesicht war stark geschwollen und die Haut war so gedehnt wie eine dünne Folie, die jederzeit zerreißen konnte. Ihren ausgetrockneten, spröden Lippen fehlte jegliche Farbe.

Der schockierende Anblick hatte mich zunächst gelähmt und ich konnte nur steif stehen bleiben. Als das Bett immer weiter von mir weg Richtung Krankenstation geschoben wurde, verstand ich erst, dass meine Mutter noch am Leben war. Erst dann war ich ein wenig erleichtert und wollte ihr ins Zimmer folgen. Eine Krankenschwester hielt mich aber zurück und sagte, ich solle am nächsten Tag wieder kommen.

Ich schaute auf meinem Handy nach der Zeit. Fünf Stunden waren inzwischen vorbei. Der sogenannte nächste Tag war bereits im Anmarsch. Für eine Weile wollte ich im Krankenhaus bleiben und bis zur Besuchszeit warten. Aber als die Krankenschwestern sich auch in ihren Pausenraum zurückgezogen hatten, erfüllte mich wieder diese unerträgliche Einsamkeit. Auch die Angst, die vorher von der Aufregung vorübergehend verdeckt war, drängte sich auf einmal in den Vordergrund.

Mutter war die letzte Person in meinem Leben, die mich mit einem verlorenen Paradies verband. Ohne sie wäre mein letzter Draht zu meinem Vater gerissen. Je verzweifelter sie versucht hatte, die Vergangenheit komplett auszulöschen, umso mehr glaubte ich, dass wir auch einmal ein schönes Leben hatten. Genau dieser Glaube war oft meine einzige Motivation gewesen, mein Leben ernst zu nehmen. Sie war außerdem für mich die einzige Person, die eine gegenseitige, uneingeschränkte Verpflichtung und Verantwortung darstellte. Ohne eine derartige Verpflichtung und Verantwortung wäre das Leben doch nur noch ein substanzloser, biochemischer Prozess.

Diese Angst, dass ich meine Mutter fast verloren hätte und immer noch verlieren könnte, überflutete mich nachträglich, sodass dieses leere Krankenhaus und der Geruch des Desinfektionsmittels für mich gar nicht mehr zu ertragen waren. Ich entschied mich, doch in unser altes Haus zurückzukehren, welches für mich nun der letzte vertraute Fleck auf dieser Erde war.

Als ich aber in der morgendlichen Kühle wieder in unser Haus kam, wurde ich noch schwermütiger. Mutter war die Seele des Hauses. Ohne sie war dieses heruntergekommene Haus nur eine kurz vor dem Zerfall stehende Holzhütte.

Ich ging nach oben und setzte mich wieder in Mutters Schlafzimmer. So viele Jahre hatte meine Mutter nachts allein in diesem Zimmer gesessen und hatte vielleicht die gleiche Angst gehabt, die ich jetzt hatte. Unendlich schuldig fühlte ich mich nun ihr gegenüber, denn ich hatte mir nie wirklich die Zeit genommen, um mir die Frage zu stellen, warum sie sich von der Welt abgeschottet hatte. Sonst hätte ich vielleicht verstanden, wie sie sich gefürchtet hatte, mich auch zu verlieren. Zwischen uns hätte sich vielleicht eine ganz andere Art von Beziehung entwickelt und das Ganze wäre vielleicht gar nicht passiert.

Ich durchforschte ihre Schränke, um den Suchvorgang fortzusetzen, der von dem Nachbarpaar unterbrochen worden war. Zum Schluss fand ich doch ihr Adressbuch in der Nachttischschublade.

Nicht viele Namen standen in diesem Notizbuch, meistens die Namen von Verwandten, die entweder längst verstorben waren, wie zum Beispiel meine Großeltern ihrerseits, oder die überhaupt keinen Kontakt mehr zu uns hatten, wie zum Beispiel die Familie meines Vaters. Einige andere Namen klangen zwar bekannt, ich konnte sie aber gar nicht mehr zuordnen. Enge Freunde meiner Mutter waren sie jedenfalls nicht.

Ich legte das wenig nützliche Adressbuch zurück und suchte weiter in der Schublade nach etwas, was ich noch nie gefunden hatte, nämlich nach einem Indiz über die Existenz meines Vaters.

Eigentlich war ich früher bereits unzählige Male in dieses Zimmer eingeschlichen, wenn Mutter nicht zu Hause war. Ich kannte hier jede versteckte Ecke, jeden Speicher und jede Schublade. Eine Zeit lang war es fast meine einzige Freizeitbeschäftigung, das

Zimmer zu durchsuchen, in der Hoffnung, ein paar Puzzleteile zu finden, mit denen ich ein Bild von meinem Vater zusammensetzen und verewigen könnte. Irgendwann gab ich aber auf, denn ich glaubte nicht mehr, dass ich hier jemals eine einzige Spur von diesem Mann wiederfinden würde. Seit diesem Tag lernte ich, ein Leben zu akzeptieren, in dem das Wort „Vater“ weder für die Vergangenheit noch für die Gegenwart oder Zukunft relevant war.

Als ich mit dem Nachttisch fertig war, fing ich wieder mit Mutters Schreibtisch an. Ich wusste nicht, warum ich diese schon längst aufgegebene Suche wieder aufnahm. Vielleicht um mich mit der Vergangenheit endlich zu versöhnen und die hoffnungslose Suche einmal richtig abzuschließen.

Irgendwann lag ich auf dem Boden neben dem Bett und meine Augen fielen zu. Das Letzte, was ich sah, war die alte Wanduhr. Halb sechs morgens. Das war die Zeit, in der ich glaubte, meinen Frieden gefunden zu haben.

Aber den wahren Frieden hat wohl nur derjenige, der die Hoffnung komplett aufgegeben hat. Das hatte ich mal in einem Buch gelesen.

JESSICA

Es waren die zwei glücklichsten Jahre meines Lebens. Ich war fast durch alle Kontinente der Welt gereist und entdeckte den Luxus des Vagabundenlebens. Wie ein Landstreicher wanderte ich durch Städte und Dörfer, begegnete unzähligen Menschen. Der Weg war mein Zuhause, und irgendwo hinter dem Horizont war immer ein neues Reiseziel.

Spätestens alle zwei Wochen schrieb ich eine E-Mail an Hannes oder Philippe, um ein Lebenszeichen von mir zu geben. Die Antworten von den beiden waren meistens sehr kurz und sachlich, wirkten teilweise sogar gefühlsarm. Aber ich hatte keinen Grund, es ihnen übel zu nehmen. Denn letztendlich war ich ihnen noch eine Erklärung schuldig, und sie hatten auch allen Grund, erzürnt zu sein. In ihren E-Mails machten sie nie den Versuch, mich zu einer Rückkehr zu überreden oder nach dem täglichen Verlauf meines Lebens zu fragen. Von meiner Seite gab es auch kaum eine detaillierte Erzählung über mein Leben. Ich erwähnte lediglich, wo ich war und dass es mir gut ging.

Obwohl derartiger Schriftverkehr eigentlich inhaltlich kaum einen Sinn machte, beharrte ich darauf. Denn diese routinemäßige, fast zwanghafte Aktivität war für mich zu einem Ritual geworden, das mir die Stabilität und Kontinuität in den zwei Jahren gab, die mich an mein Zuhause erinnerten. Ich hatte große Angst vor den alltäglichen Verpflichtungen, die mit einem normalen Leben verbunden waren, aber dieses abstrakte, gefühlte Zuhause am Rand des Roadtrips wurde jedoch für mich immer wichtiger, weil alles, was in seinem physischen Dasein verfangen ist, eines Tages vom Verfall niedergewalzt wird. Nur das Abstrakte ist das Ideale und kann bis in die Ewigkeit erhalten bleiben.

Wie Hannes mir bereits im Sommer mitgeteilt hatte, bekam ich monatlich eine ordentliche Summe auf mein Konto. Trotz stagnierender Konjunktur schien der Trust nicht geschrumpft zu sein und brachte gute Einnahmen. Das war aber auch nicht wirklich wichtig für mich, denn Geld brauchte ich eigentlich kaum. Ich war eine geniale Zigeunerin, die für das Leben eines Wanderers geboren war. Egal wo ich war, konnte ich immer schnell Asyl finden und mich selbst ernähren.

In L.A. wohnte ich zum Beispiel mit einigen Musikern in einer Wohngemeinschaft. Eine Komponistin gab in ihren weniger produktiven Phasen auch Klavierstunden. Unter ihren Arbeitgebern war ein deutsches Paar, das gerade verzweifelt nach einem Muttersprachler als Deutschlehrer für die Kinder suchte. Ich war streng genommen keine richtige Muttersprachlerin, konnte daher nicht erklären, warum sie sich zum Schluss für mich entschieden hatten. Vielleicht hatten sie sich einen „buy one get one free“ Deal erhofft und darauf spekuliert, dass ich den Kindern nebenbei auch noch Chinesisch beibringe.

Vier Monate lang blieb ich in L.A., was die längste Zeit in den zwei Jahren war, die ich an einem Ort verbrachte. Als ich wieder fortziehen wollte, war das

Paar nicht sehr glücklich. Denn nach meiner eigenen Aussage am Anfang gingen sie davon aus, dass ich dort ein Studium absolvieren und noch einige Jahre bleiben wollte. Aber mit einer leicht gleichgültigen Geste erklärte ich den Eltern, dass es sich höchstwahrscheinlich um ein Missverständnis gehandelt hatte. Außerdem - warum sollte ich mich so schnell entscheiden, wenn Harvard, Yale, Cambridge und Oxford noch in der Schlange auf mich warteten. Dann ließ ich die fassungslose liebe Familie zurück und verabschiedete mich mit einem bloßen Winken. Das war eben das Schöne an dem Zigeunerleben: Man konnte sich erlauben, ab und an eine kleine Übeltat zu begehen und musste das Leben nicht zu ernst nehmen. Während die anderen noch versuchten, dich für deine Worte und Taten verantwortlich zu machen, bist du bereits auf dem Weg zum nächsten Abenteuer.

Ein talentierter Wanderer braucht manchmal auch ein bisschen Glück. In Melbourne stieß ich bereits kurz nach meiner Landung zufällig auf ein britisches Paar, als ich nach dem Weg fragen wollte. Die beiden hatten über ein Reisebüro einen „Arbeitsurlaub" gebucht und waren auf dem Weg zu einer Biofarm in New South Wales. Ich wunderte mich zwar sehr, dass man sich solche Mühe machte, um auf einem Bauernhof arbeiten zu dürfen, wurde aber doch neugierig. Nach ein paar Tassen Kaffee ließ ich mich überreden und schloss mich den beiden an. Zum Schluss blieb ich einen Monat lang auf dieser Farm hängen, wo ich Melken, Fermentieren und sonstige Techniken lernte, die für die Herstellung verschiedener Milchprodukte wichtig waren. Als ich vier Wochen später, von den Zehen- bis in die Haarspitzen nach Milch stinkend, die Farm verlassen wollte, fragte mich der Juniorchef, ob ich doch bleiben und ihn heiraten wollte. Mir fiel keine vernünftige

Antwort ein und ich konnte daher nur verlegen lachen. Keine Ahnung, wie viel Bier er getrunken hatte, bevor er mir diesen Heiratsantrag machte. Und überhaupt hatte ich ihn außer Bier auch nie etwas anderes trinken sehen. Die Befürchtung, dass meine Abneigung zum Bier ein ernstes Problem für unser eheliches Leben sein könnte, war daher gar nicht übertrieben.

Ein wirklich skurriles Erlebnis hatte ich in Tokio. Aus unerklärlichen Gründen verweigerten die Geldautomaten die Auszahlung für meine Kreditkarte, als ich bei einer Bank Geld abheben wollte. Dann ging ich zum Schalter und bat um Hilfe. Ein sehr freundlicher Bankangestellter versuchte mir etwas zu erklären, allerdings in einer mir unverständlichen Sprache. Nachdem ich einige Minuten später endlich begriff, dass diese von ihm gesprochene Sprache eigentlich Englisch war, oder zumindest sein sollte, gab ich auf und setzte mich frustriert auf die Treppe vor dem Eingang.

Auf einmal stand ein junger Mann in einem hautengen schwarzen Jeansanzug vor mir, in dem sein schmaler Körper noch dürrer wirkte. Seine reichlich mit Hi-Tech Styling-Produkten betonierten, langen Haare, unter denen die gefärbten Strähnchen schillerten, standen strahlenförmig um den Kopf. Mit seinem dünnen Körper und der unproportional großen, regenbogenfarbigen Haarpracht sieht er von hinten bestimmt wie ein riesiger Lollipop aus, dachte ich, als ich emporschaute.

Er sprach mich in Englisch an, mein Outfit war offensichtlich so langweilig, dass ich nicht für eine Einheimische gehalten werden konnte. Im Vergleich zu dem Bankangestellten hatte Lollipop eine echt gute Aussprache und war daher viel verständlicher. Höflich fragte er, ob ich Hilfe brauchte. Ich bezweifelte zwar, dass er etwas für mich tun konnte, berichtete ihm aber dennoch von meinem Problem mit der Kreditkarte. Kaum war ich fertig, versicherte er mir bereits mit leuchtenden Augen, dass er wisse, wo ich Geld bekommen könne. Dann zog er mich hoch und lief los, ehe ich geantwortet hatte. Ich wehrte mich nicht und ging davon aus, dass er mir eine andere Bank zeigen wollte.

Wir gingen einen langen Weg und landeten in einem berühmten Einkaufsviertel. Vor einem kleinen Laden blieb er stehen und zeigte mir lächelnd den Eingang. Es ließ sich auf den ersten Blick nicht erraten, was im Laden verkauft wurde, weil alle möglichen Poster die Sicht durch das Schaufenster versperrten. Eine Bank war es jedenfalls nicht. Vielleicht hatte der Junge mich auch gar nicht wirklich verstanden, vermutete ich. Verärgert wollte ich mich schnell von ihm abwenden. Aber das ermutigende Lächeln von Lollipop wollte mich nicht gehen lassen, außerdem überrollte mich auch die Neugier. So entschied ich mich doch für einen kurzen Ladenbesuch.

Der Laden war klein und sehr einfach gestaltet, an allen vier Wänden standen Regale, auf denen reihenweise einfarbige Plastikschachteln standen, welche nach CD-Hüllen aussahen. Die sichtbaren Seiten aller Schachteln waren mit Fotos versehen – Fotos von spärlich bekleideten jungen Mädchen, die nach meiner Einschätzung noch zur Schule gehen mussten. Neben dem Eingang war die Kasse, hinter der ein etwas älterer Mann stand, der mich erwartungsvoll beäugte.

Eine Erotik-Videothek? Ein Voyeur-Club? Oder sogar ein Dating-Supermarkt? Tokyo ist das Mekka des Fetischismus. Selbst die absurdesten Erotikfantasien gehörten hier zur Normalität. Ich hatte zwar nicht vor, mein Problem durch einen Gelegenheitsjob in der Erotikbranche zu beheben, wollte aber doch meine Neugier stillen und wissen, was für ein Geschäft hier ausgeübt wurde.

Der Junge erklärte mir, dass das ein Laden für getragene Schlüpfer sei. Außerdem gäbe es in der Nähe noch einen freien Markt dafür, wo die Mädchen ihre gebrauchten Höschen präsentierten und die Händler nach den wahren Schätzen suchten. Die Preise für solche Höschen könnten viel höher liegen als für ein Neues. Zum Schluss fügte der Junge hinzu, dass das Geschäft mit den Höschen eine sehr ökologische und ökonomische Sache sei. Ich lachte laut, denn ich bezweifelte doch sehr, dass Ökologie eine große Motivation für die Kunden oder die Anbieter in einem solchen Geschäft war.

Irgendwie überredeten mich der Ladenbesitzer und der Junge, dass ich versprach, am nächsten Tag auch ein paar Unterhöschen vorbeizubringen, die ich ohnehin entsorgen wollte.

Ein Tag später reduzierte sich mein Reisegepäck tatsächlich um einige alte Slips und ich hatte einen kleinen Stapel Geldscheine in der Tasche. Die Vorstellung, dass ein Wildfremder meine Unterwäsche für einen fremden Zweck benutzen würde, war mir ein bisschen unangenehm. Aber andererseits, eine viel sinnvollere Wiederverwendung dieser Kleidungsstücke fiel mir auch nicht ein.

So ließ ich mich einfach dahintreiben, wo der Wind hin wehte auf dieser wunderbaren Welt voller Mirakel. Bis eines Tages Philippe mir per E-Mail mitteilte, dass Hannes sehr krank sei. Keine Sekunde zögerte ich und machte mich auf den Heimweg.

Als ich nach zwei Jahren wieder vor unserer Tür stand, war ich unheimlich nervös. Meine Haare waren fettig und ich roch nach Staub. Wie ein falscher Ton in einem Lied stand ich vor dem Anwesen und hatte das Gefühl, dass ich überhaupt nicht zu dem restlichen Bild passte. Ich wusste, dass Philippe zu

Hause war, aber ich hatte keine Ahnung, auf welche Art er mich begrüßen würde. Noch weniger wusste ich, wie ich ihm gegenüber reagieren sollte. Außerdem hatte ich auch keine Erklärung dafür parat, dass ich, ohne mich zu verabschieden, einfach das Haus verlassen und eine solch lange Reise gemacht hatte.

Nach langem Zögern drückte ich die Klingel. Ein Mann, den ich nicht kannte, öffnete die Tür und musterte mich mit einem nüchternen Blick. Ich wollte gerade fragen, wer er sei, sah dann aber Philippe, wie er von hinten kam und sich der Tür näherte. Philippe hatte sich stark verändert. Er trug einen Dreitagebart, der sein Gesicht kantiger und mager machte. Die ehemals wuchtige Haarpracht, die einen großen Teil seiner Stirn mit Locken bedeckt hatte, war sehr kurz geschnitten und stand trotzig auf dem Kopf. Waren es nur die zwei Jahre, die ihn zu so einem erwachsenen Mann gemacht hatten?

Er ging zwei Schritte vor und gab dem Mann ein Zeichen, dass er den Empfang übernehmen würde. Dann hielt er die Tür weit auf, lehnte sich schräg gegen sie und schaute mich an. In seinen Augen sah ich eine Art Melancholie, die ich zuvor nie von ihm gekannt hatte. Weder begrüßte er mich, noch wendete er sich ab, als ob er auf ein Zeichen wartete. Mein Herz verkrampfte sich. Unzählige Male hatte ich auf dem Weg hierher geprobt, wie ich Philippe begrüßen könnte. Möglichst natürlich und unauffällig, vielleicht mit einem Hauch von Provokation, ganz wie früher. Aber nichts, gar nichts Derartiges brachte ich in diesem Moment zustande. Mit dem stechenden Schmerz im Herzen nahm ich zur Kenntnis, dass das Leben nicht mein Heimkino war und es keine Pause-Taste dafür gab. Nach zwei Jahren konnte ich nicht einfach wieder dort anfangen, wo ich aufgehört hatte. Das Leben war an mir vorbei gegangen, vieles hatte sich verändert und würde sich weiter verändern, mit mir oder ohne mich. In einem Moment hatte ich fast den Impuls, einfach an Philippe vorbei zu schleichen, ohne etwas zu sagen.

Aber Philippe streckte endlich seinen Arm aus und nahm mir das Gepäck ab, das gerade von meinen Schultern nach unten rutschte. Es strömte plötzlich Wärme in meine Nase, meine Augen und meine Stirn, leider lag meine Sonnenbrille, die er mir damals geschenkt hatte, noch in meiner Handtasche. Ich konnte mir auf keinen Fall erlauben, Tränen vor Philippe zu vergießen. Aus Not ließ ich mich mitsamt dem Gepäck von Philippe an sich ziehen und tat so, als würde ich aus der Balance gebracht. So fiel ich in seine Arme und drückte ihn gleichzeitig fest an mich. Philippe beugte sich zu mir herunter, und ich legte mein Kinn sofort auf seine Schulter, sodass er meine feuchten Augen nicht sehen konnte. Mit einem tiefen Atemzug saugte ich seinen Geruch gierig in die Nase. Dann hielt ich die Luft an und atmete vorsichtig wieder aus, um nicht zu schluchzen anzufangen. Langsam waren auch die Arme von Philippe zu spüren, die sich immer enger und fester um meinen Körper schlangen. Er rieb seine Wange und sein Kinn an meinem Hals und murmelte etwas, was ich gar nicht verstand. Aber ich genoss seine Nähe so sehr, dass ich auch gar nicht genau wissen wollte, was er sagte.

Wir umarmten uns eine Ewigkeit, bis ein anderer fremder Mann von oben ins Foyer kam. Als mein verwirrter Blick diesen Mann in die Küche verfolgte, zog mich Philippe in das Empfangszimmer neben dem Büro. Dort hatte sich Hannes früher immer mit seinen wichtigen Gästen unterhalten. Philippe und ich saßen nebeneinander in dem Lederbarocksessel, der seit Generationen weiter vererbt worden war. Philippe erzählte und ich hörte so aufmerksam wie selten zu. Vor einem Jahr sei bei Hannes Hautkrebs festgestellt worden, der aber durch einige Operationen entfernt werden konnte. Sein Gesundheitszustand habe sich dann stabilisiert, und er ließ es daher nicht zu, dass Philippe mir über seine Krankheit berichtete. Doch einige Zeit später erlitt er einen schweren Rückfall. Vor etwa einem Monat brach Hannes plötzlich in seinem Büro zusammen. Es seien bereits Metastasen im Gehirn entstanden.

Als Hannes erkannt hatte, dass er nicht mehr operiert werden konnte, entschloss er sich, zu Hause zu bleiben. Er mochte das Krankenhaus nicht. Deshalb war hier im Haus eine Krankenstation aufgebaut worden, und die Fremden, die hier herumliefen, waren alles Ärzte oder Pflegepersonal. Philippe erzählte und fing an zu schluchzen. Ich hatte Philippe noch nie weinen sehen und so verzweifelt natürlich erst recht nicht. Mir brannte es im Hals, als würde mich jemand erwürgen. Ich konnte kaum atmen, geschweige denn weinen. Stumm stand ich auf und drückte Philippes Kopf an meinen Bauch. Meine Finger fuhren durch seine kurzen Haare, und schienen ihn langsam zu beruhigen. Dann fragte ich, ob ich Hannes nun sehen könne. Philippe schaute einmal auf die Uhr und nickte.

Wir gingen zusammen nach oben und blieben vor Hannes‘ Schlafzimmer stehen. Philippe wollte zunächst einmal allein hineingehen, um nachzusehen, ob er wach war. Die Ärzte hätten Anweisung gegeben, dass er jegliche emotionale Schwankungen meiden sollte, meinte Philippe. Es wäre angebrachter, wenn ich nicht ohne Vorwarnung einfach so bei ihm reinplatzen würde.

Ungefähr zehn Minuten später kam Philippe wieder und sagte zu mir: „Du kannst jetzt rein. Ich lasse euch mal allein."

Ich trat vorsichtig in das Schlafzimmer meines Adoptivvaters. Das Zimmer war selbst für Philippe und mich ein fremder Raum, der einzige Ort im ganzen Haus, zu dem der freie Zugang uns beiden nicht gewährt war. Ich fühlte mich fast eingeschüchtert, als ich nun in diesem Zimmer stand. Die bodenlangen, schweren Samtvorhänge beschatteten das Zimmer und es war richtig dunkel. Von Philippe wusste ich, dass Hannes nun sehr lichtempfindlich war. Ich sah aber sofort das große Himmelbett aus der Kolonialzeit, umgeben von unterschiedlichen medizinischen Geräten. Neben einem Bettpfosten war ein Infusionsständer, auf dem einige Infusionsbeutel und Flaschen hingen, deren Schläuche wiederum zu dem linken Arm von Hannes führten. Am anderen Ende des Zimmers, genau gegenüber dem Bett, stand ein Metallregal völlig unharmonisch neben der Sheeshamholz-Kommode, das den reihenweisen Flaschen und Behältern Halt gab, die vermutlich medizinische Vorräte beinhalteten. Es war aber trotzdem nicht schwierig zu erkennen, dass dieses Zimmer, das man in einem anderen, viel persönlicheren Stil im Gegensatz zu den restlichen Räumen des Hauses eingerichtet hatte, einmal eine schöne Rückzugsoase für Hannes gewesen war. Das Tageslicht da draußen quetschte sich durch die winzigen Schlitze zwischen den Vorhängen in das Zimmer und konturierte alle Gegenstände mit einem weichen, silbernen Schimmer, welcher diesen mit einem leichten Bohemien-Flair dekoriertem Raum in ein Ölgemälde verwandelte.

Ich trat näher an das Bett und sah Hannes an. Er lag reglos da, und die Augen waren geschlossen. Unter der pompösen Daunendecke nahm man seinen abgemagerten Körper fast gar nicht mehr wahr. In einer so kurzen Zeit war er ein richtig alter Mann geworden. Seine ehemals straffe Haut und die festen Gesichtszüge schwanden, und die Gesichtsmuskeln waren wegen der Chemotherapie sichtlich erschlafft.

Er trug eine Schlafmütze, vermutlich um die gelichteten Haare am Kopf nicht zu entblößen. Dennoch sah er sehr friedlich aus, als machte er gerade ein gewöhnliches Nickerchen. Ich zog einen Stuhl heran und setzte mich vor sein Bett.

In der Stille, in der ich ihm beim Schlafen zuschaute, empfand ich einen schmerzlichen Frieden. Irgendwie kannte ich das Gefühl. Es war das gleiche Gefühl wie damals, als er mich zum Gottesdienst mitgenommen hatte. Begleitet von wehmutsvoller und zugleich tröstender Chormusik saß ich im Dämmerlicht der Kirche. Vor meinen Augen flogen viele weiße Engel, die den irdischen Moment schwerelos machten. In einem solchen Moment steckte ich immer meine Hand in seine und ließ ihn sie festhalten. Denn meine Angst war groß, dass ich der Leichtigkeit nicht widerstehen konnte und mit den Engeln wegfliegen würde. Deshalb klammerte ich mich immer so lange an ihm fest, bis er am Ende des Gottesdienstes aufstand und lächelnd über meinen Kopf strich. Dann ging er mit mir wieder nach draußen in die pralle Sonne und kaufte mir ein Eis bei der Eisdiele an der Straßenecke.

Unbewusst schob ich meine Hand wieder unter seine, wie damals. Leider war seine Hand nicht mehr so warm, wie ich sie in Erinnerung hatte. Eine einzige Nadel steckte in der Ader auf dem Handrücken und verband sein Leben mit einigen halbvollen Infusionsbeuteln. Ich schloss meine Augen und versuchte die überall fliegenden weißen Engel zu ignorieren. Trotz meiner fest geschlossenen Augen spürte ich die Tränen, die unaufhaltsam meine Wange entlang herunterrollten. Die Wärme dieser heißen Tropfen überdeckte die brennenden Schmerzen in meinem Brustkorb und wirkte wundersam erleichternd.

Die Hand, in der meine steckte, zuckte auf einmal. Ich öffnete ruckartig die Augen und sah Hannes an, der gerade mühsam die Augen aufmachte und meine Anwesenheit langsam in seinem Blickfeld realisierte. In seinem Mundwinkel versteckte sich eine leichte Spur von Lächeln, die nur ich bemerken konnte. Ich stand auf, beugte mich zu ihm und flüsterte in sein Ohr: „Dad, ich bin wieder da." Sein Lächeln wurde auf einmal deutlicher. Zum ersten Mal im Leben nannte ich ihn Dad. Aber es gab in diesem Moment nichts Natürlicheres für mich, als wäre es schon immer so gewesen. Er nickte kurz und konnte trotz Anstrengung nur sehr leise sagen: „Meine Kleine, schön, dass du wieder da bist. Wir haben dich sehr vermisst."

Als er das Wort "wir" benutzt hatte, zuckte ich einmal zusammen, die kurze, nette Schmerzpause für mein Herz war vorbei, und die Traurigkeit überfuhr mich. Ich fiel auf den Boden, setzte mich unmittelbar vor das Bett und lehnte meinen Kopf auf die Bettkante. Vorsichtig und zärtlich streichelte ich seine Hand, als ob sie mein zerrissenes Herz wäre. Er sagte wieder leise: „Jessie, erzähle mir doch was. Erzähle mir alles."

So fing ich an diesem Tag an, Hannes von meinem zweijährigen Abenteuer zu berichten. Meine Erzählungen waren langsam und detailgetreu, so als wenn ich ein Reisetagebuch geführt hätte. Ich versuchte, an jeden Tag der vergangenen zwei Jahre zurückzudenken und jeden funkelnden Moment des Roadtrips ins Bild zu setzen. Während Hannes mir zuhörte, strahlte sein Gesicht eine gemütliche Zufriedenheit aus, wie bei einem Kind, das gerade bei einer Gutenachtgeschichte einschläft.

Tagelang blieb ich bei ihm in seinem Zimmer, außer wenn die Ärzte zur Kontrolle kamen, oder die Pfleger seinen Körper reinigten. Die meisten anderen Besucher wurden von Philippe oder mir dankend abgewiesen. Ohne Rücksicht auf die anderen bewachte ich das Zimmer wie ein Soldat sein Land und setzte meine Erzählung fort, auch wenn er oft in einem halb bewusstlosen Zustand war. Manchmal war ich einfach zu müde und schlief dann ein bisschen auf dem Boden neben dem Bett. Anfangs versuchte Philippe, mich noch zu überreden, in mein eigenes Bett zu gehen, bald aber gab er auf.

Es gab auch Zeiten, in denen Hannes besonders wach schien. In solchen Momenten merkte man fast nicht, dass er so krank war, abgesehen von den ganzen Schläuchen, die von verschiedenen Geräten zu seinem Körper führten. Ich erzählte ihm dann auch besonders lustige Geschichten, die ich teilweise erfunden hatte, und er lachte laut und herzlich. Manchmal lachte er eine ganze Weile, als könne er seine Gedanken von meinen Geschichten nicht weglenken. Solche intensive Stunden mit ihm waren in meiner Erinnerung eine Seltenheit. Ich wollte eine lästige Egoistin sein und all seine Zeit nur für mich beanspruchen, bis er eines Tages voller Energie aufstehen und mich brüllend aus dem Zimmer jagen würde. Das war das Wunder, auf das ich wartete.

So vergingen zwei Wochen, doch das Wunder geschah leider nicht. Aber ich gab nicht auf. Mittlerweile schienen sogar die Ärzte meine ständige Anwesenheit neben dem Krankenbett zu dulden, bis eines Tages Philippes Mutter und seine Halbschwester Renée aus unterschiedlichen Orten gleichzeitig bei uns eintrafen.

Das war das erste Mal, dass ich Philippes Mutter begegnete. Sie war eine große und schlanke Frau, die genau wusste, wie sie bei jeder Bewegung ihre Eleganz unaufdringlich in Szene setzte. Trotz ihrer sehr gepflegten Haut und jugendlichen Figur war ihr Alter aber doch nicht ganz zu vertuschen. Ich wusste nur, dass sie mit einem belgischen Geschäftsmann verheiratet war und in Belgien lebte. Ansonsten war sie nicht allzu oft in unseren Familiengesprächen aufgetaucht, außer dass Philippe früher ab und an die Schulferien bei ihr verbracht hatte. Renée hatte ich als Kind zwar ein paar Mal gesehen, sie war aber kaum wieder zu erkennen. Sie lebte inzwischen mit ihrer leiblichen Mutter in den USA, wie ich gehört hatte.

Philippes Mutter öffnete die Tür und stand auf einmal da, so selbstverständlich und unangreifbar wie die Hausherrin. Sie schenkte mir für einige Sekunden einen schrägen und eisernen Blick mit einer vagen Botschaft, die für mich nicht zu entschlüsseln war, und stellte sich unmittelbar vor das Bett. Sie sprach nicht, ihre Geste wirkte weder abstoßend noch einladend. Viel eher fühlte es sich wie eine Mischung aus unantastbarer Autorität und unüberbrückbarer Distanz an, vor der sogar ein Rebell wie ich mich widerstandslos ergab. Ich wusste, dass Hannes nicht mehr viel Zeit haben würde, doch entschied ich mich, diese kostbaren Stunden dieser Frau, aber auch Renée zu gönnen. Denn sie waren ja im wahrsten Sinne seine Familie.

Ich ging aus Hannes‘ Zimmer und stand orientierungslos im Gang. Durch das Marmorgeländer sah ich Renée und Philippe unten im Foyer, wie sie sich gerade leise unterhielten. Ein leeres Gefühl überwältigte mich, und die Ungewissheit meiner eigenen Identität kehrte blitzartig zurück, die ich, dachte ich, in den letzten zwei Jahren bereits überwunden hatte. Ich begab mich verzweifelt auf die Flucht und ging in mein Schlafzimmer.

Nach so einer langen Zeit stand ich endlich wieder vor meinem eigenen Bett. Alles blieb unverändert. Sogar mein Schlafanzug lag noch perfekt zusammengefaltet neben meinem Kissen, als wäre ich nie weg gewesen. Kein Staub auf den Möbeln, und die Bettwäsche roch wie frisch gewaschen. Ich warf mich auf das weiche Bett und zog schnell mein Kissen in die Arme, um die gefühlte Leere irgendwie zu füllen. Unter dem Kissen lag ein Kuvert, welches ich sofort öffnete. Im Kuvert befanden sich zwei kleine Schlüssel und ein Brief. Ich entfaltete den Brief und erkannte sofort Hannes‘ Handschrift. Diese sonst vertrauten Schriftzüge erfüllten mich in dem Moment mit einer eher unguten Vorahnung, dass ich fast nicht die Kraft sammeln konnte, um sie zu lesen. Noch einmal drückte ich das Kissen richtig fest an mich und machte mich erst langsam auf die Zeilen gefasst:

„Jessie, meine Kleine,

ich wünschte, ich würde nie auf diese Art von Dir Abschied nehmen müssen, wenn Gott mir nur genug Zeit gäbe. Es kann aber auch sein, dass ich mich bereits von dem körperlichen Verfall befreit habe, wenn Du diesen Brief liest. In diesem Fall hoffe ich sehr, dass Du mir diesen Egoismus nicht zu sehr übel nimmst und Dich ein wenig für mich freust.

Hier möchte ich ein für alle Mal klarstellen, dass ich nie die Absicht hatte, Deine Vergangenheit für immer vor Dir zu verstecken, auch wenn ich dafür eigennützige Gründe haben könnte. Du, genau wie Philippe und Renée, warst ein Geschenk Gottes für mich. Es war nur so, dass Gott Dich mir über andere Wege gereicht hat. Seit unserer Begegnung habe ich nicht für eine Sekunde gezweifelt, dass ich Dir alles geben würde, was ich kann. Dazu gehört auch Deine Vergangenheit.

Wenn ich bis jetzt immer versucht habe, die Offenbarung der Wahrheit hinaus zu zögern, dann war es so, dass ich immer auf einen besseren, für Dich erträglicheren Zeitpunkt gewartet habe. Wie es aber jetzt aussieht, wird es keinen besseren Zeitpunkt mehr geben. Ich bereue jetzt auch ein bisschen, dass ich es nicht früher gemacht habe. Ich hoffe nur, dass Du mir verzeihen kannst.

Mit einem der Schlüssel kannst Du einen Safe in unserer Bank öffnen, in dem Du die Antwort zu Deiner Vergangenheit finden wirst. Früher hielt ich es für Gottes Segen, dass Du einen Teil des Gedächtnisses verloren hast. Nun ist es völlig Dir überlassen, ob Du Deine Geschichte öffnen möchtest. Wenn nicht - alles ist und bleibt sicher in diesem Safe. Du bist die einzige rechtliche Besitzerin des Inhalts.

Es ist langsam Zeit, auf Wiedersehen zu sagen. Auch hier möchte ich Dir keine universale Lebensweisheit mitgeben. Denn die gibt es nicht.

Ich habe Dich sehr lieb, aber ich denke, Du weißt es schon.

Dein Dad“

Das Datum lag einen Monat zurück.

Ich drückte das Briefpapier langsam zusammen und hörte fast mit Genuss zu, wie es in meiner Hand knirschte. Es war irgendwie furchtbar kalt, ich rollte mich zusammen und schloss meine Arme fest um die Knie, als hätte ich Angst, dass der letzte Hauch von Wärme in mir bald verschwinden könnte. Mein Kopf war leer und ich wusste wieder nicht mehr genau, wo ich mich gerade befand. Ein Bild, in dem ein etwa zehnjähriges Mädchen in der Dunkelheit zusammenkroch, drängte sich wie ein Déjà-vu in mein Bewusstsein. Ihre Augen, in denen ich mich selbst sah, waren ängstlich und furchterregend zugleich. Wieder hatte ich das seltsame Gefühl, dass ich zwischen zwei Parallelwelten eingeklemmt war.

Schlaf, schlaf schnell ein. Ich gab mir diesen Befehl – eine Art Selbsthypnose, die ich im Laufe der Zeit gelernt hatte, um mich sowohl von der einen, als auch von der anderen Welt zu lösen. Meine Augenlider fielen zu, dennoch glaubte ich, eine große Hand ständig zu sehen, welche mir die Hoffnung gab, endlich aus der Albtraumspirale herausgezogen zu werden, der ich von alleine nie mehr entkommen konnte.

Als diese Hand immer klarer wurde und mich endlich wieder wach geschüttelt hatte, stand Philippe vor mir. Seine Augen waren feucht und seine Stimme war zerkratzt: „Wenn du noch ein letztes Mal Dad sehen möchtest …“ Bevor er diesen Satz beendete, sprang ich bereits hoch und stürmte in Richtung Hannes‘ Schlafzimmer. Die Tür des Zimmers war offen, durch die ich sofort Philippes Mutter und Renée sah, die nebeneinander vor dem Bett mit dem Rücken zur Tür standen. Renée rieb gerade ihre Augen mit einem Taschentuch. Als sie merkte, dass ich zur Tür hereinkam, drehte sie sich kurz um und nickte mir zu, während Philippes Mutter ungerührt blieb. Besonderen Willen zeigte allerdings keine von beiden, einen Schritt zur Seite zu treten, damit ich näher an das Bett kommen konnte.

Aber ein stiller Machtkampf wie dieser hatte in diesem Fall gar keine Wirkung auf mich. Denn ich gehörte nie zu irgendeiner Interessengruppe dieser Familie, jedenfalls nicht aus meiner Sicht. Ich ging an den beiden vorbei und kniete an der anderen Seite des Bettes. Hannes bewegte sich nicht, und sein Gesicht sah noch immer friedlich aus. Sein Körper war endlich von dem Schlauchsalat befreit worden, was in dieser Sekunde nicht an Genesung erinnerte, sondern eher den letzten Beweis lieferte, dass das Leben erloschen war. Irgendwie wurde ich aber das Gefühl nicht los, dass sein Adamsapfel noch einmal gezuckt hatte. So beugte ich mich nach vorn, nahm seine Hand und hielt mein Ohr vor seine Lippen. Unter den entsetzten Blicken der zwei Damen lauschte ich sehnsüchtig dem letzten Rauschen seines Bluts. Ich ignorierte die Tatsache, dass seine Hand bereits eiskalt war und keine Prise Wärme aus seiner

Nase kam. Fest davon überzeugt war ich, dass ich eine leise und tiefe Stimme in seiner Brust vernommen hatte. Es hörte sich etwa so an, als würde jemand aus der Ferne sein Lieblingslied singen. In der vertrauten Melodie fing ich an, leise mitzusingen:

"… …
That's the smell of sunshine
you'll need on the journey
even when it's rainy
sometimes stormy
but the memories
will keep you warm and dry
… …
That's the color of the sky
you'll miss at the end of a day
flowers will fade
People come and go away
but my promises
won't let you down let you cry
… …"

Die Beerdigung war für eine Woche später geplant, denn viele Menschen mussten von unterschiedlichen Orten dieser Welt anreisen. In dieser Woche war ich ruhig wie das Wasser in einem windstillen See. Schweigend räumte ich meine Zimmer auf und packte alle meine persönlichen Sachen ein. Es war ein langwieriger Prozess geworden, in dem ein verstaubtes Spielzeug, ein in irgendein Notizbuch geklemmtes altes Foto, oder ein längst vergessenes Geschenk von Hannes mich immer wieder in die Vergangenheit zurückversetzte, die mir jedoch viel näher und realer erschien als die Gegenwart. Ich sortierte alle Dinge aus, die unmittelbar mit ihm in Verbindung standen, und schloss diese in eine Holzkiste. Dann buchte ich wieder ein Flugticket im Internet.

Zwischendurch hatte ich ein starkes Verlangen, ein bisschen Zeit alleine mit Philippe zu verbringen. Leider war Philippe mit der Organisation der Beerdigung sehr beschäftigt, außerdem folgte ihm seine Mutter auf Schritt und Tritt, dass es mir zuwider war, ihr in die Quere zu kommen.

Am Tag der Beerdigung stand ich sehr früh auf und schob einen Brief unter der Tür in Philippes Schlafzimmer, dann schlich ich mit meinem Gepäck in der Morgendämmerung aus dem Haus, während alle noch schliefen. Das Taxi, das ich in der Nacht zuvor schon bestellt hatte, wartete pünktlich vor dem Eingangstor mit ausgeschaltetem Motor.

Der Taxifahrer half mir, die Gepäckstücke in den Kofferraum zu laden. In dieser Zeit schaute ich noch einmal das metallene Tor und die lange Einfahrt an, die sich zwischen den Bäumen verbarg. Ein Bild kam in mir hoch, in dem ein kleines Mädchen sich in der Abenddämmerung auf die Treppe vor dem Haus hockte und auf ihren Retter wartete, bis sich das schwere Metalltor endlich langsam öffnete und eine schwarze Limousine in der Einfahrt erschien.

Der Krach, in dem der Fahrer seinen Kofferraum zuklappte, zerriss das Bild und erinnerte mich daran, dass diese schwarze Limousine leider nie wieder durch das Tor fahren würde.

Ich stieg schnell in das Taxi, denn die morgendliche Kälte war kaum auszuhalten. Der Fahrer startete den Motor, ich erblickte ein letztes Mal das Tor im Rückspiegel, das sich hinter uns langsam schloss.

Unter dem langsam heller werdenden Himmel, an dem noch einige Sterne verblassten, flitzte das Taxi Richtung Süden, leise wie ein Schatten.

Eigentlich war ich mir, bis ich später im Tresorraum stand, nicht wirklich sicher, ob ich den Safe wirklich öffnen sollte. Für Menschen, die keine Zukunft sehen, ist die Vergangenheit genauso bedeutungslos. Im Grunde war es mir zu diesem Zeitpunkt bereits ziemlich egal, was in diesem Safe versteckt war. Aber zum Schluss machte ich ihn doch auf. Denn egal was sich darin befinden würde, es gehörte sicherlich nicht in diesen kalten und dunklen Tresorraum.

In dem Safe lag ein mit Leder bezogener, durch ein kleines Metallschloss verschlossener Aktenordner. Das war alles. Schnell steckte ich den Ordner in meine Reisetasche, bevor die Neugier es wagte, mich zu kitzeln. Auch wenn ich diesen Ordner vielleicht nie öffnen würde, war es ein Stück meiner Vergangenheit, das ich wenigstens persönlich mitschleppen sollte.

Draußen war schönes Wetter, das beste Wetter zum Verreisen. Ich verließ die Bank mit der etwas schwerer gewordenen Reisetasche und fuhr unverzüglich weiter.

An diesem Tag verbrachte ich einige Stunden am Flughafen. Ich liebte solche Orte wie Bahnhöfe und Flughäfen. Keiner ist hier zu Hause und jeder ist ein Fremder. Genau hier fühlte ich mich angekommen. An einem leeren Boarding-Gate fand ich einen sonnigen Platz und schaute durch das bodentiefe Panoramafenster den Flugzeugen beim Starten und Landen zu. Es war faszinierend, wie schnell sich Metallmonster wie zum Beispiel eine Boeing 747 oder ein Airbus 380 am weiten Himmel in schwer erkennbare schwarze Punkte verwandelten.

Die Menschen um mich liefen eifrig und zielstrebig zwischen den verschiedenen Gates, als wüssten sie wirklich, wo sie genau hin wollten. Aber ich hatte Zeit und musste nicht zu einer bestimmten Uhrzeit an einem bestimmten Ort sein, denn auf mich wartete niemand. Ich saß nur da, wie eine Luftblase, unheimlich leicht und unbedeutend, komplett farb- und geruchlos, dennoch jederzeit vom Zerplatzen bedroht.

Ich wusste nicht mehr, wie ich mich an diesem Tag an Bord geschleppt hatte. Jedenfalls saß ich doch rechtzeitig im Flieger neben dem Fenster. Das Flugzeug startete. Der Boden kippte und sank. Ich starrte durch das Fenster in den Himmel, der immer näher kam und blauer wurde. Ich bildete mir ein, dass es dieses herzzerreißende, knallige Blau war, was meine Augen ständig tränen ließ. Aber ich trug ja meine Sonnenbrille. Ab und an flossen schneeweiße hauchdünne Wolken vorbei. Die weißen Engel.

Irgendwo da unten versammelte sich gerade eine Gruppe schwarz gekleideter Menschen, die sich von einem nicht sehr alten Mann verabschiedeten. Der Priester zündete den Weihrauch an und betete für ihn, die anderen legten Blumen ab, im Gedenken an die guten oder aber auch an die manchmal weniger guten Taten dieses Mannes. Manche weinten, manche lächelten in Tränen.

Die Schönheit der weißen Wolken, die in unbeschreiblichen Formen da draußen schwebten, überstieg das eigene Vorstellungsvermögen. Sie hatten nichts mit der irdischen Welt da unten zu tun. Der Himmel wurde immer heller, und selbst mit Sonnenbrille musste ich meine Augen schließen. In diesem Moment war ich sehr dankbar, dass ich zu dieser Zeit hier sein konnte. Hier oben, in den Wolken. Denn nirgends sonst konnte ich Hannes so nah sein wie jetzt.

„Ich wollte nur auf meine Art Abschied nehmen. Ich wollte nur noch einmal mit dir fliegen, und zwar dieselbe Flugroute wie damals“, sagte ich zu Hannes in meinem Gedanken.

Ja, es war dieselbe Route, nur genau in der entgegengesetzten Richtung. Am Ende des Flugs wartete eine völlig fremde Welt auf mich, damals wie heute.

FEI YU

Meine Mutter lag über zwei Wochen im Koma. Irgendwann waren sich auch die Ärzte nicht mehr sicher, ob sie jemals aufwachen würde. Jeden Tag saß ich vor ihrem Krankenbett und beobachtete die Signale, Aufzeichnungen und Zahlen auf den EKG- und EEG-Geräten, oder wie sie alle auch hießen. Diese Zahlen und Signale stellten eher eine symbolische Bedeutung für mich dar als das, was ich wirklich entziffern konnte. Aber eine sinnvollere und passendere Beschäftigung fiel mir unter diesem Umstand nicht ein.

Inzwischen hatte sich die Sache in der Firma herumgesprochen und sogar der Chef unserer Abteilung war informiert. Er hatte meinen unbefristet verlängerten Urlaub persönlich abgesegnet. Ich war mir allerdings nicht sicher, was ich darunter zu verstehen hatte und wo die rechtliche und korrekte Obergrenze für eine solche „unbefristete" Frist lag. Sicher war nur, dass ich nicht für immer vor ihrem Bett sitzen konnte, falls meine Mutter nicht aufwachen sollte. Einige Vorgesetzten und Kollegen von meiner Mutter hatten sie bereits besucht. Aber außer mir eine moralische Unterstützung zu bieten, konnten sie nicht wirklich etwas tun.

Tobias hatte auch seinen vollen Freundschaftsbeistand geleistet. Er rief mich mindestens einmal am Tag an und berichtete mir wichtige, aber auch unwichtige Ereignisse seines geschäftlichen Alltags, um mich ein wenig von der trostlosen Lage meiner Mutter abzulenken. Ich wusste sein Mitgefühl zu schätzen, auch wenn ich meine Dankbarkeit nicht wirklich zum Ausdruck bringen konnte.

Eines Tages fragte er mich, was ich demnächst vorhabe. Ich wurde plötzlich aggressiv und legte das Telefon nach ein paar kurzen Sätzen auf. Denn genau diese Frage, deren Antwort mir fehlte, hatte ein Kollege von der Personalabteilung bereits vor einem Tag per Telefon gestellt. Trotz der freundlichen und diplomatischen Formulierung des Kollegen war es mir klar gewesen, dass es hier um keine Verhandlungssache ging, sondern eher um das Ultimatum durch die Blume.

So war das Leben, das ich kannte. Es gab nicht viel, was verhandelbar war, und selbst wenn, wären Menschen wie ich und meine Mutter auch überhaupt keine ernst zu nehmenden Verhandlungspartner. Deshalb versprach ich dem Kollegen der Personalabteilung, dass ich spätestens am nächsten Tag eine Antwort gäbe.

Ich wusste auch, dass es nichts bringen würde, wenn ich weiterhin jeden Tag hier neben meiner Mutter säße. Ich konnte mir nur nicht vorstellen, sie in diesem Zustand hier allein zu lassen. Falls sie irgendwann aufwachen sollte, sollte sie mich sofort in ihrer Nähe sehen. Falls sie nicht mehr aufwachen würde, wollte ich auch persönlich das endgültige Urteil vom Arzt hören.

Aber andererseits fraß diese Intensivstation jeden Tag sehr viel Geld. Geld, das bald ausgehen würde. Unsere kompletten Ersparnisse waren mitsamt dem Guthaben auf dem Konto meiner Mutter nur ein Tropfen auf dem heißen Stein. Selbst wenn wir Glück haben und später etwas von der Betriebsversicherung meiner Mutter erstattet bekommen sollten, wäre es nur ein Trost in der Ferne. Wenn ich nicht bald wieder auf der Arbeit erschiene, würde auch unser derzeit einziges Einkommen wegfallen.

Jeden Tag bekam meine Mutter zahlreiche, unterschiedliche Medikamente, welche größtenteils laut der Auskunft der Ärzte importiert würden, was wiederum besser und teurer bedeuten sollte, vermutete ich. Ich besaß absolut keine Wissensgrundlagen, um beurteilen zu können, ob und inwiefern die importierten Medikamente besser wären, was eigentlich auch keine Aufgabe für die Angehörigen der Patienten war. Aber in einer Gesellschaft, die seit Jahrzehnten nur an GDP [17] und wirtschaftlichen Erfolg glaubte, in einem Krankenhaus, wo die Ärzte so strategisch klug und rhetorisch geübt mit Patienten umgehen wie Investmentbanker mit ihren Anlegern, wäre Vertrauen doch nur eine Einladung zur Ausbeutung. Das Traurige war nur, dass ich keine andere Wahl hatte, außer an die Worte der Ärzte zu glauben.

Ich konnte nur da sitzen wie ein wehrloser Einzeller und auf die jede Woche pünktlich kommenden Rechnungen warten, ohne die Ärzte mit irgendwelchen ungeschickten Fragen zu provozieren, bis eines Tages der Geldautomat für meine Bankkarte kein Geld mehr ausspuckte. An diesem Tag würden meiner Mutter alle Schläuche aus dem Leib gezogen, sei sie wach oder nicht. Und dieser Tag näherte sich rasch.

Doch ich entschloss mich, schleunigst wieder arbeiten zu gehen. Eine Lösung war es dennoch nicht. Mit meinem Monatsgehalt konnte ich gerade die wöchentliche Rechnung begleichen. Und später, sagten die Ärzte, falls meine Mutter aufwachen sollte,

---

[17] GDP: Englische Bezeichnung für das Bruttoinlandsprodukt.

werde es noch teurer. Denn sie müsse in eine Reha-Klinik gebracht werden, um die körperlichen Funktionen und die geistigen Fähigkeiten wieder aufzubauen.

Ich nickte immer fleißig, egal was die Ärzte sagten, obwohl ich dies meistens nur tat, um meine Panik und Verzweiflung zu verbergen. Ja, Panik hatte ich, auch wenn ich es nicht zugeben wollte, nicht einmal mir selbst gegenüber. Wenn ich es mir so richtig überlegte, war diese Panik vielleicht schon da, als mein Vater weg war. Sie war bisher nur unter unserem ruhigen Leben verdeckt. Auf einmal wurde mir klar, auf was für dünnem Eis wir uns bewegten. So dünn, dass es nicht dem geringsten zusätzlichen Druck widerstehen konnte. Dass ich an einem verlängerten Wochenende aus irgendeinem Grund nicht zu meiner Mutter gefahren war, war wohl die unerträgliche Leichtigkeit des Seins gewesen. Wäre ich da gewesen, hätten die Ärzte nicht so lange mit der OP warten müssen. Oder vielleicht sogar hätte meine Mutter den Anfall gar nicht gehabt.

Aber andererseits könnte das dünne Eis auch jederzeit, wenn auch nicht heute, aus einem anderen Grund zerbrechen. Die infantile Vorstellung, dass wir ewig unfallfrei auf diesem Eis marschieren könnten, entpuppte sich als ein seit Generationen vorprogrammierter Selbstbetrug. Als ich ohne Rettungsring da stand und es plötzlich krachte, konnte ich auf einmal nachvollziehen, wie meine Mutter sich fühlte, als mein Vater verschwand und sie einige Jahre später auch von der Massenentlassung der staatlichen Firmen betroffen war. Das Gefühl hieß Panik.

Ich bin ein Einzelkind, wie der Großteil meiner Generation. Das Klischee, dass Einzelkinder maßlos verwöhnt werden, trifft nur bedingt zu. Vielmehr war dieses hoch dosierte Konzentrat der Aufmerksamkeit eher ein enormer Druck für das Kind. Denn sie sind die einzigen Hoffnungsträger jener Familie, um das Karma für den eigenen Stamm zu verbessern. Vor allem bei den Armen und Labilen, die weder wirtschaftliche noch spirituelle Stützen haben.

Ja, es gab auf einmal wieder die Armen, nachdem dieses Land seit zwei Jahrzehnten ein kontinuierlich zweistelliges Wirtschaftswachstum hervorgezaubert hatte. Der Begriff kam früher eigentlich nur in den Texten vor, in denen der desaströse Lebenszustand des Volkes in den kapitalistischen Ländern beschrieben wurde. In der Grundschule wurde uns allen gesagt, dass es in unserem Land keine Armen mehr gäbe, auch in der Presse tauchte das Wort „Arme" fast überhaupt nicht mehr auf.

Im Grunde genommen lebten wir nicht schlechter als früher. Wir hatten was zum Essen und ein Dach über dem Kopf. Ich hatte sogar einen guten Job und brachte immerhin ein zweites Einkommen für die zweiköpfige Familie. Aber das alles half nichts, wenn der Boden unter den Füßen wegbrach.

Es gab auf den Straßen immer mehr Luxuswagen zu sehen und überall wurden Luxuswohnungen gebaut. Irgendwann nahm jeder an einem für die meisten ohnehin hoffnungslosen Rennen teil, um auf den oberen Schichten eines riesigen Schaums zu schwimmen. Wer es nicht schaffte, stürzte ins Bodenlose.

Die Angst vor dem Fallen führte meistens zu moralischem Verfall, wie meine eigenen Gedanken gerade demonstrierten. Ich bereute es, dem Wunsch meiner Mutter nicht nachgekommen zu sein und frühzeitig nach einem wohlhabenden Ernährer gesucht zu haben. So hätte ich jetzt wenigstens jemanden an meiner Seite, der das Ganze auffangen könnte. Eine lieblose Ehe ist schließlich nicht das Schlimmste, was einem passieren kann, und ein Leben nach eigenem Willen zu gestalten, wäre ohne kriminelle Energie auf einem solch dünnen Eis sowieso undenkbar.、

Ich ging zum Fenster und schaute nach unten. Jedes Mal, wenn ich auf einer nennenswerten Höhe stand, hatte ich Angst. Gleichzeitig konnte ich aber der Versuchung nicht widerstehen, nach unten zu schauen und zu rechnen, wie lange ich brauche, um auf dem Boden zu landen. Ja, in Physik und Mathe war ich schon immer sehr gut gewesen.

Unten war wie immer eine lebendige und hektische Welt. Der Besucherparkplatz vor dem Eingang, auf dem auch einige teure SUVs und Sportwagen standen, war voll. Ein wenig gelöster dachte ich, dass auch die Reichen nicht vor Krankheit gefeit sind. Wiederum - Geld ist ja auch keine Garantie für die Genesung. Nur vor der unbesiegbaren Katastrophe der Natur sind alle Menschen gleichgestellt. Wie traurig.

In einer solchen Situation, wenn auch Geld und Macht nicht mehr helfen, kann man nur noch auf ein Wunder hoffen. Ich, in der gottlosen Welt als Atheist groß gezogen und gebildet, hatte zwar nie wirklich an Wunder geglaubt, wünschte aber in diesem Augenblick doch sehr, dass es eine übermenschliche Welt gäbe, in der ich einen Gesprächspartner finden könnte. So waren vielleicht auch die Religionen entstanden, weil viele Menschen auf diesem Planeten in ihrer eigenen Welt keinen Trost mehr fanden. Auf einmal wurde mir der Unterschied zwischen Überzeugung und Glauben klar. Das Erstere ist das Ergebnis einer Wahl aus verschiedenen Alternativen und das Letztere eine Entscheidung aus der Alternativlosigkeit.

Überzeugung. Wer hat sie nicht einmal gehabt? Nicht vor allzu langer Zeit waren doch alle noch überzeugt davon, dass dieses Land ein beispielloses Beispiel sei, in dem die soziale Ungerechtigkeit des

Kapitalismus völlig eliminiert würde. Aber nachdem ich meine ganze Kindheit und Jugend fleißig für diese Überzeugung investiert hatte, hatte ich sie nun endlich verloren. Denn als eine der Besten von unserer Uni und trotz eines wirklich guten Jobs, bekam ich ein Jahresgehalt, mit dem ich nur zwei Quadratmeter Wohnfläche in einer relativ guten Lage dieser Stadt kaufen konnte. Wenn ich wie das Unkraut von Sonne und Regen leben könnte, hätte ich in zwanzig Jahren eine Vierzig-Quadratmeter Wohnung. Eine nicht wirklich sehr rosige Zukunft. Aber gleichzeitig fuhren manche frühere Mitschüler oder Kommilitonen mit ihren millionenschweren Rennwagen jeden Tag von Party zu Party, nur weil einer in der Familie irgendwo in einer der oberen Reihen der Partei saß. Auch viele, die keinen Partei-Background hatten, aber einen Scharfsinn fürs Geld und die Risikobereitschaft eines Zockers besaßen, hatten sich eine goldene Nase verdient.

Leider gab es in diesem Paradies keinen wirklich fruchtbaren Boden für Leute wie meine Mutter, die weder wirtschaftliche Sensibilität hatten noch politisch opportunistisch waren, die aber trotzdem fromm an die auf der Parteiagenda stehenden utopischen Ziele glaubten, sowie an die Gerechtigkeit. Denn eine andere Wahl gab es für sie nicht.

Ich musste wohl auch lernen zu glauben. Deshalb lehnte ich meinen Körper aus dem Fenster und starrte in den Himmel. Einen abstrakten Gesprächspartner versuchte ich mir vorzustellen, dem gegenüber ich gänzlich ehrlich sein könnte. Der Grund, dass man so einen allmächtigen Gott brauchte, war nicht, weil man wirklich glaubte, dass er alle Probleme lösen könnte, sondern, weil man irgendwann einmal nicht mehr lügen und sich selbst nicht mehr belügen wollte.

Und wenn man einmal aufhört zu lügen, wird

plötzlich alles leichter. So konnte ich zum Beispiel in meiner Fantasie diesem unsichtbaren Zuhörer drohen, so wie ich niemandem sonst drohen würde: „Ich brauche jetzt ein Wunder. Denn eine andere Lösung habe ich nicht. Wenn ich die nächste Rechnung nicht mehr bezahlen kann, kann ich meine Mutter nur noch sterben lassen.“

In einem solch unpassenden Moment fing mein Handy wieder an zu klingeln. Es musste wieder von der Personalabteilung sein. Ich war wütend und ließ das Telefon jämmerlich weiter singen. Wenigstens wollte ich ein bisschen Anstand meinem Unbekannten gegenüber zeigen, dass man nicht mitten in einem ernsthaften Gespräch einfach ans Telefon ging.

Plötzlich hörte ich aber eine vertraute Stimme, die das Wort „Telefon“ wiederholte. Sie war leise, aber unnachgiebig. Ich drehte mich schlagartig um und sah die geöffneten Augen meiner Mutter. Sie versuchte gerade mühsam ihren Kopf zu bewegen, um sich umzuschauen.

Völlig verwundert ging ich zu ihr und schaute ihr ungläubig in die Augen. Sie war tatsächlich aufgewacht und erkannte mich auch sofort. Ein bisschen verwirrt war sie noch, als wüsste sie nicht genau, wo sie sich gerade befand und was passiert war. Von Freude und Staunen überwältigt, starrte ich wieder aus dem Fenster in den Himmel. Dich gibt es also doch, sagte ich leise.

In den folgenden paar Tagen erholte sich meine Mutter schnell. Die Schwellungen am Kopf und im Gesicht gingen größtenteils zurück. Sie konnte zwar kaum reden und war auch noch nicht ganz bei Verstand, aber man merkte, dass das Leben wieder in sie zurückgekehrt war. Als sie von der Intensivstation wieder in die normale Krankenstation verlegt wurde, sagten die Ärzte zu mir, dass sie bald entlassen werden könnte.

Einen permanenten Hirnschaden konnten die Ärzte allerdings nicht ausschließen. Schließlich lag sie vor der Operation zu lange mit Hirnblutung im Koma. In einer guten Großstadt-Reha-Klinik hätte sie größere Chancen, ihre Leistungsfähigkeit wieder vollständig zurückzugewinnen. Wenn man die Gelegenheit einer Rehabilitation versäumte, bestünde jedoch die Gefahr, dass sie lebenslänglich behindert bliebe, meinten die Ärzte.

Meine Euphorie verblasste wieder schnell. Es passieren Wunder im Leben. Aber manchmal ist ein Wunder nur der Anfang vieler weiterer Probleme. Nachdem ich den Kostenpunkt für ein solches Reha-Programm schnell in Erfahrung gebracht hatte, wurde mir klar, dass so etwas weder im Umfang einer vagen betrieblichen Krankenversicherung noch unter dem Deckungsbereich meines bescheidenen Einkommens stand.

Nach wie vor sah ich kein Licht am Ende des Tunnels. Aber ich musste so tun, als wüsste ich, wo der Ausgang wäre. Mit dieser Strategie hatte meine Mutter mich doch immerhin großgezogen. Als der Kollege von der Personalabteilung wieder anrief, war ich fast erleichtert. Oft brauchte man eben den externen Druck, um aus der Alternativlosigkeit eine Schein-Entscheidung treffen zu können, die man gerne Schicksal nennt. So sagte ich zu meinem Schicksal am Telefon, dass ich gleich morgen auf der Arbeit erscheinen würde. Denn ich wusste, dass der Job mein letzter Strohhalm war, an dem ich mich in der Sintflut klammern konnte.

Nach der langen Busfahrt stand ich wieder einmal im Zentrum des Reichtums, in der Stadt voller Träume und Enttäuschungen. Die Wolkenkratzer, die Autos, die hektisch umher laufenden Menschen. Ich schien niemandem gefehlt zu haben, und die Welt funktionierte auch ohne mich bestens. Ich wusste nicht mehr, was mich anfangs in diesen Moloch verschlagen hatte. Egal wonach ich damals gesucht hatte, ich hatte es bis heute nicht gefunden, oder vielleicht während des Suchens wieder verloren.

Aber ich konnte meinen Gedanken noch rechtzeitig abwürgen, als er wieder anfing, stechende Signale an meine Nervenspitzen zu senden. Stattdessen konzentrierte ich mich auf das Rauschen der U-Bahn-Schienen, auf den einen oder den anderen Fahrgast, der sich wie ein mutiger Fashionpionier angezogen hatte. Nur eins tat ich nicht, nämlich nachzudenken. Denn das Letzte, was eine Ameise wie ich brauchte, war, über den Sinn des Seins nachzudenken.

Als ich endlich ins Büro schlafwandelte, war ich froh, dass alles noch beim Alten war. Der Vorteil, in so einer großen Firma zu arbeiten, lag darin, dass es in keiner Hinsicht auffällt, wenn einer plötzlich fehlt oder wieder kommt. Sei er ein Vorstandsmitglied oder ein Montagearbeiter, wobei sich es beim Letzteren wohl eher bemerkbar machte. Das kleine Universum rollt unbeeindruckt den gewohnten Gang weiter.

Ich schlich an meinen Kollegen vorbei und ging möglichst leise zu meinem Arbeitsplatz. Trotzdem hatte Tobias mich sofort gesehen. Er schien auch der Einzige zu sein, dem es am Herzen lag, wie es mir ging. Nach einer kurzen Begrüßung schlug er einen gemeinsamen Spaziergang nach dem Abendessen vor.

Obwohl ich überhaupt nicht in der Laune für gesellschaftliche Aktivitäten war, hatte ich ihm zugesagt. Immerhin war er der Einzige in meinem Leben, der einem Freund am nächsten kam.

Den restlichen Arbeitstag verbrachte ich im Kampf mit meinem Konzentrationsdefizit. Nach dem Feierabend kaufte ich bei einem Straßenverkauf etwas zum Essen und kehrte schnell in meine

Wohnung zurück. Ich zog die unpassenden Kleider schnell aus, die ich in dem Kleiderschrank meiner Mutter gefunden hatte. Meine eigene Wäsche zum Wechseln hatte ich nicht dabei, als ich die Wohnung vor drei Wochen verlassen hatte.

Unter der Dusche konnte ich mich zum ersten Mal nach drei Wochen ein bisschen entspannen. Als das warme Wasser langsam und sanft meine Haut hinunter floss, fühlte ich mich geborgen und dankbar. Letztendlich gab es ja auch viele Menschen auf dieser Welt, die nicht einmal die Gelegenheit hatten, eine warme Dusche zu nehmen.

Nach der Dusche und dem Essen hatte ich wieder ziemlich gute Laune. Tobias wartete bereits unten. Ein Abendspaziergang bei diesem Wetter sollte eigentlich eine angenehme Sache sein, wenn Tobias nicht so viele Frage gestellt hätte. Seine Besorgnis um meine Mutter kam von Herzen, brachte aber wieder Finsternis in meine allmählich heitere Stimmung. Es kostete mich sehr viel Energie, ihm gegenüber so zu tun, als hätte ich alles im Griff. Aber andererseits, was hätte ich ihm sonst erzählen sollen? In meiner Welt war er nur ein Durchreisender. Irgendwann würde er wieder in eine Welt zurückkehren, die mit meiner sicherlich nicht viel gemeinsam hätte. Was würde er schon von meinen Problemen verstehen? Selbst wenn er es täte, was könnte er schon tun, außer mit seinen graugrünen Augen zu zwinkern und „Everything will be okay“ zu sagen?

Irgendwann war ich ziemlich erschöpft von dem ständigen Versuch, diesem Gesprächsthema auszuweichen, und unterbrach den Spaziergang mit der Ausrede, dass ich früh ins Bett wolle.

In der Wohnung rief ich sofort das Krankenhaus an. Übers Telefon erfuhr ich, dass der Zustand meiner Mutter sich wunderbar stabilisiert habe. Es gehe ihr von Minute zu Minute besser. Sie könne zwar immer noch nicht sprechen oder sich bewegen, aber die lebensbedrohliche Phase sei vorbei.

Eine wirklich gute Nachricht war dies allerdings nicht. Wie ich bereits befürchtet hatte, wollten die Ärzte meine Mutter spätestens in einer Woche entlassen. Denn schließlich habe das Krankenhaus beschränkte Kapazität und die Warteliste auf einen freien Platz sei unendlich lang.

Nach diesem Anruf fing ich endlich an, im Internet zu recherchieren, wozu ich in den letzten drei Wochen keine Gelegenheit hatte. Das Ergebnis war allerdings sehr ernüchternd. Allein aus Kostengründen wäre eine stationäre Rehabilitation für meine Mutter bereits ausgeschlossen, von anderen Schwierigkeiten ganz zu schweigen.

Es war bereits sehr dunkel, aber ich wollte kein Licht anmachen. Wenn es mir schlecht ging, fühlte ich mich in dem künstlichen, blassen Licht der Energiesparlampe meistens noch seltsamer. Stattdessen schaute ich aus dem Fenster in die Ferne, in den leicht glühenden Horizont dieser nachtlosen Stadt, und versuchte, über Alternativen nachzudenken.

Falls ich in einer Woche keine andere Lösung finden würde, könnte meine Mutter nur noch nach Hause gehen. Über das, was danach geschehen würde, fehlte mir jegliche Vorstellung. Sie würde erst mal eine vollzeitige Pflegeperson brauchen, für eine unabsehbare Zeit, vielleicht aber auch für immer. Meine Angst war groß, dass sie sich nicht mehr erholen würde. Noch größer war die Angst, dass ich, der einzige Mensch, den meine Mutter hatte, sie einfach fallen lassen müsste.

Einen Krankenpfleger in Shanghai konnte ich auf Dauer nicht bezahlen. Meine Mutter allein einem Fremden in ihrer Kleinstadt zu überlassen, konnte ich aber nicht übers Herz bringen. Das Letzte, was mir noch übrig blieb, war, meinen Job zu kündigen und sie selbst zu Hause zu pflegen. Es wäre vielleicht sogar die beste denkbare Lösung und mit ein bisschen Glück könnte ich uns vielleicht auch durch Gelegenheitsjobs über Wasser halten.

Als ich gerade dabei war, alle Optionen noch einmal durchzukämmen, klingelte mein Handy. Der Name Jessica war auf dem Display. In dem Moment fühlte ich mich eigentlich weder für Smalltalk noch für tiefsinnige Lebensphilosophien in der Lage, aber sie weckte in jenem Augenblick unerklärlicherweise wieder das Bedürfnis in mir, mit jemandem zu reden, und ich nahm den Anruf sofort an.

Jessicas sandige und schläfrige Stimme schliff durch die Leitung. Sie sagte, weil sie eine Weile nichts mehr von mir gehört habe, wollte sie nur fragen, wie es mir ginge. Obwohl sie wie immer ein bisschen abwesend klang und ihr Ausdruck auch ziemlich trocken war, wurde mir plötzlich recht warm ums Herz. Irgendwie kam dieser Satz bei mir nicht wie eine reine rhetorische Frage an, die ich mit einer Anstandsantwort erwidern konnte. Ich wurde wieder einmal wie an dem Samstag vor ein paar Wochen im Park von dem starken Verlangen überfallen, ihr bis ins letzte Detail alles zu erzählen.

Es war vielleicht das längste Telefonat, das ich je geführt hatte, was mir aber erst zum Schluss bewusst geworden war. Jessica hatte mich fast kein einziges Mal unterbrochen, sodass ich mir irgendwann nicht mehr so sicher wusste, ob sie noch dran war. Doch als ich aufgehört hatte, sagte sie zu mir: „Hey, Kopf hoch. Ich komme morgen zu dir und lass uns dann persönlich darüber reden." Kurz danach fügte sie hinzu: „Schick mir mal deine Adresse per SMS."

Im Vergleich zu meinem ausführlichen Bericht war ihre Reaktion eindeutig zu nüchtern. Ohne den letzten Satz hatte ich fast den Verdacht, sie wolle nur auf eine höfliche Art das Gespräch beenden. Ich entschuldigte mich, dass ich sie so lange aufgehalten hatte. Dann wollte ich das Telefonat beenden. Bevor ich das Telefon auflegte, hörte ich aber ein leises „Bis Morgen".

Meinte sie es ernst mit dem Besuch? Warum wollte sie es tun? Was gab es dann noch zu besprechen? Ich hatte bereits mehr gesagt, als ich wollte. So einen Anruf bekam ich nicht jeden Tag. Aber ich war zu müde vom Reden, um mir weitere Gedanken darüber zu machen. Genauso müde war Jessica vielleicht auch vom Zuhören. Morgen, wenn sie aufwachte, würde sie bestimmt schon alles vergessen haben, glaubte ich.

Als ich meine Augen am nächsten Morgen aufmachte, war ich noch erschöpfter als die Nacht zuvor. Völlig unmotiviert schleppte ich mich ins Büro. Der Vormittag kam mir wegen meiner mangelnden Konzentration besonders lang vor. In der Mittagspause rief ich bei mehreren Reha-Kliniken an, das Ergebnis war wie erwartet. Sie waren nicht nur absolut außerhalb meiner Preisliga, sondern hatten meistens auch noch eine lange Warteliste. Nachmittags war meine Laune noch tiefer im Keller, und ich überlegte bereits, ob ich besser gleich eine Kündigung schreiben sollte, bis ich plötzlich eine SMS von Jessica bekam. Es war ein kurzer Satz: „Deine Adresse?" Erst dann fiel mir das gestrige Telefonat mit Jessica ein und mir war erst klar, dass sie es mit dem Besuch ernst gemeint hatte.

Aber warum? Wenn sie gestern zugehört hätte, würde sie nach diesem Gespräch wohl nicht vermuten, dass ich jetzt noch irgendwelche gesellschaftliche Unterhaltung brauchte. Oder wollte sie mir ihren Trost spenden? Obwohl ich Jessica noch nicht sehr lange kannte, wusste ich, dass sie keinen Umstand machen würde, nur um ihre Artigkeit oder Höflichkeit zu beweisen.

Trotz ihrer für mich sehr unklar scheinenden Motivation schickte ich ihr meine Adresse, in der Hoffnung, dass die Entfernung sie ein bisschen abschrecken würde. Aber sie schrieb mir sofort zurück und fragte, wann ich Feierabend mache. Wie es aussah, ließ sie sich nicht wirklich von ihrem Vorhaben abbringen. So verabredete ich mich mit ihr für den Abend.

Nach der Arbeit eilte ich nach Hause. Sicher war ich mir dennoch nicht, ob Jessica wirklich kommen würde. Etwa eine halbe Stunde nach der vereinbarten Zeit klopfte endlich jemand an die Tür.

Jessica stand tatsächlich vor mir. Auch wenn sie kein Fremder mehr für mich war, war es immer noch ein sehr ungewohntes Gefühl, ihr Gesicht direkt vor mir zu haben. Deshalb trat ich schnell zur Seite und ließ sie herein.

Sie blieb mitten in dieser Ein-Zimmer-Wohnung stehen und schaute sich hilflos um, als wüsste sie nicht, wo es für sie Platz gab. Von dem Bett abgesehen gab es in meiner nicht besonders gastfreundlich eingerichteten Wohnung nur zwei Sitzmöglichkeiten: das von Wäsche und sonstigen Gegenständen zugepflasterte Zweiersofa und der Schreibtischstuhl. Wobei die Form und das Material des Schreibtischstuhls bereits beim ersten Blick erahnen ließ, dass es eher ein qualvoller Genuss war.

Ich schob die Sachen auf dem Sofa schnell zur Seite und befreite eine Sitzfläche für Jessica. Sie schaute mich mit dankbarem Blick an und setzte sich hin.

Jessica war überhaupt der erste Gast, den ich je in meiner Wohnung empfangen hatte. Mir fehlten Geld, Zeit und Freunde, um die Wohnung gasttauglicher zu machen. Früher hatte aber eine bessere Ordnung in der Wohnung geherrscht. Damals war ja das Leben auch noch in Ordnung.

Ich saß vor dem Schreibtisch und musste kurz an den Nachmittag denken, den ich mit Jessica im Park verbracht hatte. Das war der letzte schöne Tag gewesen, an den ich mich erinnern konnte. Es war gar nicht so lange her gewesen, aber es kam mir vor wie eine Ewigkeit.

Jessica lehnte sich zurück und musterte weiterhin die Wohnung. Sie sah unausgeschlafen aus, wie beim letzten Mal. Ich wusste nicht genau, was sie in dieser Stadt so tat, dass sie immer den Eindruck hinterließ, als hätte sie gerade einen sehr anstrengenden Tag hinter sich.

Ich fragte sie, wie es ihr gehe. Sie gab keine Antwort, sondern ein Kommentar zu der Wohnung: „Ich hätte sie für eine Junggesellenwohnung gehalten ...“ Ich lächelte kurz und versuchte gar nicht, mich zu verteidigen. Was sie sagte, war nicht wirklich falsch. Als mein Vater uns verlassen hatte, wünschte ich eine Zeitlang jeden Tag, ein Junge zu sein. Denn so könnte meine Mutter sich eines Tages an meine breiten Schultern lehnen und sich sicher fühlen. In der Welt von meiner Mutter hatte ich sowieso längst die Rolle meines Vaters eingenommen.

Jessica fragte mich, ob ich mich wegen der Reha-Kliniken erkundigt hätte. Ich berichtete ihr von den enttäuschenden, aber auch nicht wirklich überraschenden Antworten, die ich von allen bekommen hatte. Und dann sagte ich zu ihr, dass ich bereits die Entscheidung getroffen hätte, meinen Job zu kündigen, um meine Mutter zuhause zu pflegen. Diese Aussage hatte sogar mich selbst überrascht. Noch am Nachmittag war dieser Gedanke nur eine ganz leise Stimme im Hinterkopf gewesen. Nun drang er plötzlich in die vorderste Front meines Bewusstseins, als hätte ich Angst, so eine Entscheidung nie wirklich treffen zu können, ohne sie laut und deutlich vor einem anderen auszusprechen.

Als Jessica das hörte, stand sie vom Sofa ruckartig auf und kam zu mir. Sie stützte sich auf den Schreibtisch und stierte mich eine Weile an. Vielleicht wollte sie herausfinden, wie ernst ich es mit der Kündigung gemeint hatte.

Mir war es ein bisschen unangenehm. Denn ich wusste nicht genau, ob das, was ich gestern durch die Telefonleitung und nun vor ihr gesagt hatte, sich nach einem Hilfeschrei angehört hatte. Ich hatte nie die Absicht, Hilfe oder auch nur Trost bei einem anderen Mensch zu suchen, schon gar nicht bei jemandem, den ich eigentlich kaum kannte. Alle Probleme selbst zu lösen, war die Erziehung meiner Mutter, und gleichzeitig auch die letzte Hülle unserer Würde und unseres Stolzes.

Ich machte mir selbst den Vorwurf, dass ich Jessica wieder einmal so viel von mir erzählt hatte, und entschloss mich, dieses Thema zu beenden. Aber Jessica bohrte weiter: „Bist du dir sicher, dass du alles einfach so aufgeben willst? Vor drei Wochen hast du mir doch noch von deinen Träumen erzählt …"

Das war aber vor drei Wochen, dachte ich. Manchmal ist ein Leben ohne Träume aber viel einfacher. So sagte ich abweisend zu ihr, dass die Entscheidung gefallen sei und ich nicht mehr darüber reden wolle.

Dann schwiegen wir beide. Ich hatte nach wie vor keine Ahnung, warum sie überhaupt gekommen war, vielleicht war sie ja auch nur gelangweilt, aber selbst dann war ich dankbar, dass sie in diesem Moment in meiner Nähe war.

Jessica spielte mit einem Kugelschreiber, der gerade einsam und verlassen auf dem Schreibtisch lag. Für eine Weile schien sie so in sich vertieft zu sein, als hätte sie bereits vergessen, dass sie in einer fremden Wohnung war. Um ihr wenigstens ein bisschen Gastfreundschaft zu erweisen, fragte ich, ob sie etwas trinken wolle. Auf dem Heimweg hatte ich noch extra ein paar Säfte gekauft.

Sie ging nicht auf meine Frage ein: „Ich glaube nicht, dass du es wirklich willst. Wenn es nur am Geld liegt, dann leihe ich dir das Geld."

Ich hatte lange gebraucht, um zu reflektieren, was sie damit gemeint hatte. Denn ein solches Angebot von Jessica zu bekommen, überschritt doch meine Vorstellungskraft. Wir hatten uns bisher zwei, drei Mal gesehen. Auch wenn es ein paar intensive Gespräche zwischen uns gegeben hatte, waren wir von engem Vertrautsein noch weit entfernt. Außerdem, selbst ein engster Vertrauter würde so ein Angebot unter diesem Umstand nicht so leicht machen. Denn es war absolut nicht vorhersehbar, wie viel Geld ich noch brauchte und wann ich es zurückzahlen konnte.

Da ich in meiner Verwirrung nicht wirklich reagierte, nannte sie eine Summe und fragte mich mit sehr ernster Miene, ob es fürs Erste ausreichend sei.

Ihre Worte waren unmissverständlich und brachten mich völlig aus der Fassung. Fürs ERSTE? Die Summe, die sie nannte, lag weit über meinem Jahresgehalt. Mir war zwar klar, dass es ihr nicht an Geld fehlte, konnte aber beim besten Willen nicht nachvollziehen, warum sie so etwas für mich tun wollte.

Als ich weiterhin sprachlos ins Leere starrte, ließ sie mir keine Ruhe. Irgendwie schien sie regelrecht von Energie aufgepumpt zu sein und durchsuchte ohne meine Erlaubnis den Schreibtisch. Als sie dann ein Stück weißes Papier fand, legte sie den Kugelschreiber auf das Papier, mit dem sie vorher pausenlos in der Hand gespielt hatte.

Meine Kontonummer wollte sie haben, sagte sie bestimmend. Widerstandslos und verträumt tat ich das, was sie von mir wollte, wie eine schlechte Statistin. Stolz, Würde, Höflichkeit und Privatsphäre waren in diesem Moment allesamt bedeutungslos. Denn unsere Kommunikation verlief gerade vollkommen außerhalb meines Verstands, und alles kam mir wie ein falscher Film vor.

Erst als sie mit zufriedenem Lächeln das Stück Papier in ihre Tasche steckte, kehrte ich wieder in die Realität zurück. Stark verunsichert starrte ich sie an und fragte sie stotternd, warum sie so etwas tun wolle. Auf meine Frage wirkte sie ein wenig ungeduldig und marschierte eine Weile mit kleinen Schritten vor und zurück. Dann fragte sie laut zurück: „Warum nicht?"

Ja, warum denn nicht? Manchmal kann ein Problem eben nicht mit Logik, sondern nur mit Vorstellungskraft gelöst werden. Urplötzlich traf mich der Blitz der Erleuchtung, und alles kam mir auf einmal plausibel und selbstverständlich vor. Wenn man an Wunder glauben will, sollte man doch aufhören, Fragen zu stellen!

Jessica schaute einmal auf die Wanduhr und sagte, sie müsse gehen. Ich versuchte aber auch nicht, sie länger aufzuhalten. Letztendlich konnte meine Wohnung ihr auch kein bisschen Komfort anbieten. Was für eine schlechte Gastgeberin war ich! Nicht einmal etwas zum Trinken hatte ich ihr gebracht!

Als Jessica dann in dem dunklen Treppenhaus verschwunden war, kam mir die Geschichte des Aschenputtels in den Sinn. Die Uhr tickt, und die Magie würde bald ihre Kraft verlieren. Morgen früh würde alles wieder beim Alten sein, dachte ich. Was für ein wunderbar sinnloser Traum.

Am nächsten Tag kurz nach der Mittagspause empfing ich eine Nachricht per SMS von meiner Bank, dass ich eine Gutschrift erhalten habe. Ich loggte mich online ein und überprüfte es noch einmal. Genau die Summe, die Jessica mir gestern Abend genannt hatte. Mein Herz fing an zu pochen und ich bekam weiche Knie, als wäre ich gerade bei einer kriminellen Tat ertappt worden. „Aber ich habe doch nichts getan", versuchte ich innerlich mich zu verteidigen. Oder war genau das meine Übeltat? Denn ich hatte nicht einmal wirklich nein gesagt.

Mühsam sortierte ich meine Gedanken und versuchte noch einmal zu reflektieren, was wirklich passiert war. Jessicas Motivation blieb nach wie vor rätselhaft, daher war auch nur schwer zu erraten, welche Konsequenzen ich tragen musste, wenn ich das Geld akzeptierte. Ich kannte nur die Konsequenz, wenn ich es nicht annähme. Insofern war es sicherlich kein schlechter Deal, wenn ein gewisses Desaster gegen die Ungewissheit eingetauscht würde.

Ich schrieb Jessica eine SMS, um ihr mitzuteilen, dass das Geld auf mein Konto gutgeschrieben war. Dankbare Worte hatte ich nicht, denn entweder handelte es sich um eine göttliche Wohltat, vor der auch alle Worte der Welt zu schwach waren, oder eine große Verschwörung, die aber für mich ziemlich unwahrscheinlich schien. Was gab es noch in meinem Leben, das für einen anderen so interessant sein konnte? Außerdem hatte Jessica nicht einmal einen Darlehensvertrag von mir verlangt.

Meine Augen wurden plötzlich ein bisschen feucht. Es war die Erschütterung, völlig ausgeliefert und dann wieder unerwartet aufgefangen zu sein. Auch wenn es nicht die beste Lösung war, so konnte ich das Problem wenigstens nach hinten schieben. Und zu weit in die Zukunft zu denken, ist schließlich eine schlechte Angewohnheit.

In den nächsten Tagen organisierte ich alles mit höchster Effizienz. Dank des Netzwerkes eines Kollegen konnte ich schnell einen Platz in einer guten Klinik für meine Mutter finden, die sogar unweit meiner Firma lag. Danach ging alles reibungslos.

Meine Mutter hatte zwar noch nicht wirklich wahrgenommen, was um sie herum passiert war, aber eine Abwechslung schien ihr jedenfalls zu gefallen. Während der Fahrt in dem Ambulanzwagen, in dem sie in die neue Klinik transportiert wurde, war sie sichtlich aufgeregt. Mit der einen beweglichen Hand hielt sie meine fest und lächelte ständig, auch wenn das Lächeln wegen der teilweise gelähmten Gesichtsmuskeln eher albern aussah.

Die Reha-Klinik war neu, modern und sauber. Die Ärzte schienen auch seriös und kompetent zu sein. Alles war wieder in bester Ordnung und in mir keimte wieder Hoffnung für Mutter.

Das war die wunderbare Wirkung des Geldes. Wenn man auf einmal ausreichend viel davon hat, auch wenn es einem gar nicht wirklich gehört, wird man sofort resoluter und dreister. Man wird sogar sein früheres Selbst verachten so wie ich meines. Das wochenlange Grübeln, die Sentimentalität und die absurde Idee, meinen Job zu kündigen, kam mir so lächerlich und kleinmütig vor.

Es war ein schönes Gefühl, das Leben nicht mehr dem Zufall überlassen zu müssen. Genau für dieses Gefühl, das man Sicherheit nennt, ist man manchmal sogar bereit, fragwürdige Dinge zu tun.

JESSICA

Ich wusste selber nicht, warum ich in diese Stadt zurückgekehrt war, in der ich geboren wurde. Jedenfalls war ich nicht hier, um die Vergangenheit zu erkunden. Auch den Aktenordner, der meine Gedächtnislücken füllen sollte, hatte ich nie geöffnet.

Unzählige Male hatte ich geschworen, das substanzlose Leben zu ändern und einer anständigen Tätigkeit nachzugehen, wie zum Beispiel zu studieren. Nicht des Trustfonds wegen, sondern nur um Hannes' Willen. Leider hatte aber mein Konzentrationsvermögen meistens nicht einmal dafür ausgereicht, das Antragsformular vollständig auszufüllen.

Außerdem rutschte ich immer weiter in die Sucht nach dem anonymen Konsum ständiger Ablenkungskunst dieser Metropole, die an unsere niedrigsten Instinkte appellierte. Es war ein Leben im Augenblick. In einer Welt, in der die Politiker alle zwei Jahre ihre Aussage änderten, die Unternehmen alle zwei Jahre die Branche wechselten und die Arbeitnehmer alle zwei Jahre nach einem neuen Job suchten, hatte die Zukunft nicht mehr Bedeutung als das Kartenlesen eines Hobby-Esoterikers.

Geld, das augenblickliche Geld, war Zentrum des Glücks. Die Balance zwischen Spiritualität und

Materialismus gab es hier nur, wenn beide am Boden liegen. In der hektischen Suche nach Geld hatte man nach und nach die grundlegende Vorstellungskraft verloren. Auto, Eigentumswohnung und Luxusgüter waren alles, was man sich für ein erfülltes Leben vorstellen konnte. Was danach kommen sollte, interessierte nur die wenigsten.

Aber Armut und Dekadenz sind nur zwei Zweige ein und desselben Baums. Während einige die Autobahnen in Rennbahnen umfunktionierten und ihre Ferraris oder Lamborghinis aus Spaß zu Schrott fuhren und gleichzeitig die Läden für Luxusgüter aus Laune leerräumten, zogen immer mehr Menschen aus dem ruinierten Hinterland nach Beijing, Shanghai, wie auch in andere Riesenstädte, bereit, für eine Handvoll Bargeld ihren Dienst, ihren Körper und ihre Seele zu verkaufen.

So konnte man zum Beispiel zu einem lächerlichen Preis Dienstmädchen einstellen, essen gehen, sich massieren lassen oder einen Gelegenheitsliebhaber erkaufen. Die Expats, die solche Dienstleistungen in westlichen Ländern noch aus einer ganz anderen Preiskategorie kannten, fühlten sich hier wie im Paradies. Sie mussten ihre Freizeit nicht mehr für Putzen, Kochen, Bügeln, Lebensmittel einkaufen oder sonstige banale Dinge verschwenden, die keinen Spaß machen.

In so einer neuen Ära des Kolonialismus fühlte sogar ich, die eigentlich gar kein echter Expat war, mich richtig wohl. Ich mochte es, von dieser Expatsgesellschaft umgeben zu sein. Denn unter diesen Menschen schien mein inhaltsleeres Leben gar nicht mal so elend zu wirken. Unabhängig von unserer Herkunft oder Tätigkeit schenkten wir uns beim Saufen gegenseitig immer gleich viel Respekt, so wie es ein ehrwürdiger Primat seinen Artgenossen gegenüber tut.

Philippe hatte mir oft geschrieben und mich gebeten, zurückzukommen, damit er mit mir das Erbe und einige finanzielle Angelegenheiten besprechen könne. Ich versuchte ab und an seine E-Mails zu beantworten, weigerte mich aber hartnäckig, ihm ein Rückkehrdatum zu nennen. Ein paarmal hatte er auch vorgeschlagen, mich zu besuchen, aber ich hatte nie direkt auf solche Vorschläge reagiert. Nicht einmal meine Adresse und Telefonnummer hatte ich ihm gegeben. Er würde mich vielleicht verachten, verfluchen oder gar verabscheuen, denn ich war in seinen Augen sicherlich ein richtig herzloses Tier. Ja, ich wusste es, aber ich konnte nicht anders. Ich wollte nur weit, weit weg sein von allem, was einmal nahe war.

Er war nach Hannes nun der offizielle Verwalter des Trustfonds. Mir war aber ziemlich egal, wer auch immer diesen Fonds verwaltete, solange jeden Monat das Geld pünktlich auf mein Konto kam und mein Leben so weiter gehen konnte. Ich musste außer mir selbst niemandem gegenüberstehen. Obwohl - es war oftmals auch gar nicht so einfach, sich selbst ohne Ekel jeden Tag im Spiegel anzuschauen, vor allem im Tageslicht. Deshalb schlief ich ja jeden Tag auch bis zum späten Nachmittag. Dazu trank ich noch zwei Sekt Orange beim Aufstehen, die die Selbstbetrachtung zusätzlich um einiges erträglicher machten.

Ich liebte die Nacht. Denn die Nächte sind meine Zeit, in der ich mich mit meinen Gleichgesinnten traf. Seitdem Shane die alte Fabrik in ein kleines Filmstudio umgebaut hatte, war er auch hauptsächlich nachts aktiv. Matt und einige andere Musiker sowieso. Wir sammelten uns, nach einem um einen halben Tag nach hinten verschobenen Frühstück, in der einen oder anderen Bar und tranken etwas zusammen. Es war für mich immer die schönste Zeit des Tages, in der jeder etwas Belangloses erzählte.

Ich war ein guter Zuhörer, gab allerdings nur selten etwas von mir selbst preis, denn es gab einfach nicht viel in meinem gegenwärtigen Leben, was der Rede wert gewesen wäre. Und alles, was vor meiner Rückkehr in diese Stadt passiert war, nannte ich Vergangenheit und wurde in eine virtuelle Wüste verbannt. Dagegen war es viel interessanter, meinen verrückten Kumpels zuzuhören und über sie ab und an sarkastisch zu lästern. Anfangs versuchten sie noch oft, nach meiner Vergangenheit oder Familie zu fragen, später gaben sie es auf und machten sich über meine angebliche Geheimnistuerei lustig.

Auch Matt hatte mich ein paarmal nach der Zeit vor meiner Ankunft in Shanghai gefragt, meistens als ich gerade nackt in seinen Armen lag. Ich tat dann aber immer so, als wäre ich schon eingeschlafen. Einmal ließ er nicht locker, und ich musste ihm eine Geschichte aus meiner Kindheit erzählen. Mir fiel etwas ein, was ich einmal in einem Buch gelesen hatte und machte diese Story zu meinem persönlichen Drama. Er war sichtlich gerührt und ich hatte dann meine Ruhe. Erst ein Tag später sagte er zu mir, dass meine Geschichte ihm irgendwie bekannt vorkäme. Mit diesem Scherz hatte ich unsere Beziehung ziemlich vergeigt, und wir spielten seither stets zwei schlechte Sänger in einem Duett, die sich nie richtig aufeinander abstimmen konnten.

Trotz alledem kam ich nie in Versuchung, den Aktenordner zu öffnen. Es würde auch sicherlich so bleiben, wenn ich Fei Yu nie begegnet wäre.

Sie hatte Unruhe in mein Leben bracht. Als ich Fei Yu zum ersten Mal sah, sah ich es als Zufall an. Aber je öfter ich an ihr Gesicht dachte, umso mehr Zweifel hatte ich, ob es wirklich ein bedeutungsloser Zufall war, dass wir uns so täuschend ähnlich sahen. Ich wurde das Gefühl nicht mehr los, dass doch noch mehr dahinter stecken könnte. Als wir uns dann noch einmal getroffen hatten und sie mir von ihrer Kindheit erzählte, fühlte ich mich bestätigt. Nicht nur sahen wir gleich aus, sondern hatten auch ein ähnliches Schicksal.

Vielleicht hatte ich eine unbekannte Zwillingsschwester? Nach und nach war ich immer mehr von dieser Idee besessen, sodass ich mich eines Tages doch entschied, nach der Antwort zu suchen.

Es war ein regnerischer Abend, und keiner von den Jungs und den Mädchen hatte Lust, weg zu gehen. Ich musste plötzlich wieder an Fei Yu denken und holte dann den Aktenordner aus seinem Versteck.

Mit dem Ordner und einem Glas Four Roses Bourbon kletterte ich in das große und weiche Bett. Ein Bett oder ein Glas oder am besten beides, das war meine Überlebensausrüstung, die mir bereits unzählige Male geholfen hatte, die unangenehmen Momente des Lebens zu überwinden.

Erst beim dritten Glas sammelte ich genug Kraft und öffnete vorsichtig das kleine Metallschloss, das den Inhalt des Ordners bisher vor versehentlicher Enthüllung bewahrt hatte. Dann schüttelte ich den Ordner aus und ließ alles in meinem Bett liegen.

Es war eigentlich nicht viel, was im Bett zu sehen war. Zwei Fotos, drei Briefe und ein Haufen von Zeitungsausschnitten.

Auf einem Foto war eine dreiköpfige Familie zu sehen. Das kleine Mädchen in der Mitte hatte ein mit bunten Blumenmotiven versehenes Kleid an, auf dem sich eine vollständige Farbtabelle wiederfand. Ihre zwei seitlich abstehenden Zöpfe erinnerten mich irgendwie an Pippi Langstrumpf. Auch wenn sie gar nicht wirklich wie ein richtiges Großstadtkind aussah, erkannte ich mich selbst doch sofort wieder. Es war nur schwer zu glauben, dass ich jemals so unbeschwert gelacht hatte.

An meiner linken Seite stand meine Mam. Genauso hatte ich sie in meiner Erinnerung gehabt - mit schulterlangem Haar. Die voluminösen großen Wellen musste die damalige Trendfrisur gewesen sein. Ihr feines, weibliches Gesicht strahlte eine vertraute Wärme aus, als wäre es gestern gewesen. Sie war immer da gewesen, immer in meiner Nähe. Ich kann mich nicht erinnern, dass sie mich jemals aus den Augen gelassen hatte, außer, wenn ich gerade in der Schule war. Selbst als ich unten im Hof mit anderen Kindern gespielt hatte, reckte sie ihren Kopf noch ständig aus dem Fenster und schaute nach mir. Aber dann war sie plötzlich nicht mehr da gewesen. Die Erinnerung war wie von einem Messer glatt abgeschnitten. Ohne Übergang, ohne Erklärung, ohne Indiz, sie war einfach weg.

Der schlanke Mann mit der Brille auf meiner rechten Seite war Dad. Er trat in meiner Erinnerung nicht ganz so oft in Erscheinung wie Mam. Denn er war immer sehr beschäftigt und musste oft auf Geschäftsreisen. Wenn er aber mal da war, stellte er immer irgendwelche verrückten Sachen mit mir an. Einmal wollte er morgens mit mir etwas fürs Frühstück kaufen gehen. Wir kamen aber erst nach Hause, als die Sterne am Himmel zu sehen waren und Mam gerade die Polizei informieren wollte. Dazwischen war er mit mir nach Beijing geflogen, hatte mir ein paar kandierte Hagedornbeeren-Spieße [18] gekauft und den Tiananmen Square[19] gezeigt.

Dad ging auch immer mal wieder geschäftlich in die USA oder nach Europa, welches damals zu den Privilegien von ganz Wenigen zählte. Von den jeweiligen Reisen brachte er mir viele Geschenke mit,

---

[18] Eine Spezialität aus Peking.

[19] Tiananmen Square: Der Platz des himmlischen Friedens.

die wir zu dieser Zeit im Lande noch nie gesehen hatten. Die neidischen Blicke meiner Kinderfreunde, dass ich so einen tollen Dad hatte, machten mich oft sehr stolz.

Trotz der vielen prägenden Momente war die Erinnerung an Dad eher lückenhaft. Daher war es fast nachvollziehbar, dass ich nicht mehr wusste, wann ich ihn zum letzten Mal gesehen hatte. Möglicherweise war mir anfangs gar nicht aufgefallen, dass er sich aus dem Staub gemacht hatte, denn zu Hause war er ohnehin selten gewesen.

Bevor ich das zweite Foto ansah, schloss ich für eine Weile meine Augen. Denn der Gedanke an meine frühe Kindheit warf wieder viele Fragen auf und machte mich müde.

Auf dem zweiten Foto stand Dad Schulter an Schulter neben einem gutaussehenden Westler, der dichte, leicht braune, kurze Locken und ein schönes, klar definiertes Gesicht hatte. Ein graues Leinenhemd mit feinen weißen Nadelstreifen hatte er an, an das ich mich noch gut erinnern konnte. Das war Hannes in seinen jungen Jahren, der mich gerade sanftmütig ansah, wie er es immer tat. Mein Hals wurde trocken und es drückte wieder heftig im Brustkorb. Schnell wandte ich mich dem Glas zu, das auf meinem Nachttisch stand und nahm einen großen Schluck.

Zwei Männer, Mitte oder Ende vierzig, lächelten mich beide aus dem Foto heraus an. Smart und ambitioniert sahen sie aus. Das Datum lag ungefähr ein Jahr zurück, bevor mein Leben grundlegend verändert wurde.

Ich legte die zwei Fotos zur Seite und nahm einfach einen Brief in die Hand, der zufällig ganz oben auf dem Papierhaufen lag. Auf dem Briefumschlag standen „An meine Tochter“ und ein chinesischer Name, den ich bereits fast vergessen hatte. Ja, so hieß ich doch, als meine Welt noch in Ordnung war.

Ich öffnete den Umschlag und faltete das Papier auf. Ganz oben auf dem Briefpapier stand: „Hallo, meine kleine Soldatin“. In dem Moment wusste ich, dass der Brief von Dad war.

Ein friedliches Mädchen war ich nie wirklich gewesen, vor allem, wenn ich mit Dad gespielt hatte. Er hatte sich immer sämtliche Titel einfallen lassen, um meine Widerspenstigkeit noch zu unterstreichen. Während andere Eltern ihre Kinder Maus oder Hase nannten, war ich immer seine kleine Banditin, kleine Terroristin oder kleine Rebellin. Eine richtige Soldatin war ich allerdings noch nie zuvor genannt worden.

Fast in Ehrfurcht las ich weiter:

„Ich hoffe, wenn du eines Tages diesen Brief liest, ist das, was jetzt mit mir passiert, bereits nicht mehr so wichtig für dich.

Als du geboren warst, habe ich mir selbst versprochen, dass ich dir eine schönere Kindheit schenken werde als meine eigene. Ich wollte nichts Anderes, als dir und deiner Mam ein glückliches Leben zu ermöglichen. Leider habe ich mein Versprechen nicht einhalten können, denn der Weg zum Glück, den ich ausgesucht habe, neigt sich dem Ende zu.

Ich weiß jetzt nicht, wie du mich in Erinnerung hast und wie du mich eines Tages sehen wirst, ob du mich hassen wirst, ob du mich vielleicht auch verdammen wirst, wie die meisten anderen, die nur die Oberfläche dieser Welt sehen. Oder wirst du vielleicht nach deiner eigenen Antwort suchen und deine eigene Meinung bilden?

Wie auch immer, ich hoffe nur, dass dein Leben anders sein wird als meins. Dass dir andere Menschen über den Weg laufen werden, als die, die mir über den Weg liefen. Dass du in einer anderen Welt aufwachsen und leben kannst, als die, in der ich lebe. Dass du eine andere Wahl, eine andere Aussicht hast, als die, die ich hatte. Dass du auch andere Entscheidungen für dein Leben treffen kannst, als die, die ich für mich getroffen habe.

Auch wenn ich dich nicht mehr auf dem Weg begleiten kann, wünsche ich dir von ganzem Herzen, dass du dein Glück findest. Jeder Mensch definiert sein Glück anders. Wenn du aber eines Tages feststellst, dass du ohne Rücksicht auf Verluste deinem Glück nachrennen musst, ist deine Definition für Glück vielleicht nicht ganz richtig.

Ich habe mein Leben und meine Familie ruiniert. Das Einzige, was ich jetzt machen kann, ist, mein Bestes zu tun, um dein Leben möglichst nicht komplett zu zerstören. Ich wollte dir die Freiheit schenken, unabhängige Entscheidungen für dein Leben treffen zu können, wenn du mal groß bist. Gleichzeitig hoffe ich, dass du eines früh genug verstehst, was ich zu spät erkannt habe, nämlich, Freiheit ist nur dann ein Segen, wenn man die Selbstverantwortung nicht aus den Augen verliert.

Ich werde alles, was ich habe, einem Freund anvertrauen, und das Wichtigste von allem bist du. Ich kenne ihn noch nicht sehr lange, aber durch unsere Zusammenarbeit weiß ich, dass ich mich auf ihn verlassen kann. Ich vertraue ihm viel mehr als irgendeinem aus dem Kreis, von dem ich hier jeden Tag umgeben bin. Er hat mir sein Wort gegeben, und ich weiß, dass du bei ihm sicher und gesund groß werden kannst.

Ich möchte nicht um deine Verzeihung bitten, sondern um deinen Glauben an meine Liebe. Ich liebe dich sehr, egal was passieren wird.

Dein Vater“

Dem Datum nach war der Brief vom Sommer meines zehnten Lebensjahres. Nicht sehr lange, bevor

Hannes mich nach Deutschland mitnahm. Wort für Wort las ich den Brief noch einmal durch, aber viel schlauer war ich auch danach nicht geworden und verstand immer noch wenig von dem, was wirklich mit Dad geschehen war.

Eifrig öffnete ich dann den zweiten Brief, welcher in Englisch geschrieben war. In diesem Brief, welcher nicht sonderlich lang war, wurde mein Adoptivvater mit Vorname angeschrieben. Der Verfasser war dem Autogramm nach mein Dad.

„Nach meiner Rückkehr musste ich feststellen, dass sich die Sachlage in eine nicht sehr positive Richtung entwickelt hat. Die meisten Genehmigungen sind nicht rechtzeitig ausgestellt worden. Einige hochrangige Regierungsbeamte oder ihre Angehörigen sind in das Projekt bzw. in dessen Peripherieprojekte involviert, woraus sich eine brisante Konstellation der Beteiligten ergibt. In dem Fall ist es für mich auch sehr schwierig einzuschätzen, woran die Verzögerung lag.

Um ehrlich zu sein, habe ich kein gutes Gefühl. Die Kontrolle über die Kapitalverwaltung glitt mir leider allmählich aus der Hand, denn viele beteiligte Parteien kamen aus einer viel höheren Ebene. Viele Dinge kann ich jetzt nicht am Telefon mit dir diskutieren. Das Einzige, was ich sagen kann, ist, dass ich verstehe, wenn sich jetzt die Investoren eurerseits zurückziehen wollen.

In der letzten Zeit habe ich bereits nach und nach alle Erträge meiner Schweizer Firma zurückgebucht. Nun möchte ich dich bitten, einen Rechtsanwalt für mich zu suchen, um die Auflösung der Firma so schnell wie möglich durchzuführen. Nach der Liquidation möchte ich, dass du das gesamte Vermögen als Trust anlegst. Das ist die einzige Sicherheit, die ich meiner kleinen Tochter hinterlassen kann.

Eine weitere Bitte habe ich noch. Ein Politiker, in einem Land wie China, ist oft das Opfer seiner eigenen Macht. Ich befinde mich jetzt auf einem Schiff in stürmischen Gewässern. Wohin es getrieben wird, liegt nicht mehr ganz in meiner Hand. Es ist jedenfalls bereits zu weit vom Hafen weg, und für mich ist es zu spät für den Ausstieg.

Falls mir eines Tages etwas zustoßen sollte, hoffe ich, dass du meine Tochter aus diesem Land bringen kannst. Ich möchte sie nicht nach Nordamerika schicken, denn dort leben ohnehin schon zu viele Chinesen, die aus unterschiedlichsten Gründen ins Exil gegangen sind. Es wäre sicherlich keine heile Welt.

Vielmehr hoffe ich, dass sie bei dir groß werden kann und du die Vormundschaft für sie übernehmen wirst.

Ich weiß, dass es ein ziemlich unangebrachtes Ersuchen von mir ist, von jemandem, den du gerade seit zwei, drei Jahren kennst. Aber in dieser kurzen Zeit hast du mich als Mensch durch dein Geschäftliches Verhalten so überzeugt, dass mir momentan außer meiner Frau kein Anderer einfällt, dem ich so viel Vertrauen schenken kann wie dir.

Jedenfalls hoffe ich, dass du dir es wenigstens überlegen wirst.

Es war mir eine Ehre, dich kennengelernt zu haben, und ich hoffe, dass wir uns wiedersehen werden.

Mit herzlichen Grüßen".

Der Brief war etwa ein halbes Jahr vor dem ersten Brief datiert.

Nachdem ich diesen Brief gelesen hatte, glaubte ich endlich an das, was Hannes mir über den Trust erzählt hatte. Dennoch war ich nicht weniger verwirrt. Woher hatte mein Dad so viel Geld? Mit seinem damaligen Beamtengehalt hätte er doch unmöglich so eine Summe ansparen können. Und was für eine Schweizer Firma? Er hatte doch, soweit ich mich erinnern konnte, für die Stadt- und Landesregierung gearbeitet.

Trotz der zwei Briefe waren meine Fragen über die Vergangenheit nicht wirklich beantwortet. Die Erinnerung wurde nicht klarer, im Gegenteil, alles schien noch komplizierter zu sein, als ich gedacht hatte. In meinen Gedanken ballten sich Fragezeichen wie schwarze Regenwolken zu unlösbaren Knäueln zusammen.

Verzweifelt schnappte ich den letzten Brief, der in meinem Bett lag. Er war nun meine letzte Hoffnung.

Es war ein richtig langer Brief und bestand aus mehreren Seiten. An der Handschrift erkannte ich sofort, dass er von Hannes geschrieben war. Ich bemühte mich, aufrecht zu sitzen und tief zu atmen, damit die Wehmut mich nicht gleich überrollte, und hielt mir mit den ein wenig zitterten Händen den Brief vor die Augen:

„Jessica,

falls du dich bereits entschieden hast, diesen Ordner zu öffnen, sollst du mir auch das Vertrauen schenken, dass ich hier ohne Vorbehalt alles erzähle, was ich weiß. Allerdings wirst du in diesem Ordner unterschiedliche Versionen finden, die über deinen Vater berichtet wurden. Sie sind, inklusive meiner Beschreibung, ausnahmslos mittelbare Darstellungen der Außenstehenden. Wie die Wahrheit wirklich war, kennt keiner außer ihm und den Wenigen, die in die Affäre involviert waren.

Ich habe deinen Vater durch unsere geschäftliche Zusammenarbeit kennengelernt. Damals wollte sich unsere Bank bezüglich der Investitionspolitik langsam umorientieren beziehungsweise nach neuen Investitionsprodukten suchen. China war einer der am stärksten wachsenden Märkte, und wie viele andere ausländische Unternehmen wollten wir natürlich auch ein Stück vom Kuchen abhaben. Ich war dem zufolge oft in den Großstädten Chinas und verhandelte auf unterschiedlichen Ebenen um Beteiligungen an großen Projekten. Dein Vater war zu der Zeit Vorstandsvorsitzender des Finanz- und Wirtschaftsausschusses seiner Heimatstadt und verfügte über die Mittel und die Entscheidungsmacht für die Entwicklungsprojekte der Stadt.

Durch deinen Vater hatten unsere Bank und einige mit uns in Verbindung stehende Firmen die Gelegenheit, an manchen sehr bedeutenden Projekten teilzunehmen, zum Teil sogar Projekte auf Staatsebene. Dadurch hatten wir viele für uns sehr lukrative Geschäfte mit hohen Renditen abgewickelt. Dein Vater machte mir gegenüber einen sehr kompetenten Eindruck. Er war hungrig, ehrgeizig und gleichzeitig klar denkend. Für mich wirkte er eher wie ein richtiger Unternehmer als ein Politiker.

Einige Zeit später, nachdem wir uns besser kennengelernt hatten, hat dein Vater mich gebeten, eine Mantelfirma in der Schweiz für ihn zu kaufen. Er brauchte die Firma, um das inländische Kapital in Form ausländischer Gelder zu transformieren. Damit könne er vielen heimischen Unternehmen helfen, um die staatlichen Vergünstigungen für ausländische Investitionen zu sichern. So eine rein dem finanziellen Zweck dienende Mantelfirma ist nicht unüblich, und seine Erklärungen waren auch sehr plausibel, daher hatte ich nicht viel gefragt und diese für ihn organisiert.

Erst zwei Jahre später, als er geschäftlich in Europa war, verriet er mir bei einem Besuch, dass er die Firma eigentlich für den Sohn eines Partei-Moguls bzw. mit ihm zusammen gekauft habe. Durch das Netzwerk seines Vaters hatte der Sohn Zugang zu

Kapital in gigantischer Höhe, das als stille Reserven in irgendwelchen staatlichen Projekten oder Staatskassen steckte. Unter dem Mantel der schweizerischen Firma ließen sie das Geld für sich arbeiten und spekulierten weltweit an Finanz- und Immobilienmärkten. Dein Vater hatte ein unglaubliches Gespür fürs Geld und erzielte immer gute Gewinne. Er glaubte, es sei sicher, solange sie das Grundkapital immer rechtzeitig zurückzahlen würden.

Als ich das erfuhr, war ich natürlich entsetzt. Weniger wegen der Herkunft seines Geldes, denn in einem Schweizer Geldinstitut hat man längst gelernt, das Geld, egal wo es herkommt, als neutralen Gegenstand zu betrachten. Vielmehr machte ich mir Sorgen um seine eigene Sicherheit, denn ich hatte mich bereits mehr oder weniger mit ihm befreundet. Wir beide wussten, auf was er sich eingelassen hatte.

Ich riet ihm aufzuhören, mit dem Feuer zu spielen. Schließlich kann ein kluger Mann wie er auch anderweitig Geld verdienen. Er stimmte mir zu, sagte aber, dass das nicht alleine sein Spiel sei und es nicht in seiner Hand liege, wann das Spiel zu Ende ginge.

Einige Monate nach diesem Treffen bekam ich einen Brief von deinem Vater, der mich durch einen anderen Schweizer Geschäftspartner erreichte. Dieser Brief liegt auch in diesem Ordner.

Ich war zuerst sehr überrascht, dass dein Vater mir persönlich einen Brief geschrieben hat. Denn normalerweise kommunizierten wir immer über Fax oder Telefon. Nachdem ich den Brief gelesen hatte, ahnte ich, dass das Schlimmste, wovor ich ihn gewarnt hatte, bald passieren würde. Zwischen den Zeilen verstand ich, dass er und die mit ihm in Verbindung stehenden Projekte womöglich gerade von jemandem unter die Lupe genommen wurden.

Das hat er vielleicht auch verdient, dennoch war ich ihm dankbar, dass er mir den Hinweis gegeben hatte, die Investitionen in den aktuellen Projekten zurückzuziehen, weshalb unser Kapital nicht wegen späterer Ermittlungen eingefroren werden konnten.

Auf Grund des Briefes flog ich sofort nach China, um mit ihm alles persönlich zu besprechen. Dass dies aber unser letztes Treffen war, wusste ich erst später.

Mit Tränen in den Augen bat er mich bei diesem Gespräch noch einmal, die Patenschaft für dich zu übernehmen. Ich gab ihm endlich meine Zusage, nicht wegen seiner Tränen, sondern weil ich seine Argumente akzeptierte, dass du ein unschuldiges, wehrloses Kind warst und eine Zukunft verdient hättest, unabhängig davon, was dein Vater getan hatte.

In der Woche danach war ich mit den Formalitäten wegen deines Visums sehr beschäftigt. Um dem Wunsch deines Vaters nachzukommen, plante ich, dich bereits auf meiner Rückreise mitzunehmen. Eines Tages kam deine Mutter plötzlich zu mir ins Hotel und erzählte mir, dass dein Vater ein Tag zuvor in Untersuchungshaft genommen worden sei und in einer isolierten Zelle sitze. Sie befürchtete, dass gegen sie bald auch ermittelt werde, und wollte nicht, dass du von der Sache etwas mitbekommst. Flehentlich bat sie mich, ein paar Tage auf dich aufzupassen. Denn ihr hättet sonst keine Verwandtschaft in dieser Stadt.

Ohne lange zu zögern, willigte ich ein. An dem Nachmittag holte dich deine Mutter von der Schule ab und brachte dich direkt zu mir. Du warst so ein hübsches, pfiffiges Mädchen, dass es mir schwer fiel, dich nicht zu mögen.

Deine Mutter gab mir einen kleinen Koffer, in dem sie ein paar Sachen für dich eingepackt hatte, und einen Brief, den dein Vater dir geschrieben hatte. Der Brief ist bis heute nicht geöffnet, und den findest du ebenfalls in diesem Ordner. Dann sagte sie zu dir, dass dein Vater und sie beide für einige Tage auf Geschäftsreise gehen werden und dass du in der Zeit bei mir bleiben würdest. Du schienst von dem plötzlich angekündigten Plan deiner Mutter ein bisschen beunruhigt zu sein, protestiertest aber nur kurz. Denn du hattest deine Mutter wahrscheinlich noch nie so unterkühlt erlebt.

Wir verbrachten den restlichen Tag zusammen. Nachdem wir uns vertraut gemacht hatten, warst du gar in guter Laune. Erst bevor du ins Bett gingst, sahst du wieder ein bisschen besorgt aus und stelltest mir eine Frage, die ich nicht beantworten konnte, nämlich, warum deine Mutter auf einmal auf eine Geschäftsreise gehen müsste. Sie war eine Lehrerin und in deiner Erinnerung hatte sie dich noch nie länger als ein Tag allein gelassen.

Obwohl du nicht viel Englisch sprechen konntest, hattest du es geschafft, deinen Zweifel mir gegenüber auszudrücken. Ich habe allerdings einen großen Fehler gemacht und tat so, als hätte ich dich nicht wirklich verstanden, in der Hoffnung, dass du bald einschlafen und deine Frage vergessen würdest.

Diese Nacht hat sich als ein grauenvolles Bild tief in mein Gedächtnis eingebrannt. Ich war immer sehr froh, dass du dich nicht wirklich daran erinnern konntest. Aber jetzt habe ich keine andere Wahl, als dieses Bild wiederherzustellen.

In dieser Nacht fiel ich schnell in tiefen Schlaf und merkte nicht, dass du aus dem Zimmer geschlichen warst. Als ich mitten in der Nacht aufwachte, war dein Bett leer.

Zum Glück fand ich eure Adresse, die dein Vater mir einmal gegeben hatte, und fuhr sofort dorthin, in der Hoffnung, dich unversehrt zu finden. Als ich ankam, war die Wohnungstür bereits offen. Es war rabenschwarz und totenstill in der Wohnung und niemand schien da zu sein. Verzweifelt durchsuchte ich jedes Zimmer und fand dich zum Schluss doch im Badezimmer. Zusammengekauert in einer Ecke starrtest du in die Luft, zwei Meter von dir entfernt war die Badewanne, in der deine Mutter sich die Pulsadern aufgeschnitten hatte.

Ich trug dich sofort aus der Wohnung, und irgendwie schaffte ich es auch, den Notarzt für deine Mutter zu informieren. Leider kam jede Hilfe zu spät.

Bis heute habe ich nie den Mut gefunden, dir die Wahrheit zu präsentieren und dich um Verzeihung zu bitten, zumindest nicht in deiner Gegenwart. Wenn ich nur wachsam genug gewesen wäre, hätte ich durch die unnatürliche Ruhe, die deine Mutter ausstrahlte, etwas bemerkt. Oder wenigstens hätte ich verhindern können, dass du alleine in der Nacht in die Wohnung zurückgekehrt bist.

Seit dieser Nacht warst du äußerst ruhig und hast kein Wort mehr gesprochen. Ich versuchte, über alle Wege deinen Vater zu kontaktieren. Leider war in dieser Zeit weder ein Besuch noch jegliche andere Kommunikation mit ihm gestattet. Ich fühlte mich sehr hilflos und wusste nicht, was ich unternehmen konnte. Meine einzige Hoffnung war, du würdest dein Visum bald bekommen.

Zwei Wochen später saßen wir im Flieger und flogen in deine neue Heimat. Da fingst du zum ersten Mal wieder an zu sprechen und fragtest mich, wie hoch wir fliegen würden.

Du erinnerst dich vielleicht noch an Natascha, die dir anfangs Privatunterricht gab. In Wahrheit war sie eine der wenigen Kinderpsychologen, die deine Muttersprache konnten. Ich bin froh, dass ich sie gefunden hatte. Dank ihrer Betreuung verhieltest du dich bald sehr stabil und gewöhntest dich richtig schnell an dein neues Leben. Die Tatsache, dass du an Amnesie gelitten hast, sehe ich eher als Segen für dich. Auch wenn ich dir jetzt alles erzählt habe, hoffe ich dennoch, dass sich das grausame Bild, das du mit zehn ansehen musstest, nicht in dein Gedächtnis eingegraben hat.

Mit all meinen Ressourcen verfolgte ich die Sache mit deinem Vater weiter. Die Ermittlung dauerte über ein Jahr und zum Schluss wurde dein Vater zur Todesstraffe verurteilt. Bis dahin war es mir leider nicht gelungen, Kontakt mit ihm aufzunehmen.

Ich habe ein paar Ausschnitte aus der Presse gesammelt und beigelegt, um dir zu versichern, dass ich diese absurde Geschichte nicht erfunden habe.

Darüber, was dein Vater wirklich angestellt hatte, weiß ich zu wenig, um es zu kommentieren. Was ich aber sicher weiß, ist, dass er dich über alles geliebt hatte. Dass ausgerechnet er derjenige war, der deinem Leben unwiderruflichen Schaden zugefügt hatte, hatte er sicherlich bereut. Eigentlich wollte er nur eine sichere und sorgenfreie Zukunft für dich aufbauen, in einer Welt, in der er sich vielleicht sehr unsicher gefühlt hatte.

Der Trust, den er dir hinterließ, stammte aus der Liquidation seiner Schweizer Firma. Alle Geschäftsaktivitäten dieser Firma, die innerhalb Europas stattfanden, waren legal und unbedenklich. Ich hoffe, ich kann dir diesen Fonds eines Tages mit gutem Gewissen übergeben. Was du dann damit machst, ist allein deine Entscheidung.

Bis dahin sollst du aber den Wunsch deines Vaters erfüllen und ein gutes Studium absolviert haben. Er hatte schon seinen Grund, dies von dir zu verlangen.

Bleib tapfer mein Liebes.

Dein Hannes."

Er hatte diesen Brief kurz vor meinem achtzehnten Geburtstag geschrieben.

Nachdem ich alle Briefe gelesen hatte, lagen meine Nerven total blank. Ich war einfach nicht daran gewohnt, so viele Zeilen in einem Atemzug zu lesen. Zu viele Informationen, die ich noch verarbeiten musste, schwebten in meinem Kopf und beeinträchtigten meine Wahrnehmung. Ich war weder traurig noch aufgeregt, sondern nur müde, als hätte ich gerade einige langwierige Geschichten über fremde Menschen gelesen, deren Zusammenhang ich nicht wirklich verstand.

In meiner Erinnerung war meine Mam eine sehr friedliche, aber auch fröhliche Frau gewesen. Es war unmöglich für mich gewesen zu glauben, dass sie sich das Leben nehmen könnte, aus welchem Grund auch immer. Ich versuchte, in meinem Gedächtnis nach einem Bild der Badewanne zu suchen, in der meine Mam angeblich gelegen hatte. Aber nicht einmal annähernd tauchte so etwas auf.

Auch meinen Vater konnte ich nicht wirklich mit einem korrupten Staatsdiener in Verbindung bringen. Die Geschichte an sich überraschte mich weniger, denn Korruption unter Beamten in China war inzwischen längst kein Geheimnis mehr. Sogar die chinesische Regierung gab offiziell bekannt, dass in den letzten dreißig Jahren mehrere Tausend korrupte Beamte und Funktionäre staatlicher Unternehmen aus China geflohen seien und pro Jahr rund zehn Milliarden Dollar veruntreutes Geld ins Ausland fließe. In manchen Staaten wie zum Beispiel Kanada, den USA oder Australien sollte es sogar Orte geben, in denen eine gesamte Straße oder ein gesamtes Dorf von solchen Exilbeamten Chinas und ihren Angehörigen bewohnt würden. Das erklärte einiges, warum Dad Hannes im Brief bat, mich von Nordamerika fernzuhalten.

Aber der Gedanke, dass mein Vater ein Teil des notorisch korrupten Regimes Chinas war, schien mir so lächerlich zu sein, dass ich mir das Grinsen fast nicht mehr verkneifen konnte.

Für eine Weile lag ich nur da, ohne weiter an die Briefe zu denken und fühlte mich fast erleichtert. Dann fing ich an, die Zeitungsausschnitte zu durchblättern. Die Zeitungen waren aus China, Hongkong oder Taiwan, teils auch aus Europa. In verschiedenen Sprachen wurden Begriffe wie „Veruntreuung“, „Korruption“, „gesetzeswidrige Kapitalunterschlagung im großen Stil“, „Todesurteil“ immer und immer wiederholt. Neben all diesen scheußlichen Worten stand immer nur der eine Name, die ersten Zeichen, die ich in meinem Leben zu schreiben gelernt hatte. So vertraut und doch so fremd zugleich.

Ich schob die Papiere zur Seite und lag wie ein zerbrochenes Pentagramm im Bett. Irgendetwas in meinem Hinterkopf fing an, die verspäteten Schmerzsignale nach und nach in mein Herz zu senden. Ich fühlte mich wie ein Blatt Papier im Wasser und spürte, wie es Stück vor Stück durchnässt wurde und langsam versank. Während des Sinkens wurde mir klar, dass diese absurde Geschichte vielleicht gar nicht so absurd war.

Das Gefühl, dass Traum und Realität sich komplett überschneiden und ich dazwischen nichtig wurde, schlug nach längerer Zeit wieder zurück. Ich wusste nicht mehr genau, wie ich hier gelandet war und versuchte mit all meiner Kraft, mich in den Schlaf zu drängen, um dann vielleicht einmal richtig aufwachen zu können. Aber egal, wie ich mich bemühte, konnte ich weder einschlafen noch wach werden. In meiner Verzweiflung erblickte ich das Whiskyglas auf dem Nachttisch. Wie von einer magischen Kraft gerettet, verließ ich schlagartig das sinkende Schiff, und eilte zu meiner Bar im Wohnzimmer, der Arche in der Sintflut. Die Regale dahinter, auf denen hübsche Flaschen in allen

Formen und Farben wie verlockende tropische Früchte reihten, nannte ich Kap der Guten Hoffnung.

Als ich mich an die Theke lehnte und mir einen Cocktail aus Wodka und Rum gemacht hatte, konnte ich endlich wieder aufatmen. Schon nach dem ersten Schluck sah die Welt wieder stabiler aus. Wie es in einem Lied so schön heißt: Alkohol ist der Sanitäter in der Not, der Fallschirm beim Absturz und das Rettungsboot in der Flut. Für mich war Alkohol allerdings viel zuverlässiger und dazu auch noch viel einfacher zum Mitnehmen. Ja, man sollte die Flaschen immer in greifbarer Nähe haben, wie Herzpatienten ihre Medikamente oder Asthmatiker ihre Sprays. Denn schließlich weiß man nie, wann das Leben einem das Herz bricht oder den Atem raubt.

Ich nippte an meinem Long Island Ice Tea und konnte langsam wieder normal denken. Ich musste feststellen, dass die Aktion, den Ordner zu öffnen, ein großer Fehler war. Was ich eigentlich finden wollte, nämlich eine mögliche Verbindung zu Fei Yu, entlarvte sich als reine Fantasie. Das, was ich aber schon längst nicht mehr wissen wollte, plagte mich nun in meinem Kopf und hinterließ ein Gewühl von unlöschbaren, grausamen Informationen. Das war wohl der Nachteil des menschlichen Gehirns im Vergleich zu der Festplatte eines Computers. Fehlende Funktion: Benutzerdefiniertes Datenspeichern.

Wenn man die eigene Vergangenheit von einer anderen Person erzählt bekam, dann lag diese Episode irgendwo unter der Hirnrinde, wie eine schreibgeschützte Fremddatei, die sich, außer durch den Administrator, weder bearbeiten, noch löschen, noch verschieben ließ. Aber wo war der Administrator? Der war wohl irgendwo da oben, ganz oben.

Ich konnte außer mir selbst niemanden beschuldigen. Denn es war meine eigene Entscheidung, diesen Ordner zu öffnen. Genauso hätte ich auch eine andere Entscheidung treffen können, wie zum Beispiel, ihn einfach im Safe ungestört liegen zu lassen. Oder, die Existenz meines Ebenbilds Fei Yu einfach als ein Wunder der Natur zu verstehen.

Mein Glas war leer und ich füllte es schnell wieder, wie ein geübter Barkeeper. Das Wunderbare an Cocktails ist, dass sie Verzweiflung so bunt aussehen und so süß schmecken lassen.

FEI YU

Nach einer viermonatigen Rehabilitation gaben sogar die Ärzte auf. Die beste Klinik, die besten Einrichtungen und die besten Ärzte - nichts hatte wirklich geholfen, und meine Mutter machte keine richtigen Fortschritte. Noch immer war sie nicht bei Verstand. In der Hälfte der Zeit, in der sie wach war, starrte sie ins Leere, in der anderen Hälfte nörgelte sie vor sich hin wie ein kleines Kind.

Die rechte Seite ihres Körpers war nach wie vor gelähmt und taub. Im Grunde konnte sie nur liegen bleiben. Sie wehrte sich aber konsequent gegen alle Therapieübungen und Hilfsversuche. Die Muskelmassage der Physiotherapeuten erwiderte sie mit Schreien und Flüchen.

Sie hatte auch fast kein Kurzzeitgedächtnis mehr. Oft sagte sie „Hunger“ direkt nach dem Essen. Jeden Tag, als ich sie besuchte, fragte sie mich, wo ich in all diesen Jahren geblieben wäre. Irgendwann hörte ich auf, ihr zu erklären, dass ich mindestens einmal am Tag bei ihr war. Jeden Tag wiederholte sich bei mir die gleiche Prozedur: mit Hoffnung ging ich in die Klinik und mit Enttäuschung kam ich nach Hause zurück. Anfangs fühlte ich mich hilflos, dann aber verlor ich immer mehr meine Rührseligkeit und ich verhielt mich immer gleichgültiger. Manchmal hatte ich sogar den Verdacht, dass meine Mutter sich bewusst weigerte, in diese lieblose Welt zurückzukehren.

Ich musste ihr auch Recht geben. Sie hatte kein schönes Leben gehabt, doch ab jetzt wurde es vielleicht ein bisschen einfacher. Das Leben ist nur unerträglich, wenn der Geist sich von dem Körper nicht trennen kann. Wenn der Geist sich einmal befreit hat, wird er wahrscheinlich nie wieder freiwillig umkehren.

Der Chefarzt riet mir bereits mehrmals, meine Mutter in ein Pflegeheim zu bringen. Erstens sah er keinen Sinn mehr für weitere offensive Reha-Maßnahmen, zweitens sei das Pflegeheim viel kostengünstiger, und drittens brauchten sie das Bett für akutere Fälle.

Ich verstand diesen Ratschlag als ein klares Urteil: Der Zustand meiner Mutter würde nicht mehr besser. In diesem Fall wäre auch ein Pflegeheim keine Lösung. Denn selbst ein günstigeres Heim würde jeden Monat mein gesamtes Gehalt verschlingen. Das Geld, das Jessica mir geliehen hatte, war bereits zum großen Teil weg. Ich konnte aber nicht lebenslang auf ihre Hilfe angewiesen bleiben.

Die einzige Lösung, die mir blieb, war doch wieder die, die ich am Anfang hatte, nämlich, meinen Job zu kündigen und meine Mutter selbst zuhause zu pflegen. Nach fünf Monaten, nachdem ich einen Haufen Geld von Jessica aus dem Fenster geschmissen hatte, war ich wieder dort, wo alles angefangen hatte.

Jessica hatte mich in diesen fünf Monaten oft angerufen und gefragt, ob uns noch was fehle. Ein paar Mal hatte sie mich auch besucht, um mich bei Laune zu halten. Ich war ihr sehr dankbar. Aber Dankbarkeit war auch das Einzige, was ich ihr zurückgeben konnte. Ich wusste auch, sie würde mir sicherlich noch weitere Hilfe anbieten, wenn ich sie darum bitten würde. Aber gab es etwas Schlimmeres, als ewig von der Wohltat anderer Menschen zu leben? Nicht einmal der Tod war schlimmer.

Seit Monaten konnte ich mich bei der Arbeit nicht mehr richtig konzentrieren. Alles schien keinen Sinn mehr zu ergeben. Von dem Erfolg als Designerin träumte ich schon längst nicht mehr. Das Wichtigste für mich war, dass ich jeden Arbeitstag ohne gravierende Fehler beendete und am Monatsende das Gehalt auf mein Konto kam. Ich war angespannt, vorsichtig und gleichzeitig wiederum unambitioniert und nicht fokussiert.

Das Praktikum von Tobias ging zu Ende. Vor seiner Abreise lud er mich zum Essen ein, bei dem er sich dafür bedankte, dass ich ihm ein bisschen Chinesisch beigebracht hatte. Als Gegenzug bedankte ich mich auch bei ihm. Wir ließen uns alles einfallen, was wir dem anderen zu danken hatten, und ließen das Gespräch auf einer ebenso höflichen wie oberflächlichen Ebene verlaufen.

Eigentlich wollte ich, so wie ich es auch bei Tobias verspürte, etwas anderes sagen. Etwas Gehaltvolles und gleichzeitig auch etwas Herzliches. Aber keiner von uns wollte den Abend mit irgendwelchen belastenden Themen trüben.

Als wir uns verabschiedeten, sagte Tobias zu mir, dass ich es ihn jederzeit wissen lassen solle, falls ich seine Hilfe brauche. Dieser Satz klang für mich noch substanzloser als unsere Dankesrede. Bald würde er in einem für mich völlig fremden Land sein, das mehrere tausend Kilometer von diesem entfernt ist. Wie wollte er mir denn helfen? Nicht einmal wiedersehen würden wir uns.

Nachdem Tobias weg war, machte mir die Arbeit noch weniger Spaß. Auf der anderen Seite drängte mich der Chefarzt jeden Tag zu einer Entscheidung. So hatte ich eines Nachmittags, als ich fast vor meinem Computer versteinert war, meine endgültige Entscheidung getroffen. Um mir nicht die Chance zu geben, im Nachhinein die Entscheidung noch zu ändern oder mich wieder von Jessica überreden zu lassen, schrieb ich sofort meine Kündigung und schickte sie direkt an die Personalabteilung mit einer Kopie an meinen Vorgesetzten.

Erst am nächsten Tag, nachdem ich eine Eingangsbestätigung meiner E-Mail bekommen hatte, rief ich Jessica an und erzählte ihr von meinem Vorhaben. Jessica war ungewöhnlich still am Telefon. Sie war sicherlich enttäuscht von mir. Aber das war das geringere Übel für mich, als weitere Hilfe von ihr anzunehmen.

Zu meiner Überraschung versuchte sie dieses Mal aber gar nicht, meine Entscheidung in Frage zu stellen. Sie lud mich am Ende des Telefonates auf einen Drink bei ihr ein. Wir sollten uns noch mal treffen, bevor ich diese Stadt verlasse, sagte sie.

Als ich am Freitagabend zum ersten Mal vor Jessicas Wohnung in einer gehobenen, geschlossenen Wohnanlage stand, fühlte ich mich wie jemand, der auf die Bühne gezwungen wurde und dazu auch noch den Text vergessen hatte. Was sollte ich Jessica sagen? Dass von ihrem Geld nicht mehr viel übrig war und ich bald auch noch arbeitslos sein würde? Nicht wirklich die beste Nachricht für einen Gläubiger.

Aber ich stand immerhin pünktlich vor ihrer Tür, damit meine Glaubwürdigkeit nicht ganz in Frage gestellt wurde. Nach ein paar Atemübungen drückte ich endlich auf die Türklingel und machte mich auf eine Demütigung gefasst. Nach einer Weile ging die Tür auf.

Jessica hatte einen royalblauen Samt-Hausanzug

an, eigentlich eine Art Jogginganzug. Besonders sportiv sah sie aber in diesem Moment nicht aus. Ihre langen Haare waren mit Haargummi lässig zusammen geknotet und ihr Gesicht hatte wie immer diesen „Out of Bed Look“. Doch sie schien sich zu freuen, als sie mich sah und hieß mich laut willkommen. Ich folgte ihr in die Wohnung und grüßte sie ebenfalls so fröhlich, wie ich nur konnte. Inzwischen hatten wir uns längst daran gewöhnt, das Spiegelbild unseres Gesichts in 3D anzusehen.

Sie sagte, sie wohne allein. Diese Wohnung war aber meiner Meinung nach viel zu groß für einen Single. Die Einrichtung im modern-asiatischen Resort Stil mit einem Hauch von Minimalismus zeigte ihren sehr exklusiven aber auch kultivierten Geschmack. Allerdings waren hier und dort Spuren von Unordnung zu sehen, welche vielleicht ein Zeichen ihres nicht sehr routinemäßigen Lebens war.

Sie ließ mich auf dem Sofa Platz nehmen und ging zu der Bar, die auf der anderen Seite des Wohnzimmers war. Als ich ihr sagte, dass ich kein alkoholisches Getränk vertrage, schaute sie mich mit einem zynischen Lächeln an, als hielte sie es für eine schnöde Lüge. Dann ignorierte sie mich und beschäftigte sich eine Weile mit unterschiedlichen Flaschen und Gläsern. Zum Schluss brachte sie zwei farbenfrohe Getränke, die ähnlich aussahen, und stellte eins davon vor mich hin. Ich schaute das Glas misstrauisch an und betonte noch einmal, dass ich keinen Alkohol trinke. Sie sagte dann zu mir, dass ich mir keine Sorgen machen solle und dass in meinem Glas nur verschiedene Säfte seien. Vorsichtig machte ich eine Kostprobe, und es schmeckte wirklich lecker und unverdächtig.

Noch nie hatte ich so kunstvoll gemischte Säfte getrunken, sagte ich. Jessica nahm einen großen Schluck aus ihrem Glas und lachte zufrieden, vermutlich wegen der besonderen Zutaten, die ich in meinem Glas nicht hatte.

Auf ihrem Couchtisch lagen einige deutsche Zeitschriften, ein paar davon hatte ich auch schon mal bei Tobias gesehen. Ich zog eine aus dem Stapel und fing an zu lesen, um nur mal zu sehen, wie viel ich verstehen konnte. Als Jessica das sah, stellte sie ihr Glas ruckartig auf den Tisch und fragte mich mit übertriebener Begeisterung: „Verstehst du Deutsch?" Ich schüttelte den Kopf und erklärte, dass ich erst vor kurzer Zeit mit Deutsch in Berührung gekommen sei und noch lange nicht alles verstehe. Aber Jessica ließ nicht locker und bestand darauf, sich mit mir in Deutsch zu unterhalten.

Sie fing mit einfachen Sätzen an und ich gab mir Mühe mich möglichst verständlich auszudrücken. Nach einigen Minuten gab ich bereits auf, denn es war zu anstrengend für mich. Aber Jessica schien es zu gefallen, sie starrte mich eine Weile nachdenkend an, nahm dann wieder einen großen Schluck von ihrem Drink und fing an zu lachen. Gleichzeitig johlte sie hoch begeistert: „Das ist gut. Das ist echt gut!" Sie hörte mit dem Lachen nicht eher auf, bis es mir wirklich peinlich war. Ein wenig beleidigt, bat ich sie, mich nicht mehr auszulachen.

Sie hörte auf, und versicherte mir, dass sie nichts Schlechtes gemeint habe. Meine Aussprache sei ausgezeichnet, sagte sie. Ich müsste mir nur ein bisschen Zeit geben und weiter lernen. Ich lachte verbittert und fragte traurig, warum jemand in meiner Lage noch Deutsch lernen sollte.

Dann war die Stimmung auf einmal wieder trübe, und ich ärgerte mich, dass ich wieder mit diesem Thema angefangen hatte. Nach kurzem Schweigen fragte mich Jessica, ob ich mich wirklich entschieden habe, den Job zu kündigen und alles einfach so hinzuschmeißen.

Ich sagte, die Entscheidung sei nicht nur getroffen worden, die Kündigung sei sogar bereits bei der Personalabteilung eingegangen.

Die Luft stand still, Jessica war sichtlich unglücklich mit meiner Antwort. „Wovon möchtest du denn leben?“, fragte sie nach einer Weile.

„Vielleicht durch irgendwelche Gelegenheitsjobs. Irgendwie kommen wir schon durch.“ Ich vermied den Augenkontakt mit Jessica und fügte langsam hinzu: „Nur mit der Rückzahlung wird es wohl ein bisschen dauern …“ Kaum war dieser Satz von meinen Lippen gerutscht, fing ich auch schon an, ihn zu bereuen. Eine Arbeitslose mit einer paralysierten Mutter will Schulden in dieser Höhe zurückzahlen? Es hörte sich irgendwie nach einer billigen Notlüge an.

„Ich frage aber nicht des Geldes wegen!“, erwiderte Jessica zornig. Dann lehnte sie sich auf dem Sofa zurück und begann, an ihren Fingernägeln zu spielen. Ich hatte keine Ahnung, warum sie so mürrisch wurde, wollte aber lieber nicht fragen. In der unangenehmen Pause musterte ich meine kurz geschnittenen, nicht lackierten Fingernägel und überlegte, womit ich sonst spielen konnte.

Die Wanduhr tickte sehr laut und übertönte jegliche Gedanken, die in meinem in letzter Zeit überbeanspruchten Gehirn blitzten. Während ich mit der tropfenden Zeit mühsam kämpfte, hörte ich plötzlich Jessicas Stimme - wie ein Donner in der Nacht: „Was ist dein Lebenstraum?“

Traum? Ausgerechnet jetzt? Alkohol muss wirklich sehr schädlich fürs Gehirn sein!

Da ich keinen Ton von mir gab, hakte Jessica noch einmal nach.

Ich schaute ihr forschend in die Augen und versuchte herauszufinden, worauf sie wirklich hinaus wollte. Sie sah mich genauso inquisitiv an und wartete begierig auf meine Antwort.

„Ich kann dir nicht ganz folgen“, sagte ich.

Jessica bemerkte meinen abwertenden Unterton und erklärte: „Versteh mich bitte nicht falsch. Ich bewundere Menschen, die Visionen und Träume haben – Menschen, die anders sind als ich.“ In ihrer Stimme war eine nicht zu überhörende Müdigkeit, die nicht zu ihrem sorglos scheinenden Leben passte. Lebensüberdruss war es eigentlich. Während sie diesen letzten Satz sagte, hatte sie etwas Endgültiges in ihrem Gesicht.

Ich war überrascht und fragte: „Was ist mit dir? Du hast doch ein schönes Leben.“ Schnell merkte ich aber, dass ich nicht wirklich viel über ihr Leben wusste. So ergänzte ich: „Jedenfalls für Außenstehende.“

Jessica stand auf, ging wieder zur Bar und mixte sich einen neuen Drink. Meine Bemerkung ließ sie unkommentiert stehen, fuhr aber mit dem Thema Vision fort: „Auf einer verlassenen Insel gibt es nichts außer zwei Menschen und einem Häuflein Getreide. Der Eine ernährt sich jeden Tag so sparsam wie möglich von seinem Anteil und wartet auf das Ende. Der Andere nimmt ein Drittel von seinem Anteil als Samen, verbrennt ein weiteres Drittel als Dünger und ernährt sich von dem letzten Drittel. Auch wenn er nun viel weniger Getreide in Reserve hat als sein Leidensgenosse, scheint es ihm nicht schlechter zu gehen. Kurz bevor seine Nahrung ausgeht, kommt die neue Ernte und beide können überleben.“

Jessicas flüssiges Kunstwerk war fertig und sie nahm einen gierigen Schluck, der ihr sofort neue Vitalität verlieh. Bevor ich mir überlegt hatte, was ich zu ihrer Geschichte sagen sollte, trug sie weiter vor, aber in einer ganz anderen Lautstärke: „Die Geschichte ist noch nicht zu Ende: Mit der neuen Ernte will der Eine, der jetzt etwas gelernt hat, den gleichen Vorgang noch einmal wiederholen. Aber der Andere nimmt die Hälfte von der gesamten Ernte und verstreut sie überall auf der Insel. Sein Leidensgenosse protestiert dagegen und hält ihn für verrückt. Aber die überall ausgestreuten Getreidekörner locken immer mehr Vögel an, sogar solche aus weiter Ferne. Bald wird die Insel von unzähligen Vögeln unterschiedlicher Arten bewohnt. Umweltforscher haben dieses ungewöhnliche Phänomen beobachtet und kommen alle auf diese sonst menschenleere Insel. So werden die beiden gefunden und gerettet."

Jessica machte eine Pause und sagte: „Diese Geschichte kann eigentlich immer und immer weiter gehen. Sie zeigt den Unterschied zwischen den Visionären und den Anderen." Sie hörte auf und wurde wieder nachdenklich.

Ehrlich gesagt hatte ich so etwas von Jessica nicht erwartet. Unter der Fassade einer verwöhnten Prinzessin, die sich mit Alkohol und Nachtklubs die Zeit vertrieb und kein Lebensziel fand, verbarg sich eine durchaus intelligente und anspruchsvolle Seele. Ich konnte auch nicht leugnen, dass ihre Erzählung mich für ein paar Sekunden inspiriert hatte, bevor die Realität unausweichlich wieder in meinen Kopf stieß. Schließlich hat nicht jeder das nötige Getreide. Außerdem wächst nicht jedes Getreide auf einer Insel. Ich war einfach kein Visionär. Wie die meisten war ich auch nur ein Gefangener meines eigenen, eingeschränkten Vorstellungsvermögens und - nicht zuletzt - der Angst vor Fehlversuchen.

„Welcher von den Beiden wärst du denn?", fragte ich Jessica – nicht, weil ich es wirklich wissen wollte, sondern weil ich das Gefühl hatte, auch etwas sagen zu müssen, um nicht den Eindruck zu erwecken, dass ich desinteressiert wäre.

„Sicherlich nicht der, der sät. In Biologie war ich

einfach zu schlecht." Wir lachten beide endlich wieder. Jessica konnte eine witzige Gesprächspartnerin sein, wenn sie in einem einigermaßen guten Gemütszustand war.

„Das Traurige ist: Ich bin vielleicht keiner von beiden. Höchstens könnte ich das Getreide sein. Aber das macht mir nichts aus. Auch ein Visionär braucht manchmal das Mittel für seine Vision." Sie hatte wieder ein sanftes Lächeln im Gesicht. „Und du?", stellte sie mir dieselbe Frage zurück.

Nun wünschte ich doch, ich hätte die Frage nie gestellt. Meinerseits war es eher eine rhetorische Frage als eine Einladung, weiter mit ihr über dieses Thema zu diskutieren.

Ich konnte nicht behaupten, dass ich nie irgendwelche Lebensträume gehabt hätte. Aber diese Zeit war schon zu lange her. Meine Welt war zu klein und einfach, um wirklich große Visionen auszubrüten, und ein Weltverbesserer war ich schon gar nicht. Natürlich hat jeder schon mal von irgendetwas geträumt, aber keiner dieser Träume konnte mein jetziges Problem lösen.

„Wenn man mich jetzt fragt, wäre mein Traum, dass meine Mutter morgen aufstehen könnte und alles wie früher wäre." Ich verwendete eine Strohmann-Taktik, in der Hoffnung, das Thema wechseln zu können.

Jessica zog den großen Lederhocker heran und setzte sich mir gegenüber. Ein neu gefülltes Glas stellte sie mir auf den Couchtisch. In einem selten gefühlvollen Tonfall sagte sie: „Es tut mir wirklich leid für deine Mutter, auch wenn ich sie nicht kenne. Ich weiß, dass es nicht leicht für dich ist …" Sie machte eine Pause, um meine Reaktion zu beobachten. Ich schaute mein hübsches Glas an und wartete, denn ich konnte spüren, dass sie mit ihrem Thema noch nicht zu Ende war. Sie war einfach zu schlau, um sich von anderen an der Nase herumführen zu lassen.

Wie ich befürchtet hatte, bohrte sie weiter: „Das ist vielleicht dein Wunsch, auch meiner, aber doch nicht dein Traum! Ein paar Schuhe, ein Auto, einen bestimmten kranken Menschen zu heilen oder was man sich sonst so ausmalt - das sind alles nur Wünsche. Ich denke, ohne Visionäre könnten die meisten Wünsche der Menschheit gar nicht erfüllt werden. Wir würden vielleicht heute noch in einer Höhle sitzen und versuchen, mit Steinen irgendwelche Vögel zu treffen. Meinst du nicht?“

Sie brauchte nicht wirklich meine Antwort.

„Viele meinen, dass Gott unsere Wünsche erfüllt. Ich glaube nicht, dass Gott die Zeit hat, sich persönlich in jede Einzelheit unseres Lebens einzumischen. Auch Gott braucht seine Vertreter, und die dienen sicherlich nicht in der Kirche.“ Sie lachte mit einem sehr frechen, aber auch befriedigten Gesichtsausdruck, als hätte sie ihr Rachebedürfnis an jemandem gestillt.

Es schien ihre Herzensangelegenheit zu sein, mir zu erklären, was ein richtiger Lebenstraum ist, und sie erzählte unermüdlich weiter: „Ich bewundere Visionäre, weil die Mehrheit der Menschen eigentlich von den wenigen Visionären profitiert, auch wenn die meisten es selber nicht wissen und nicht besonders dankbar sind. Sie beklagen sich, dass die Welt heute zu schlecht ist, weil es immer Idioten gibt, die versuchen, die Welt zu verändern. Andererseits will aber keiner von denen heute ohne Auto, Flugzeuge, Computer, Handy und Internet leben. Was für ein Dilemma!“

Ich musste ihr eigentlich zum großen Teil zustimmen - aber was hatte das denn mit mir zu tun? Ich hatte doch gerade andere Sorgen, als mit ihr über Visionen herum zu philosophieren. Langsam wurde ich ein bisschen ungeduldig und fragte mich, ob sie mich wirklich nur zu sich eingeladen hatte, um Abschied von mir zu nehmen.

Stattdessen wurde sie immer munterer und aufgeregter, als wäre sie auf Drogen. Ich musste einfach etwas sagen, um sie zu bremsen: „Eigentlich habe ich das Gefühl, dass du gerade von dir selbst sprichst", schmunzelte ich.

Jessica schluckte ihre noch nicht ausgesprochenen Worte schnell hinunter und lächelte mich ein bisschen verlegen an. Sie hatte wohl gemerkt, dass sie zu viel geredet hatte. Schweigend nippten wir beide an unseren Gläsern. Nach einigen Sekunden hatte ich wieder ein wenig schlechtes Gewissen. Sie hatte mir bedingungslos große Hilfe geleistet, und ich konnte nicht einmal eine gute Zuhörerin für sie sein.

So sagte ich bedauernd: „Weißt du, da ist was Wahres dran an dem, was du sagst. Aber mein Traum ist nicht, ein Visionär zu sein - denn so etwas hat man entweder im Blut oder nicht, man kann es sich nicht antrainieren. Es gibt schließlich nur sehr wenige Visionäre auf der Welt."

„Vielleicht ist das auch gut so", kommentierte sie ganz trocken, als hätte sie plötzlich keine Lust mehr auf dieses Gespräch. Ich war irgendwie fassungslos, denn vor einer Minute hatte sie doch noch mit voller Leidenschaft und Begeisterung davon gesprochen.

„Wieso?", wollte ich nun wirklich wissen.

Sie schaute eine Weile zum Fenster hinaus und sagte kraftlos: „Wenn die Mehrheit der Weltbevölkerung Visionäre wären, würde die Welt ins Chaos stürzen. Bei jemandem, der den Ehrgeiz und die Macht besitzt, die Welt zu verändern, besteht oft die Gefahr, dass er eines Tages wirklich glaubt, er sei ein Vertreter Gottes oder gar Gott selbst. Es kann mit den Visionären auch richtig schief gehen."

Es war etwas Persönliches, Herzzerreißendes in

ihrer Stimme, die langsam in der Luft vibrierte. „Lass uns über was Anderes reden.“ Ich war sehr erleichtert, als sie von selbst auf diese Idee kam.

Sie nahm die Zeitschrift in die Hand, die ich vorher gelesen hatte, und fragte mich: „Wenn du die Chance hättest, dein eigenes Leben zu verändern, was würdest du machen?“

Schon wieder so eine suggestive Frage ! Wenn ich nur ... Mit dieser eigentlich ziemlich sinnlosen Frage kam alles in Zeitlupe hoch: Meine Kindheit, meine Jugend, mein ganzes bisheriges Leben. Noch nie war ich so unzufrieden mit mir selbst und dieser Welt wie jetzt. In keiner Lebensphase hatte ich so gelebt, wie man zu jener Zeit hätte leben sollen. Ich war nie ein Kind, ein Teenager oder eine junge Frau gewesen, sondern bereits alt zur Welt gekommen. Aber was will man ändern, wenn man keine Referenz hat und nicht weiß, wie die richtige Version aussehen soll?

„Es scheint einiges zu sein, das du verändern möchtest. Sonst wäre NICHTS doch ein sehr einfaches Wort.“ Jessica war eine kleine Hexe, aber sie hatte wieder einmal Recht. „Weißt du, du hast mich heute auf eine Idee gebracht, als du dieses Magazin durchgeblättert hast“, fügte sie genüsslich hinzu.

Ich musste anfangen zu lachen. Ideen schienen ihr wohl nie auszugehen! Aber das, was sie mir dann sagte, war das Verrückteste, das ich je in meinem Leben gehört hatte.

„Willst du meinen Pass nehmen und damit nach Europa gehen?“, fragte sie, ohne dabei auch nur einmal zu blinzeln. Sie erklärte, dort könnte ich zum Beispiel weiter studieren und sie würde alles finanzieren. Dann brachte sie ununterbrochen noch weitere Argumente: Wir würden uns täuschend ähnlich sehen, ich könnte bereits ein bisschen Deutsch und das würde sich noch schnell verbessern. Niemand würde also auf die Idee kommen, dass ich nicht Jessica wäre. Außerdem sei sie sich sicher, dass ich eine bessere Studentin abgeben würde, als sie selbst.

Mein nicht von Alkohol korrodierter Verstand sagte mir, dass es sich um einen Witz handeln müsste - den Witz einer gelangweilten Prinzessin, die sonst keine Probleme hatte. Ein gedanklicher Kurzschluss entzündete eine Wut, die bereits seit Monaten in mir vor sich hin schwelte, und meine Geduld war am Ende. Im Aufstehen sagte ich zu Jessica, dass ich gehen wolle, denn ich hätte keine Lust mehr, den ganzen Abend mit weiterem Unsinn zu vergeuden.

Keine Ahnung, wie lange Jessica dann gebraucht und was sie noch alles gesagt hatte, um mir klar zu machen, dass sie es wirklich ernst meinen würde. Zum Schluss erzählte sie mir von einem Familienfonds, auf den sie erst nach einem erfolgreich absolvierten Studium Zugriff hätte. Sie sei auf meine Hilfe angewiesen. Ich hatte keine Ahnung, welchen anderen Plan sie geschmiedet hätte, wenn wir uns nie begegnet wären. Aber das sollte auch nicht meine Sorge sein. Vielmehr hatte sich meine Dankbarkeit für ihre bisherige Hilfe dadurch stark relativiert - alles hatte wohl seinen Grund gehabt.

Zum ersten Mal im Leben verlangte ich ein alkoholisches Getränk, um meine gereizten Nerven zu beruhigen. Jessica schenkte mir eine goldfarbene, kohlensäurehaltige Flüssigkeit in ein schlankes Flötenglas, die säuerlich schmeckte und emetisch in meinem Magen wirkte. Das sei Champagner, sagte sie. Wirklich beruhigend war dieses teure Säftchen leider nicht - im Gegenteil, ich fing sofort an zu schwitzen. Aber es hatte meinen Körper irgendwie aufgelockert, und ich fühlte mich, nachdem ich mich an seinen Geschmack gewöhnt hatte, langsam wieder wohler.

Ich musste ehrlich zugeben, abgesehen von ihrem

Motiv war der Plan an sich gar nicht so uninteressant für mich. In Europa oder den USA zu studieren, wie es viele reiche Kids mittlerweile taten, war bislang - wenn überhaupt - nur ein ganz leises Geflüster in meinem Hinterkopf. Mir fehlte nicht nur das nötige Taschengeld, ich würde auch meine Mutter nie alleine hier zurück lassen. Aber die Vorstellung, meine künstlerische Seele in einem Land der Freiheit und Liberalität baumeln zu lassen, war wirklich sehr verlockend.

„Was ist mit deiner Familie und deinen Freunden? Die werden doch bestimmt merken, dass ich die Falsche bin!“ Ich wollte eigentlich überhaupt keine Frage stellen, denn mit jeder weiteren Frage erklärte ich nur meine wachsende Bereitschaft, an dem Plan teilzunehmen.

Sie war nicht gerade erfreut über meinen Einwand, so wie Jessica aussah. Aber sie fand eine Antwort, nachdem sie ihre Nase ein paar Mal gerieben hatte: „Ich ... ich habe keine Familie mehr, außer einem Halbbruder. Eigentlich ist er gar nicht mein Halbbruder ... aber egal, das ist nicht das Problem. Wir haben jetzt nicht mehr viel Kontakt, und er wohnt in Zürich. Du musst ja nicht unbedingt dort studieren. Alte Freunde habe ich auch nicht viele, die sind mittlerweile über die ganze Welt verstreut. Die meisten Freunde habe ich doch hier! Du musst dir also keine Sorgen machen.“

Irgendwie tat sie mir plötzlich leid, denn sie schmiegte sich gerade an das Sofa wie eine verletzte, einsame Katze. Ihr Leben war vielleicht doch nicht so glänzend, wie es nach außen schien. Ich wünschte mir, ich könnte ihr sofort zusagen und sie ein wenig aufheitern. Außerdem war es eine absolute „Win-Win“-Situation: Sie könnte ohne große Mühe eine Urkunde haben, wofür auch immer sie sie brauchte - ich könnte meinen Horizont erweitern, ein paar Jahre woanders leben und etwas Neues sehen. Eigentlich gab es gar keinen Grund, Nein zu sagen.

„Aber was ist mit meiner Mutter? Ich kann sie doch nicht alleine hier lassen - in ihrem Zustand sowieso nicht!“ Nach einem deutlichen „Nein“ hörte sich meine Frage allerdings nicht an.

„Genau das ist doch der Punkt! In ihrem jetzigen Zustand bezweifle ich, dass sie uns beide überhaupt auseinander halten kann. Ich werde mich um deine Mam kümmern, ein gutes Pflegeheim für sie aussuchen und sie jeden Tag besuchen. Ich werde sie so behandeln, als wäre sie meine eigene Mutter. Das verspreche ich dir.“

Ich musste zugeben, dass sie mit diesem Punkt Recht hatte. Auch wenn ich alles aufgeben würde, könnte ich doch nichts an der Tatsache ändern, dass weder der Körper noch der Geist meiner Mutter im wirklichen Sinn noch am Leben war. Ob sie mich in einigen Jahren überhaupt noch erkennen könnte, war schwer zu sagen. Wenn Jessica sie in ein gutes Heim bringen und sich um sie kümmern würde, wäre es sicherlich eine bessere Lösung für meine Mutter, als die, die ich ihr anbieten konnte.

Aber ich konnte immer noch nicht wirklich verstehen, wie sie auf diese riskante Idee gekommen war. Letztendlich konnte ich sicherlich mehr mit ihrer Identität anfangen als sie mit meiner. Als ich noch mit dem Gedanken rang, ob alles doch nur ein Witz von ihr gewesen sei, wurde Jessica wieder lauter und sagte fast wie eine große Schwester zu mir: „Was gibt es noch zu überlegen? Wir tun es. Du sollst was aus dir machen!“

Den letzten Satz hatte meine Mutter früher auch immer zu mir gesagt - nur, dass sich die Bedeutung dieses Satzes im Laufe der Zeit immer wieder geändert hatte. Das letzte Mal meinte sie eigentlich damit, ich solle mir so schnell wie möglich einen reichen Mann angeln. Es war seltsam, aber in diesem Moment fühlte ich mich plötzlich ein wenig erleichtert, als ich an den Zustand meiner Mutter dachte.

„Ja, dann - lass uns etwas aus mir machen!“ Nach zwei Gläsern Champagner, die ich - mehr oder weniger von Jessica aufgenötigt - getrunken hatte, war auch ich lustig geworden.

Die restliche Nacht blödelten wir auf dem Sofa und machten Brainstorming. Ich versuchte, mir unendliche kuriose Situationen vorzustellen, wie unsere falsche Identität uns beide in Gefahr bringen könnte, Jessica dagegen hatte die Aufgabe, immer eine Lösung zu finden. Ihre Antworten waren meistens noch viel alberner als meine Fragen.

Wir lachten die ganze Zeit, als hätten wir beide schon lange nicht mehr gelacht, was vielleicht sogar zutreffend war. Jessica war offensichtlich betrunken und marschierte hysterisch im Wohnzimmer auf und ab, während ich vergebens versuchte, sie zu beruhigen und vom weiteren Trinken abzuhalten.

Es war fast schon hell, das Morgenlicht drängte vorsichtig, aber progressiv durch die Jalousien ins Zimmer und kämpfte mit dem gedimmten Lampenlicht. Ich stand vom Sofa auf, total wach, aber völlig übermüdet, und sagte zu Jessica, dass ich nun wirklich gehen würde.

Jessicas Lachen fror auf der Stelle ein. Sie starrte mich eine Weile mit kaltem Blick an und fing an zu weinen. Anfangs hatte sie nur Tränen in den Augen, aber bald wurde sie lauter und lauter, fast heulend, wie ein kleines Kind, das keine Kontrolle mehr über seine eigenen Gefühle hat.

Sie war der erste Mensch, außer meiner Mutter, der vor mir so geweint hatte. Es fiel mir schwer, sie geschickt zu trösten. Ich brauchte lange, um sie wieder auf dem Sofa zu platzieren. Mit meinen Armen hielt ich ihren Kopf und drückte ihn an meine Brust. Als ich dann ihr Gesicht streichelte, wurde sie endlich ruhiger. Mir war unklar, was sie auf einmal so traurig gemacht hatte, irgendwie konnte ich aber ihre Schmerzen so gut nachempfinden, wie bei noch niemanden, nicht einmal bei meiner Mutter.

Als die Pracht der heißen Mittagssonne durch den Schlitz der Jalousien wie ein warmes Seidentuch mein Gesicht kitzelte, wachte ich auf. Jessica schlief noch tief und fest neben mir auf der Couch. Ihre Augenbrauen zogen sich allerdings zusammen, als wäre sie mit irgendetwas nicht zufrieden. Vielleicht war es zu hell. Ich stand vorsichtig auf, ging leise zum Fenster und zog die dicken Samtvorhänge zu. Dann schaltete ich das Licht aus. Sofort war es im Zimmer wieder so dunkel wie die Nacht. Jessicas Gesichtsausdruck wurde sichtlich lockerer und sanfter.

Ich blieb noch ein paar Minuten sitzen, bevor ich die Wohnung verließ. Draußen war die pralle Realität, die ganz anders aussah als der Tagtraum, den ich hinter dieser Tür zurückgelassen hatte.

JESSICA

Es gab Zeiten, in denen ich jeden Tag eine Handvoll Pillen schlucken musste. Manche halfen mir zu schlafen, manche halfen mir wach zu bleiben, manche halfen einfach nur, die Nebenwirkungen der anderen zu reduzieren. Genau konnte ich mich nicht mehr erinnern, wann das war. Es könnte in meiner Anfangszeit in Deutschland gewesen sein - oder aber auch in der Oberstufe. Die Quelle der Pillen war für mich rückblickend im Einzelnen auch nicht mehr nachvollziehbar. Manche kamen jedenfalls von Ärzten, andere kamen von meinen Mitschülern. Sicher war nur, dass Phillipe eines Tages alle meine Pillen gegen Vitamintabletten ausgetauscht hatte. Das war vielleicht auch der Grund, warum ich noch lebte. Ich schluckte alles wie gewohnt hinunter und tat einfach so, als hätte ich nichts bemerkt – genau so, als ob ich auch nicht wüsste, wie sehr er mich eigentlich liebte.

Vor vielen Jahren wusste ich bereits, dass ich der Anfang allen Unglücks war. Der frühe Tod von Hannes hatte diese Vermutung einmal mehr bestätigt. Menschen, die mich liebten und die ich liebte, verließen mich auf seltsame Weise. Es war wie ein DNA-Merkmal, das man nicht einfach wegwischen konnte. Phillipe war das Letzte, das ich „Familie“

nannte. Mir war es lieber, ihn auf eine abstrakte Art zu haben, als auf eine konkrete Art zu verlieren. Deshalb musste ich weit weg bleiben, so weit, dass er mich nicht finden konnte. Seine E-Mails beantwortete ich nur gelegentlich – meistens, wenn er darauf bestand, mich zu besuchen, und immer wieder nach meinem Aufenthaltsort fragte – und dann auch nur, um ihm zu sagen, wie sinnlos es wäre, mich zu besuchen.

Matt war der erste Mann nach Phillipe, dem ich mich nähern wollte. Er erinnerte mich irgendwie an Phillipe. Ich war ihm sehr dankbar, dass er immer für mich da war - weder zu nah, noch zu fern. Ich hatte nur keine Ahnung, wie lange er dieses hoffnungslose Spiel noch mitspielen würde. Davon abgesehen war mein Leben eigentlich friedlich und schön. So friedlich und schön wie der Tod selber.

Bevor ich Fei Yu kennenlernte, wollte ich überhaupt nicht wissen, was Zukunft wirklich ist. Die fernste Zukunft, die ich mir vorstellen konnte und ernsthaft plante, war das Wochenende, an dem wir wieder nachts durch die Stadt zogen.

Aber Fei Yu brachte etwas in mein Leben, das ich früher nie hatte, und zwar die Neugier nach der Ungewissheit des Lebens. Diese Neugier war wie sich rasch vermehrende kleine Würmer, die meine Nerven ständig kitzelten und mich nie in Ruhe ließen. War sie vielleicht der Grund, warum ich nach Shanghai zurückkehrte und in eine Menschenmasse von zwanzig Millionen sprang?

Ich war mir sicher, dass Gott Fei Yu nicht ohne Grund zu mir geführt hatte. Wenn die Antwort nicht in meiner Vergangenheit lag, dann bestimmt in meiner Zukunft.

Auch mir fehlte die Erklärung, warum ich ihr geholfen hatte, als ihre Mutter erkrankt war. Ich war keine Wohltäterin und glaubte auch nicht, dass man nur durch Spenden die Welt ändern könnte. Es geschah eher aus meiner Angst heraus, diesen kleinen Funken eines Lebenszeichens in mir wieder zu verlieren. Ich brauchte Fei Yu, um heraus zu finden, warum Gott uns beide so geschaffen hatte.

Als sie bei mir versuchte, die Zeitschrift zu lesen und dann auf Deutsch mit mir zu reden, fiel das letzte Puzzleteil auf einmal an seinen Platz. Plötzlich begriff ich alles. Sie und ich, wir waren das perfekte Gegenstück für den anderen. Nur wir beide konnten dem anderen genau das geben, was er brauchte. Fei Yu, das kleine, hübsche Gefieder, nur sie konnte meine längst gebrochenen Flügel wieder zusammen flicken. Und nur ich konnte ihr die lang ersehnten Flügel verleihen.

Es war ein überwältigendes Gefühl, den Mut zu fassen, ein Bild der Zukunft zu malen. Streng genommen war es eher die Zukunft von Fei Yu, aber für mich war das von nun an ein und dasselbe.

Um sie zu überreden, aus ihrer Welt heraus zu treten, benutzte ich den Fonds als Ausrede, der mich in Wahrheit gar nicht mehr interessierte. Allein die jährlichen Zinsen waren bereits mehr als genug für ein bequemes Leben hier. Was ich brauchte, war lediglich ein Grund, um weiter zu leben.

Ich hatte das Gefühl, Fei Yu konnte immer noch nicht glauben, dass es kein Traum war, bis sie mit meinem Pass am Flughafen stand. Aber nun lebte sie bereits seit einigen Monaten auf der anderen Seite der Welt.

Ihre Mutter war seither in einem guten Heim untergebracht und ich besuchte sie jeden Tag. Am Anfang war das sehr schwierig für mich. Denn bis ich für gewöhnlich tagsüber aufstand, war die Besuchszeit meistens vorbei. Aber noch schlimmer als meine Willensschwäche war meine Angst, dass Fei Yu wegen ihrer Mutter unser gemeinsames Projekt abbrechen würde. Deshalb stellte ich immer mehr Wecker in die Wohnung und gleichzeitig immer weniger Alkohol auf das Regal. So schaffte ich es nach einiger Zeit tatsächlich, jeden Tag beizeiten aufzustehen und einzuschlafen. Oft, wenn Shane, Matt oder andere mich nachts aus irgendeiner Bar anriefen, war ich bereits im Bett. Das hatte sie alle ziemlich verunsichert, vor allem Matt. Einmal fragte er mich sogar, ob ich einen Neuen hätte.

Das einzig Neue, das ich hatte, war Fei Yu's Mutter, mit der ich inzwischen die meiste Zeit verbrachte. Obwohl ich und Fei Yu wie Zwillinge aussahen, hatte ihre Mutter komischerweise mit meiner nicht viel gemeinsam, was das Äußere betraf. Am Anfang wusste ich nicht wirklich, was ich einem fremden Menschen gegenüber so sagen sollte und saß meistens nur schweigend da und schaute ihr zu. Auch wenn die Hälfte ihres Körpers gelähmt war, gab sie nie auf, mit der anderen Hälfte gegen diese Welt zu protestieren. Ob Ärzte oder Pfleger, es war noch niemandem gelungen, seine Arbeit kampflos bei ihr zu verrichten. Nur wenn ich da war, hatte sie ab und an eine sanfte Miene und einen lächelnden Blick.

Es tat mir gut, als ich merkte, wie wichtig ich und mein täglicher Besuch für sie waren. Ich redete immer öfter und immer mehr und erzählte ihr viele fiktive Ereignisse aus meinem angeblichen Berufsleben. Sie machte oft völlig irrelevante Kommentare zu meinen Ausführungen oder wurde unglaublich nachdenklich. Einmal war sie besonders wach und fragte mich, warum ich eigentlich nie arbeiten ginge. In Panik sagte ich, dass ich meistens nachts arbeiten würde. Als der Pfleger aber mit einem schwer zu deutenden Gesichtsausdruck kicherte, war mir dies sofort peinlich. Er hatte es offensichtlich falsch verstanden. Unglaublich, dass es mir sogar etwas ausmachte, wie ein anderer über mich dachte.

Ein anderes Mal fragte sie mich, ob ich zu viel arbeiten würde und zu viel Stress hätte. Ich fragte, warum. Sie antwortete, weil sich meine Stimme verändert hätte. Oh ja, meine Stimme, endlich war sie darauf aufmerksam geworden. Fei Yu hatte eine sehr klare Stimme und meine war einfach viel tiefer. Ich antwortete mit „Ja, vielleicht. Außerdem bin ich erkältet." Gleichzeitig stellte ich mir nicht ohne Schadenfreude vor, welche Ausreden sich Fei Yu einfallen lassen müsste, wenn meine Bekannten sie erwischen würden. Es würde ihr sicherlich viel schwerer fallen, eine vernünftige Erklärung für eine um zwei Oktaven höhere Stimme zu finden.

Jedes Wochenende führten ich und Fei Yu einen Videochat übers Internet, damit sie ihre Mutter sehen konnte. Auf der einen Seite war es wichtig für sie, auf der anderen Seite wusste ich auch, dass es sie jedes Mal mehr oder weniger enttäuschte, weil der Zustand ihrer Mutter sich nicht besserte. Oft bat sie mich sogar bereits nach kurzer Zeit, die Videoübertragung auszuschalten.

Ich konnte Fei Yu gut verstehen. Obwohl es sich nicht um meine Mutter handelte, war es für mich keine leichte Aufgabe, sie jeden Tag in diesem Zustand zu sehen. Die Lebenskraft, die wertvollste Energie der Welt, wurde einfach von einem kaputten Körper blockiert. Irgendwie tat es mir in der Seele weh und ich fing an, zu recherchieren, um mehr über eine mögliche Heilung dieser Krankheit zu erfahren.

Ich hatte es sogar geschafft, mir die unverständlichen Begriffe aus medizinischen Fachbüchern geläufig zu machen und in Internetforen die Ärzte mit fachmännischen Fragen zu konfrontieren. Wenn ich früher irgendetwas in meinem Leben mit solch einer Leidenschaft gemacht hätte, wäre ich heute bestimmt wesentlich erfolgreicher.

Eines Tages stieß ich in einem Internetblog auf

eine interessante Information. Der anonyme Blogger hatte einige Fälle erwähnt, in denen die aus unterschiedlichen Gründen gelähmten Patienten mit traditionellen Heilmethoden von einem Mediziner geheilt worden waren, der in einer Provinz Westchinas ansässig sei. Ich kontaktierte den Blogger und erfuhr, dass der chinesische Mediziner, den Erzählungen der Patienten zufolge, wie ein Eremit in den Bergen lebte. Lediglich einen Ortsnamen bekam ich. Denn eine genaue Adresse kannte er nicht.

Außer unzähligen Werbungen für Kliniken oder medizinische Geräte war dies eine der wenigen nützlichen Informationen, die ich im Internet gefunden hatte. Sofort wandte ich mich an Google und fragte nach dem unbekannten Ort, unter dessen Namen ich eine Gemeinde in den tiefsten Bergen Südwestchinas fand - ein Land, das für mich fremd und zugleich geheimnisvoll war.

In den nächsten Tagen reifte in mir eine Idee, die stärker und stärker wurde: dorthin zu fahren und nach diesem Eremit zu suchen. Wenn alles wahr wäre, was ich in dem Blog gelesen hatte und ich Glück haben würde, dann hätte Fei Yu's Mutter die Chance auf ein zweites Leben. Einen Versuch wäre es mir jedenfalls wert.

Auch Fei Yu war ziemlich angetan von dieser Idee, gleichzeitig schien sie positiv überrascht zu sein, dass ich für ihre Mutter keine Mühe scheute.

Ich plante sofort die Reise und fragte Shane und Matt, ob sie mitgehen wollten. Sie waren beide unheimlich begeistert. Genau wie ich waren auch sie noch nie im inneren China gewesen. Shane wollte gleich seine Studiokollegen mitnehmen und eventuell eine „Reisedoku“ machen.

Wir starteten als Fünf-Mann-Team, mit der Filmausrüstung von Shane und sonst eher spärlichem Gepäck - ohne auch nur eine brauchbare Landkarte dabei zu haben, als würden wir in einen Wellnessurlaub gehen. Jeder hatte ein Handy mit GPS und eine Kreditkarte – im Grunde alles, was man heute für eine Reise braucht.

Aber schon sehr bald mussten wir feststellen, dass wir die Modernisierung Chinas überschätzt hatten. Mit dem Flugzeug konnten wir nur eine Stadt erreichen, die mindestens noch drei- bis vierhundert Kilometer von meinem Ziel entfernt war. Wie wir diese Strecke überwinden sollten, war alleine uns überlassen.

In einem Reisebüro versuchten wir uns zu informieren. Leider tauchte der Ortsname, den ich gesucht hatte, nirgends in den Reiseführern auf. Auch unter den zahlreichen Reiseprogrammen dieser Region fand sich nichts, das in der Nähe wäre. Eine Angestellte des Reisebüros musterte uns so, als wären wir alle Marsmännchen, verknüpft mit der Frage, warum wir dorthin wollten. Mit ihrer übertriebenen Verwunderung gab sie uns zu verstehen, dass dieser Ort für sie noch fremder war als wir.

Ich gab nicht auf und besuchte weitere Reisebüros, Hotels, Bus- und Bahnhofsstationen. Nachdem ich mit zahlreichen kompetenten Mitarbeitern des öffentlichen Dienstleistungssektors gesprochen hatte, verstand ich in etwa, dass wir zwei Möglichkeiten hätten: entweder mit den öffentlichen Bussen und Bahnen zu fahren, wobei wir unzählige Male umsteigen und eine letzte Strecke von 20 Kilometern dennoch zu Fuß zurücklegen müssten, oder einen privaten Bus zu mieten, der uns direkt dorthin brächte, wo wir hin wollten.

Ich entschied mich für die zweite Option. Shane, Matt und die anderen zeigten mir bedingungslos ihre Solidarität, denn wirklich viel hatten sie ohnehin nicht verstanden. Sie wussten auch, dass die Chance, jemanden zu finden, der einigermaßen Englisch spräche, umso geringer würde, je weiter wir führen.

Einen passenden Bus zu finden war nicht schwer. Denn in der Nähe von Bus- und Bahnhofsstationen waren immer viele Taxis zu sehen - mit oder ohne Lizenz. Zum Schluss blieben wir vor einem Toyota Van stehen, der zwar alt war, uns aber unter der Vielzahl von unbekannten einheimischen Automarken doch am sichersten erschien.

Ich sagte dem Fahrer, wo wir hin wollten, und er schaute uns genau so verwundert an wie die Frau in dem einen Reisebüro. Nach langem Verhandeln einigten wir uns auf einen Preis, der eigentlich zu hoch für so eine Strecke war. Aber ich wollte keine weitere Zeit mehr verschwenden und ließ mich einfach als gutmütiger Ausländer über den Tisch ziehen.

Am nächsten Morgen starteten wir bereits vor Sonnenaufgang. Der Fahrer bestand darauf, denn er hatte Angst, dass wir nicht vor Einbruch der Nacht ankommen könnten. Vierhundert Kilometer für einen ganzen Tag? Wir lachten alle. Aber das Lachen dauerte nicht lange an.

Der Van fuhr uns Richtung Westen. Durch die Fenster beobachteten wir ein sich schnell veränderndes Bild. Die Gebäude wurden niedriger, kleiner und weniger, ihr Zustand schlechter. Vierrädrige Fahrzeuge wurden durch zweirädrige, diese wiederum irgendwann durch nicht motorisierte Fahrzeuge ersetzt. Menschen wurden weniger, und ihre Klamotten immer schmutziger. Die Fahrt von der Stadt in das Landesinnere war wie ein Film über die Entwicklung des Landes in den letzten Jahrzehnten, allerdings im Rücklaufmodus.

Unser Van schlängelte sich die meiste Zeit auf seitwärts ungesicherten, schmalen Bergstraßen voran. Nach drei Stunden waren wir nur etwa hundert Kilometer Luftlinie vorwärts gekommen. Erst jetzt verstanden wir, warum wir so früh hatten losfahren müssen. Am Anfang wollte Shane noch überall anhalten und filmen, dann fing er aber auch an - wie wir alle - sich Sorgen um eine Unterkunft zu machen. Denn wenn es so weiter ginge, würde es für uns doch sehr schwierig werden, eine vernünftige Übernachtungsmöglichkeit zu finden. Campingausrüstung hatten wir dank unseres Optimismus‘ überhaupt nicht dabei.

Die Landschaft war streckenweise wunderschön, ungeachtet der Spuren, die irgendwelche gescheiterten Zivilisationsprozesse in der Vergangenheit hinterlassen hatten. Aber auf mich wirkte die raue Wildnis, die so weit von der menschlichen Kultur entfernt war, eher ein wenig furchterregend. Gelegentlich überholten wir den einen oder anderen Lastwagen, der uns wieder heimlich Hoffnung schöpfen ließ, dass wir bald in die nächste Stadt kommen könnten, egal wie klein sie wäre.

Ich suchte immer mal wieder das Gespräch mit dem Fahrer, in der Hoffnung, mehr über die Gemeinde zu erfahren, zu der wir fuhren. Leider war meine Informationsausbeute wegen seines zum großen Teil unverständlichen Dialektes nur marginal. Irgendwann fragte er mich, zu welchem Dorf ich eigentlich wolle. Denn die gesuchte Gemeinde bestünde angeblich aus sechs oder sieben Dörfern, die überall in den Bergen verstreut wären. Ich hatte keine Ahnung. Der Name der Gemeinde war das einzige, was ich hatte. Aber meine Blauäugigkeit gewann wieder einmal die Oberhand, und ich sagte ganz gelassen: „Egal, wir müssen wohl mit irgendeinem Dorf anfangen."

Nach einer Weile fragte ich den Fahrer wieder, ob er irgendein Hotel in dieser Gemeinde kenne, in dem wir übernachten könnten. Mehrmals wiederholte er das Wort „Hotel", um sicherzustellen, dass er es richtig verstanden hatte. Dann schenkte er mir schweigend wieder diesen Alien-Blick.

Als wir endlich wieder bergabwärts fuhren, gab es, neben den Lastwagen, wieder langsam Anzeichen von menschlichem Leben. Ein paar Mal sahen wir plötzlich einzelne Fußgänger, die panisch zur Seite sprangen, als unser Van hupend vorbei raste. Aber es war kein fröhliches Lebenszeichen – nicht, soweit man das von ihren Gesichtern ablesen konnte. Zumal die auf uns gerichteten Blicke meistens ziemlich feindselig waren, als hätten die Fußgänger wahrhaftige, zerstörerische Aliens gesehen. Ihrer Kleidung nach konnte man nur schwer einschätzen, aus welchem Zeitalter sie stammten. Denn einige hatten unter ihrer "normalen" Bekleidung etwas sehr Urtümliches an, wie von einer ganz anderen Kultur, vermutlich das eine oder andere Nationalkostüm der unterschiedlichen Volksgruppen. Dennoch zogen sie oftmals ein total verdrecktes, aber moderneres Kleidungstück darüber, das jedoch offensichtlich die falsche Größe hatte.

Sie trugen alle, ob alt oder jung, Mann oder Frau, eine ziemlich große Last auf dem Rücken - oft war es ein mit irgendetwas gefüllter, riesiger Bambuskorb, manchmal aber auch nur ein großes Bündel Brennholz.

Im Tal waren dann auch zeitweise kleine, einfache Häuser zu sehen, deren Zustand allerdings erahnen ließ, dass sie nicht wirklich bewohnt waren. Aber unser Fahrer deutete mit Begeisterung auf die Häuser und sagte das Wort „Dorf".

Mir fehlte damals noch die visuelle Vorstellung für das chinesische Wort „Dorf", wie auch für „Gemeinde". Ich, nicht anders als Shane und Matt, kannte nur die Städte Chinas, oder im wirklichen Sinn nur die eine Stadt, nämlich Shanghai. Selbst Shane, der schon einige Jahre in China lebte und angeblich schon so einiges gesehen hatte, wusste nicht, wie ein Dorf im tiefsten Innern Chinas in Wirklichkeit aussieht.

Wir fingen alle an, uns richtig Sorgen um die Übernachtung zu machen. Es boten sich grundsätzlich zwei Möglichkeiten für uns: entweder weiter zu fahren und alles dem Schicksal zu überlassen, oder von unserem Ziel abzuweichen, um nach der nächsten Stadt zu suchen. Als der Fahrer uns aber endlich klar gemacht hatte, dass die nächste Kleinstadt noch mehr als zweihundert Kilometer entfernt war, und zwar in einer anderen Richtung, entschieden wir uns alle fürs ursprüngliche Ziel.

Von einem Tankstopp abgesehen, fuhren wir pausenlos weiter. Am späten Nachmittag waren wir in einer kleinen Siedlung im Tal angekommen. Es gab sogar einige mehrstöckige Betonhäuser und einen Lebensmittelladen. Die Umstände schienen doch viel besser zu sein, als wir erwartet hatten. Der Fahrer zeigte uns eines der Betonhäuser und erzählte uns, dass es das Rathaus der Gemeinde sei.

Ein Hotel oder etwas Ähnliches fanden wir leider nicht. Als ich den Fahrer fragte, wo er übernachten würde, lachte er und deutete auf den Wagen. Für eine Nacht sei das nicht schlimm, meinte er, denn er würde am nächsten Morgen gleich zurück fahren. Ich war entsetzt, als ich das von ihm hörte, und fragte, wie er uns einfach so verlassen könnte. Er sagte voller Selbstverständlichkeit, dass er uns ans Ziel gebracht hätte und sein Job erledigt sei. Außerdem seien die einzelnen Dörfer eher schwer mit dem Auto zu erreichen, meinte er und deutete mit seinem Kinn auf die umliegenden Berge.

Im Grunde hatte er Recht, wenn ich mich hier so umsah. Und bei Antritt der Reise hatten wir auch nicht über den Rückweg gesprochen, weil wir davon ausgegangen waren, es würde kein Problem geben, einen anderen Wagen zu finden.

Trotzdem konnte ich es nicht zulassen, dass er sich einfach so aus dem Staub machte. Denn sonst wären wir hier völlig verloren.

Wieder einmal musste ich lange mit ihm verhandeln, und wieder einmal mussten wir ihm ein kleines Vermögen versprechen. Dann war er endlich damit einverstanden, bei uns zu bleiben und uns anschließend noch zurück in die Stadt zu fahren, in der er mit uns gestartet hatte.

Wir kauften uns ein bisschen was zum Essen und Trinken in dem Lebensmittelladen. Die Auswahl war sehr begrenzt. Aber wir waren alle froh, dass es überhaupt etwas gab. Nach diesem anstrengenden Tag hatten wir endlich ein Abendessen verdient. In unseren Reisetaschen waren zwar auch einige Snacks eingepackt, aber gegessen hatte keiner etwas, den ganzen Tag noch nicht. Die schlechten Straßen und der noch miserablere Fahrstil unseres Fahrers machten uns alle ziemlich krank.

Ab und an liefen ein paar Leute an unserem Van vorbei und scannten mit ihren Blicken all unsere sichtbaren Partien einmal gründlich durch. Aber langsam gewöhnten wir uns schon an solche Blicke und aßen und tranken ungestört weiter.

Es wurde langsam dunkel. Der Lebensmittelladen schien das Zentrum des dörflichen Nachtlebens zu sein, in dem sich nach und nach Leute zusammenfanden. Einige hockten vor der Tür und schauten in einen alten Fernseher, dessen Bildschirm mal ein schwarzweißes, mal ein farbiges Bild wiedergab, die anderen lehnten sich an die Theke und plauderten mit dem Ladenbesitzer.

Nachdem ich fertig gegessen hatte, wollte ich ebenfalls in den Laden gehen. Vermutlich war der Laden eine Art Ersatz für die Bar oder die Touristeninformation und vereinigte alle denkbaren Funktionen, die das Gesellschaftsleben der Dorfbewohner ausmachten. Mit ein bisschen Glück könnte ich dort vielleicht bereits herausfinden, wo der chinesische Mediziner sein könnte.

Ich bat den Fahrer, mich zu begleiten. Als wir in den Laden eintraten, wurden alle plötzlich ruhig und sahen mich abweisend an. Die Situation erinnerte mich irgendwie an einen schlechten Westernfilm.

Ich ging zum Ladenbesitzer und gab mir alle Mühe, ihm verständlich zu machen, was ich wissen wollte. Auch der Fahrer gab sein Bestes, um alles noch einmal in den hiesigen Dialekt zu übersetzen. Nach einer ziemlich langen und lauten Diskussion zwischen dem Fahrer, dem Ladenbesitzer und den restlichen Leuten, von der ich kaum etwas verstanden hatte, sagte der Fahrer zu mir, dass einige zwar schon mal von einem solchen Eremiten gehört hätten, aber auch nicht wüssten, wo er zu finden wäre.

Ich war sehr enttäuscht und lief mit dem Fahrer zum Van zurück. Morgen würden wir wohl selber alle Dörfer durchkämmen müssen.

Obwohl es schon später Frühling war, war es nachts doch ziemlich frisch. Aber wir hatten keine andere Wahl, als im Van zu übernachten. Der Fahrer parkte das Auto abseits der Straße, sammelte einen Haufen Äste und machte uns ein Lagerfeuer.

Außer dem Feuer und dem kleinen Laden auf der anderen Straßenseite gab es weit und breit kein Licht. Die Nacht war buchstäblich schwarz - umso heller waren deshalb die Sterne am Himmel. Wir waren auf einer Höhe von mehr als zweitausend Metern über dem Meeresspiegel und der Sternenhimmel wirkte greifbar nah. Der nächtliche Frühjahreswind hallte leise zwischen den Bergen und unterstrich die Einsamkeit dieser verlassenen Gegend.

Irgendwann schloss auch der einzige Laden. Wir saßen noch immer im Kreis um das Feuer, ohne aufreizende Klamotten, ohne pushende Getränke, ohne flinke DJs und adrenalinerregende Elektromusik. Nicht einmal unsere Handys hatten Empfang. Dennoch waren wir alle ein bisschen aufgeregt, als hätten wir erst begriffen, wie geheimnisvoll diese Welt sein kann. Ich war müde, gleichzeitig verspürte ich aber eine leichte Vorfreude auf den kommenden Tag.

Am nächsten Morgen wachte ich im Van auf, unter einer dicken Schicht verschiedener Jacken und Pullover. Da ich die einzige weibliche Mitreisende war, hatten mich meine Kumpels mit ihren Kleidungstücken warm zugedeckt. Ich hatte überraschend gut geschlafen.

Es war noch sehr früh am Morgen. Der Fahrer, mit einer Zigarette im Mund, studierte gerade eine Landkarte. Shane war bereits draußen und wanderte mit seiner Kamera herum. Die anderen kuschelten sich noch im Halbschlaf in ihre Autositze. Ich war froh, dass sie alle mitgefahren waren. Alleine hätte ich vielleicht nicht den Mut gehabt, diese Reise noch fortzusetzen.

Ich und Shane tranken jeweils eine Flasche Wasser als Frühstück. Frischmachen würden wir uns erst bei der nächsten Tankstelle können - allerdings wussten wir nicht, ob wir diese heute noch sehen würden.

Nachdem alle aufgewacht waren, verließen wir das Ortszentrum der Gemeinde und fuhren wieder in die Berge zum nächsten Dorf. Nach kurzer Zeit mussten wir bereits die Autostraße verlassen, die zwar holprig und teilweise löchrig, aber wenigstens geteert war.

Ich war stolz auf unseren Fahrer. Obwohl der Van nicht wirklich für die Beschaffenheit dieses Untergrunds geeignet war, hatte er es geschafft, uns eine Stunde lang über einen steinigen Bergweg zu rütteln, ohne den Van komplett auf den Kopf gestellt zu haben, bis irgendwann auch dieser eigentlich unbefahrbare Weg zu Ende ging. Vor einer Bergschlucht stellte er den Motor ab und gab uns deutlich zu verstehen, dass wir von nun an auf unsere Füße angewiesen waren.

Keiner von uns hatte richtige Trekkingschuhe dabei. Aber das war nur das kleinste Problem. Noch mehr machten wir uns Sorgen, wo wir später landen würden und ob wir dann noch zum Van zurück könnten, bevor es dunkel würde.

Die Schlucht sah am Anfang gar nicht tief aus, wir hatten aber mindestens eine Stunde gebraucht, um an das andere Ende zu kommen, wo wir endlich ein größeres Tal sahen. Shane hatte zeitweise noch mit Begeisterung gefilmt, ich dagegen war völlig erschöpft.

Der Fahrer deutete auf das Tal und meinte, das erste Dorf sei bereits nah. Unten im Tal waren tatsächlich einfache Bungalows zu sehen, einige davon pusteten sogar schwarzen Rauch aus ihren Schornsteinen. Die Aussicht, dass wir vielleicht etwas Warmes zum Essen bekommen könnten, hatte uns neue Motivation gegeben, und wir wollten nichts anderes, als schnell im Tal ankommen.

Ohne einen begehbaren Weg war es leider noch viel schwieriger, nach unten zu gelangen, als nach oben zu klettern. Zum Glück entdeckten wir bald einige kleine Anbauterrassen für Getreide oder Gemüse, in deren teilweise trockenen Bewässerungskanälen wir vorsichtig nach vorne rücken konnten.

Wieder eine gute Stunde später kamen wir endlich unten im Dorf an. Beim näheren Betrachten waren die Bungalows in einem noch schlechteren Zustand, als wir von weitem gesehen hatten. Viele Häuser waren einfach gebaute Lehmhütten mit Ästen und Stroh als Dachbedeckung. Nur die wenigsten hatte man aus Backstein gebaut, deren Außenwände jedoch zum großen Teil nicht verputzt waren. Ein Ziegeldach hatten sie dann auch, von dem allerdings nicht mehr viele Ziegel übrig geblieben waren. Alle Häuser wiesen nur ein bis zwei kleine, viereckige Löcher in der Wand als Fenster auf, vermutlich um die Wärme möglichst nicht zu verlieren. Richtige Fenster waren Raritäten, von Glasfensterscheiben ganz zu schweigen.

Es war ruhig und gab kaum Menschen zu sehen. Ab und an war das Bellen von Hunden zu hören. Wir gingen in Richtung eines Haues, aus dessen Schornstein Rauch stieg. Kurz vor dem Haus sahen wir plötzlich zwei Kinder im Grundschulalter, die gerade unter einem Baum saßen und mit der Erde spielten. Als sie uns sahen, standen beide sofort auf und starrten uns verängstigt an.

Am Erscheinungsbild der beiden ließ sich nur schwer festmachen, ob sie Jungs oder Mädchen waren. Beide hatten kurze Harre, bis auf einen schmalen Zopf in der Mitte. Ihre Gesichter waren so schmutzig, dass man die Hautfarbe darunter kaum erkennen konnte. Ein Kind hatte ein überdimensionales T-Shirt an, das andere einen Winterpullover. Beide Kleidungsstücke waren ebenfalls verschmutzt und nicht wirklich für diese Jahreszeit geeignet.

Ich lächelte den Kindern zu, schlechten Gewissens, dass wir sie vielleicht erschreckt hätten. Dann zeigte ich auf das Haus, zu dem wir wollten, und fragte die Kinder, ob sie dort wohnten. Ohne jegliche Reaktion starrten sie uns nur weiter an.

Wir gingen ratlos weiter zu dem Haus, das hinter einer verkommenen Hofmauer stand. Unser Fahrer stellte sich in den Hof und rief laut in Richtung der offenen Haustür. Die Luft roch nach unvollständig verbranntem Heu.

Erst nach langer Zeit kam ein junges Mädchen

aus der Tür, das uns genauso ängstlich anschaute, wie die zwei anderen Kinder. Dieses Mädchen war allerdings um einiges älter – schätzungsweise etwa zwölf oder dreizehn. Ihre Jacke hatte zwar eine passende Größe, war aber an mehreren Stellen kaputt. Auf ihrem Gesicht waren schwarze Abdrücke zu sehen, die vermutlich von der Asche kamen.

Ich und meine Kumpels waren genauso überfordert wie das Mädchen, denn wir hatten auf einmal alle vergessen, wonach wir hier eigentlich suchten. Nur unser Fahrer grüßte das Mädchen munter und laut, hielt seine Thermoskanne in der Hand und fragte nach warmem Wasser.

Das Mädchen zögerte ein paar Sekunden, dann nahm sie dem Fahrer die Thermoskanne ab und ging zurück ins Haus. Aus lauter Neugier reckten wir alle die Hälse und versuchten, in das Haus hinein zu spähen.

Wirklich viel hatten wir allerdings nicht gesehen, denn im Haus war es zu dunkel. Kurze Zeit später kam das Mädchen wieder heraus und gab dem Fahrer die Thermoskanne zurück. Der Fahrer bedankte sich, hockte sich einfach vor die Hofmauer, trank seinen Tee und aß sein Brot.

Wir hatten auch alle Hunger. Matt holte ein paar Instantnudeln in Plastikbechern aus dem Rucksack, die wir gestern gekauft hatten, und bat das Mädchen ebenfalls um Wasser. Ohne zu blinzeln, schaute das Mädchen Matts Gesicht an und fing nach ein paar Sekunden an zu lachen. Wahrscheinlich hatte sie noch nie Menschen mit blauen Augen und hellem Haar gesehen.

Das Mädchen wirkte allmählich entspannter. Sie sagte etwas zu unserem Fahrer und ging schnell wieder ins Haus. Der Fahrer übersetzte, sie müsste noch Wasser kochen. Dann kam sie mit einer Blechkanne auch schon wieder aus der Tür und füllte diese mit Wasser, das sie mit einem holzartigen Schöpfer aus einem Tongefäß neben der Tür löffelte.

Wir machten es uns neben dem Fahrer vor der Hofmauer auf dem Boden bequem und warteten sehnsüchtig auf das Mädchen.

Irgendwann kam es mit der Blechkanne wieder und füllte alle unsere Nudelbecher mit heißem Wasser. Schon beim Eingießen drang das Essensaroma mit voller Wucht aus den Bechern in die Luft und regte unseren Appetit richtig an. Der Blick des Mädchens verweilte einige Zeit neidisch auf den Nudelbechern, dann drehte sie sich mit hängendem Kopf um und wollte wieder in das dunkle Haus zurück.

Ihr Blick war so süß und stechend zugleich wie ein kleines Stacheltier, das mir ins Herz krabbelte. Ich holte sofort zwei weitere Packungen von den Nudeln aus meiner Tasche, rief das Mädchen zurück und reichte ihr die Nudeln. „Für dich“, sagte ich.

Sie überlegte kurz, als wollte sie die möglichen Konsequenzen abwägen, dann schnappte sie die Nudeln und kehrte schnell wieder ins Haus zurück. Wenig später ließ sie sich wieder in der Tür blicken und sagte „Danke“ zu mir, was sie vielleicht vor lauter Aufregung vorher vergessen hatte.

Die Nudeln schmeckten lange nicht so gut, wie sie gerochen hatten. Das Wasser hatte einen merkwürdigen Nachgeschmack. Aber ich hatte Hunger und eine bessere Mahlzeit war unter diesen Umständen auch nicht möglich.

Während wir unsere Suppen schlürften, kamen auch die zwei Kinder zu uns, die vorher unter dem Baum gespielt hatten. Sie blieben ein paar Schritte vor mir stehen und schauten unsere Plastikbecher ebenfalls mit dem Stacheltierblick an.

Mir verging irgendwie der Appetit. Ich wusste nicht, was die Kinder hier normalerweise essen, oder ob sie überhaupt etwas essen. Aber die billigen Bechernudeln schienen definitiv wie ein Festmahl auf sie zu wirken. Ich holte wieder zwei Becher aus der Tasche und gab sie den Kindern. Die zwei übersprangen das Abwägen der Konsequenzen, nahmen die Nudeln sofort und liefen weg.

Als wir alle fertig waren, erschien plötzlich ein alter Mann von der anderen Seite des Hauses und lief auf uns zu, mit einem großen Bambuskorb auf dem Rücken. Als er uns sah, wurde er grundlos hysterisch und brüllte uns etwas zu. Wir standen alle in höllischer Panik sofort auf, ohne auch nur ein Wort verstanden zu haben. Er donnerte weiter und ging an uns vorbei in den Hof.

Das Mädchen kam rennend aus dem Haus und fing an, dem alten Mann zu helfen, den Korb von seinem Rücken abzunehmen. Gleichzeitig versuchte sie, ihm etwas zu erklären. Nachdem er sich aber von seinem Korb befreit hatte, schlug er mit der Faust auf den Kopf des Mädchens ein und schrie sie an. Das Mädchen versuchte seiner Faust auszuweichen und gleichzeitig ihm weiter etwas zu erklären.

Völlig entsetzt wollten wir in den Hof gehen, um den Mann zu stoppen. Aber unser Fahrer hielt uns zurück und ging allein zu dem Mann. Ich hatte nicht viel von dem verstanden, was die beiden sagten, aber der alte Mann beruhigte sich langsam und nörgelte nur noch leise vor sich hin. Erst als der Fahrer einen Geldschein in seine Hand drückte, war er gänzlich getröstet und schubste das Mädchen ins Haus.

Der Fahrer gab uns ein Zeichen und zog weiter. Wir sammelten unsere leeren Becher ein und folgten ihm.

Ich fragte den Fahrer, ob der alte Mann der Vater des Mädchens sei. Er schüttelte seinen Kopf und sagte, das sei der Großvater. Die meisten Kinder in solchen Dörfern würden nicht bei ihren Eltern leben, fügte er hinzu. Verwundert fragte ich, warum.

Die jungen Leute müssten doch in den Städten Geld verdienen, meinte er mit einem spöttischen Grinsen auf den Lippen, als könnte er nicht begreifen, warum ich nicht einmal das einfachste Gesetz des Lebens verstand.

Diese Antwort warf bei mir aber noch mehr Fragen auf, wie zum Beispiel jene, warum die Eltern ihre Kinder nicht mitnähmen. Und noch während ich darüber nachdachte, ob ihm diese Frage dann vielleicht auch zu blöd vorkommen würde, sagte er zu mir, dass er selbst auch einen zehnjährigen Sohn in seinem Heimatdorf zurückgelassen habe, mehr als tausend Kilometer von der Stadt entfernt, wo er „schwarz" Taxi fuhr.

„Vermisst du deinen Sohn nicht?", fragte ich und bereute im selben Moment, dass ich wieder so eine lächerliche Frage gestellt hatte.

Natürlich vermisse er seinen Sohn, antwortete er, dieses Mal ohne Grinsen. „Aber was soll man machen? Man muss ja schließlich leben", fuhr er fort und deutete mit seinen Fingern auf die endlosen Berge. „Aber wovon soll man hier denn leben?", fragte er.

Die Stimmung wurde ein bisschen trüb. Ich beschloss, keine weiteren dummen Fragen mehr zu stellen.

Als wir einige Zeit später im Herzen des Dorfs ankamen, wo mehr Häuser zu sehen waren, standen auf einmal viele Kinder in unterschiedlichem Alter vor uns. Die zwei Kinder, denen ich die Bechernudeln gegeben hatte, waren auch dabei und hielten die Nudeln noch immer in ihren Händen. Alle Kinder schauten uns erwartungsvoll an, als hätten sie die ganze Zeit auf uns gewartet.

Der Fahrer fragte, was sie hier machten. Keiner gab einen Ton von sich. Sie standen nur schweigend und teilnahmslos da, sodass man fast Angst vor ihnen bekam. Die Kinder hatten ausnahmslos sehr schmutzige, unpassende Klamotten an, waren teilweise sogar barfuß. Sie bettelten nicht und keines hatte die Hände ausgestreckt. Aber es war uns klar, dass sie etwas wollten, auch wenn sie sich mit ihrer beschränkten Fantasie vielleicht gar nicht ausmalen konnten, was sie wirklich brauchten.

Wir blieben stehen, schauten uns gegenseitig eine Weile an und machten alle unsere Taschen auf. Sieben Nudelbecher, zwei Packungen Kekse, einige Orangen und ein paar Schokoladetafeln, die wir aus unserer Weltmetropole mitgebracht hatten, waren alles, was wir an Lebensmitteln dabei hatten, und womit wir uns eigentlich bis mindestens heute Abend versorgen müssten. Aber wir entschieden uns, alles den Kindern zu geben.

Dennoch war es zu wenig für so viele Kinder, die mindestens eine Fußballmannschaft inklusive Auswechselspieler hätten gründen können. Daher wollte ich das Verteilungsproblem ihnen selbst überlassen und legte alle Snacks auf einen herumliegenden, großen Stein. Während ich es tat, trat ein solcher Glanz des Glücks in die Augen dieser kleinen Geschöpfe, wie man ihn bei Großstadtkindern beobachten konnte, wenn sie vorm Flachbildschirm Videogames spielen.

Dann ging ich schnell und wortlos von den Kindern fort, denn höchstwahrscheinlich hatten wir nun einen Krieg unter ihnen provoziert, und ich wollte nicht genau wissen, wie die nackte Menschennatur unter diesen Umständen aussieht. Aber Shane ließ sich auch diese Gelegenheit nicht entgehen und filmte fieberhaft weiter.

Ich erinnerte mich wieder an mein ursprüngliches Ziel dieser Reise. Nach zwei solchen Tagen erschien mir meine Suche allerdings ziemlich aussichtslos. Wo sollte ich in den unendlichen Bergen einen Unbekannten finden? Die Menschen hier hatten wohl andere Probleme, als sich mit einem Eremiten zu beschäftigen.

Ich bat den Fahrer um Rat. Er meinte, wir können nach der Schule suchen und den Lehrer fragen. Ein Lehrer wäre hier sicherlich der gebildetste und am besten informierte Mensch.

„Schule? Gibt es hier tatsächlich eine Schule? Und wieso gehen die Kinder dann nicht in diese Schule?“ fragte ich wieder unbedarft.

Nicht direkt hier im Dorf, aber irgendwo an einem Anbindungsort zwischen zwei oder drei Dörfern müsste es eine Schule geben, meinte der Fahrer. Meine letzte Frage ignorierte er einfach.

Meine Motivation stieg wieder. Die anderen fanden die Idee mit der Schule auch ganz gut. Der Fahrer sprach wieder eine Weile mit ein paar Kindern. Eines davon konnte ihm tatsächlich bestätigen, dass es eine Schule gab und ihm sogar eine grobe Wegbeschreibung geben.

Mühsam, aber eilig begaben wir uns wieder zurück zum Van und fuhren unverzüglich weiter. Alle hatten schon genug von dem Bild des Elends in dieser Gegend oder vielmehr von unserer eigenen Ignoranz. Aber was hätten wir tun sollen? Die Welt verbessern? Ich konnte nicht einmal mich selbst verändern.

Andererseits wäre es aber für mich vor einem Jahr sicherlich noch unvorstellbar gewesen, solch eine Strapaze auf mich zu nehmen, nur um einem fremden Menschen zu helfen. Eigentlich hatte ich Fei Yu oder ihrer Mutter gegenüber gar keine Verpflichtungen. Aber genau diese freiwillige Hilfestellung, die ich geleistet hatte, gab mir einen Halt fürs Leben. Und ob Helfender oder Geholfener – im Grunde waren wir alle hilfsbedürftig. Auf einmal war ich sehr froh, dass ich diese Reise angefangen hatte.

Ich wusste nicht mehr wie, aber irgendwann nachmittags fanden wir endlich die Schule. Als Erster hatte der Fahrer die rote Nationalflagge auf einem Hügel hinter einem Felsbrocken gesehen. Das müsste die Schule sein, sagte er.

Wir kletterten einen schmalen Fußweg entlang nach oben, bis wir endlich auf einem relativ flachen Gelände einen Bungalow sahen. Auf einer Seite des Hauses hing ein Holzschild an der Wand, auf dem der Name der Schule stand.

Im Vergleich zu den Häusern im Dorf war das hier ein richtiges Backsteinhaus mit verputzten Wänden, auch wenn das Mauerwerk schon hier und dort aus dem abgelösten Kalkputz herausschaute. Richtige Fenster hatte das Haus auch, in denen teilweise sogar noch die Glasscheiben unversehrt geblieben waren. Es waren insgesamt drei Zimmer im Haus zu sehen - aus einem davon kam gerade ein Mann, dessen Alter schlecht einzuschätzen war.

Er war der einzige Lehrer an dieser Schule und hatte uns am Anfang für Mitglieder irgendeiner internationalen Hilfsorganisation gehalten. Leute von UNICEF seien vor einem Jahr auch mal da gewesen, sagte er mit leuchtenden Augen.

An diesem Nachmittag erzählte er uns noch einiges, bis sogar meine letzte dumme Frage beantwortet war. Ich erfuhr zum Beispiel, dass die meisten Kinder in solchen ländlichen Regionen ihre Eltern jahrelang nicht gesehen hatten, einige sogar seit ihrer Geburt. Ich hörte auch, dass viele Kinder morgens einige Stunden zu Fuß zur Schule laufen und abends den gleichen Weg nach Hause zurückfinden mussten, während viele andere Kinder gar nicht zur Schule gehen konnten, weil es gar keine Schule in ihrer erreichbaren Nähe gab.

Viele solcher Schulen wurden von den Dorfbewohnern selbst gebaut, und die meisten Lehrer waren auch ehemalige Dorfbewohner, die es bis zur Oberschule oder sogar Hochschule geschafft hatten, aber ehrenamtlich als Lehrer in den Dörfern geblieben waren.

Wir hatten in den Klassenzimmern Kinder unterschiedlichen Alters gesehen. Ihre Gesichter, ihre Haare und ihre Kleidung waren genauso verschmutzt und verwahrlost wie bei den anderen Kindern im Dorf. Nur hatten wir nun nichts mehr zu verteilen.

Unser Besuch war letzten Endes erfolglos. Denn von einem Mediziner mit wundersamen Fähigkeiten hatte der Lehrer leider nichts gehört - von den dörflichen Wunderheilern abgesehen, die teilweise nicht einmal lesen konnten.

Enttäuscht waren allerdings weder ich noch meine Kumpels. Wir hatten Dinge gesehen, die wir sonst nie gesehen hätten, Dinge, die sicherlich viel mehr Eindruck hinterlassen hatten, als der Glanz der Städte. Eigentlich wollten wir noch weiter ziehen, unabhängig von der Suche nach dem Eremiten. Leider fand unserer Reise ein abruptes Ende.

Einen Tag später wurden wir plötzlich von der Polizei angehalten, als wir gerade nach dem nächsten Dorf irgendwo im Nirgendwo suchten, und freundlich zum Abbruch der Reise aufgefordert. Einige Polizisten begleiteten uns, angeblich zu unserer eigenen Sicherheit, zurück bis in die Stadt, in der wir wieder in den Flieger steigen konnten. Unsere Namen und Passnummern wurden notiert und die Aufnahmen wurden aus der Kamera gelöscht – denn man wüsste ja nicht, ob wir etwas gefilmt hätten, das mit Staatsgeheimnissen zu tun hatte. Zum Glück hatte Shane aber bereits vorher alles auf seine Festplatte kopiert.

„Urbanisierung“ – das war wohl der Name des Staatsgeheimnisses.

FEI YU

London ist eine ganz andere Stadt, als die, die ich in China kannte. Die Menschen hier sind auch materialistisch, aber nicht skrupellos. Das Leben hier ist ebenfalls teuer, aber selbst die Normalverdienenden können sichere vier Wände für sich finden. Die Stadt war genauso international wie Shanghai oder Beijing, man spürte jedoch die starke Eigenkultur. Sobald ich in dieser Stadt gelandet war, wusste ich, dass sie die richtige für mich war.

Wie vor vielen Jahren fing ich alles wieder von vorne an: Wohnung suchen, Leute kennenlernen, die Umgebung erkunden. Ich nahm mir Jessicas Rat zu Herzen, mied die dicht von Chinesen bewohnten Gegenden und fand ein Apartment im Londoner Westen.

Es gab wesentlich mehr Chinesen in dieser Stadt, als ich gedacht hatte. Überall auf der Straße traf ich meine Landsleute. Viele waren Touristen, aber noch mehr waren Studenten.

Zwischen den chinesischen Studenten bildeten sich zwei klare Schichten. Die eine bestand aus reichen Kids der Millionärsfamilien, die sich hier an den privaten Universitäten einen akademischen Titel erkaufen wollten. Viele von ihnen hätten in China die strengen Aufnahmeprüfungen für die Unis ohnehin nicht bestanden. Aber auch ein erkaufter Titel war nur der einseitige Wunschtraum der Eltern. Für die reichen Kids war es jedoch viel wichtiger, mit der teuersten Handtasche über der Schulter und der kostspieligsten Uhr am Handgelenk im schnellsten Auto zu Partys zu fahren.

Die andere Schicht bestand aus den normalverdienenden chinesischen Familien. Die Eltern hatten oft alle verfügbaren Mittel zusammenkratzen müssen, teilweise sogar Kredite aufgenommen, damit ihre Kinder in Übersee die gleichen Bildungschancen haben konnten wie die Elite. Diese gingen meistens zu öffentlichen Unis, die viel weniger kosten. Aber selbst dann mussten sie in dieser Stadt, einer der teuersten der Welt, viele Gelegenheitsjobs annehmen, um sich über Wasser zu halten. Ihr wichtigstes Gesprächsthema war immer, in welchem Restaurant man als Bedienung das meiste Trinkgeld bekommt.

So sah ich meine Landsleute jeden Tag von einem Club zum anderen eilen - in einem Sportwagen oder aber mit einem Serviertablett. Ich gehörte jedoch weder zu dem einen, noch zu dem anderen Kreis. Meine Zeit war zu kostbar für so etwas, denn die hatte ich von Jessica geliehen. Eine gute Note fürs Studium zu bekommen, war doch das Mindeste, das ich ihr zurückgeben könnte.

Saint Martin ist eine der renommiertesten Kunstuniversitäten der Welt und der Traum vieler Designer. Als ich die Einladung nach der Aufnahmeprüfung und dem Sprachtest in der Hand hielt, traute ich meinen Augen nicht. Selbst die glorioseste Zukunft, von der ich vor einem Jahr geträumt hatte, war nicht annähernd so wundervoll.

Auf der Semesteranfangsparty stellte ich fest, dass Saint Martin - wie auch andere Unis – mit Chinesen überfüllt war. In einer Universität, in der man weit über hunderttausend Pfund im Jahr bezahlen muss, kam knapp die Hälfte der Studenten aus einem Land, in dem das Pro-Kopf-Einkommen etwa bei drei tausend Dollar liegt. Diese Tatsache machte mich nicht stolz, sondern bereitete mir Angst. Als ich die von sich selbst überzeugten, jungen Eliten aus meiner Heimat ansah, verspürte ich nicht die geringste kulturelle Bindung zu ihnen. Im Gegenteil, sie kamen mir noch fremder vor als die wildfremden Engländer.

Zum Glück wählten die meisten meiner chinesischen Kollegen Modedesign als Hauptfach. Nur, weil sie sich mit jeder neuesten Kollektion der bekannten Modemarken auskannten, glaubten sie, dass sie etwas mit Modedesign zu tun hatten. In meinem Fach, Industriedesign, war ich die einzige aus meinem Land.

Bereits nach kurzer Zeit musste ich lernen, dass man auch als Anfänger selbständig zu arbeiten hatte - wie zum Beispiel Themen für eigene Designprojekte aussuchen, die man in Workshops präsentieren musste. In China war es wichtig, dem Lehrer zuzuhören und ihn nachzuahmen. An der Uni hatte ich hauptsächlich gelernt, die Designprogramme zu bedienen und damit hübsche Renderings zu erstellen. Das vierjährige Studium hatte jeden von uns zu einem hervorragenden technischen Zeichner gemacht. Richtiger Designer war keiner von uns. Andererseits braucht man in einem von OEM beherrschten Industrieumfeld wie China auch keinen genialen Erfinder. Was man braucht, ist die Fähigkeit, etwas - egal was - Eins zu Eins nachahmen zu können.

Ich mochte die Veränderung. Der Mut und Ansporn zum selbständigen Denken ist das Wichtigste, das man von einem guten Lehrer lernen kann. Das war auch der Grund, warum das Leben in London mich so begeisterte.

Jeden Tag musste ich zweimal entlang der Oxford Street mit dem Bus eine ziemlich lange Strecke zwischen meinem Apartment und dem Campus zurücklegen. Jeden Tag war ich zweimal inmitten einer der meist besuchten Einkaufsstraßen der Erde umgeben von Fußgängern und Markenwaren aus aller Welt. Grob gerechnet hatte ich in den drei Jahren meines Aufenthalts hier sicherlich mehr als zehn Millionen Menschen gesehen, die mit kleinen oder großen Einkaufstüten energisch von einem Laden zum anderen marschiert waren. Diese Straße war der beste Beleg für die Theorie, dass der Konsum der Urknall für die menschliche Zivilisation und die einzige Triebkraft für die Wirtschaft sei. Das Wunderbare an der Oxford Street ist: ob zehn Pfund für zwei T-Shirts oder zweitausend Pfund für einen Seidenschal - alles findet seinen Abnehmer. Die Reichen kaufen hier die Selbstbestätigung und die Armen die Illusion. Das ist die Magie der Einkaufstüten: sie lassen alle Menschen fröhlich und friedlich nebeneinander spazieren, egal welche Probleme sie haben. Ein Mensch, der gerade mit den überladenen Einkaufstüten zu kämpfen hat, kommt sicherlich nicht auf die Idee, die Welt oder gar sich selbst zu gefährden.

Besonders gut gelaunt waren die Leute bei den saisonalen Ausverkäufen. Nach Neujahr zum Beispiel konnte man vor dem Selfridges immer mit endlosen Schlangen rechnen, in denen überwiegend Chinesen zu sehen waren. Alle warteten bei Minustemperaturen auf eine bestimmte Tasche von Louis Vuitton oder Chanel, die um einige hundert Pfund heruntergesetzt war, für die man aber dennoch mindestens einen Monat im Restaurant mit Serviertabletts hantieren musste. Bekäme man das begehrte Stück, wären die Neujahrsvorsätze erfolgreich umgesetzt - gewönne man den Kampf nicht, müsste man wieder ein Jahr auf das Glück warten.

Auf dieser Geschäftsstraße hatte ich die Gesetze der Konsumwelt gelernt. Der Kunde ist vielleicht König, aber nur, solange er die wichtigen Entscheidungen dem Premierminister überlässt - Entscheidungen, wie zum Beispiel, welche Farbe nächstes Jahr in Mode kommt, wie lang man die Haare trägt, welche Funktion ein Handy hat oder wie viel PS ein Auto braucht. Dieser Premierminister sitzt irgendwo in Paris, London oder New York und erzählt uns, wie ein schönes Leben auszusehen hat.

„High-End-Marke" heißt er. Wenn er mal auf die Bühne kommt, werden alle hysterisch und wollen etwas von ihm. Diejenigen, die ganz hinten stehen und ihn nicht erreichen können, wenden sich schwermütig an sein Double. Das Double hat sich herausgeputzt und sieht im Großen und Ganzen nicht anders aus als die High-End-Version. Allerdings steht es auf dem Boden und gibt wenigstens jedem die Hand. Das Double heißt übrigens „No-Name".

Für eine solche High-End-Marke zu arbeiten, war vielleicht auch das ultimative Ziel vieler meiner Kommilitonen. Ich war mir nicht sicher, ob das auch mein Ziel war, aber die Macht zu besitzen, die Massen zu manipulieren, galt jedenfalls für viele als eine wichtige Überlebensstrategie in der heutigen Zeit, um nicht in der Masse zu verschwinden. Angriff war schon immer die beste Verteidigung ...

Ich konnte mir nicht zu viele Gedanken über die Zukunft machen, denn ich wusste nicht, wann dieses Leben zu Ende gehen würde, das mir eigentlich gar nicht gehörte. Ich tat nur mein Bestes, um möglichst viel daraus zu machen.

Alle meine Ersparnisse und Freizeit investierte ich ins Reisen. Von Stadt zu Stadt reiste ich durch Europa und hatte in drei Jahren mehr gesehen und mehr nachgedacht als in meinem ganzen Leben zuvor. Denn nur derjenige, der aus seinem vertrauten Leben heraus geht, kann einen echten Eindruck von seiner eigenen Welt gewinnen.

Ich telefonierte regelmäßig mit Jessica. Sie gab sich sehr viel Mühe wegen meiner Mutter - auch wenn ich selber da wäre, hätte ich nicht mehr tun können. Der Zustand meiner Mutter war trotz allem nicht viel besser geworden. Aber ich war irgendwie auch nicht mehr so traurig. Denn ich wusste, dass es viel traurigere Geschichten auf dieser Welt gibt, wie zum Beispiel das Schicksal der Kinder, die irgendwo im Hinterland Chinas leben.

Nachdem Jessica ein paar Mal nach West-China gereist war, schickte sie mir ein Video. Obwohl es amateurhaft gemacht war, hatte es mich sowohl visuell, als auch innerlich ergriffen. Eigentlich konnte ich das Land, das ich im Video gesehen hatte, kaum mit dem Land in Verbindung bringen, in dem ich geboren war, oder mit dem Wirtschaftswunder, von dem man so in der Zeitung las. Die entweder alten, kranken oder minderjährigen Dorfbewohner, die in diesem Video zu sehen waren, schienen zu weit von jenen ihrer Landsleute entfernt, die man überall auf dieser Welt als Touristen empfing.

In Europa kannte man die Chinesen inzwischen als die mächtigste Einkaufsarmee der Welt: ob in London bei Harrods, Liberty und Selfridges, in Paris bei Printemps und Lafayette oder in der Mailänder Via Montenapoleone - täglich stürmten meine Landsleute die Läden der Luxusgüter und eroberten mit ihren Einkaufstüten jedes Mal ein weiteres Stück Land des internationalen Shoppingimperiums. Dabei kostete eine beliebige Trophäe, also eine Uhr oder Tasche, etwa so viel, wie ein beliebiges Kind aus Jessicas Video in zehn oder sogar zwanzig Jahren zum Leben brauchen würde.

Als ich noch in China lebte, dachte ich immer,

Menschen wie ich und meine Mutter würden zu einer der untersten Schichten der Gesellschaft gehören. Nun wusste ich, dass es nach unten noch sehr viel weiter gehen konnte. Die Erkenntnis, dass es Menschen gab, die in viel dürftigeren Verhältnissen lebten als ich und meine Mutter, erleichterte mich nicht wirklich - im Gegenteil, sie tat weh und verursachte furchtbare Zukunftsangst.

Das Video hatte eine längst vernarbte Wunde in mir wieder aufgerissen. Aus einem unerklärlichen Antrieb entschied ich mich, daraus einen professionellen Film zu machen.

Der Freund einer mit mir ziemlich gut befreundeten Klassenkameradin, der Kommunikationsdesign studierte, half mir, das gesamte Filmmaterial zu überarbeiten und neu zusammenzustellen – ergänzt um einige zusätzliche Aufnahmen, die durch die hier lebenden Überseechinesen inspiriert wurden. Ein guter Freund des Designstudenten hatte sogar die Filmmusik komponiert und produziert.

Nachdem das ursprüngliche Amateurvideo zu einem richtig guten Film geworden war, entschieden wir gemeinsam mit Jessica, ihn an die Jury eines Internationalen Dokumentationsfilmfestes zu senden. Der Film gewann zum Schluss sogar einen Preis.

Wir waren mehr oder weniger getröstet, nicht wegen des Ruhms, sondern, weil wir eine eiternde Wunde dieser Erde geöffnet und dadurch relevante oder irrelevante Menschen aufgerüttelt hatten - auch wenn diese Wunde nur einen Bruchteil des irdischen Leidens war, auch wenn es bei manchen vielleicht nur kurz gepikst hatte.

Ich war besonders froh, dass ich die Gelegenheit hatte, Jessicas Video anzuschauen. Es hatte meine schmalspurige Lebensanschauung ein bisschen erweitert. Ich, ebenso wie meine Mutter, war lebenslang damit beschäftigt und damit überfordert gewesen, die Problemchen in unserem kleinbürgerlichen Leben aus der Welt zu schaffen, hatte dabei aber nie darüber nachgedacht, was für Probleme diese Welt wirklich hat. Das, was für den einen ein kleines, weit entferntes Übel ist, bedeutet vielleicht für den anderen ein lebensbedrohliches Unheil.

Durch unser Filmprojekt hatte ich auch die Chance, Jessica einmal ganz anders kennenzulernen. In der verwöhnten, orientierungslosen Prinzessin, die ich einmal ebenso beneidet wie verachtet hatte, steckte eigentlich ein intelligenter Mensch mit einem sensiblen Herzen, das irgendwie vom Weltschmerz befallen war.

Sie schien ihr Leben in Europa nicht wirklich zu vermissen. Die drei Jahre gingen schnell vorbei und unsere Abmachung stand kurz vor dem Ende. Wie es weiter gehen sollte, hatte sie nie erwähnt, als hätte mein hiesiges Leben mit ihr nicht das Geringste zu tun. Als ich endlich das Thema zur Sprache brachte, meinte sie ganz unbeteiligt, dass ich mich selber entscheiden sollte, wo ich arbeiten gehen möchte.

Ihre Gelassenheit hatte mich überrascht und gleichzeitig verängstigt. Zum ersten Mal im Leben musste ich eine völlig freie, eigenständige Entscheidung treffen, ohne diese von dem Wunsch eines Anderen abhängig zu machen. Mit dieser Freiheit umzugehen, fiel mir schwerer, als ich gedacht hatte. Denn in meinem ganzen bisherigen Leben musste ich mit angeblich falschen Entscheidungen kämpfen - niemand hatte mir aber je beigebracht, wie man selbständig eine richtige trifft.

Nach einer langen Zeit des Grübelns entschied ich mich, weiterhin in Europa zu bleiben. Auf der einen Seite wusste ich, dass die Abmachung mit Jessica nicht ganz in Ordnung war – da wäre es noch fragwürdiger, diese auch noch unbefristet weiter zu führen. Aber auf der anderen Seite: Was sprach schon dagegen? Der Vorteil davon wäre, dass ich anständiges Geld verdienen könnte, um die Schulden an Jessica zurück zu zahlen und für meine Mutter zu sorgen.

Nachdem ich diese Entscheidung getroffen hatte, war die Jobsuche nicht wirklich ein Problem. Absolventen von Saint Martin sind immer sehr gefragt.

Ich hatte mich für den Autokonzern entschieden, für den Tobias jetzt arbeitete. Ihn hatte ich einmal während der Semesterferien in Deutschland besucht. Er konnte sein Staunen kaum verbergen: Ja, das Mädchen, das früher voller Kummer und Sorgen war, stand auf einmal strahlend vor ihm. Das Geheimnis zwischen mir und Jessica hatte ich ihm allerdings nicht verraten. Dafür hatte ich ihm leider die Lüge auftischen müssen, dass ich ein Stipendium bekommen hätte und in London studiert hatte. Als er von mir erfuhr, dass ich nun in Europa bleiben wollte, hatte er von seinem Arbeitgeber natürlich massiv geschwärmt.

Aber ich hätte mich ohnehin für diesen Konzern entschieden. Es wäre mein Traumjob, für eine Firma zu arbeiten, die die am meisten bewunderten Sportwagen der Welt herstellt.

Bewerbung, Vorstellungsgespräche, Assessment Center und Vertrag - alles lief reibungslos für mich. So verließ ich London nach drei Jahren und fing in Süd-Deutschland ein neues Leben an.

Ich konnte nicht fassen, womit ich solches Glück verdient hatte, ich wusste nur, dass ich jeden einzelnen Moment schätzen musste, der mir vergönnt war. Manchmal hatte ich auch plötzlich die Angst, eines Tages würde alles vorbei sein. Aber egal, was in

Zukunft passieren sollte, ich würde es nicht bereuen. Denn was man hat, kann man verlieren, was man ist, nicht.

JESSICA

Zwei Wochen lang war ich krank, nachdem ich wieder zurück nach Shanghai kam. Ich litt an Fieber, Übelkeit, Durchfall und allen erdenklichen Beschwerden. Was mich aber noch mehr Energie gekostet und mich erschöpft hatte, war die Verarbeitung der bedrückenden Reiseerlebnisse. Nacht für Nacht träumte ich von Dorfkindern, die mich mit ihren gläsernen Blicken überall verfolgten.

In China gab es derzeit etwa fünfzig bis sechzig Millionen solcher Kinder, die man als Strohwaisen bezeichnete, wie ich später aus dem Internet erfuhr. Diese Kinder wurden meistens bereits in ihrer frühen Kindheit von beiden Elternteilen verlassen und wuchsen bei Großeltern, Verwandten oder verwahrlost auf. Jene, die Glück hatten, konnten ihre Eltern ein- bis zweimal im Jahr sehen, wenn diese es schafften, an Feiertagen nach Hause zu kommen. Aber viele andere wussten nicht einmal, wo ihre Eltern waren.

Diese Eltern, die wohlbekannten Wanderarbeiter, konnten ihre Kinder nicht in die Städte mitnehmen, denn sie waren wie die Metöken des antiken Griechenlands und galten nicht als offizielle Bürger der Städte. Für Schulen oder Kindergarten hätten sie für ihre Kinder zusätzliche Gebühren aufbringen müssen, wobei schon die regulären Beiträge für sie zu hoch waren. Dazu kämen noch die höheren Lebenshaltungskosten, die ihre Kinder verursachen würden, denn die meisten Wanderarbeiter hausten dort, wo sie gerade Arbeit fanden, was mit Kindern nicht mehr möglich wäre, sodass sie mindestens eine Wohnung bräuchten.

Es gab noch viel mehr Barrieren für die Wanderarbeiter, die sie daran hinderten, mit ihren Kindern zusammen in den Städten zu leben. Aber nichts konnte sie daran hindern, alleine dorthin zu ziehen. So sieht die großartige, von vielen bewunderte „Urbanisierung" Chinas tatsächlich aus. Die Städte sind wie unersättliche Raubtiere, die alles aus dem Land verschlingen und sich unaufhaltsam aufblähen. Das Hinterland dagegen erscheint wie ein ausgelaugter Kadaver, der sich im Stadium der Verwesung von der Welt verabschiedet. Dieses extreme Gefälle zweier Entwicklungen wirkte wie ein großer Wirbelsturm und ließ außer Armut und Unwissenheit nichts zurück. In diesem Sturm war jeder einzelne Mensch so unbedeutend wie eine Ameise, deren Kampf gegen diese Welle völlig aussichtslos ist. Die Absolutheit des Materiellen hat die menschliche Natur so deformiert, dass selbst die Familienbindung nicht mehr funktioniert.

Seitdem ich von meiner Reise zurück war, hatte Shanghai, diese Megastadt, in meinen Augen ihren Charme verloren. Die sensationelle Skyline, die blühenden Einkaufsstraßen, die fabelhaften Nightlife-Szenen - nichts mehr hatte den Glamour von früher. Die Stadt erschien mir eher wie das Gesicht einer eitlen Frau, das nach der Schönheits-OP nicht mehr zu ihrem sonst bejahrten, ungepflegten Körper passte.

Ich war zwar auf der einen Seite froh, dass ich wieder in meinem sauberen und weichen Bett schlafen durfte, auf der anderen Seite hatte ich aber ständig das Gefühl, dass die Reise für mich noch nicht beendet war.

Matt war oft bei mir und versuchte, mich gesund zu pflegen. Die restliche Zeit bastelte er mit Shane an dem Filmmaterial, das wir aufgenommen hatten und das auch ihn sichtlich ergriffen hatte.

Eines Nachmittags, nachdem ich wieder gesund war, zeigte er mir den kurzen Film, den sie aus den Videoaufnahmen gemacht hatten. Als der Film zu Ende ging, sagte ich plötzlich zu Matt, dass ich noch einmal in die Dörfer wollte.

Matt war am Anfang überrascht. Er hatte gedacht, dass ich mir so etwas nie wieder antun würde. Als er aber merkte, dass ich es damit sehr ernst gemeint hatte, sagte er zu mir, dass er gerne mitgehen würde.

So machten wir uns ein weiteres Mal auf den Weg. Diesmal hatten wir uns vor der Reise viel besser informiert und vorbereitet und machten uns auf einen längeren Road-Trip gefasst.

Wie beim letzten Mal flogen wir zunächst zu dem Umschlagspunkt und fuhren dann mit einem gemieteten Auto bis zu dem Gemeindezentrum, wo wir letztes Mal schon waren. Dieses Mal hatten wir aber mehr Glück und fanden in dem Lebensmittelladen einen Einwohner aus einem der umliegenden Dörfer, der gerade nach Hause zurückkehren wollte. Wir überredeten ihn, uns in die Berge zu begleiten und uns den Weg zu zeigen.

Es war ein Mann, dessen Alter man schlecht einschätzen konnte. Seine Haut sah so fleckig und beansprucht aus, dass man ihn für einen alten Mann hätte halten können. Er trug einen Bambuskorb und erzählte uns gut gelaunt, dass er früh morgens einen halben Korb Eier auf dem Markt in der Kleinstadt unten im Tal verkauft hätte, die er von seinen drei

Hühnern eingesammelt habe.

Ich fragte nach der Schule, die wir das letzte Mal besucht hatten. Er nickte, lächelte und sagte uns, dass seine zwei Kinder auch dort zur Schule gingen. Ich war überrascht und fragte, wie alt er sei. Vierzig, antwortete er. Ich fragte ihn wieder, warum er dann nicht in eine Großstadt ziehe, wie es die meisten jungen Menschen hier taten. Er schüttelte seinen Kopf und erzählte uns, dass er erst vor zwei Jahren wieder zurückgekommen sei. Bei der Arbeit auf einer Baustelle hätte er sich den Rücken verletzt und könnte seither nicht mehr gerade stehen. Eine Arbeit würde er jetzt nicht mehr finden, meinte er. Ich fragte nach seiner Frau. Sie sei noch da draußen, erwiderte er beinahe neidisch und deutete in die Ferne.

„Da draußen" sagt man hier, wenn man die Städte meint, als wäre das Umland ein Gefängnis. Die faszinierenden und zugleich ungünstigen geographischen Bedingungen bei gleichzeitig fehlender Infrastruktur bildeten in Chinas Hinterland jenseits der Zivilisation viele idyllische Fleckchen, die auf Urlauber vielleicht anziehend wirken mochten. Aber die Menschen, die hier lebten, hatten die ganze rapide Entwicklung des Landes verschlafen und wurden von allen vergessen. Nur, so abgeschottet sind die Dörfer in den Bergen doch nicht, und die Versuchung der Städte ist doch so nah.

Der Mann hatte zwar nur ein Paar völlig abgenutzte, alte Turnschuhe an, lief aber auf dem schmalen, steinigen Pfad viel geschickter als wir. Gleichzeitig konnte er auch noch pausenlos reden. Matt verstand nicht viel und konzentrierte sich schweigend auf den Weg. Ich kam auch ohne zu sprechen schon ins Schnaufen, daher hörte ich nur zu, auch wenn ich nicht alles verstand. Vielleicht hatte er schon lange nicht mehr so gute Zuhörer gehabt, denn er schien uns bereits in sein Herz geschlossen zu haben und erzählte uns ungefragt von seinem Leben.

Er hätte bereits mehr als zehn Jahren „da draußen" gelebt und sei in mehreren Großstädten gewesen. „Ich habe schon einiges gesehen", betonte er stolz. Seine Frau habe er auch während seiner beruflichen Wanderschaft kennengelernt. In seinem Dorf wäre es für ihn nicht möglich gewesen, eine Frau zu finden.

Dann erzählte er uns von seinem Unglück - von seiner Verletzung auf der Baustelle. Man merkte ihm seine Wut an - allerdings war es eher eine Wut auf sich selbst. Seine Familie hätte schon immer Pech gehabt, sagte er, schlechtes Karma sei daran schuld.

Ich fragte, ob er nicht doch froh sei, wieder mit seinen Kindern zusammenleben zu können. „Ja, ja, doch. Aber was bringt das? Wir haben ja kein Geld", erwiderte er mit ungeschminkter Nüchternheit. Er habe schon sehr lange nichts mehr von seiner Frau gehört. Vielleicht habe sie ja mittlerweile schon eine andere Familie, meinte er. Seine Worte klangen irgendwie ziemlich gleichgültig.

Als wir endlich die Schule sahen, fing ich beinahe an zu schreien. Ohne ihn hätten wir die Schule wahrscheinlich nie wieder gefunden. Er schien auch wieder heiterer gestimmt zu sein und sagte, dass er heute seine Kinder nach Hause begleiten könnte. Ansonsten müssten sie immer zu zweit im Dunkeln anderthalb Stunden laufen. Zu meiner Verwunderung sagte er, dass es Kinder in der Schule gäbe, die noch viel weiter weg wohnten.

Der Lehrer erkannte uns sofort wieder und war fassungslos, dass wir nach so kurzer Zeit schon wieder da waren. Dies schien ein bisschen Hoffnung in ihm entzündet zu haben, sodass er gar nicht mehr aufhörte, uns die Hand zu schütteln. Ich zog verlegen meine Hand zurück, denn ich wusste selber nicht, warum wir wieder hier waren und was wir für ihn tun könnten. Eine falsche Hoffnung wollte ich ihm nicht machen.

Ich sagte, wir wären nicht im Auftrag von irgendwelchen Hilfsorganisationen unterwegs, sondern nur zwei Journalisten, die etwas über die Schule schreiben wollten. Er war für eine Sekunde lang spürbar ein wenig enttäuscht, lächelte aber sofort wieder und sagte: „ Auch gut, auch gut!" Ihm die Wahrheit zu sagen – nämlich, dass wir nicht einmal Journalisten waren -, konnte ich einfach nicht übers Herz bringen.

Er ließ uns in seinem „Allzweckaufenthaltsraum" - so würde ich sein Zimmer bezeichnen - auf ihn warten, denn er müsste, wie er sagte, noch eine Weile unterrichten. Dann ging er wieder zurück ins Klassenzimmer.

Sein Zimmer war vermutlich das kleinste von insgesamt dreien in diesem Haus. Ein Bett, ein Schreibtisch, ein Stuhl und ein kleines Bücherregal belegten fast schon die gesamte Nutzfläche.

Auf dem kleinen, einfachen Holzbett lag eine Decke, durch deren löchrigen Bezug eine Art vergraute Wattierung zu sehen war; darunter verriet das dünne Bettlaken den Härtegrad der Liegefläche, die bereits bei einem kurzen Anblick meinem Rücken ein unangenehmes Druckgefühl vermittelte. Auf dem Schreibtisch stapelten sich Papiere und Schreibblöcke, die vermutlich die zu korrigierenden Arbeiten der Schüler waren. Im Bücherregal standen alle möglichen Lehrbücher, von Chinesisch über Geschichte und Geographie bis hin zu Mathematik, meistens auf Anfängerniveau. In dem Fenster fehlten zwei Scheiben, die durch Zeitungspapier ersetzt worden waren.

Ein muffiger, schwer zu beschreibender Geruch

schwebte trotz offener Tür in dem Raum, der unseren Aufenthalt dort noch unerträglicher machte. Wir entschieden uns, doch lieber draußen zu warten, denn auf den wackligen Stuhl wollte sich sowieso keiner von uns setzen.

Aus einem der beiden Klassenzimmer drang die Stimme des Lehrers. Er erklärte gerade etwas. Wir näherten uns dem Klassenzimmer vorsichtig und versteckten uns hinter der Tür, damit wir die Schüler nicht ablenkten. Durch das Fenster konnten wir sehen, dass auf der einen Seite der schwarzen Tafel irgendwelche mathematischen Formeln standen, während auf der anderen Seite eine Weltkarte hing. Etwa zwanzig Schüler saßen in dem Zimmer; diejenigen, die vor den mathematischen Formeln saßen, schrieben gerade etwas, die anderen hörten zu, was der Lehrer erzählte.

In dem zweiten Zimmer war es sehr ruhig. Wir schlichen an dem ersten Zimmer vorbei und sahen in dem nächsten mehr als zehn ältere Kinder sitzen, die auch gerade irgendwelche Aufgaben lösten.

Unsere Schulbesichtigung war innerhalb von zehn Minuten beendet. Danach saßen wir beide auf einem großen Felsbrocken am Rand einer kleinen Anhöhe und schauten uns um. Eigentlich war das hier ein richtig idyllisches Fleckchen, inmitten der Berge - ohne Autos, ohne Einkaufszentren, ohne hektische Fußgänger. Für einen Moment verspürte ich sogar das Verlangen, ewig hier bleiben zu wollen.

Als meine Gedanken aber wieder in die Dörfer von unten zurückkehrten, wurde mir klar, dass eine solche Wildnis nur für denjenigen reizvoll wäre, der jederzeit wieder in die Zivilisation zurück könnte. Die Alternativlosigkeit machte dem Menschen die Natur nicht zum Freund, sondern zum Feind. Deshalb hatte man in diesem Land auch kein positives Verhältnis zur Natur und beutete diese rücksichtslos aus. So konnte man selbst in den tiefsten Bergen oftmals die nackte Erde entdecken – Stellen, wo die Bäume gefällt und die Gräser herausgerissen worden waren, oder auch den einen oder anderen Müllhaufen im Gebüsch, den irgendwelche Passanten hinterlassen hatten.

Ich lehnte meinen Kopf an Matts Schulter und fragte ihn, ob er sich vorstellen könne, für eine längere Zeit zu bleiben. Er schmunzelte kurz und sagte, ja, solange er wüsste, was er hier machen könnte. Matts Sprache war immer so einfach und gleichzeitig so philosophisch. Ich wusste nicht, was man hier wirklich anfangen könnte, ohne Telefonleitung, ohne Handy-Empfang, ohne Internet, teilweise sogar ohne Strom und Leitungswasser. Aber andererseits: in der mit modernster Technologie ausgestatteten Welt da draußen hatte ich genau so wenig Ahnung, was ich machen sollte.

Wenn man seinen inneren Frieden finden will, muss jeder auf seine Art einen Weg dorthin suchen, der nicht unbedingt sicher oder vernünftig erscheinen muss. Vice versa, wer den sichersten und vernünftigsten Weg geht, findet auch nicht unbedingt seinen Frieden, so wie ich: Zwar hatte ich das Glück im Leben, dass alle Wege für mich bereits gesichert waren, trotzdem konnte ich mit mir selbst und dieser Welt nicht im Reinen sein.

Und hier, vor einer abgelegenen Grundschule, von allen erdenklichen Sinnesfreuden weit entfernt, baumelte in meinem Herzen jedoch plötzlich das Gefühl, dass der lang ersehnte Frieden bereits auf dem Weg zu mir wäre.

Auf dem Schulgelände war es auf einmal laut geworden. Die Kinder kamen hüpfend aus den Klassenzimmern. Der Schultag war zu Ende. Der Lehrer verabschiedete sich von den Schülern und kam zu uns. Wir drei setzten uns in einer Reihe nebeneinander und schauten den Kindern zu.

Die meisten Kinder hatten eine große Schultasche aus Baumwolle oder Kunststoff, einige trugen auch einen Bambuskorb. Sie gingen mühsam den schmalen, steilen Fußweg den Hügel hinunter. Einige hielten ihre Schuhe in der Hand, und erst als der Boden flacher wurde, zogen sie sie wieder an und schlurften langsam vor sich hin. Erst bei genauerem Hinsehen merkte ich, dass ihre Schuhe viel zu groß waren. Vermutlich hatten sie diese von ihren älteren Geschwistern oder von Fremden geschenkt bekommen.

Unser Reiseführer, der sich in der Zwischenzeit irgendwo versteckt hatte, kam auf einmal wieder zum Vorschein und fand seine zwei Söhne unter den Kindern. Ich steckte ihm ein paar Geldscheine in die Hand - als Dankeschön für seine Begleitung. Er schien regelrecht getröstet zu sein und seine verhärmten Gesichtszüge blühten auf einmal auf. Sofort bot er uns seine Dienste für den nächsten Tag an. Da wir aber noch keinen richtigen Plan für morgen hatten, lehnte ich vorerst ab. Er machte eine bedauernde Geste und ging mit seinen Kindern fort.

Ich wandte mich wieder dem Lehrer zu. Er versuchte gerade, sich mit Händen und Füßen und ein paar wenigen englischen Worten mit Matt zu unterhalten. Als er uns erzählte, dass er nicht einmal dreißig war, fragte ich ihn, was ihn bewöge, hier zu bleiben. Er rieb ein paar Mal sein Gesicht und sagte, auch er sei in einem Dorf dieser Gegend geboren, habe aber das Glück gehabt, dass sein Vater ihn bis zur Oberschule finanzieren konnte. Die Oberschule sei in einer Kleinstadt und er wäre nach der Schule auch gerne dort geblieben. Aber der alte Lehrer hier sei vor einigen Jahren gestorben und es hätte keinen Nachfolger gegeben. So habe er sich dann dafür eingesetzt. Denn irgendwie könnte er es nicht übers

Herz bringen, dass die meisten Kinder hier ohne jegliche Betreuung aufwuchsen.

„Wenn sie schreiben und rechnen können, werden sie später vielleicht einen besseren Job in den Städten finden, als immer nur auf den Baustellen zu arbeiten“, sagte er.

Ich fragte, ob er bezahlt würde. Er schüttelte seinen Kopf und lächelte. Der Aufbau der Schule sei von vielen Dorfbewohnern gemeinsam finanziert worden, sein Gehalt könnten sie sich nicht mehr leisten. Aber er könnte jeden Abend abwechselnd bei einem seiner Schüler essen. Kostenlos, fügte er schüchtern hinzu, als könnte er diesen Vorteil gar nicht rechtfertigen. Unten im Tal bewirtschafte er noch einen Gemüsegarten, dessen Ernte er auf dem Markt verkaufe.

Ich wusste nicht, was ich ihm sagen konnte, ob ich ihn trösten, bemitleiden oder loben sollte. Worte wären zu blass für einen solchen Menschen.

Er lud uns an diesem Abend zum Essen ein - zusammen mit ihm bei einem seiner Schüler. Er hätte dem Schüler bereits Bescheid gesagt, meinte er.

Ich und Matt nahmen seine Einladung an. Wir hatten uns zwar bereits fürs Campen vorbereitet, aber aus Neugier entschieden wir uns, doch mit zu gehen, um zu sehen, wie die Leute im Dorf wirklich lebten.

Nachdem wir dem Lehrer etwa eine Dreiviertelstunde in die immer dunkler werdenden Berge gefolgt waren, landeten wir in dem betreffenden Dorf. Wahrscheinlich hatte der Schüler unseren Besuch bereits im ganzen Dorf angekündigt, jedenfalls standen viele Bewohner vor ihrer Haustür und begutachteten uns mit ihren teils misstrauischen, teils neugierigen Blicken, die sich vor allem auf Matt richteten. Ein lebender, blauäugiger Westler in so einem Dorf war natürlich so sehenswert wie ein wandernder Pinguin in der Sahara.

Unter den wachsamen Augen der Dorfbewohner traten wir in einen Hof ein, in dem zwei niedrige Hütten nebeneinander standen. Die Tür der einen war offen, der Lehrer führte uns hinein. Unmittelbar hinter der Tür befand sich ein großer Lehmherd mit zwei Kochstellen. Eine Frau mittleren Alters hockte vor dem Herd und schob Baumäste in die Feuerluke. Sie nickte uns kurz zu und begrüßte uns in einer für mich unverständlichen Sprache. Dann kümmerte sie sich schweigend weiter um das Essen.

Es war sehr dunkel in dem Zimmer - nur das Feuer aus dem Herd und eine Öllampe auf einem Holztisch daneben spendeten ein bisschen rotgetöntes Licht.

Auf der einen Kochstelle stand ein Eisentopf, in dem eine unerkennbare Flüssigkeit brodelte. Neben dem Topf stand ein riesiger Wok, in dem etwas fröhlich vor sich hin brutzelte. Eine leichte Brise Essensduft schwebte in der Luft, der mich auf einmal daran erinnerte, dass wir den ganzen Tag außer ein paar Keksen nichts gegessen hatten.

Der Lehrer bot uns einen niedrigen Bambusstuhl und einen kleinen Holzhocker zum Sitzen an, was vermutlich die hochwertigsten Sitzmöbel des Hauses waren. Unglücklicherweise hatte ich mich für den bereits überstrapazierten Bambusstuhl entschieden, der selbst bei meiner leichtesten Bewegung unglaublich nervig quietschte. Matt bekam den Hocker, der eigentlich als Fußhocker dienen sollte, und versuchte verzweifelt, seine langen Beine im Sitzen zu koordinieren, ohne dabei selbst auf den Boden zu stürzen.

Der Lehrer fand einen Plastikeimer im Hof, den er auf den Kopf stellte und für sich zum Hocker machte. Dann zog er einen Holztisch näher an uns heran, der etwa so hoch wie ein Couchtisch war. Aber er passte perfekt zu unserer Sitzhöhe.

Im Zimmer stand noch ein Regal an der Wand

hinter uns. Sonst war in dem schwachen Licht nicht mehr zu erkennen.

Das Essen war fertig und die Frau verteilte den flüssigen Inhalt aus dem Topf in fünf Tonschüsseln von unterschiedlicher Größe und Ausführung. Dann holte sie etwas aus dem Wok und legte es auf die zwei größten Schüsseln, die sie vor mich und Matt stellte. Nudelsuppe, sagte der Lehrer. Nachdem sie auch dem Lehrer eine Schüssel gegeben hatte, sagte sie endlich etwas und gab uns das Zeichen, dass wir mit dem Essen anfangen sollten. Ich fragte noch, was mit ihr und dem Kind sei, sah aber bereits, dass das Kind sich mit seiner Schüssel auf die hohe Türschwelle gesetzt hatte.

Ich und Matt bestanden darauf, dass sie mit uns zusammen am Tisch essen sollten. Nachdem ich und die Frau den Bambusstuhl ein paar Mal zwischen uns hin und her geschoben hatten, ging der Lehrer zu den Nachbarn, wo er zwei Hocker auslieh. Erst dann fingen wir endlich mit dem Essen an.

Die Suppe war immer noch sehr heiß, darin schwamm ein Spiegelei, das wohl vorher im Wok gebrutzelt hatte. Ich nippte vorsichtig an dem Schüsselrand und rührte fleißig mit den Essstäbchen in der Suppe, um sie abzukühlen, denn Löffel wurden leider nicht an uns verteilt. Das Kind schien dies aber überhaupt nicht zu stören – es schlürfte die brennend heiße Suppe in einem gut antrainierten Rhythmus erstaunlich schnell und laut aus seiner Schüssel, als ob die Suppe sonst in die Luft verdampfen würde. In diesem Moment begriff ich, dass das Schlürfen keine Sitte der Chinesen war, wie viele spaßten, sondern die Angewohnheit eines Menschen, der viel mehr mit Hungergefühlen zu kämpfen hatte als mit sonstigen Schmerzen.

Als das Kind endlich eine Pause machte und seine Schüssel auf dem Tisch abstellte, sah ich, dass in seiner Schüssel kein Spiegelei zu sehen war. Erst dann merkte ich, dass nur ich und Matt dieses Privileg erhalten hatten. Ich holte mein Ei aus meiner Schüssel und legte es in die des Kindes. Das Kind konnte sein Glück gar nicht fassen und schaute die Frau vorsichtig, aber erwartungsvoll an. Die Frau reagierte auf seinen Blick mit lautem Schimpfen und wollte mir das Ei wieder zurückgeben. Ehe sie es tun konnte, fischte auch Matt sein Ei aus der Schüssel und gab es dem Kind. Um das weitere Hin- und Herschieben der zwei unschuldigen Eier zu vermeiden, fiel mir die Notlüge ein, dass ich und Matt Veganer seien. Eine kluge Idee war es dennoch nicht, denn auch bis meine Suppe bereits kalt war, hatte ich der Frau nicht erklären können, warum es Menschen auf dieser Welt gab, die weder aus religiösen noch aus finanziellen Gründen freiwillig auf tierische Produkte verzichteten.

Es gab aber doch ein glückliches Ende für das Kind: Es durfte ein Ei gleich essen und das andere am nächsten Tag als Mittagsmahl mit in die Schule nehmen.

Ehrlich gesagt hinterließ die Suppe bei mir überhaupt keinen Eindruck - außer dass sie mir extrem fade vorkam. Die Nudeln darin hätte auch ein Kind im Vorschulalter zählen können. Ich mied den Gedanken, dass das ein kleines Festmahl für die Familie gewesen sein könnte.

Nach dem Essen holte das Kind ein paar Notizblöcke aus seiner Schultasche und fing an, in dem flackernden Licht der Öllampe seine Hausaufgaben zu machen. Die Frau gab die ausgeliehenen Hocker zurück und ging mit dem Eimer, auf dem der Lehrer gesessen hatte, aus ihrem Hof, um Wasser zu holen und zu spülen. Seit einigen Jahren gäbe es hier auch Leitungswasser und Strom, sagte der Lehrer, aber nur derjenige, der es sich leisten könnte, Wasserleitungen zu kaufen, könnte auch das Wasser bis in sein Haus fließen lassen. Ansonsten müsse man es von dem öffentlichen Wasserhahn nehmen.

Als ich mich gerade wunderte, warum das Kind in diesem schwachen Licht Hausaufgaben machen musste, belehrte mich der Lehrer, dass viele Dorfeinwohner hier kein elektrisches Licht benutzen, weil sie die Rechnung nicht bezahlen könnten.

Von dem Lehrer erfuhren wir, dass die Frau gar nicht die Mutter des Kindes war, sondern die Tante. Ihr Bruder, der Vater des Kindes, war vor einigen Jahren an einer Krankheit gestorben, die Mutter war eines Tages einfach verschwunden - vermutlich gegangen, um nach einem neuen Glück zu suchen. Seither lebte das Kind bei seiner Tante, deren Mann ebenfalls vor einigen Monaten in irgendeine Stadt gegangen war, um nach Arbeit zu suchen. Ob er inzwischen einen Job gefunden hatte, wüsste man nicht. Geld habe er jedenfalls keines geschickt.

Dies sei eine besonders arme Familie in diesem Dorf, meinte der Lehrer. Ob die anderen Familien hier viel besser aufgehoben seien, wagte ich nicht zu fragen. Das Kind hatte die Hausaufgaben fertig gemacht und stellte draußen mit ein paar anderen Kindern die Szenen aus irgendwelchen schlechten Kung Fu Filmen nach. Es war für mich verwunderlich, dass sie solche Filme überhaupt kannten. Aber Zivilisation in Form von Unterhaltung sickerte selbst durch die härtesten Felsen und hinterließ den unwiderstehlichen Vorgeschmack des modernen, aber noch lange nicht erreichbaren Stadtlebens.

Die Nacht kam - es war zu spät für uns, in die Schule zurückzukehren. Die Frau öffnete die Tür der anderen Hütte und zeigte uns unsere Bleibe für die Nacht. Auf dem Boden lag haufenweise Heu, unter dem Dach hingen einige Wäschestücke. Unser Einmarsch hatte offensichtlich irgendwelche

Lebewesen in diesem Zimmer aufgeweckt, die dem Gackern zufolge Hühner gewesen sein könnten. Zwei Hühner und ein Hahn, bestätigte die Gastgeberin voll Stolz.

Bevor wir allerdings unsere geflügelten Mitbewohner genau lokalisieren konnten, blies der Lehrer die Öllampe aus, denn er hatte Angst, dass ein kleiner Funken auf das Heu fallen könnte.

Die Frau hatte leider keine Decke mehr übrig. Ich und Matt packten im Dunkeln unsere Schlafsäcke aus, der Lehrer legte sich auf das Heu. Matt gab dem Lehrer seinen Pullover. Wenigstens hätten wir noch ein Dach über uns, was wolle man mehr, sagte Matt. Unsere Laune war auf einmal unerklärlich besser geworden, vielleicht hatte die rabenschwarze Nacht das sichtbare Elend vorübergehend aus unserer Wahrnehmung ausgeblendet und das Ganze in eine Mischung aus Melancholie und Romantik verwandelt.

Am nächsten Morgen weckte uns der Hahn frühzeitig auf. Ich packte alles schnell in meinen Rucksack und stürmte aus der Tür, ohne unser Nachtlager im Morgenlicht auch nur eines Blicks zu würdigen. Denn ich wollte nicht wissen, in was für einem Loch ich übernachtet hatte.

Bevor wir das Haus verließen, gab ich der Frau einen Hundert-Yuan-Schein[20]. Sie war fast ohnmächtig geworden. Keine Ahnung, wann sie zum letzten Mal einen so großen Schein gesehen hatte. Aber ich wollte es auch nicht wissen, mir war es nur wichtig, so schnell wie möglich von hier weg zu kommen. Denn sonst, sonst … Wo war eigentlich meine Sonnenbrille?

Auf dem Weg zur Schule holte Matt die Kekse aus dem Rucksack und gab sie dem Lehrer, sodass er diese an die Kinder als Frühstück verteilen konnte.

---

[20] Einhundert Yuan sind umgerechnet etwa zwölf Euro.

Ich sagte zu Matt: „Wir können hier nicht ständig Kekse und Geldscheine verteilen. Wir müssen etwas Anderes tun." Dann wandte ich mich an den Lehrer und sagte zu ihm: „Du musst uns helfen, damit wir euch helfen können."

Dieser Satz klang so kitschig wie der Text aus einem schlechten Hollywood-Film, was mir eigentlich gar nicht gefiel. Dennoch war ich in diesem Moment von meinem eigenen Gedanken zutiefst bewegt.

FEI YU

Gott mag fair sein, aber er hat ein anderes Zeit- und Dimensionskonzept als das, welches wir aus unserem alltäglichen Leben kennen. In unserer Welt ist der Horizont auf unsere Sichtweite begrenzt, und die Existenz währt nicht länger als ein physisches Leben. Das Schicksal jedes Einzelnen ist nur ein unbedeutendes, kurzlebiges Teilchen des Universums und insofern alles andere als fair - im Gegenteil, oft macht es sogar ziemlich wenig Sinn. Wer schon alles hat, bekommt meistens noch einen ordentlichen Nachschlag, ohne sich anstrengen zu müssen. Wer nichts hat, dem wird auch noch das Letzte weggenommen.

Das war die Erkenntnis, die mich das Leben gelehrt hatte. Denn sobald ich mein neues Leben als Jessica angefangen hatte, war das Glück nicht mehr zu bremsen.

Mein neuer Job war toll. Bereits bei der Vertragsverhandlung wurde mir schwindelig: Jahresurlaub, Urlaubs- und Weihnachtsgeld, Kündigungsschutz, als Frau noch Schwangerschaftsurlaub und Mutterschutz obendrauf. Das ganze Paket war einfach bombensicher und wasserdicht. Für jemanden wie mich, den eine etwas weniger freundliche Realität entsprechend abgehärtet hatte, war es fast zu viel des Guten.

Ich konnte mir eine gute Wohnung leisten und auch ein schönes Auto, denn der Mitarbeiterrabatt musste schließlich ausgenutzt werden. In meiner Freizeit traf ich mich regelmäßig mit Tobias und wir bewegten uns stets in der Partyszene der jungen Stadtmenschen Deutschlands.

Es gab nichts, das mir Beschwerden bereitete - außer der kleinen Uhr, die ständig in meinem Hinterkopf tickte und mich ab und an alarmierte. Denn ich wusste nicht, wann Jessica wieder zurück nach Deutschland kommen würde. An dem Tag, an dem sie von ihrem Leben in China gelangweilt wäre, würde das Ganze für mich zu Ende sein. Je mehr ich dieses Leben genoss, umso schwieriger würde es für mich sein, wieder in die „andere" Welt zurückzukehren. Einerseits versuchte ich mir oft selbst klar zu machen, dass das Leben, das ich hier hatte, nicht das wahre Leben war, nicht für mich. Aber andererseits: wäre es nicht eine Sünde, wenn ich dieses Gottesgeschenk nicht in vollen Zügen genießen würde?

An einem sonnigen Freitag saß ich draußen vor der Cafeteria in der Firmenzentrale mit einem Cappuccino und machte Mittagspause. Dieser mit einem Schuss Kaffee gekrönte Milchschaum galt in Großstädten Chinas als DER Lifestyle-Drink, den man nur mit einem iPhone oder iPad bei einem Starbucks genießen dürfe. In Deutschland trank ich ihn nur als Tee-Ersatz, falls ich mal auf den billigen Beuteltee verzichten wollte.

Als meine Gedanken gerade in den frischen Grünteeblättern meiner Heimat schwammen, stand ein gut aussehender, junger Mann plötzlich neben mir und fragte, ob der andere Stuhl frei sei. Sein Gesicht war mir unbekannt. So wie er angezogen war, müsste er eigentlich irgendwo aus der Chefetage kommen, andererseits war er wieder ein bisschen zu jung dafür. Da ich aber eigentlich noch auf eine Kollegin wartete, antwortete ich, dass der Stuhl bereits besetzt sei.

Der Mann suchte aber nicht nach einem anderen Platz, sondern blieb vor mir stehen und schaute mich mit einem komischen Blick an. Ich lächelte ihn an und sagte, dass es mir zwar leid täte, aber der Stuhl wirklich besetzt sei. Der Mann rührte sich immer noch nicht von der Stelle und seine Mimik wurde sehr ernst. Als ich gerade wegschauen und ihn ignorieren wollte, hörte ich ihn sagen: „Jessie, was spielst du wieder für Spielchen?"

An den Namen Jessica hatte ich mich längst gewöhnt. Alle nannten mich so, selbst Tobias hatte diesen angeblich von mir selbst erfundenen englischen Namen akzeptiert. Aber „Jessie" hatte noch nie jemand zu mir gesagt. Nach einer Sekunde der Verwirrung standen mir auf einmal alle Haare am Körper zu Berge. Mir war schnell klar, dass die „Worst-Case"-Zeitbombe, die schon immer in meinem Hinterkopf getickt hatte, endlich explodieren würde.

Der junge Mann müsste ein enger Bekannter von Jessica sein - seinem Tonfall nach zu urteilen. Jessica hatte allerdings nie von einem engen männlichen Bekannten gesprochen. Nach schnellem Überlegen war ich mir fast sicher, dass der Mann, der vor mir stand, Philippe war.

Ich schaute mich um - glücklicherweise waren keine Kollegen in der Nähe zu sehen, die mich gut kannten. Währenddessen drehten sich die Zahnräder in meinem Kopf wie verrückt, um eine tragbare Strategie zu schmieden.

Eigentlich hatte ich schon hundert verschiedene Varianten im Kopf durchgespielt, wie mich jemand ertappen würde und jedes Mal hatte ich eine Lösung gefunden. Nur damit, dass Philippe plötzlich auf unserem Firmengelände erscheinen würde, hatte ich nie gerechnet. Ich konnte nicht einfach leugnen, dass ich Jessica war, und behaupten, dass er sich geirrt hätte. Um meinen Hals hing noch mein Firmenausweis, auf dem groß und deutlich der Name „Jessica Wang“ stand.

Viel Zeit ließ mir der Mann aber nicht und fragte: „Seit wann bist du wieder da?“

„Nicht sehr lange.“ Eine sehr diplomatische Antwort von mir - aber ich hätte vielleicht besser schweigen sollen, denn Philippe schaute mich bereits ganz misstrauisch an. Mein Akzent und meine Stimme, die unter anderen Umständen als beste Beweise für ein Missverständnis dienen könnten, hatten mich hier eiskalt verraten.

Bevor sich die Sache zu einem richtigen Gau entwickeln konnte, stand ich auf und lief kommentarlos Richtung Mitarbeiterparkplatz. Mittags war dort ohnehin wenig los, und ich hatte vor, im Zweifelsfall einfach ins Auto zu steigen und mich aus dem Staub zu machen.

Der Mann ließ nicht locker und folgte mir - gleichzeitig rief er mir hinterher, immer emotionaler und lauter. Einige Passanten drehten sich um und schauten uns mit komischen Blicken an. Kurz vor dem Parkplatz holte er mich ein und packte mich am Arm.

„Jetzt bleib mal stehen!“, grollte er wie ein verletzter Wolf.

Ich spürte, wie mein Körper langsam steif wurde und mein Geist erlahmte. Meine Nerven lagen blank. Ich machte meine Augen kurz zu und dachte, nur Gott könnte mir noch helfen.

„Schau mich bitte an und sprich mit mir!“, donnerte er wieder.

„Hi, Philippe“, machte ich einen riskanten Versuch.

„Ja, hast du was zu sagen?“, erwiderte er.

Meine schlimmste Vermutung wurde bestätigt: Philippe, der Mann, den Jessica ihren Bruder nannte! Obwohl Jessica ständig so tat, als ob ihre Beziehung zu Philippe sehr distanziert wäre, spürte ich, oft durch ihre Erzählungen, dass die Wahrheit ganz anders war.

Ich schwieg wieder. Philippe drückte meinen Arm fester und fragte, warum ich für eine so lange Zeit weg geblieben war. Da ich nicht antwortete, fing er an mich anzuschreien.

„Können wir vielleicht ein anderes Mal reden? Ich muss jetzt arbeiten", antwortete ich aus Not, denn ich hatte Angst, dass seine Lautstärke irgendwelche Leute auf uns aufmerksam machen würde.

Er ließ mich los und musterte mich eine Weile, dann fragte er: „Wer sind Sie? Sie sind gar nicht Jessie." Meine schlechte Aussprache hatte mich endgültig überführt. Ein weiterer Versuch, die Sache noch zu vertuschen, würde nur lächerlich wirken.

Aber das war mir auf einmal auch total egal. Es war ein schönes Spiel gewesen. Ich bereute es nicht. Wenn sich die Zeit zurückdrehen ließe, würde ich noch einmal die gleiche Entscheidung treffen. Ein paar gute Jahre hatte ich gehabt - aber auch bei der schönsten Party gibt es ein Ende, wie man in China so schön sagt. Nun war wohl das Ende meiner Party gekommen. Aber was soll's - das Leben ist und bleibt unberechenbar!

Nachdem ich meine Angst besiegt hatte, konnte ich Philippe ruhig in die Augen schauen. Er war wirklich ein sehr attraktiver Mann - keine Ahnung, warum Jessica sich von so jemandem abwenden wollte. Ich holte mein Handy heraus und sagte zu Philippe: „Manche Dinge besprechen Sie am besten selbst mit Jessica."

Ich wählte Jessicas Nummer und gab Philippe das Handy. Von Philippes Gesichtsausdruck konnte ich ablesen, dass Jessica ans Telefon gegangen war. Aber Philippe hatte noch eine Weile gebraucht, bis er endlich fragte: „Wo bist du?“

Ich drehte mich um und ging einige Schritte von Philippe weg, damit er ungestört telefonieren könnte. Er lief seinerseits ein paar Schritte in die Gegenrichtung, bis er einen Sicherheitsabstand zu mir gefunden hatte. Er wurde oft laut, aber dann versuchte er jedes Mal, seine Stimme wieder schnell zu senken. Das wäre nicht nötig gewesen, denn Lust zum Lauschen hatte ich in diesem Augenblick wirklich nicht. Ich beschäftigte mich viel mehr mit der Frage, wie er mich gefunden hatte, denn nach einem Zufall sah das leider nicht aus. Außerdem machte ich mir auch Gedanken, was ich wohl machen könnte, wenn ich nach Hause geschickt würde.

Nach etwa einer Viertelstunde kam er endlich wieder zu mir, gab mir das Telefon zurück und sagte, dass Jessica mit mir reden wolle. Ich nahm das Handy und fing an, mich zu entschuldigen: „Sorry, Jessica, dass ich dich einfach so angerufen habe. Aber ich wusste echt nicht mehr, was ich machen sollte! Ich hoffe, dass es für dich nicht so schlimm ist.“

Jessica seufzte einmal leise am anderen Ende der Leitung und sagte: „Es ist okay. Du musst dir keine Sorgen machen. Ich habe ihm alles erklärt. Du kannst weiterhin das tun, was du tun möchtest. Er wird dir keine Schwierigkeiten machen.“

Wie? Das war's? Die imaginäre Explosion war in Wahrheit nur ein leiser Plopp? Warum wollte Jessica nicht zurückkommen? Ich konnte die schnelle Wende der Hand Gottes gar nicht verkraften und stand für eine Weile noch da, ohne zu wissen, wo ich hin sollte.

Philippe schien sich noch nicht ganz beruhigt zu haben und griff mich giftig an: „Wer auch immer Sie sind und was auch immer Sie mit Jessica vorhaben, ab jetzt behalte ich Sie im Auge. Glauben Sie aber ja nicht, dass Sie eines Tages wirklich Jessica sein könnten! Wenn Sie weiter hier bleiben wollen, sollten Sie sich gefälligst ganz leise verhalten.“

Ich war wütend. Denn in meinem Leben hatte noch niemand so mit mir geredet - ganz zu schweigen von der Tatsache, dass dies von Anfang an Jessicas Idee gewesen war. Eigentlich wollte ich ihm sagen: „Verpiss dich und auf Nimmerwiedersehen!“ Aber irgendwie schaffte ich es, mich doch zurückzuhalten, denn immerhin befanden wir uns noch auf dem Firmengelände, und da ich nun noch weiter hier arbeiten durfte, hatte ich keine Lust, in eine Streiterei verwickelt zu sein. Außerdem war das immerhin Jessicas Bruder - und der hatte noch die Vollmacht über den Fonds. Ich dagegen wusste nicht, was Jessica mit dem Fonds vorhatte.

Ich atmete einmal tief durch und sagte in einem leicht zornigen Ton: „Machen Sie sich da mal keine Sorgen! Einen guten Vorgeschmack hatte ich ja heute schon.“ Dann drehte ich mich um und lief weg, so schnell ich nur konnte.

Nach ein paar Schritten hörte ich Philippes Ruf: „ Warte, Jessie.“ Ich blieb stehen und drehte meinen Kopf um. Er holte mich ein und stellte sich vor mich, dann sagte er in einem viel sanfteren Tonfall: „Oh, sorry - Gewohnheit. Wie darf ich Sie nennen?“ Ich zögerte eine Sekunde und sagte ihm dann doch meinen Namen.

Er fragte, ob wir in Kontakt bleiben könnten – telefonisch wenigstens, fügte er hinzu.

„Warum?“, fragte ich.

Er wolle den einzigen Faden zu Jessica nicht wieder verlieren, sagte er. „Aber Sie können Jessica ab jetzt doch selber anrufen. Ich gebe Ihnen die Nummer“, bot ich ihm an. Er hob seinen Kopf und schaute ein paar Sekunden in den Himmel und sagte dann: „Ich weiß nicht, wie gut Sie Jessie kennen.

Wenn sie mir nichts erzählen will, nutzt es mir auch nichts, wenn ich ihre Nummer habe. Sie können mir vielleicht viel mehr über sie erzählen. Ich gehe davon aus, dass Sie ihre Freundin sind. Schließlich will ich nur wissen, dass es ihr gut geht." Er wurde kleinlaut, keine Spur von dem hochnäsigen Getue von vorhin.

Die Mittagspause war langsam vorbei, ich wollte alles schnell hinter mich bringen und wieder zurück ins Büro gehen. Aber Philippe stand immer noch im Weg und sagte leise, aber hartnäckig: „Bitte."

Sein Gesicht zuckte einmal. Vielleicht hatte er den Vorhang seines Herzens für einen kurzen Moment einem Fremden gegenüber aufgezogen, denn der Schmerz war deutlich in seinen Augen zu sehen. In diesem kurzen Moment wusste ich, dass er sie liebte – und zwar nicht nur als Bruder.

„Na gut", sagte ich unwillkürlich und gab ihm meine Nummer. Er wisse ja sowieso schon, wo ich arbeite, dachte ich. Hatte Jessica nicht gesagt, dass er mir keine Schwierigkeiten machen würde? Sie kannte Philippe wohl doch nicht gut genug.

Nach dieser Aufregung war ich für den Rest des Nachmittags nicht wirklich produktiv. Ich war hin- und hergerissen, denn ich wusste nicht, ob es eine Art Verrat wäre, wenn ich hinter Jessicas Rücken mit Philippe in Kontakt treten würde. Aber immer wieder musste ich an Philippes blaue Augen denken, ein unglaublich klares Blau, das seine Verzweiflung kaum verbergen konnte.

Er wollte ja nur wissen, dass es Jessica gut ging. Ich argumentierte mir selbst gegenüber mit seiner Aussage und befürchtete gleichzeitig, dass die Sache noch lange nicht erledigt wäre, jedenfalls nicht für Philippe.

Bereits am Freitagabend, eigentlich nur drei Tage später, rief Philippe mich an und bat um ein Treffen. Er sagte, das letzte Mal habe er mich nicht weiter stören wollen, da ich noch hätte arbeiten müssen. Nun wolle er sich ein bisschen mit mir über Jessica unterhalten, vor allem darüber, wie ich und Jessica uns begegnet waren und was sie nun mache.

„Können wir das nicht am Telefon besprechen?" Bevor er mir überhaupt widersprechen konnte, kam mir die Frage selbst schon ein bisschen unreflektiert und lächerlich vor. Er wollte mit mir über ein Thema reden, das nicht nur für alle drei Betroffenen höchst persönlich, sondern auch etwas heikel war. Über so etwas konnte man nicht einfach im Rahmen eines Telefonmarathons plaudern.

„Aber wir können uns auch treffen", sagte ich wieder, obwohl Philippe noch nicht einmal auf ein Gegenargument gekommen war.

„Ja, gut - wo?" Er hörte sich erleichtert an.

Wir hatten uns schnell auf die Piano Bar eines bekannten Hotels in der Stadt geeinigt. Dort war es seriös, aber auch distanziert genug und gleichzeitig doch sehr entspannt. Als ich ankam, wartete Philippe bereits hinter einem cognacfarbenen Drink auf mich. Er war in Freizeitkleidung und sah - anders als das letzte Mal - sehr freundlich aus. Ich dagegen war trotz seines höflichen Grußes und seines Lächelns sehr aufgeregt.

Nachdem ich mir einen Drink bestellt hatte, wusste ich, dass er selber in diesem Hotel wohnte. Erst dann erzählte er mir, dass er extra wegen des Gesprächs hierher gefahren sei.

Ich fragte ihn, warum er nicht früher angerufen hätte. Denn wenn ich mich dieses Wochenende aus irgendeinem Grund nicht mit ihm hätte treffen können, wäre er doch ein paar hundert Kilometer umsonst gefahren. Er lachte leise und sagte, wenn das so gewesen wäre, wäre er nächstes Wochenende wieder gekommen.

Ich war ein wenig gerührt von seinem Eifer und

gleichzeitig froh, dass ich ihn nicht kalt abserviert hatte.

„Andererseits dachte ich, wenn ich schon hier bin, würde es dir schwer fallen, Nein zu sagen“, fügte er hinzu. „Du falsche Schlange! Gerade hatte ich noch Mitleid mit dir gehabt!“, schimpfte ich in Gedanken.

Ich fragte ihn, wie seine Fahrt gewesen sei. Denn von Small Talk einmal abgesehen, hatte ich überhaupt keine Ahnung, womit ich anfangen sollte.

„Du kennst doch den Berufsverkehr freitagabends. Ich bin heute Mittag schon losgefahren“, sagte er kopfschüttelnd. Er nahm einen Schluck und fuhr fort: „Diese zweihundert Kilometer Luftlinie, das wären mit dem Hubschrauber nur vierzig Minuten Flugzeit. Aber in Deutschland braucht man überall diese Außenlandegenehmigung. Ich sag dir, es ist ein „pain in the ass“!“

Beim Zuhören fing die Realität auf einmal an, vor meinen Augen zu verschwimmen. Ob man für eine Scheibe Brot oder die Außenlandegenehmigung eines Privathubschraubers kämpft - das Leben ist jedenfalls für niemanden leicht. „So hat wohl jeder seine Probleme“, sagte ich grinsend.

Er lächelte verlegen und nippte still an seinem Drink. Vielleicht hatte er meine Ironie bemerkt, vielleicht war es ihm aber auch erst jetzt klar, dass vor ihm nicht die richtige Jessica saß, sondern ein anderes Mädchen, das aus einer ganz anderen Welt kam.

Ich wollte eigentlich gar nicht wissen, was Philippe machte und wie seine Welt wirklich aussah. Ich wollte nicht einmal in seine Welt involviert werden. Aber von nun an wurde mein Leben jedenfalls an seines gebunden, durch Jessica. Dass Jessica keine Geldprobleme hatte, war mir schon längst klar. Dennoch erschreckte mich die Erkenntnis, dass sie eigentlich aus einer Parallelwelt kam, zu der ich nie einen Zugang haben würde. Ich war mir nicht sicher, ob Philippe mir absichtlich ausdrücklich die Message verpasst hatte, dass ich nie Jessica werden könnte, wie er es beim letzten Mal bereits laut genug verkündet hatte.

Aber ich war Philippe nicht mehr böse, was auch immer er gemeint hatte. Wie sollte jemand wie Philippe begreifen, dass das normale menschliche Dasein für viele nicht Banalität bedeutete, sondern das Beste, das sie sich wünschen konnten.

Es war ein langer Abend geworden. Ich erzählte Philippe, wie ich Jessica kennengelernt hatte und wie wir auf diese Idee gekommen waren. Dann erzählte mir Philippe, wie er mir auf die Spur gekommen war.

Er sei vor einiger Zeit in London gewesen und habe einen alten Freund besucht, der eine Galerie für moderne Kunst besitze, in der zufällig, unter der Empfehlung eines Professors, meine Abschlussarbeit ausgestellt wurde. Philippe sei der Name des Designers aufgefallen. Er hätte zwar nicht wirklich glauben können, dass es sich um die gleiche Jessica Wang handelte, habe aber trotzdem angefangen, weiter zu bohren, bis er mich gefunden hatte.

Die Welt ist klein, aber die Welt der Reichen ist noch viel kleiner. So kreuzen sich früher oder später die Wege derselben Leute immer wieder. Ich konnte auf einmal ein bisschen verstehen, warum Jessica vor dieser Welt der Extraklasse geflohen war.

Es gab aber auch noch eine andere Welt, in der ich am nächsten Nachmittag mit meiner Freundin shoppen gehen und am Montag wieder mit meinem Cabrio zur Arbeit fahren würde.

Eine dritte Welt gab es theoretisch auch noch – eine, in der ich ohne jegliche Perspektive meine kranke Mutter für den Rest ihres Lebens würde pflegen müssen.

Nur diese dritte Version war die eigentlich wahre Welt für mich. Aber wer will schon in der Wahrheit weinen, wenn er die Chance hatte, in der Lüge zu lachen?

JESSICA

Es war ein wunderschöner Tag in Mai. Die Luft war feucht und warm, die Sonne strahlte auch bis in die dunkelste Ecke der sonst immer nebligen Gebirge im Nebenflussgebiet des Yangtse-Oberlaufs. Es war windstill und man hörte auch kaum Vogelgezwitscher, alles war extrem ruhig.

Ich saß unter einem Baum und genoss die Aussicht auf das Flusstal. Die Berge schwangen unter einem leuchtenden Grün und das Wasser spiegelte ein schweres Blau unter dem wolkenlosen Himmel. Irgendwie war ich glücklich – ein Gemütszustand, den ich mir früher nie hatte vorstellen können. Enthusiastisch plante ich die Reise zur nächsten Schule in meinem Kopf und dachte über die Veränderungen in meinem Leben nach. Ich hatte nicht die leiseste Ahnung, dass dieser Tag mein letzter sein würde.

Ich erinnerte mich plötzlich an ein Gespräch, das ich einmal auf einer Party mit einer Frau geführt hatte, in welchem es um ihren kleinen Sohn ging. Sie erzählte mir, die Kindergärtnerin ihres Sohnes hätte sie wegen einer Hausaufgabe angesprochen. Das Thema der Hausaufgabe sei „Mein Lieblingsspielzeug" gewesen. Jedes Kind sollte an diesem Tag sein Lieblingsspielzeug mitnehmen und eine kurze

Geschichte darüber erzählen. Das Spielauto ihres Sohnes sei aber mit Abstand im schlechtesten Zustand von allen gewesen. Die Kindergärtnerin habe gefragt, ob er denn kein anderes Spielzeug hätte.

„Dabei war eigentlich sein ganzes Zimmer mit Spielwaren gefüllt!" Die junge Mutter fühlte sich von der Kindergärtnerin zu Unrecht verdächtigt und schüttelte hilflos ihren Kopf. Das Problem sei, dieses Spielauto, das ja auch sein Lieblingsspielzeug war, hatte er den ganzen Tag bei sich, sodass es in jeder freien Minute beim Spielen beansprucht würde. Daher sähe es nach einiger Zeit natürlich stark abgenutzt aus. Anderes Spielzeug, das ihr Sohn weniger gern hatte, war dagegen in einem viel besseren Zustand.

Dann sagte die Mutter fast mit Neid, dass es aber Kinder gäbe, die genau das Gegenteil täten: Ihre Lieblingsspielzeuge würden schön vorsichtig aufbewahrt und nur mit Abstand bewundert werden. So sähen ihre „Lieblinge" immer wie neu aus.

Beim Zuhören wollte ich ihr fast laut beichten, dass ich genau zu Letzteren gehörte. Jeder hat seine Art zu lieben, aber ich hatte mich für die kleinmütige entschieden. Wie ein kleines Mädchen ihr einziges Püppchen, hatte ich Philippe in einer gedanklichen Schublade eingeschlossen, die niemand, nicht einmal ich, öffnen konnte.

Als Fei Yu mich anrief und Philippes Stimme auf einmal durch die Leitung zitterte, war ich nicht wirklich überrascht. Seitdem ich damals plötzlich in sein zwölfjähriges Leben katapultiert wurde, wusste ich bereits, dass er immer nach mir sehen würde, bewusst oder unbewusst. Er würde mich auch immer finden – egal wo ich war und wo ich sein würde. Das war, nachdem Hannes uns verlassen hatte, eine Zeitlang das Einzige, das meinem Leben einen Sinn gegeben hatte.

Philippe war empört, dass ich so etwas hinter seinem Rücken angestellt hatte, und erzählte mir endlich, dass mein Trustfonds während der Finanzkrise stark geschrumpft sei. Allerdings bekäme ich noch meinen Erbteil von Hannes, dessen Verwaltung er längst mit mir persönlich besprechen wollte.

Ich wusste wie immer nicht wirklich, was ich Philippe sagen sollte - einerseits gab es zu viel zu erklären, andererseits aber eigentlich auch nichts. Wenn er nicht verstehen würde, dass mein kleines Komplott nichts mit dem Geld zu tun hatte, wären auch jegliche Erklärungen überflüssig. Er mochte es vielleicht nicht glauben, aber ich war regelrecht erleichtert, dass der Trust endlich wieder dort gelandet war, wo er herkam, nämlich in den Abgründen des Finanzmarktes.

Eigentlich hatte ich mich oft genug gefragt, was mir passieren würde, wenn ich eines Tages ohne auch nur einen Cent irgendwo auf einer Parkbank aufwachen und feststellen würde, dass mein Leben vorher nur ein Traum gewesen war. Ganz am Anfang war ich mir sicher, dass ich dann zweifellos sterben würde. Aber je mehr ich von der Welt gesehen hatte, umso mehr glaubte ich, dass ich kein Problem haben würde, zu überleben. Denn ich hatte verstanden, dass das Überleben nur eine Frage der Definition war. Während es bei manchen wortwörtlich um das tägliche Brot und ein Dach über dem Kopf ging, drehte es sich bei einigen anderen vielleicht um das Haus mit Pool und den Geländewagen in der Garage – einen, der mindestens so viel PS hatte wie der des Nachbarn. Für mich ging es eine Zeitlang nur darum, dass ich morgens einen Grund fand, aufzustehen. Wenn der Geist aber erst einmal aufgestanden ist, müsste unser Körper doch sehr leicht zu befriedigen sein. Nachdem ich die unverwüstliche Lebenskraft des Menschen durch Fei Yu, ihre Mutter und die unretuschierten Bilder aus dem Hinterland Chinas hautnah miterlebt hatte, spürte ich endlich auch das Leben in mir selbst.

Geld bietet zwar sehr viele Problemlösungen, zerstört aber gleichzeitig die Kreativität und die Fähigkeit des Menschen, Probleme auch unabhängig von Geld zu lösen. Denn Probleme, die sich durch Geld lösen lassen, sind im Grunde gar keine ernsthaften Probleme. In einer Gesellschaft, in der man versucht, alle Probleme mit Hilfe des Geldes aus dem Weg zu schaffen, wird das Geld irgendwann zu dem größten Verhängnis.

Eine gern diskutierte Frage ist die, ob Geld glücklich macht. Unzählige Soziologen und Ökonomen haben bereits darüber debattiert, können sich aber immer noch nicht einig werden. Meiner Meinung nach macht das Geld nur diejenigen glücklich, die das Geld noch in seiner ursprünglichen und primitiven Form kennen - nämlich als Münzen und Scheine. Ein Baguette kostet einen Euro fünfzig und eine Packung Milch achtzig Cent. Wenn ich fünf Euro hätte, würde ich dazu noch zwei Hähnchenschlegel bekommen. So einfach ist das Glück.

Für Menschen, die aber das Geld nur noch als Zahl auf irgendwelchen Fondskonten kennen oder als Massengüter auf dem Finanzmarkt, ist es schon längst kein Adrenalin-Pusher mehr.

Seitdem ich wusste, wie viel Geld ein Kilo Eier oder ein Sack Reis oder auch ein Korb Gartengemüse kostet, und dass einhundert Dollar ausreichen, um für fünfzig Schüler eine Woche lang jeden Tag ein anständiges Mittagessen zu kochen, machte mich das Geld stets glücklich.

So wurde mir nach dem unerwarteten Anruf von Philippe plötzlich klar, dass ich den Rest meines Geldes retten und es zu einem richtigen Glücksmacher verwandeln müsste, bevor die Hedgefonds-Manager mit ein paar Mausklicks das Komma der Zahlen ständig nach vorne schöben. Deshalb schrieb ich Philippe eine kurze E-Mail und bat ihn, den Restbestand des Trustfonds und mein Erbteil gut und sicher anzulegen, gleichzeitig sagte ich, dass ich zeitnah nach Deutschland kommen würde, um persönlich mit ihm über die Freigabe meines Vermögens zu sprechen.

Wenn ich aber gewusst hätte, dass diese E-Mail die letzte war, die ich Philippe in diesem Leben schreiben würde, hätte ich sicherlich ganz andere Zeilen eingetippt - nein, ich hätte mit der Hand geschrieben, auf einem ganz normalen Blatt Papier, wie früher als Kind! Aber nein, dazu hätte ich mindestens einen Riesenstapel Papier gebraucht, denn ich hatte ihm noch so viele Dinge zu erzählen! Ah, Quatsch - ich wäre einfach hingeflogen und hätte ihm in die Augen geschaut und ihm gesagt, wie sehr ich ihn liebte und wie dankbar ich war!

Jeder würde vielleicht so einiges in seinem Leben anders gemacht haben, wenn er die Chance dazu hätte. Während es bei manchen aber nach dem zweiten oder sogar dritten Versuch noch immer nicht besser geworden wäre, gingen anderen bereits nach der Geburt die Chancen aus, wie zum Beispiel den Kindern, die wir in den letzten Jahren in verschiedenen Teilen Chinas gesehen hatten. Der Konjunktiv existiert einfach nicht in ihrem Lexikon.

Ein einfacher Weg, um unser Gewissen zu beruhigen, wäre ein bisschen Geld an irgendwelche Hilfsorganisationen zu spenden. Wir hatten uns aber doch entschieden, die Sache in die eigene Hand zu nehmen, nachdem wir die Ergebnisse einiger ehemaligen Spendenprojekte gesehen hatten, die nicht nachhaltig bewirtschaftet wurden und deshalb wie ein Feuerwerk nach einem kurzen Leuchten schnell wieder in Vergessenheit geraten waren.

Was diese Kinder brauchten, war nicht die Chance, vielleicht irgendwann einmal als Aushängschild für das soziale Engagement irgendwelcher Politiker in einem Zeitungsbericht zu erscheinen oder als Politur für das Image irgendeines Weltkonzerns in dessen Firmenbroschüre präsentiert zu werden - sie brauchten lediglich eine normale, kindgerechte Kindheit.

In diesem Land ein Hilfsprojekt auf eigene Faust durchzuführen, war viel schwieriger, als wir gedacht hatten - auch wenn Geld nicht das Problem war. Wir brauchten viele Genehmigungen, und alle unsere Vorhaben mussten unter dem Dach einer staatlichen Hilfsorganisation ausgeführt werden. Oft wurde unser Motiv hinterfragt, denn einige hier im Lande taten sich schwer damit zu begreifen, was die Westler in diesem unfruchtbaren Hinterland zu suchen hatten, während nicht einmal ihre eigenen Leute sich dafür interessierten. Inzwischen verbuchen die Chinesen ein Viertel des weltweiten Luxuskonsums, und dabei handelt es sich um einen jährlichen Umsatz von über sechzig Milliarden US-Dollar. Das ist das Zweihundertfache der jährlichen Spende, die das nationale „Hope Projekt" für schullose Kinder landesweit sammeln konnte.

Aber wir hatten auch sehr viel Hilfe bekommen - von Menschen in unserem Bekanntenkreis oder unbekannten Leidensgenossen, sogar von den oft alten und kranken Menschen, die als Aussätzige der modernen Gesellschaft in ihren Dörfern übrig geblieben waren. Ob soziales Netzwerk oder physische Arbeit, manchmal waren es auch nur eine heiße Portion Nudeln oder ein paar frisch gemachte Pfannkuchen - jeder bot uns nach seinen Möglichkeiten etwas an. Auf der Baustelle hatten wir oft miterlebt, wie ein total abgeschottetes Dorf plötzlich zum Leben erwachte.

Nachdem das erste Internat in Betrieb genommen worden war, machten wir bei der Einweihung in der Kantine für die Kinder eine Nudelsuppe mit Gemüse und Hühnerfleisch zum Mittag. Einige Kinder saßen vor den dampfenden Suppen und fingen an zu weinen. Dann wurden sie immer lauter und steckten immer mehr andere Kinder an. Irgendwann fingen die Lehrer an, und anschließend konnten ich und meine Kumpels es auch nicht mehr aushalten. Das Mittagsessen wurde zu einer Symphonie der Tränen.

Die vor Freude heulenden Kinder hatten mich von den unbeschreiblichen Schmerzen und Altlasten befreit, die mich schon ewig verfolgt hatten. Es war wie eine Absolution. Ich fühlte mich so normal und unbeschwert, als hätte ich meine plötzlich verlorene Kindheit wieder zurückbekommen.

Das Bauen der Schuleinrichtungen war allerdings nur der Anfang. Viel wichtiger war die Betreuung für die Kinder. Nachdem das neue Internat eröffnet war, kamen immer mehr Kinder zur Schule, weil es jeden Tag kostenlos etwas Gutes zum Essen gab und sie nachts unter warmen Decken schlafen konnten. Die ursprünglichen Lehrer der ehemaligen Schulen waren überfordert und wir brauchten jetzt viel mehr qualifizierte Mitarbeiter.

Für einen Stadtmenschen war es nahezu unvorstellbar, in einer solchen Gegend langfristig zu bleiben. Deshalb suchten wir im Internet nach befristeten, freiwilligen Aushilfskräften. Überraschenderweise meldeten sich viel mehr Menschen bei uns, als wir erwartet hatten, darunter sogar viele aus Großstädten. Manche wollten einfach nur helfen, andere wollten ungewöhnliche Lebenserfahrungen sammeln. Wir hatten zwar einen sehr großen Verwaltungsaufwand, so viele unterschiedliche Menschen zeitlich und aufgabentechnisch zu koordinieren, konnten aber unseren Bedarf an Lehr- und Betreuungskräften zum großen Teil abdecken - auch wenn die meisten Freiwilligen keine pädagogische Ausbildung hatten.

Es war ein Lernprozess für uns alle, und noch nichts war perfekt, aber wir lernten schnell und waren einfallsreich. Soziologen haben mit Studien belegt, dass ein Mensch die beste Leistung bringt und die meiste Kreativität entwickelt, wenn er eine Aufgabe nicht gegen Bezahlung, sondern aus eigener Motivation erledigt. Die drei Internate, die wir in den letzten zwei Jahren konzipiert und aufgebaut hatten, waren die besten Beweise dafür.

Das nächste Projekt, das uns bevorstand, war allerdings viel komplexer und größer: Um unsere Ressourcen effektiv zu nutzen, planten wir ein großes Internat für mehrere hundert Kinder aus drei benachbarten Gemeinden.

Zur besseren Planung dieses Projekts besuchten ich, Matt und ein Mitarbeiter der staatlichen Hilfsorganisation alle Dörfer und Schulen in den drei Gemeinden, um ein paar demographische Daten aufzunehmen und die Anzahl und Altersgruppen der Kinder festzustellen.

Auf diese Weise kamen wir endlich in der letzten und größten Schule der Gegend an. Etwa hundert Kinder gingen hier regelmäßig zur Schule. Es gab aber auch viele, die sich nur ab und an blicken ließen - je nach Wetter, Jahreszeit und Laune der Eltern oder Großeltern. Das Schulgebäude war ein verhältnismäßig großes, zweistöckiges Betonhaus und wirkte wesentlich amtlicher als die anderen Schulen, die wir zuvor besucht hatten. Dem Schulleiter zufolge war es in den Achtzigern erbaut worden.

Bei näherem Hinsehen merkte man aber, dass der Zustand des Gebäudes infolge nicht durchgeführter Wartungsarbeiten doch eher beunruhigend war:

Überall an den Wänden zeigten sich Risse. Am schlimmsten war das Treppenhaus - hier gingen an manchen Stufen bereits die Betonplatten auseinander. Ich wusste nicht, ob es für die hundert Kinder ein Segen oder ein Fluch war, dass sie jeden Tag unter diesem Dach lernen durften.

Als wir ankamen, war es ruhig - der Unterricht war noch nicht vorbei. Manchmal las der eine oder andere Lehrer laut etwas vor, und ich konnte ihre Stimmen sogar unten auf dem Spielplatz deutlich hören. Die Rezitation eines Gedichtes oder einer mathematischen Regel vibrierte auf dieser ansonsten menschenleeren, unbelebten Fläche und wirkte so deplatziert und unharmonisch wie eine summende Biene in der Wüste.

Ich wartete auf den Schulleiter, um mit ihm über eine Übergangslösung für die Kinder zu diskutieren. Der Aufbau des neuen Internates würde mindestens ein halbes Jahr dauern. Die Vorstellung, dass so viele Kinder noch so lange jeden Tag in einem so baufälligen Gebäude sitzen müssten, machte mich irgendwie nervös.

Als ich mich unter einem Baum in lauter wichtigen oder belanglosen Gedanken langsam verlor, vernahm ich die laute Klage von Matt: „Das Wetter ist doch verrückt, oder? Ohne Vorwarnung ist es auf einmal so heiß!"

Matt hatte zuvor aus dem Büroraum der Lehrer einen Basketball ausgegraben und spielte vor dem einzigen Korb hinter dem Gebäude gegen sich selbst. Nun kam er durchgeschwitzt zu mir und fragte, ob ich noch Trinkwasser in meiner Tasche hätte.

Meine Tasche war aber noch im Lehrerzimmer. Ich versuchte aufzustehen, um nach meiner Tasche zu sehen. Vielleicht hatte ich zu lange auf dem Boden gesessen - irgendwie wurde mir beim Aufstehen schwindelig. Ich hielt mich an dem Baum fest und sagte zu Matt: „Ich habe wieder Unterzucker.“

Matt sah mich komisch an und fragte: „Hast du das auch gespürt?“

„Was soll ich auch gespürt haben? Meinen Unterzucker?“, fragte ich verwirrt.

„Nein, du hast keinen Unterzucker. Der Boden hat kurz gebebt. Vorhin beim Spielen hatte ich auch schon etwas gemerkt. Es war sehr kurz, und ich dachte, ich hätte mich wegen eines Sprungs getäuscht.“

„Gebebt? Glaube ich nicht.“ Ich war nach wie vor von meinem Unterzuckersymptom überzeugt. Dann ging ich zu dem Lehrerzimmer. Als ich vor der Tür stand, schlug das Schwindelgefühl wieder zu - dieses Mal viel stärker. Irgendwie fühlte es sich anders an als ein simples Kreislaufproblem.

Matt rannte zu mir und sagte gleichzeitig laut: „Siehst du, es hat wirklich gebebt! Schon wieder!“

Ich war ein bisschen überfordert und wusste nicht genau, was das zu bedeuten hatte. Matt hielt meine Hand fest und fragte, ob alles okay wäre. Ich nickte. Als wir beide noch am Überlegen waren, was die Beben verursacht haben könnte, fing der Boden an, richtig zu rütteln. Es dauerte etwa eine halbe Minute, dann war es wieder still.

„Shit, Erdbeben!“, sagte Matt. „Erdbeben?“, fragte ich, denn so richtig begriffen hatte ich es immer noch nicht.

„Komm, wir sollten die Schüler aus den Klassenzimmern bringen“, sagte er und lief bereits zu jenem Klassenzimmer, in dem der Schulleiter unterrichtete. Ich lief ihm hinterher.

Der Schulleiter und die anderen Lehrer kamen auch schon aus ihren Klassenzimmern heraus und schauten sich gegenseitig an, als warteten sie auf ein weiteres Zeichen - entweder vom Schulleiter oder aus dem Innern der Erde.

Ich sagte laut: „Das war doch ein Erdbeben, oder? Wir sollten die Kinder schnell aus den Zimmern rausholen!" Der Schulleiter schaute die anderen Lehrer an und sagte zu mir: „Nur keine Panik. Es gab hier schon immer wieder mal kleine Beben. Aber die sind für gewöhnlich schnell vorbei. Wir warten mal ab. Die Kinder machen ja gerade Schulaufgaben."

Als würden sich seine Worte bestätigen, war nun alles wieder normal. Wir warteten einige Minuten, aber alles blieb totenstill und nichts rührte sich mehr. Die Lehrer gingen wieder langsam in ihre Klassenzimmer zurück. Matt bestand immer noch darauf, dass die Kinder alle sofort ins Freie kommen sollten. Ich schaute sein angespanntes Gesicht an und versuchte ihn zu besänftigen: „Sie leben alle hier, sie müssen schon wissen, um was es sich handelt. Es scheint wirklich schon vorbei zu sein." Dabei hatte ich im Grunde nicht die geringste Ahnung, wovon ich da redete, denn ich hatte in meinem ganzen Leben noch kein einziges Erdbeben erlebt.

Wir warteten noch ein paar Minuten - es passierte weiterhin nichts. Erst dann war Matt wieder ein bisschen entspannter, und wir gingen zurück in das Zimmer, in dem meine Sachen waren. Als ich gerade eine Flasche Wasser aus der Tasche holte, fing das Beben noch einmal an. Dieses Mal war es richtig stark und die Gläser und Bücher fielen von den Tischen auf den Boden.

Dieses Mal packte Matt meine Hand und lief mit mir sofort aus dem Büro, ohne noch weiter mit mir zu diskutieren. Auch ich begriff allmählich den Ernst der Lage und rief in die Klassenzimmer hinein: „Raus - ihr müsst alle raus kommen!" Dann ging ich direkt in das Zimmer, wo der Schulleiter noch vor der Tür stand. Ich ignorierte ihn und sagte zu den Kindern: „Steht schnell auf - wir gehen jetzt alle aus dem Gebäude raus! Wir fangen hier mit dieser Reihe an ... einer nach dem anderen. Schnell!" Gleichzeitig deutete ich auf die erste Reihe neben der Tür. Die Kinder blieben aber sitzen und schauten unschlüssig den Schulleiter an.

Ich war empört und schrie ihn an: „Lassen Sie die Kinder doch gehen!" Endlich gab der Schulleiter sein Einverständnis, und die Kinder fingen an, aufzustehen und nach draußen zu rennen.

Gleichzeitig hatte es auch Matt geschafft, die Kinder und Lehrer aus den anderen Zimmern des ersten Stocks hinaus zu treiben. Als die Kinder sich nach und nach auf dem Spielplatz sammelten, fing alles noch einmal richtig an zu rütteln. Ich hörte Fensterscheiben zerplatzen, und die Scherben flogen in alle Richtungen.

Erst jetzt begannen auch die Kinder im zweiten Stock, aus ihren Zimmern zu strömen und nach unten zu laufen, denn für sie war gerade Übungsstunde und es befanden sich gar keine Lehrer bei ihnen. Über die kaputten Treppen raste ich nach oben und versuchte, die Kinder zu beruhigen und eine Evakuierungsordnung zu schaffen.

Das Beben hörte nicht auf und schlug im Minutentakt immer wieder zu. Das Metallgeländer im zweiten Stock verbog sich langsam, denn der Boden im Gang war gerissen und einige Betonplatten waren bereits gebrochen. Zum Glück konnte ich gerade noch rechtzeitig alle Kinder aus dem zweiten Stock nach unten bringen, bevor das flache Dach ebenfalls zu bersten anfing.

Ich und Matt waren richtig aufgeregt und außer Atem, die Lehrer dagegen wirkten noch ausgesprochen ruhig und gelassen. Die Kinder schubsten sich gegenseitig und lachten teilweise laut, als hätten wir gerade mit einem Spiel angefangen. Der Schulleiter zählte die Kinder durch, und Matt ging noch einmal kurz nachsehen, ob alle Kinder bereits draußen waren.

Als wir endlich sichergestellt hatten, dass sich alle Kinder unverletzt auf dem Spielplatz befanden, waren wir ein wenig erleichtert. Das Beben machte wieder eine Pause, und der Boden bewegte sich nicht mehr. Aber es fühlte sich für mich eher wie die Ruhe vor dem Sturm an. Ich und Matt diskutierten aufgeregt mit dem Schulleiter, wo wir hingehen sollten. Wir kannten uns hier überhaupt nicht aus, aber die Kinder mussten unserer Meinung nach auf jeden Fall in das am nächsten liegende flachere Gelände gebracht werden, denn es könnten ja noch Erdrutsche folgen.

Nach einer kurzen Diskussion mit den Lehrern schien der Schulleiter eine Lösung gefunden zu haben. Wir teilten die Kinder in verschiedene Altersgruppen auf und wollten sie erst einmal alle von dem Hügel herunter bringen. Dann wollten wir versuchen, so schnell wie möglich in das Flusstal zu gelangen.

Die jüngsten Kinder marschierten bereits los, die älteren würden folgen. Meine bis jetzt aufs Äußerste angespannten Nerven bekamen Entwarnung und lagen auf einmal alle richtig blank, sodass ich zum ersten Mal anfing, richtig zu zittern. Leider kam die Entwarnung ein wenig zu früh. Als Matt gerade versuchte, mich mit einer Umarmung zu beruhigen, sah ich aus den Augenwinkeln ein jüngeres Kind, das plötzlich seine Gruppe verließ und wie verrückt zurück zum Schulgebäude lief.

Ich rief ihm nach, aber es ließ sich nicht von seinem Vorhaben abbringen und verschwand schnell in einem Klassenzimmer im ersten Stock. Gleichzeitig hörte ich ein anderes Kind sagen: „Er hat sein Brot in der Schublade vergessen."

Das Kind rannte - nicht um sein Leben, sondern um ein Stück Brot. Ich kannte das Brot aus dieser

Gegend: Der Teig war eine Mischung aus Weizenmehl, Kleie und Wildgemüse aus dem Wald. Kein Großstadtkind würde freiwillig so etwas essen, für dieses Kind aber war es vielleicht die einzige Mahlzeit am Tag. Dennoch war es für mich unvorstellbar, dass ein Mensch ein Stück Brot seinem Leben vorzog.

Während ich noch völlig schockiert war und gegen meinen Verstand ankämpfte, lief Matt bereits wie ein Geschoss dem Kind hinterher. Er war natürlich viel schneller und stürzte kurz nach dem Kind in das Zimmer. Ausgerechnet in diesem Moment fing eine neue Welle des Bebens an, die viel stärker war als alle vorherigen. Ein großer Betonbrocken fiel vom zweiten Stock herunter und krachte vor die Tür desjenigen Zimmers, in dem sich Matt und das Kind befanden.

Meine Welt fing an zu verschwimmen und zu verkümmern, wie ein verwaschenes Poster. Ich glaubte, dieses Bild schon mal in meinem Leben gesehen zu haben. Vielleicht nicht genau das gleiche, aber ähnlich desaströs. Vielleicht auch nicht nur einmal, sondern schon öfter. Mein Herz bekam wieder diesen schmerzhaften Krampf. „Warte!“, rief ich und lief in Richtung des kollabierenden Hauses. Mein einziger Gedanke war, dass ich ihn nicht mehr verlieren wollte. Für einen Moment wusste ich nicht einmal, wem ich gerade hinterher lief. Meinem Dad? Oder Hannes? Oder Philippe? Matt? Egal - egal wer du bist, ich möchte es nicht noch einmal erleben!

Wie eine kleine Erbse in der Pfanne wurde ich durchgeschüttelt und musste teilweise auf allen Vieren vorwärts krabbeln. Aber ich bemühte mich trotzdem so schnell voran zu kommen, wie ich nur konnte. Zum ersten Mal in meinem Leben war das Ziel für mich kristallklar.

Der Türrahmen des Zimmers, in dem sich Matt

befand, war bereits total verbogen, und von einer Seite der Tür fielen ständig Betonbrocken und Ziegelsteine herunter. Ich tastete mich zur Tür hinein und sah ein großes Loch in der Decke. Eine riesige Betonplatte lag schräg auf ein paar zerquetschten Tischen, hinter denen Matt auf dem Boden hockte und versuchte, ein Bein des Kindes aus den Trümmern zu ziehen, das zwischen zwei umgekippten Tischen unter der Betonplatte eingeklemmt war.

Als ich Matt sah, wurde ich auf einmal ruhig. Ich suchte meinen Weg vorsichtig zwischen Betonbrocken, Holzstücken und zerfetzten, freihängenden Stromkabeln und ging zu Matt. Als er mich sah, fragte er mich zuerst vorwurfsvoll: „Was machst du hier?" Dann lächelte er mich aber an und gab mir ein Zeichen, dass ich ihm helfen sollte.

Es gab wieder eine kurze, aber wertvolle Schüttelpause. Matt drückte seinen Rücken gegen die Betonplatte und versuchte sie hoch zu heben - für ein paar Sekunden schaffte er es, die zwei Tische darunter zu lockern. Im selben Augenblick zog ich das Bein des Kindes schnell heraus, wobei es laut aufschrie. Sein Bein könnte gebrochen sein, aber ansonsten, wie ich sah, ging es ihm gut. Matt war erleichtert und sagte zu mir: „Gute Teamarbeit!" Ich lachte.

Matt nahm das Kind in seine Arme und gab mir den Befehl, ihm zu folgen, was ich auch tat. Wenn die Geschichte hier zu Ende gehen würde, wäre dies die schönste Geschichte meines Lebens.

Leider hatte sich das Schicksal wieder einmal etwas anderes für mich ausgedacht. Ehe ich richtig aufstehen konnte, fing der Boden auf einmal an nachzugeben. Das komische Gefühl, dass man mit aller Gewalt nach oben klettert und trotzdem nach unten sinkt, kannte ich nur aus meinen Alpträumen. Die Welt um mich herum verlor ihre innere Logik.

Der Boden war nicht mehr waagerecht, die Haussäulen waren nicht mehr senkrecht. Die eine Wand schwankte noch, die andere löste sich bereits von dieser ab und brach in sich zusammen.

Wenn so etwas wie ein Haus einstürzt, auch wenn es nur ein einfaches, zweistöckiges Betongebäude ist, setzt es eine unglaubliche Energie frei – eine Energie, wie sie bei jedem Akt der Entstehung von dieser Welt aufgesaugt und bei jedem Akt des Untergangs wieder an diese Welt zurückgegeben wird. Als ich dann inmitten umherfliegender Trümmer, Glasscherben und Staubpartikel das Gleichgewicht zu halten versuchte, spürte ich diese zerstörerische Energie, die direkt durch meinen Körper ging.

Wie ein wütender Löwe sprang ich hoch und warf mich auf Matt, der gerade schräg vor mir auf einem liegenden Tisch herumkletterte und sich bemühte, das Kind durch das Loch an der einen noch stehenden Hauswand, das das ehemalige Fenster war, so weit wie möglich nach draußen zu schubsen.

Alles, was danach passierte, war für mich rein hypothetisch.

Das Kind würde draußen auf dem zerplatzten Boden landen und noch eine Weile Richtung Spielplatz rollen.

Ich flöge auf Matts Rücken wie ein großes Pflaster und würde seinen Körper unter meinen drücken. Gleichzeitig würde ich meine Arme über seinem Kopf verschränken und meinen darauf legen. Auf dem Bauch zu liegen, war schon immer meine Lieblingsschlafposition.

In Wahrheit fiel der Himmel bereits auf meinen Kopf, als ich hochsprang. Alles wurde schwarz - vielleicht hatte es auch kurz geflackert und geflimmert, wie bei einem alten Fernseher vor dem endgültigen Aus.

Es war warm, unheimlich warm, warm wie Blut.

Ich sah plötzlich noch ein letztes Bild. Es war ein Standbild, in dem meine Mutter reglos in einer Badewanne lag, wie eine Wachsfigur. Das Wasser war so schillernd rot, dass man die Farbe sogar in der Dunkelheit sofort erkennen konnte und davon geblendet wurde.

Das war das Ende.

Aber jedes Ende ist auch ein neuer Anfang.

FEI YU

Als die Nachrichten im Fernseher kamen, dass es in Südwestchina ein großes Erdbeben gegeben hatte, saß ich gerade an meinem Esstisch und aß mit Philippe zu Abend. Es war das größte Beben Chinas seit über vierzig Jahren. Diese Nachrichten hatten außer einem Gefühl kurzer Erschütterung keinen besonderen Eindruck hinterlassen und versanken auch schnell unter anderen wichtigen, globalen Ereignissen: Die ausgebrochene Finanzkrise weltweit, der heiß gekochte Wahlkampf in USA, die bevorstehende Olympiade in Peking. Die Welt war doch schon immer eine große schizophrene Kulisse, und jeder ist süchtig nach ständig abwechselnden Krisen und Euphorien.

Selbst für mich, in deren Heimatland sich dieses Erdbeben ereignet hatte, war dies nur eine Katastrophe im abstrakten und entfernten Sinne. Wie stark genau ein Beben der Magnitude 8,0 ist, war mir fremd – ich vermutete jedenfalls, sehr stark. Wo die betroffene Provinz in China lag, auch davon hatte ich nur eine vage Ahnung, basierend auf früherem Erdkundeunterricht. Jessica müsste sich inzwischen mit solchen Gegenden Chinas viel besser auskennen als ich. Für ihre Schulprojekte ging sie doch oft in Chinas Hinterland. Dieser Gedanke beunruhigte mich für ein paar Minuten. Hoffentlich war Jessica nicht zur falschen Zeit am falschen Ort gewesen, dachte ich. Aber sehr schnell vergaß ich diesen Gedanken, denn dass einem Glückskind Gottes wie Jessica etwas Schlimmes passieren könnte, schien für mich nicht möglich zu sein.

So nahm ich einen Schluck aus meinem Glas und übersprang das Thema Erdbeben mit Wein.

Mittlerweile stand ich in einer ziemlich fragwürdigen Beziehung zu Philippe. Wir trafen uns fast jedes Wochenende, und unsere Gesprächsthemen beschränkten sich nicht nur auf Jessicas Aktivitäten. Weil ich keine große Lust hatte, mich ständig mit ihm in irgendwelchen Edellokalen zu treffen, lud ich ihn auch hin und wieder zu mir ein. Anfangs war meine bescheidene Wohnung sicherlich eine Zumutung für ihn, aber ich merkte, dass er sich bemühte, sich daran zu gewöhnen. Dennoch brachte er oft Wein und sonstige Köstlichkeiten mit, deren Preise meistens die Monatsmiete meiner Wohnung überstiegen.

Es war schwierig für mich, ihn abzuweisen. Ich mochte ihn, unter der Schale eines elitären Narzissten war er eigentlich ein liebevoller, aufmerksamer Mensch. Des Weiteren wusste ich auch, dass es ihm gut tat, sich mit mir zu treffen. Vielleicht hatte er nur seine Liebe zu Jessica auf mich projiziert, trotzdem wollte ich ihm aus unerklärlichen Gründen diese fantasierte Liebe gönnen.

Einmal hatte er mich sogar zu seinem Elternhaus mitgenommen, das mittlerweile meist nur noch leer stand. Ursprünglich hatte ich diese Einladung mit irgendeiner Ausrede ablehnen wollen. Aber dann fragte er mich: „Möchtest du nicht sehen, wo Jessica groß geworden ist?“ Diese Anspielung machte das Ganze natürlich unwiderstehlich für mich.

Nie in meinem Leben hätte ich mir vorstellen können, in so einem Anwesen zu wohnen, nicht einmal als Prinzessin in meinen Kindheitsmärchen. Er zeigte mir den Wohnbereich von Jessica und erzählte mir, wie er sich bereits in dem Augenblick in sie verliebt hatte, in dem Jessica zu ihnen nach Hause gekommen war. „Da war ich gerade mal zwölf", sagte Philippe, halb schüchtern, halb stolz.

An jenem Abend saßen wir bis spät in die Nacht zusammen in der Zigarrenlounge des Anwesens vor der Feuerstelle. Bei einem Kubanischen und einem Glas Single Malt tauchte Philippe in seine Erinnerungen ein und öffnete mir seine emotionale Welt. Es war erstaunlich, wie er sich an unzählige Kleinigkeiten erinnerte, und wie viel er eigentlich über Jessica wusste – über ihre Lieblingsspeise, ihre Dessous-Marke oder Duftvorliebe, bis hin zu den Liedern oder Sprüchen, die sie in einer bestimmten Phase gerne gesungen oder losgelassen hatte. Er müsste ein Buch geführt haben, um das alles so detailliert dokumentieren zu können. Auch wenn ich kein großer Fan von Liebesgeschichten war, fühlte ich mich von seiner dickköpfigen, vielleicht auch hoffnungslosen Liebe berührt, und meine Augen wurden ein paar Mal feucht.

Vor Philippe Tränen zu vergießen, war mir höchst peinlich, vor allem wegen irgendwelchem Liebesgerede. Deshalb rieb ich wiederholt mit unnatürlichen Bewegungen meine Augen, als wäre ich müde. Zum Glück war es sehr dunkel im Raum, und ich hatte die Hoffnung, dass es nicht zu sehr auffiel. Aber als er mir dann von der Brille erzählte, die er Jessica geschenkt hatte, wusste ich, dass nichts seiner Aufmerksamkeit entgangen war. Die Sonnenbrille war immerhin der Grund, warum ich Jessica überhaupt kennengelernt hatte.

Ich schwieg, denn am liebsten wollte ich Philippe in die Arme nehmen und ihm sagen, dass ich ihn liebte - für Jessica natürlich. Aber auch, wenn ich und

Jessica wie ein und dieselbe Person aussahen, blieben manche Dinge auf diese Welt unvertretbar und unverwechselbar.

Philippe legte wieder ein paar Scheite Brennholz auf das Feuer und sagte: „Weißt du, eine Zeit lang dachte ich immer, dass Jessie mich nicht mag. Aber je besser ich sie kennenlernte und je mehr ich so nachdachte, umso klarer wurde es mir. Sie liebt mich natürlich, sie ist leider nur zu sensibel für die irdische Liebe. In ihrem früheren Leben muss wirklich was sehr Schlimmes passiert sein."

Also, das hieß, nicht einmal Philippe wusste, was genau Jessicas Eltern passiert war, bevor sie nach Deutschland gekommen war? Als Jessica mir damals erzählte, dass sie sich nicht mehr genau daran erinnern könnte, wie ihre Eltern auf einmal verschwunden seien, hielt ich es für einen Vorwand, um eine vielleicht nicht gerade glorreiche Vergangenheit zu verbergen. Jetzt wurde mir erst klar, mit was Jessica vielleicht immer zu kämpfen hatte - trotz eines sorgenfreien Lebens.

„Das einzige, das ich machen kann, ist, sie auf Entfernung zu beschützen, die sie braucht", fuhr Philippe fort. „Ich habe es nach Jessie mit vielen Frauen probiert. Aber so richtig glücklich war ich mit keiner davon." Dann ließ er seinen Kopf hängen und zündete mit einer eleganten Geste wieder eine Zigarre an.

„Würdest du mit Jessica glücklich werden?", wollte ich fast fragen. Aber das sollte wirklich nicht meine Sorge sein.

Nach diesem Abend kamen ich und Philippe uns noch einmal näher, was bei mir einen Alarm auslöste. Wie sollte das weitergehen? Mit mir wäre es doch noch hoffnungsloser als mit Jessica!

Aber andererseits fiel es mir schwer, ständig ein Stoppschild vors Gesicht zu hängen und seine

Zuneigung zu ignorieren. Ich wusste, dass es ein gefährliches Spiel war, aber ich konnte nicht leugnen, dass ich es genoss. Mit ein bisschen Schuldgefühl dachte ich oft, dass das Leben doch ruhig so weiter gehen könnte.

Aber endlich kam der Tag, an dem das Problem von allein gelöst wurde. Denn eines Tages rief Jessica mich an und kündigte zum ersten Mal an, dass sie nach Deutschland kommen würde und sich mit Philippe treffen wollte. Sie schlug vor, dass ich in meinem Urlaub zurück nach China gehen solle und sie dann in dieser Zeit nach Deutschland käme. Sie sagte zwar, dass sie nur für einige Wochen bleiben würde, für mich bedeutete es allerdings den natürlichen Tod unserer Legende.

Sie würde wieder hier sein, sie würde vielleicht feststellen, wie dumm es war, von Philippe weg zu bleiben, sie würde sich auch sehr schnell wieder an das Leben hier gewöhnen und würde den Smog in den Städten und die Armut auf dem Land Chinas nicht im geringsten vermissen. Und ich - was für einen Grund würde ich dann haben, um unverschämt von ihr Dinge zurück zu verlangen, die eigentlich nie wirklich mir gehört hatten?

Eigentlich wäre es mir viel lieber, wenn sie diese Entscheidung an dem Tag getroffen hätte, an dem Philippe mich gefunden hatte. Der Aufschub der Strafe minderte nicht das Leid - im Gegenteil, es würde richtig schmerzhaft werden. Denn zu diesem Zeitpunkt hätte ich nicht versuchen müssen, Philippe zu vergessen.

Gleichzeitig benahm sich Philippe plötzlich sehr distanziert mir gegenüber. Jessica hatte ihm bestimmt schon von ihrer Rückkehr erzählt. Dass der Regenbogen, den ich gesehen hatte, nur die Spiegelung einer Seifenblase war, war mir schon immer klar. Dennoch war es enttäuschend, dass diese Seifenblase nun zerplatzte. Trotzdem lud ich Philippe noch einmal ein, um mich von ihm zu verabschieden, was praktisch einem letzten Abendmahl zwischen uns gleichkam.

Beim Essen hatte ich extra den Fernseher eingeschaltet, um die unnatürliche Stille zwischen uns zu kaschieren. Die Nachrichten über das Erdbeben in China waren uns beiden irgendwie unangenehm, und wir versuchten deshalb, über etwas Erheiterndes zu reden. Wenn ich im Nachhinein an diesen Abend dachte, brach mir jedes Mal das Herz: Während Jessica gerade irgendwo unter den Trümmern lag, unterhielt ich mich gerade mit Philippe über Wein.

Wein war eigentlich auch nicht das eigentliche Thema. Wir wollten nur gemeinsam ein Kapitel abschließen, bei dem wir Jessica gemeinsam hintergangen hatten. Zwar war zwischen mir und Philippe nicht wirklich etwas passiert, aber ich fühlte mich trotzdem sehr schuldig. Vor allem später, als mir klar wurde, dass ich nie mehr die Chance haben würde, ihr von Philippe zu erzählen, von unseren Treffen, von dem Abend in der Zigarrenlounge, von den Geschichten über sie, die Philippe mit mir geteilt hatte.

Nach diesem Abend versuchte ich ständig, Jessica anzurufen, um ihr meinen Urlaubstermin mitzuteilen. Leider erreichte ich sie nie. Das war aber nicht ungewöhnlich. Seit zwei Jahren lebte sie fast die halbe Zeit irgendwo auf dem Land und engagierte sich für ihre Schulprojekte. Zeitweise tauchte sie in irgendwelchen Dörfern komplett unter und war dann auch tage- oder sogar wochenlang nicht mehr erreichbar.

Etwa zwei Wochen später, als ich eines nachmittags wieder einmal ihre Nummer wählte, antwortete plötzlich jemand - allerdings war es eine männliche Stimme. Zuerst dachte ich, dass ich mich verwählt hätte. Ich legte auf und wählte noch einmal. Aber wieder meldete sich die gleiche Stimme.

Ich fragte, ob Jessica zu sprechen sei. Keine Antwort. Als ich den Hörer wieder auflegen wollte, fragte die unbekannte Stimme, wer ich sei. Eine Freundin aus Deutschland, sagte ich. Da fing der Mann an, leise zu schluchzen.

Er hieße Matt, sagte er. Dann erzählte er mir von dem Beben, von der Schule, von dem Vorfall mit dem Brot und vom Tod Jessicas. „Ohne sie wäre ich jetzt vielleicht auch tot.“

Jessica hätte mit ihrem Oberkörper unter Zuhilfenahme der angewinkelten Ellenbogen und Knie einen Hohlraum geschaffen, dank dem Matt trotz einiger Beinverletzungen überlebt hatte. Nachdem man sie aus der Ruine getragen hatte, sei ihr Körper noch stundenlang steif in dieser Haltung geblieben. Alle hatten sich gewundert, woher ein so zierliches Mädchen wie Jessica solche Kraft hatte.

Ich wollte nicht mehr hören, aber er redete weiter, als hätte er vergessen, dass ich am Telefon war. Seine Stimme verschwamm, und er schaffte es nicht, in ganzen Sätzen zu sprechen: „Ich wusste nicht mehr ... wenn ich ... aber alles passierte so schnell ... sie war so ... ich hasse mich ...“

Ich legte auf, während Matt noch am Weinen war. Für eine Weile überlegte ich, ob das nur ein böser Scherz von Jessica sein könnte. Sie war nämlich ziemlich gut in so etwas. So wartete ich ein paar Minuten und rief noch einmal an - in der Hoffnung, diesmal endlich die sandige, schläfrige Stimme von Jessica zu hören. Leider war es wieder Matt, der noch immer am Weinen war.

Ich brauchte zwei Tage, um zu realisieren, dass Jessica nicht mehr zurückkommen würde. Der Schock war zu groß und übertönte sogar meine Trauer. Als ich Matt zum dritten Mal anrief, fragte er mich, ob ich Jessicas Familie in Deutschland kennen würde, denn er wüsste nicht, wen er kontaktieren sollte. Ich sagte ihm, dass ich mich darum kümmern würde.

Leicht gesagt, unmöglich zu tun. Wie sollte ich diese grausame Nachricht Philippe überbringen, der sich gerade auf Jessicas Rückkehr freute? Ich quälte mich zwei weitere Tage, bis ich keinen anderen Ausweg sah und Philippe dann endlich anrief.

Philippe war sehr unterkühlt am Telefon und fragte: „Ich dachte, wir treffen uns nicht mehr? So war doch die Vereinbarung, oder?"

„Aber ich habe dir wirklich was Wichtiges zu sagen. Etwas sehr Wichtiges." Ich wusste nicht, wie ich ihn sonst zu einem Treffen überreden sollte.

„Kannst du mir das nicht am Telefon sagen?", fragte er, fast ein bisschen genervt.

„Nein, das geht nicht. Wirklich, das muss ich dir persönlich sagen." Ich war fast am Flehen.

„Ja gut, dann komme ich morgen. Jetzt ist es zu spät zum Fahren. Wo treffen wir uns?"

„Bei mir?" Ich wusste, dass sich mein Vorschlag sehr verdächtig anhörte, aber eine bessere Idee hatte ich nicht.

Wie erwartet, lehnte Philippe das ab: „Lass uns doch zusammen was essen gehen. Ich suche das Lokal aus, okay?"

„Nein, bitte, Philippe, ich muss unter vier Augen mit dir reden. Aber ich möchte nicht über mich oder dich reden. Es geht um Jessica."

Mein letzter Satz hatte ihn beruhigt, aber vielleicht auch gleichzeitig beunruhigt. „Okay, dann komme ich zu dir. Was ist denn mit Jessie? Sag mir bitte nicht, dass sie ihren Plan wieder geändert hat!"

„Das sage ich dir erst morgen." Ich wollte nur das Gespräch schnell beenden, denn ich hatte Angst, dass ich zu weinen anfangen würde.

Am nächsten Tag hatte ich mich den ganzen Tag

auf die Apokalypse vorbereitet. Aber mein Auftritt vor Philippe war trotzdem katastrophal. Ich wusste bereits nicht mehr, wie ich meine Rede formuliert hatte. Jedenfalls war ich in meinem ganzen Leben sprachlich noch nie so ungeschickt gewesen. Ich wollte es nur schnell hinter mich bringen. Und ich wollte Philippe nicht weinen sehen.

Nachdem ich die gleichen Worte und Sätze in unterschiedlichen Anordnungen und Sprachen mehrmals wiederholt hatte, schien Philippe endlich ein Resümee aus meinem vokabularen Durcheinander gezogen zu haben: „Du willst mir sagen, dass Jessie tot ist?“

Dann lachte er komisch und schimpfte: „Was bist du für ein Biest!“

„Wirklich, Philippe, ich sage dir die Wahrheit.“ Ich wusste nicht, wie ich ihm sonst noch beweisen sollte, dass Jessica tatsächlich tot war, ohne dabei ein Biest zu sein.

„Du willst doch Jessie nur ihr Leben wegnehmen. Darum denkst du dir solche Lügen aus.“ Er müsste wirklich sehr von mir angewidert sein, wenn er solch ein Bild über mich hatte.

„Nein, Philippe, ich sage die Wahrheit.“ Etwas Anderes fiel mir auch nicht mehr ein.

„Was willst du denn eigentlich? Was willst du? Sorry, es war ein Fehler, dass ich dich in diese Geschichte einbezogen habe, aber was willst du noch? Wir haben doch gesagt, dass wir alles so sein lassen. Was möchtest du mit so einer Lüge bezwecken?“

Ich schwieg. Mir wäre es auch lieber, wenn dies nur eine Lüge wäre. Ich hatte zwei Tage gebraucht - wie lange würde Philippe dann brauchen, um es zu akzeptieren?

Philippe setzte sich auf meine Couch und wurde auf einmal auch sehr still. Er kräuselte seine Haare mit seinen Fingern, immer und immer wieder, sein Blick fokussierte sich auf seine dunkelbraunen Stiefeletten im Vintage-Look, ganz unbewusst zuckte er ab und an auch mal mit der Nase, ansonsten sah er wie ein seelenloses Wesen aus, das nicht einmal von seiner eigenen Anwesenheit etwas mitbekommen hatte.

Ich stand da und rührte mich nicht von der Stelle, denn ich wollte den eingeschlafenen Vulkan nicht aufwecken.

Irgendwann hörte er auf, mit seinen Haaren zu spielen. Dann hob er seinen Kopf und fragte mich: „Ruf doch Jessie an, ich will mit ihr sprechen."

Musste ich mit allem noch einmal von vorne anfangen? Ich war erschöpft und fühlte mich wie in einer Sackgasse. Vor allem wollte ich Philippe nicht erklären müssen, wer Matt war. Aber vielleicht wäre es doch die beste Lösung, ihn mit Matt reden zu lassen.

Ich wählte die Nummer und sagte: „Gut, dann redest du mal selbst mit ihm. Ich habe dir schon alles gesagt. Er heißt Matthew."

Ich hörte Matts Stimme und übergab Philippe das Telefon. Philippe hielt das Telefon nur ein paar Sekunden an das Ohr, dann warf er es mit voller Wucht auf den Boden und schrie los: „Er ist doch nur dein Komplize! Was habt ihr mit Jessie gemacht? Was habt ihr eigentlich mit Jessie gemacht?" Er war völlig aufgelöst und fing endlich an zu weinen. Seine Tränen waren eine Erleichterung für mich, denn ich wusste, dass er es endlich akzeptiert hatte.

Er sackte wieder auf meine Couch und heulte wie ein Kind. Nach eine Weile hörte er auf, starrte mich grimmig an und sagte: „Ich muss zur Polizei gehen. Ich muss herausfinden, was ihr mit Jessie gemacht habt."

Ich schaute ihn hilflos an und nickte: „Okay, lass

uns zusammen zur Polizei gehen, wenn du es möchtest."

Dann weinte er aber wieder, ohne auf meine Worte zu reagieren. Ich wusste nicht, wie ich ihn trösten sollte und setzte mich vorsichtig neben ihn. Mehr konnte ich nicht tun. Ich traute mich nicht, ihn in die Arme zu nehmen oder seine Hände anzufassen, als wäre er ein zusammengeflicktes Glas, das bei der leichtesten Berührung wieder zerbröckeln würde.

Für den Rest des Abends gab er keinen einzigen Ton von sich. Er saß nur da, seine Augen füllten sich immer wieder mit Tränen, aber er ließ sie nur lautlos nach unten rollen. Irgendwann ließ ich ihn sich an mich lehnen und legte seinen Kopf auf meine Oberschenkel. Er leistete keinen Widerstand und ließ sich wie eine Puppe von mir bewegen.

Als ich am nächsten Morgen aufwachte, sah ich seine weit geöffneten Augen, die mich direkt anblickten. Er lag immer noch da wie gestern, und sein Kopf ruhte immer noch auf meinen Oberschenkeln.

Die Wut in seinem Blick verwandelte sich in eine Art Wehmut, die in dem blauen Spiegelbild seiner Pupillen umso ergreifender wirkte. Seine Augenlider waren leicht geschwollen, und sein Gesicht war blass, aber er schien endlich wieder zu sich zurückgekehrt zu sein.

Ich kämmte seine Haare mit meinen Fingern, er zeigte keine Abneigung. Nach einer langen Weile stand er plötzlich auf, rieb sich ein paar Mal die Wangen und sagte zu mir in einem ruhigen Ton: „Ich muss mehr wissen. Ich muss genau wissen, was passiert war. Ich muss nach China."

„Du solltest vielleicht noch ein bisschen warten, bis du wirklich bereit bist", sagte ich in der Hoffnung, dass er mich nicht wieder falsch verstehen würde.

Er wurde ein bisschen nachdenklich, dann sagte er: „Vielleicht hast du Recht.“

Ich stand ebenfalls auf und versuchte, meine eingeschlafenen Arme und Beine zu strecken. Die ganze Nacht hatte ich mich wohl überhaupt nicht bewegt.

„Ich muss gehen. Ich brauche noch ein bisschen Zeit. Aber ich melde mich.“ Er zog seine Jacke an und machte die Tür auf.

„Danke für alles. Tschüss.“ Dann ging er aus der Tür.

Ich sagte nichts, nicht einmal Auf Wiedersehen. Ich wusste in diesem Moment nicht, ob ich diesen Mann jemals wiedersehen würde.

In einer Woche würde ich in den Urlaub fahren - aber es würde ein lebenslänglicher Urlaub sein, denn ich würde wieder zurück in die andere Welt gehen ... und die Autodesignerin Jessica würde es nicht mehr geben.

Zwei Tage später, nachdem ich das Flugticket gebucht hatte, schrieb ich eine SMS an Philippe und erzählte ihm, dass ich bald zurückfliegen würde. „Es war schön, Jessica und dich kennengelernt zu haben“, schrieb ich zuletzt.

Am nächsten Abend, als ich gerade beim Einpacken war, bekam ich eine SMS von Philippe zurück: „Bitte vergiss das, was ich an dem Abend gesagt habe. Ich war nur ein bisschen außer Kontrolle. Das Geheimnis zwischen dir und Jessie wird für immer unter uns bleiben - das gilt nicht nur für die Vergangenheit, sondern auch für alles, was du in Zukunft vorhast. Einen schönen Urlaub wünsche ich dir. Philippe“

Ich hatte diese SMS mindestens zehnmal hintereinander gelesen, bis ich langsam begriffen hatte, was Philippe mir sagen wollte.

Ich fühlte mich plötzlich völlig ausgelaugt und

fiel kraftlos ins Bett. Es war zu viel. Mein Leben war schon seit einiger Zeit wie eine Achterbahnfahrt, aber nun entgleiste der Zug.

Eigentlich müsste ich vor Freude platzen. Denn das war doch eine klare Erlaubnis, wenn nicht sogar Einladung, von Philippe. Ich könnte von nun an mein Leben hier sorglos weiter führen. Die tickende Zeitbombe war entschärft. Hatte ich das nicht schon immer gewollt?

Ich war glücklich mit meinem Job, meinen Freunden, meinem Leben. Vielleicht könnte ich sogar eines Tages glücklich mit Philippe zusammen leben.

Aber würde ich dann wirklich glücklich? Nach all dem, was mit Jessica passiert war? Selbst annähernd so eine Idee zu haben, wäre doch schon ein Verbrechen! Was war in all diesen Jahren mit mir passiert, dass ich so eine gleichgültige Pragmatikerin geworden war?

Ich mochte Philippe sehr. Aber eine Zukunft würden wir dennoch nicht haben. Wenn er mich ansah, sah er im Grunde Jessica. Außerdem wäre ich sicherlich eine schlechte Partie – nicht nur im Hinblick darauf, ihn zwischen Wohltätigkeitsbällen und Kunstauktionen bei Laune zu halten.

So ist es oft im Leben: Anfangs hat man immer ein Ziel, sei es eine Kathedrale oder Kapelle, aber meistens vergisst man während des Pilgerns vor lauter schönen Landschaften und Sehenswürdigkeiten, wo man eigentlich hin wollte. Es gab Zeiten, in denen ich so klar wusste, was ich wollte, in denen ich aber auch nicht viele Alternativen hatte. Nun hatte ich endlich die Freiheit, auszuwählen und zu entscheiden, wusste aber nicht mehr wirklich, was mein Traum war.

Was war eigentlich mein Traum gewesen? Jedenfalls nicht, Jessica zu heißen - auch nicht, meine Füße in Aschenputtels Kristallschuhe zu quetschen. Jessica hatte mir die Gelegenheit gegeben, zu mir selbst zu finden und endlich ich selbst zu sein. Aber ich hatte fast genau das Gegenteil getan.

Ich stand tief in ihrer Schuld, und das war mir erst jetzt ernsthaft klar geworden: Es ging weder um das Geld noch um Philippe - es ging um mich selbst. Sie hatte ihr Leben und ihre Träume mit mir geteilt, aber ich nicht meine mit ihr. Denn was meine Träume waren, wusste ich schon längst nicht mehr.

Ich stand auf, schaltete meinen Laptop an und fing an, alle E-Mails von ihr noch einmal zu lesen, und alle Bilder noch einmal anzusehen, die sie mir in den letzten Jahren geschrieben und geschickt hatte - Nachrichten, die ich großteils nur halbherzig überflogen hatte. Zum ersten Mal, seitdem wir uns kennengelernt hatten, versuchte ich, sie wirklich zu verstehen.

Nach drei Tagen oder womöglich fünf Jahren saß ich endlich in dem Flugzeug, das nach China flog. Vor dem Start schrieb ich noch eine SMS an Philippe: „Heute fliege ich, weiß aber nicht, wann ich wieder komme. Es gibt gar kein Geheimnis zwischen mir und Jessica, weder in der Vergangenheit noch für die Zukunft. Ich bin nicht Jessie, aber ein Teil von ihr wird in mir weiterleben. Wenn du bereit bist, mit eigenen Augen zu sehen, was sie gemacht hat und was ich weitermachen werde, kannst du uns jederzeit besuchen."

Dann schaltete ich das Handy aus und machte meine Augen zu. Plötzlich musste ich an jenen Abend denken, an dem ich in der unscheinbaren Boutique rein zufällig auf Jessica gestoßen war.

Aber war es überhaupt ein Zufall? Oder war es eines der ungeklärten Rätsel des Lebens?

Danksagung

Ich danke allen, die mir dabei geholfen haben, dieses Buch zustande zu bringen. Insbesondere möchte ich meine Dankbarkeit an ***Volker Münz***, ***Alex Elbert*** und das Lektorenteam ***„Lektor Hoch Drei“*** richten, für eure Zeit, eure fachliche Unterstützung sowie eure konstruktiven Vorschläge!

Nicht zuletzt möchte ich zu meinem lieben Freund ***Sebastian*** sagen: Danke für deine uneingeschränkte Bereitschaft, all meine verrückten Ideen zu unterstützen und mich auf dem langwierigen Realisierungsweg zu begleiten!

Die Autorin

Zoe Ann ist gebürtige Chinesin, die in Deutschland ihre Wahlheimat gefunden hat. Sie kommt aus einer gläsernen Business-Welt. Eines schönen Tages hat sie all ihre Hosenanzüge und Kostüme im Dachboden aufgehängt, mit einer weißen Plane bedeckt und angefangen, in einer Sprache zu schreiben, mit der sie nicht aufgewachsen ist.

30896645R00209

Made in the USA
Charleston, SC
29 June 2014